2016 年重庆市教委人文社会科学项目"基于生态维度的唐代人与自然关系研究"

 西南政法大学新闻传播学系列丛书

唐代山水诗的
自然观

丁红丽——— 著

知识产权出版社

全国百佳图书出版单位

—北 京—

图书在版编目（CIP）数据

唐代山水诗的自然观/丁红丽著. —北京：知识产权出版社，2020.9
（西南政法大学新闻传播学系列丛书）
ISBN 978-7-5130-7208-3

Ⅰ.①唐…　Ⅱ.①丁…　Ⅲ.①唐诗—山水诗—诗歌研究　Ⅳ.①I207.22

中国版本图书馆 CIP 数据核字（2020）第 183281 号

内容提要

本书是基于生态视野的唐代山水诗的研究。在生态哲学的理论观照下，本书重点考察了唐代山水诗的三种类别：儒家生态自然观下的山水诗、道家生态自然观下的山水诗与佛家生态自然观下的山水诗。对三种生态自然观影响下的三种典型诗人及诗歌和三种思想交融影响下非典型诗人及诗歌进行分析，在此基础上进一步探讨了唐代山水诗对后代士人精神以及民族精神上的重大影响，并由此获得了唐代山水诗在中华文明中对文化产生促进作用的规律性认识。

责任编辑：栾晓航　　　　　　　　责任校对：谷　洋
封面设计：博华创意·张冀　　　　责任印制：刘译文

唐代山水诗的自然观
丁红丽　著

出版发行：知识产权出版社 有限责任公司	网　　址：http://www.ipph.cn
社　　址：北京市海淀区气象路 50 号院	邮　　编：100081
责编电话：010-82000860 转 8382	责编邮箱：luanxiaohang@cnipr.com
发行电话：010-82000860 转 8101/8102	发行传真：010-82000893/82005070/82000270
印　　刷：天津嘉恒印务有限公司	经　　销：各大网上书店、新华书店及相关专业书店
开　　本：720mm×1000mm　1/16	印　　张：18
版　　次：2020 年 9 月第 1 版	印　　次：2020 年 9 月第 1 次印刷
字　　数：283 千字	定　　价：78.00 元
ISBN 978-7-5130-7208-3	

Contents 目录

目录 Contents

第一章
生态哲学视野下的
中国文学

第一章
生态哲学视野下的中国文学

第一节　人类生态学的形成

"生态学"（Ecology）本是 1866 年由达尔文主义的追随者恩斯特·海克尔（Ernst Haeckel）作为生物学的一个分支提出来的。恩斯特·海克尔在《有机体的普通形态学》中指出："我们可以把生态学理解为关于有机体与周围外部世界的关系的学科，外部世界是广义的生存条件。"❶ 1891 年，丹麦植物学家华明（War-ming）所著的《植物生态学》出版刊行，这被认为是第一部植物生态学教科书。1896 年，德国生物学家斯洛德（Schroter）提出了"个体生态学"和"群体生态学"的概念，并将动物生态学的研究范围从研究生物个体到研究生物种群，进而延伸到生物群落。短短不到三十年，"生态学"这个概念便由环境、植物延伸到了动物领域。

到 20 世纪初的时候，生态学研究领域已经涉及对生物及不同局域环境做分门别类的描述性研究。1933 年，美国自然环境保护之父莱奥波尔德进一步把伦理学的内容与生态学相结合，从而在有机自然群落的基础上提出创建了维护自然整体性和完善秩序的"大地伦理学"。1935 年，英国生态学家坦斯利认为，生物有机体与自然环境是相互依赖、相互作用并形成有机的自然系统，他把生态学和

---

❶　余昌谋. 生态哲学 [M]. 西安：陕西人民教育出版社，2000：17.

系统论结合起来观察生物有机体与自然环境的关系问题，并首次提出了"生态系统"的概念，这是生态学史上的一个标志性事件。1949 年，人类与自然环境的紧张关系在《生存之路》一书中作了生动阐述，人与自然的关系被纳入了人们的视野，福格特首创了"生态平衡"这一生态学概念，他把人类对自然环境过度开发所引起的消极后果笼统地概括为破坏了"几千年来形成的生态平衡"，他强调人类要维护和恢复生态平衡，为争取明天的生存做斗争，这一提法体现了人们维护人类生存的基本规律是生态平衡的基本生态观念。然而，早期的生态学研究并没有将人类纳入考虑范围。尽管早在 1915 年，以 R. 帕克、E. 伯吉斯、R. 麦肯齐为代表的几位芝加哥学派的社会学家就提出了"人类生态学"（Hu-man Ecology）这一术语，虽然他们的研究企图从活动领域（城市与社区）固定的人类群体的行为中，找出生物群落所固有的生态关系和规律，解决生物学特有的问题，但是实际上他们仍然认为人类生态学只是生物生态学的一个分支，只因为其研究对象是"人"就有其特殊的内容。❶ 此时的生态学主流倾向仍然把人类以及人类生存的社会环境排除在研究范围之外。

直到 20 世纪 60 年代，人类工业文明的发展导致了环境的急剧恶化，人类社会出现了世界性的生态危机，生态学理论才真正得到全面的发展和广泛的应用。1962 年，一部具有开创生态时代新文明意义的作品《寂静的春天》问世，引起了人们对生态问题深入的批判与思考。在这部书里，作者蕾切尔·卡森把满腔的同情倾泻给饱受工业技术摧残的生物界、自然界，并以生动的笔触将哲学思考、伦理评判、审美体验引向生态学视野❷，这部作品将一个原本属于自然科学小小分支的生态学延伸到人类行为和社会生活的各个方面，从根本上改变了工业革命以来人与自然对立的局面。

1972 年，在意大利罗马，由西方十多个国家的学者组成的"罗马俱乐部"中的一群自然科学家们聚焦于社会研究，他们写出了一部研究论著《增长的极限》。在西方世界陶醉于高增长、高消费的黄金时代背景下，《增长的极限》清

---

❶ R. 帕克，E. 伯吉斯，R. 麦肯齐. 城市社会学 [M]. 宋俊岭，等译. 北京：华夏出版社，1987.
❷ 蕾切尔·卡森. 寂静的春天 [M]. 吕瑞兰，李长生，译. 上海：上海译文出版社，2011.

醒地提出了一系列问题，如全球性问题、工业化的资金问题、粮食问题、不可再生的资源问题、环境污染问题（生态平衡问题）等，对人口增长、经济增长、污染和自然资源衰竭的严重后果进行了预测。该报告异常明确地指出了"世界人口、工业化、污染、粮食生产和资源消耗"的增长具有不可持续性。《增长的极限》引发了社会各界对生态和环境问题的关注，这本书已经成为"一个里程碑，世界的注意力已经在认真考虑这个报告提出的基本论点了"❶，人们开始重新思考人类与自然的关系。

《寂静的春天》与《增长的极限》等描写人类生态环境遭到破坏的著作发表，揭示了第二次世界大战后，随着西方发达资本主义国家高速的经济增长所导致的严重的生态破坏和环境污染，为人和自然的关系敲响了警钟。

随着人类活动渗透到地球的每一个角落，人类影响自然生态系统的力量不断增强，人类已成为生物圈演化的最重要因素，生态学正朝着人类生态学转变，朝着人和自然复杂相互作用的综合性理论方向发展起来。人类生态学以人类活动为主导，重点研究人类这一特殊的有机体与环境之间的相互作用与协调发展，这里的环境包括物理、生物等层面的自然环境，还包括社会环境。

人类生态学的问世表明，人与自然的关系成了科学研究的重要内容。生态学从最初的植物学范畴扩展到动物学范畴，再从研究动植物与外在环境的关系扩展到研究人类与整个自然的关系，从研究人与物之间的自然生态延伸到研究人与人之间的社会生态，直到生态学与人类社会的结合。从此，生态学逐渐向与其他自然科学和社会科学相结合的方向发展，生态学也成为研究自然科学与社会科学的纽带与桥梁，在生态学的视野观照下，社会科学研究也焕发出新的活力。

第二节　当代西方社会人与自然关系的异化

科学技术与生产力的迅猛发展对当代社会快速发展形成巨大推力。科技的发

---

❶ 丹尼斯·米都斯. 增长的极限——罗马俱乐部关于人类困境的研究报告 [M]. 李宝恒，译. 成都：四川人民出版社，1983：5.

展使人类以更强大的力量在更深广的范围内改造着自然，人类在获得物质满足的广度与深度上进入了一个崭新的时代。如同一柄双刃剑，人类运用科学技术对自然进行日甚一日的征服的同时，也对自然环境造成了严重破坏，大量的环境公害在世界各地以不同程度损害着当地人民的生命和财产，自然环境的破坏和污染直接威胁到了人类的整体生存，生态环境问题受到普遍的关注。

环境问题实质上是"人类与自然的关系"问题，当人们重新审视环境问题时发现，人与自然的关系已经恶化到令人触目惊心的地步了，阿尔·戈尔在《濒临失衡的地球》中描述道："每秒钟有1.5公顷雨林消失，现存物种的自然灭绝率突然加速了上千倍，南极上空出现了臭氧洞，所有纬度上的臭氧层变薄，保证地球上可以生存的气候平衡可能受到破坏——这一切都表明了人类文明与自然界之间日益强烈的对撞。"❶ 另一位美国生态学者约翰·贝拉米·福斯特在论及当代人类面临的生态环境危机时总结道："环境危机囊括了以下形形色色的问题：全球变暖、臭氧层遭到破坏、热带雨林消失、珊瑚礁死亡、过度捕捞、物种灭绝、遗传多样性减少、环境与食物毒性增加、沙漠化、水资源日益短缺、纯净水不足以及放射性污染等不胜枚举。这一长长的清单还在继续，而且影响的范围也在日益扩大。"❷ 这种状况不仅破坏了大自然的生态系统，而且也加剧了自然和人的异化，严重破坏了人与自然的和谐。"罗马俱乐部"的学者也归结了现代"人类困境"的十种表现：（1）人口爆炸。和人口爆炸同时发生的，还有个人的消费需求的爆炸，人口增长加上消费需求的增长，使得人类对自然系统的压力直线上升。（2）完全缺乏能够满足人民群众基本需要和确保他们过像样的生活的计划和规划。（3）生物圈的破坏。自然的生物界受到劫掠产生退化，人类生活的四大主要系统——土地、牧场、森林、渔业正在过度开发。全球生态系统正受到了人类的劫掠和污染带来的威胁。（4）世界经济危机。工业文明本身也成为问题。（5）军备竞赛以及世界日趋军事化。（6）被忽视的深刻的社会弊病。

---

❶ 阿尔·戈尔. 濒临失衡的地球［M］. 陈嘉映，等译. 北京：中央编译出版社，1992：215.
❷ 约翰·贝拉米·福斯特. 生态危机与资本主义［M］. 耿建新，等译. 上海：上海译文出版社，2006：4.

（7）发展科技的无计划。（8）制度的僵硬老化。（9）东西方对峙。南北方对话的破裂。（10）思想和政治领导层的失职。领导人与自己的意识、信仰、职责或特权不相称，谁也不为人类说话。群众因为失去向导而感到孤苦伶仃。❶ 罗马俱乐部主席佩奇将这种困境称为"现代人衰落综合征的十个要素"。这十个要素从不同侧面反映了人与自然、人与社会、人与人关系中的令人担忧的状况，当代人类社会的生存状态不仅没有随着社会的发展得到改善，反而因为生态问题陷入全面的生存困境之中。那么，下面具体分析一下当代社会的生态环境问题是如何严重影响着人们生活状态的。

第一，空气污染问题。1930 年，比利时河谷工业区上空的逆温层导致大量的工业烟尘无法扩散，造成严重的空气污染，使工业区外上千居民患呼吸道疾病并导致 60 多名居民死亡；1952 年 12 月 5 日，伦敦数日无风，由烧煤的取暖方式而产生的大量可吸入颗粒物和 PM 物质进入大气中，造成了数千人死亡，伦敦雾霾事件直接促成了英国环境保护法案的通过。1955 年 9 月，洛杉矶发生了最严重的一次因空气污染导致的光化学烟雾污染事件，造成两天内 400 多名 65 岁以上老人因呼吸系统衰竭而死亡，这也促成 1970 年美国清洁空气法案的出台。2013 年 1 月，4 次雾霾过程笼罩中国 30 个省（区、市），2013 年 1 月 10 日至 31 日，京津冀地区 12 个城市人群因 PM2.5 短期暴露导致超额死亡 2724 人，其中因呼吸系统疾病超额死亡 846 人，因循环系统疾病超额死亡 1878 人❷。

第二，森林问题。据国际环境与发展研究所统计，世界森林，特别是热带森林的减少速度明显加快，每年减少 14 万平方千米。照此下去，170 年后全世界的森林将消失殆尽，森林中数目繁多的物种也将归于覆灭。巴西森林近年来消失的非常快，按照世界银行的数据，目前巴西的森林总面积约为 493.54 万平方千米，而在 1990 年的时候约为 546.7 万平方千米，不到 30 年巴西森林面积缩小了约 53.16 万平方千米，缩减比率为 9.72%。造成巴西森林消失的原因除了人为的滥

---

❶ 奥尔利欧·佩奇. 世界的未来——关于未来问题一百页［M］. 王肖萍，蔡荣生，译. 北京：中国对外翻译出版公司，1985：42-43.

❷ 张衍燊，马国霞，於方，等. 2013 年 1 月灰霾污染事件期间京津冀地区 PM2.5 污染的人体健康损害评估［J］. 中华医学杂志，2013：93（34）：2707-2710.

砍滥伐外，森林大火频发也是原因之一。据巴西国家空间研究所对巴西境内森林着火点的统计，2019 年 8 月以来，巴西森林着火点已达 36771 处，较 2019 年 7 月同期激增 175%。森林大火不仅减少了森林面积，造成物种的减少，而且造成了严重的空气污染。2019 年 8 月，地球之肺亚马孙雨林一场大火持续燃烧了 20 多天，19 日下午，巴西最大城市圣保罗市的天空被黑云覆盖，一时间白昼宛如黑夜，空气质量受到了明显的影响。

除了亚马孙雨林外，澳大利亚大陆也时常处于山火之中，2019 年 9 月到 2020 年 1 月初，澳大利亚丛林大火燃烧了近四个月，丛林火灾史无前例地在新南威尔士州、昆士兰州等地全面铺开，这场山火带走了近 5 亿动物，烧毁了 1000 万公顷林地，近 2000 处房屋❶，对自然生态造成了极大的破坏。森林火灾除了自然原因外，更多是人类活动所造成的，例如潮湿的亚马孙雨林起火大都是由人为造成的，人类为了占用更多土地用于放牧或耕种，砍伐雨林，并通过燃烧树干、树枝、树叶等清理现场，燃烧草木灰烬滋养土地，从而引发森林大火。

第三，能源问题。据联合国《世界能源格局变化报告》估计，全世界的石油累计产出已达 6407 亿桶，剩余的（包括潜在的）为 16500 亿桶，按 1991 年的年产 219 亿桶的开采量计算，世界石油仅能开采 75 年，75 年后人类将失去最主要的动力来源。又如空气、水源、食物，这些维持人类生命不可或缺的东西，现在都已成了严重的问题。据美国耶鲁大学的科学家研究，地球上的氧气一直呈耗减趋势，近 120 年里，由于工业的高速发展，人口的大量繁衍，大量砍伐森林，大量燃煤、燃油，大量生产耗氧的轻化工业产品，大气中的氧气减损总量已达 5000 亿吨。与此同时，大气中对人体有害气体的含量却在上升，据 1994 年美国能源部的报告，近 42 年来，全球二氧化碳的排放总量已从 16.38 亿吨上升到 61.88 亿吨，年平均增长率达 6.5%，一氧化碳、甲烷、氟氯烃等其他有害气体也以大体相当的比例增加着，世界上许多大城市的居民由于空气严重污染而感到

---

❶ 5 亿动物惨死，千人弃城逃亡，澳洲大火还在烧！背后的真相让人震惊 [EB/OL]. 凤凰网. https：//tech．ifeng．com/c/7t70rC937JI.

呼吸困难。❶

除此之外，还有水体污染、土壤侵蚀、荒漠化和沙漠化扩展、垃圾泛滥、生物物种灭绝、臭氧层破坏和地球增温等问题，这些问题从表面看各不相同，从本质上看都是彼此关联的生态环境问题。

面对这样严重的生态危机，20世纪70年代起，在西方发达工业国家，人们纷纷自发组织起来进行游行示威、签名抗议，要求污染严重的工厂停产或治理，要求政府关注人类生存的环境、制订有效的措施遏止人类生态环境的恶化。与此同时，各类生态组织诸如"未来绿色行动""环境保护绿色运动""地球之友""世界卫士""第三条道路""自然之友"与"绿党"等，有如雨后春笋般涌现出来，这些生态运动波及人类政治、经济和文化生活的方方面面，是一种集政治运动、经济变革、文化运动性质于一体的综合性运动。然而，从哲学意义上看，生态运动的目的并不仅仅是局限于对人类社会生活某一方面的变革，而是要从整体上调整全人类的生活方式以及与之密切相关的生产方式，使它们有利于维护人与自然关系的持久和谐，从这个层面上看，生态运动更是一场重新规划人类文明历史进程的运动。

生态运动的矛头表面上指向环境问题，而实质上指向人类在理解和处理自身与环境关系问题时存在的利益与矛盾。当代人类社会生态危机的加深以及生态运动的发展表明，人与自然的关系已经被扭曲，人类的工具主义和人类中心主义等自然观存在着严重的问题，要消除人与自然之间尖锐的对立关系，就必须重塑正确的自然观。

第三节　西方生态哲学观与中国古代生态哲学观

审视人类文明史上人与自然的关系就会发现，以工业革命为界，人类与自然的关系经历了两个阶段的发展，即前工业时代和现代工业时代。在前工业时代，

---

❶　鲁枢元. 生态文艺学 [M]. 西安：陕西人民教育出版社，2000：7.

自然是一位充满朝气富有生命并且滋养了万物的慈母，而到现代工业阶段，西方社会的自然观发生了巨大转变，人们不再把自然看成慈祥的母亲，人们认为自然是能被人类所理解和认识也能为人类服务的被动承受者，人们以某种获利的生产性目标来控制和管理自然，这一阶段的自然观表现为以个体功利主义，为伦理准则的狭隘的人类中心主义。

对于这一变化，海德格尔说，早先的时候，新墨西哥的印第安人在春耕时拒绝使用钢犁并且要从马蹄上摘下铁制的马掌，为的是害怕划伤正在孕育万物的大地。大地，对这些印第安的土著居民来说是至亲至爱的母亲。而在现代工业社会里，100马力的拖拉机带着六道双向锋利的钢制犁铧，在大地上隆隆开过，继而施入化肥、喷进农药，勒逼大地交出更多的粮食，大地由受人崇拜的万物之母沦为受人宰割的案上鱼肉。"在新时代以前的田野耕作中，土地和空气显示为整体性的，与此相反，现代的食品工业把它们缩减为交付营养的功能。"❶ 在强大的技术力量统治下，一切东西都不可阻挡地变成贯彻着生产的物质，这个技术的意志使地球及其环境变成原料，使人变成人力物质，社会的精神生活与情感生活被大大简化，日渐富裕的时代却又成了一个日趋贫乏的时代。这一时期的自然观是与资本主义生产方式一同产生并定型的生产性的理性主义工具论，这种自然观具有机械性、规律性、数量化和被动性的特点。面对自然世界，人们没有任何敬畏的情感，而只会以工具理性的模式想方设法来控制、征服、占用，自然受到彻底的资本主义重构而被商品化。自笛卡尔开始，经过启蒙运动和产业革命一直到今天，贯穿于现代人对自然态度的正是这种工具理性主义的自然观。在这种自然观支配下，作为人类活动对象化与客体化的自然正在恶化，人类赖以生存的自然面临着日益严重的困境，社会公正与公平也正在遭受着人自身的破坏与践踏。

面对充满困境和危机的世界，人类从来没有像现在这样感到困惑，也从来没有像现在这样渴望哲学提供全新而完整的世界观图像和见解。正如海德格尔所说

---

❶ 冈特·绍伊博尔德. 海德格尔分析新时代的技术 ［M］. 北京：中国社会科学出版社，1993：35.

的那样，让我们怀着对自然的敬畏与虔诚，使人与自然的关系从技术的"座架"❶中解脱出来，让自然自然化，让人人化，让自然与人彼此守护着自身，让我们应该像对待自己一样，善待自然，守护自然，实现人与自然的和谐发展。而这一切首先需要变革现实社会中不合理的自然观，这需要我们从哲学的高度审视人类面临的危机、重新审察人与自然的关系，构建出科学合理的生态自然观。

面对人类日益严重的生存危机问题，当代西方哲学家们做出了有益的探索。存在主义哲学家萨特运用哲学语言揭示了人类生存困境的成因，他认为正是由于人类自身的原因而将人类自己置于困境之中，"人的实在在自身存在中是受磨难的，因为它向着一个不断被一个它所是的而又不能是的整体不断地纠缠，因为它恰恰不能到达自在，如果它不像自为那样自行消失的话。它从本质上讲是一种痛苦意识，是不可能超越的痛苦状态"❷。而德国哲学家海德格尔认为正是由于人类中心主义的工具主义自然观和价值观才造成了当代人生存的困境，他指出，"在人的本质中威胁着人的，是认为依靠和平的解放，改造、储藏与控制自然，就可以使人人都觉得做人是可以忍受的，而且是完全幸福的这种出自意志的意见。"❸

在众多的生态哲学理论建设中值得一提的是英国生态学家洛夫洛克（J. E. lovelock）和美国生态学家马古里斯（L. Margulis）提出的"盖娅假说"（Gaiahy-pothesis）。盖娅（Gaia）是希腊神话谱系中的"地母"和"大地女神"，是大地和自然的象征，也是孕育人与万物的母亲。"盖娅假说"认为，地球生物圈内地表的冷暖、水源的丰歉、土壤的肥瘠、大气质量的优劣都是由地球上的所有生命存在物总体与其环境的调节反馈过程所决定的。也就是说，地球孕育出了自然界中的生命，"地球系统本身也就成了一个有机的生命体"❹，这个生命体中所有的

---

❶ "座架"（Ge-stell）一词是海德格尔对德语中 Gestell（框架、底座、骨架）一词的特定用法，以此来探究技术的本质，详见孙周兴《海德格尔选集》（下卷）。孙周兴. 海德格尔选集（下）［M］. 上海：上海三联书店，1996：937.
❷ 萨特. 存在与虚无［M］. 陈宣良，等译. 上海：三联书店，1987：135.
❸ 洪谦. 西方现代资产阶级哲学论著选集［M］. 北京：商务印书馆，1964：381-382.
❹ 马世骏. 现代生态学透视［M］. 北京：科学出版社，1990：321.

一切事物都彼此影响，共同决定这个生命体的存在状态。

"盖娅假说"强调事物的相互联系和相互作用，地球所有生态因素都是相互作用的，是互补的，人与自然、人类与非人类、自我与世界、精神与物质、有机界与无机界之间并没有十分明确的疆界，在彼此的生态循环系统中没有主次地位的区分，"生命的过程就是建立跨越疆界的联系，形成不间断地相互渗透。人的循环系统包括动脉、静脉，也包括河流、海洋和大气回流"❶。在他们看来，地球的大气回流应当包括人类的呼吸，自然是人类充分延伸和扩散的自我。"盖娅假说"将人类置于由地球圈内的所有物种以及无生命的自然环境共同作用组成的地球体系之中，这就彻底颠覆了人类中心主义。

这种思想令我们感到无比熟悉，在古老的东方文化中，中国哲学所强调人与自然的关系从来就是一体不分相互联系的整体。儒家的"民胞物与"，道家的"物我两忘""随物而游"，释家的"明心见性""无我无相"等，都可以归结为人类与自然的泯然同一，"天地人一体"的整体论和系统论思想是中国传统哲学思想的最高理想，也是完全符合生态哲学的。在中国传统文化之源头的中国古代神话中，天地万物就是大神"盘古"躯体的化身：

> 昔盘古氏之死也，头为四岳，目为日月，脂膏为江海，毛发为草木。……盘古氏泣为江河，气为风，声为雷，目瞳为电。……盘古氏喜为晴，怒为阴。……盘古氏夫妻，阴阳之始也。❷（《广博物志》）

这个神话很好地阐释了人与自然的一体关系，山岳江海、草木风雷、雨电阴晴都是盘古的身体所化，人（或神）身体的一切机体与功能都与自然宇宙的每一部分融合在一起了，这反映了中国古代先民意识中人与自然密不可分的关系。此外，古代感生神话中，黄帝、尧、禹、商的祖先契都有着非凡的出生，如黄帝是天上星辰之子，"附宝见大电光绕北斗枢星，照郊野，感而孕，二十五月而生

---

❶ H. 罗尔斯顿. 环境伦理学的类型 [J]. 世界哲学, 1999 (4): 18.
❷ 董斯张. 广博物志（卷九）[M]. 四库全书本.

黄帝轩辕于寿丘"❶。炎帝是神龙之子，"有娲氏之女，为少典妃，感神龙而生炎帝"❷。尧是赤龙之子，"庆都盖大帝之女……年二十，寄伊长孺家、无夫，出观三河。奄然阴风，赤龙与庆都合，有娠而生尧"❸，商的祖先契则是玄鸟的后人，"殷契，母曰简狄，有娀氏之长女，为帝喾次妃。三人行浴，见玄鸟坠其卵，简狄取吞之，因孕生契"。❹ 这些始祖神话都反映了处身于荒野时代的先民以自己为自然后裔的思维特点，它也反映了人类早期物我不分的原始思维状态，在这种原始思维状态下，主体与客体、精神与物质、形象与理念、人类与自然都处于浑然一体的状态，动物和植物、人与动植物、有生物与无生物之间甚至还没有明确的分界线，这是一种感性的、直觉的、浑然的、非理性非逻辑的思维。作为文化发生发展的土壤，神话是"名副其实的自在宇宙，既已构成诗歌，同时又是自我提供的诗歌质料和元素。它（神话）既是世界，可以说又是土壤；惟有植根于此，艺术作品始可吐葩争艳、繁荣兴盛"❺。故由中国神话所渊源而出的文化、哲学、文学，无不打上这种"天人合一"的和谐烙印。如西汉的哲学著作《淮南子》曾详细地记载了人们的生活方式伴随季节与自然物候变化而进行的调整变化：

孟春之月，招摇指寅，昏参中，旦尾中。其位东方。其日甲乙，盛德在木。其虫鳞，其音角，律中太蔟，其数八，其味酸，其臭膻，其祀户，祭先脾。东风解冻，蛰虫始振苏。鱼上负冰，獭祭鱼，候雁北。天子衣青衣，乘苍龙四，服苍玉，建青旗……禁伐木，毋覆巢、杀胎夭，毋麛毋卵。

孟夏之月，招摇指巳，昏翼中，旦婺女中。其位南方，其日丙丁，盛德在火。其虫羽、其音徵，律中仲吕，其数七，其味苦，其臭焦，其祀灶，祭先肺。蝼蝈鸣，蚯蚓出，王瓜生，苦菜秀。天子衣赤衣，乘赤骝，服赤玉，建赤旗……

❶ 袁珂，周明. 中国神话资料萃编［M］. 成都：四川社科出版社，1985：66.
❷ 袁珂，周明. 中国神话资料萃编［M］. 成都：四川社科出版社，1985：33-34.
❸ 袁珂，周明. 中国神话资料萃编［M］. 成都：四川社科出版社，1985：152.
❹ 袁珂，周明. 中国神话资料萃编［M］. 成都：四川社科出版社，1985：168.
❺ 叶莫·梅列金斯基. 神话的诗学［M］. 魏庆征，译. 北京：商务印书馆，1990：14.

毋兴土功，毋伐大树。令野虞，行田原，劝农事，驱兽畜，勿令害谷。

孟秋之月，招摇指申。昏斗中，旦毕中。其位西方，其日庚辛，盛德在金。其虫毛，其音商，律中夷则，其数九。其味辛，其臭腥，其祀门，祭先肝。凉风至，白露降，寒蝉鸣。鹰乃祭鸟，用始行戮。天子衣白衣，乘白骆，服白玉，建白旗。……命百官，始收敛，完堤防，谨障塞，以备水潦。修城郭，缮宫室。

孟冬之月，招摇指亥。昏危中，旦七星中，其位北方，其日壬癸，盛德在水。其虫介，其音羽，律中应钟回。其数六，其味咸，其臭腐，其祀井，祭先肾。水始冰，地始冻，……天子衣黑衣，乘玄骊；服玄玉，建玄旗，……命百官谨盖藏，命司徒行积聚，修城郭，警门闾，……劳农夫以休息之……乃命水虞渔师收水泉池泽之赋四，毋或侵牟。❶

由于季节月份的变化，大地、时气、地表植物、动物、昆虫都相应发生变化，与此相应人们祭祀的神祇也就不同，祭祀仪典在色彩、音乐、服饰、道具上也将随之作出变更，人们的生产活动所作出相对的调整与变化，这表现出人与自然的高度和谐。

《诗经》中也记载了我国古代先民的劳作，他们与自然之间这种交错不分的亲密关系在农业文明时代就表现得更为明显：

七月流火，九月授衣。春日载阳，有鸣仓庚。女执懿筐，遵彼微行，爰求柔桑。春日迟迟，采蘩祁祁。女心伤悲，殆及公子同归。

七月流火，八月萑苇。蚕月条桑，取彼斧斨，以伐远扬，猗彼女桑。七月鸣鵙，八月载绩。载玄载黄，我朱孔阳，为公子裳。

四月秀葽，五月鸣蜩。八月其获，十月陨箨。一之日于貉，取彼狐狸，为公子裘。二之日其同，载缵武功，言私其豵，献豜于公。

五月斯螽动股，六月莎鸡振羽，七月在野，八月在宇，九月在户，十月蟋蟀入我床下。穹窒熏鼠，塞向墐户。嗟我妇子，曰为改岁，入此室处。❷

---

❶ 刘安，等. 淮南子译注（卷五）[M]. 陈广忠，译注. 长春：吉林文史出版社，1990：220-252.

❷ 周振甫. 诗经译注 [M]. 北京：中华书局，2002：213.

　　先民们不仅在自然中进行生产与劳作，在生产生活中与自然呼吸律动保持节奏的一致性，更重要的是，如同日月运行定义了自然界的生物钟一样，先民们的生产时钟则是由大自然的物候禽鸟所唤起的：仓庚鸟叫了，农夫们就要开始采桑了；蝉叫了，农夫们就要开始收割麦稻了；伯劳鸟叫了，农夫们就要开始织染衣裳了；蟋蟀躲到屋子里，躲到床底下，先民们要准备熏屋子过冬了。这是中国古代农业文明时代最常见的景象，一派生机勃勃，又格外的和谐，它反映了科技尚未发展的蒙昧时代整个自然混沌一体的状态。

　　"天人合一"是中国古代诗性智慧的集中体现，农业文明时代的中国先民始终坚守着人与自然的整体和谐。中国传统儒释道文化在解释人与自然关系时都是以"天人合一"为主的，如儒家的天人关系侧重敬天保民，中国先民无论是农业生产还是宗庙祭祀，都秉着一种对自然万物的敬畏之心，他们认为庶民百姓为天所生，美好的品德为天所赐，所谓"天生烝民，有物有则，民之秉彝，好是懿德"[1]，人间的伦理礼义是秉承自天理，老百姓只是按照天理来施行，"夫礼，天之经也，地之义也，民之行也，天地之经，而民实则之"[2]。"恻隐之心、羞恶之心、辞让之心、是非之心"等良好品性也是与生俱来的，孟子从"礼""性"的角度出发，指出"知天"的方法在于"知其性"，所谓"尽其心者，知其性也，知其性，则知天矣。存其心，养其性，所以事天也"[3]。就是说，尽自己的本心就会知道本性，知道了自己本性固善，也就知道了这一切都是天道之本然。

　　儒家思想以积极入世为要旨，以建构"君君臣臣父父子子"家国同构的社会秩序为理想，他们根据维护社会秩序的需要赋予"天人合一"以伦理上的道德意义，将"天人合一"的思想理念道德化，主张在天人合一的基础上，人们更应该发挥其主观能动性，追求社会的整体和谐，所以受儒家思想影响的文人，其文学作品中的山水自然，决不局限于纯粹的赏玩流连，而是成为社会价值体系的一部分。

---

[1]　周振甫. 诗经译注［M］. 北京：中华书局，2002：475.
[2]　杨伯峻. 春秋左传注［M］. 北京：中华书局，1981：1457.
[3]　杨伯峻. 孟子译注［M］. 北京：中华书局，1960：301.

道家以自然主义为原则，用"道"来解释人与自然的关系。道家认为，人与自然本是统一的整体，老子说，"天大，地大，道大，人亦大。域中有四大，而人居其一焉"（《老子·第二十五章》），老子认为人只是宇宙"四大"中的一个，而不是自然宇宙的主宰。庄子说，"天地与我并生，万物与我为一"，庄子强调天地万物与"我"是统一和谐的有机整体，这同样不存在主次之别。老子和庄子都认为，随着伦理道德的确立与社会制度的建立，人的社会属性会慢慢取代人的自然属性，人与自然"合一"的状态也逐渐被破坏了，因此，必须要"绝圣弃智"，要"见素抱朴""回归自然"，所谓"人法地、地法天、天法道、道法自然"，就是要在对自然全面遵守与模仿的基础上建立人与自然的和谐统一关系，使天地人和谐共处，达到"天地与我为一"的状态。

佛家则以"缘起论"为起点构建了一个彼此联系的世界，佛教认为人们通过"戒、定、慧"的修行可以到达不同的涅槃境界。佛学的基本观点"无情有性"是一种众生平等和谐相处的典型思想，佛家认为自然界中的一切事物都有着与人相同的佛性，人与自然是不可分割的统一体，这体现了一种生态整体主义思想，也是人与自然和谐的天人合一的思想表现。佛家提倡不杀生和无过欲、素食等具体做法，则直接表现了佛家对待自然资源的环境伦理态度，这是实现人与自然和谐的具体措施。佛教对生命的关怀，对待生命的慈悲态度，也能唤起人们的生态良心，可以达到生态学教育所产生的那种对生态环境所遭遇的痛苦的同情。

儒释道三家思想理论侧重点各不相同，但是在人与自然的整体论上却表现出惊人的一致，都是强调人与自然在本源上的一致性，其理论观点都是从这一起点出发而形成的，这也表现出中国古代"天人合一"思想的一致性与差异性的统一，这与英国的生态学家洛夫洛克与美国的生态学家马古里斯的盖娅假说以"地母"为世界之源在某种程度上有着本源的相通性。

第四节　生态哲学观下的文学与诗歌

作为文化的重要载体，文学在传递生态自然观上有着不可替代的作用。中国文学的自然观与中国哲学的生态观一起构成了古老中华民族对于生态的思考，因此，从生态角度梳理和归纳中国文学的自然观，是对中国传统生态观的有益探索。

诗歌作为中国传统最经典的文学样式之一，反映了中国诗人对自然生态的基本观点。从《淮南子·时则训》的记载可以知道，随着季节、月份、动植物的变化，人们的生活习惯、服饰的颜色、祭祀的神祇都会有所不同，诗歌的节律正是通过有机体与自然节奏的并时性取得同自然周期的紧密相连，在这种联系中，自然界的生态节律、文学艺术的体裁和类型形成了完美的一致性。而且，自然界的动植物与诗歌创作也是彼此关联的，刘勰在《文心雕龙》中多次以动物、植物譬喻文学艺术，"辞为肤根，志实骨髓""吐纳英华，莫非性情""木体实而花萼振""若风骨乏采，鸷集翰林；采乏风骨，则雉窜文囿"等，这些比喻建立的基础是诗歌节律与自然生命的一致性。叶燮在《原诗》中更是以日月运行、草木生长的自然规律来喻说诗歌的创作规律：

> 文章者，所以表天地万物之情状也。然具是三者，又有总而持之，条而贯之者，曰气。事、理、情之所为用，气为之用也。譬之一木一草，其能发生者，理也。其既发生，则事也。既发生之后，夭矫滋植，情状万千，咸有自得之趣，则情也。苟无气以行之，能若是乎？又如合抱之木，百尺干霄，纤叶微柯以万计，同时而发，无有丝毫异同，是气之为也。苟断其根，则气尽而立萎。此时理、事、情俱无从施矣。吾故曰：三者藉气而行者也。得是三者，而气鼓行于其间，**氤**缊磅礴，随其自然，所至即为法，此天地万象之至文也。❶

在叶燮看来，诗歌的事、理、情借气而行，正如植物之借气生长一样，这是以自然运行规律来论诗的最详细解说。

其实，西方文学中也有类似的评论，法国文艺理论家 H. A. 丹纳(H. A. Taine. 1828—1893)就把文学艺术比作"芦荟或松树""燕麦或玉蜀黍"，他把艺术看作

---

❶ 叶燮，等. 原诗、一瓢诗话、说诗晬语［M］. 北京：人民文学出版社，1977：21—22.

田野中的动物和植物，并断言："精神文明的产物和动植物界的产物一样，只能用各自的环境来解释。"❶ 美国著名美学家托马斯·门罗（T. Munro，1897—1974）也认为，"美感与艺术像所有生物现象一样，是生物性的个体对环境适应的产物，因而也有从低级到高级的进化过程"❷。可见，不论东西方，人们都认为文学与自然生命有着一致的律动。我们常常评价一首诗或者一件艺术品"富有生气""生气灌注""生机勃勃"，便是将其看成有生命的形式，比喻成有生命力的物种。这种一致性在诗歌中表现得尤为明显，白居易甚至非常具体地以植物的不同部分来比喻诗歌的结构，"诗者，根情、苗言、华声、实义"（《与元九书》），这便是诗歌与自然相对应的最好证明。

除了节律上自然与诗歌密切相关，在创作内容上，自然更成为文学当仁不让的主体。在人类的早期生活中，生产生活与自然是浑然一体的，如果剥离了自然，人类的生产生活根本就不能进行，可以说，没有自然的加入，诗歌几乎不能存在。自然山水成为中国古代诗歌的表现对象，也经历了从生活环境的陪衬物、抒情比兴的媒介物到具有独立美学价值对象的发展过程，因此，从生态角度观照把握中国山水诗的自然观，就更能够获得中国古代生态哲学智慧的具体而微的认识。不仅如此，诗人在山水中所寄托的人生思考，也有利于我们把握中国古代士人心灵提纯的过程和人格塑造的经历，并由此进一步认识到中国山水文化在民族精神的塑造中的重要作用。因此，从生态角度对山水诗的解读，既是一种生态现象，也是一种文化现象。

中国古代山水诗根植于儒道佛思想博大精深的文化土壤中，思想高广清远，内涵丰富深厚，正如章尚正所论，"儒主山水——人世——人格审美观，充实了山水诗的思想内容，饶多阳刚之美，堪称山水诗之骨；道主山水——道——仙境审美观，激活了山水诗的生命精神，阳刚与阴柔之美兼而有之，允为山水诗之气；佛主山水——涅槃——佛土审美观，美化了山水诗的艺术精神，偏得阴柔之

---

❶ H. A. 丹纳. 艺术哲学 [M]. 傅雷，译. 北京：人民文学出版社，1981：9.
❷ 朱立元. 现代西方美学史 [M]. 上海：上海文艺出版社，1993：667.

美，可谓山水诗之神"❶。当然，儒道佛的影响是互相参合互相渗透的，就具体诗人而言，这些影响力更是互相交织而又多元统一，并与诗人个性化进行参合、变异、融合。儒道佛整合互补的广泛深刻影响，使中国古代山水诗的思想崇尚、精神旨趣、格调气韵同中多异，各标风韵，异彩纷呈。同时，它们又根植于中国文化的深厚土壤中，突出地体现着中华民族人文精神的特质，表现着人与自然、仁心与天地万物彼此感应、和谐交融的深刻内涵，这就是"天人合一"的哲学观、宇宙观、自然审美观。

中国山水诗人普遍追求的理想人生境界，即以山水参契天地万物之道，与自然山水形神相感而达到任情自适的精神境界，正如先哲们所说，"原天地之美而达万物之理"（《庄子·知北游》），"浑万象以冥观，兀同体于自然"（孙绰《游天台山赋》），"心凝形释，与万化冥合"（柳宗元《始得西山宴游记》）。在这种天人合一整体哲学论的影响下，中国诗歌尤其是山水诗创造出了物我交融的审美意境，这也是哲学观的物象化、艺术化与普及化。

---

❶　章尚正. 中国山水文学研究［M］. 上海：学林出版社，1997：25-26.

第二章
"物"观念的变化与
山水之始

第二章
"物"观念的变化与山水之始❶

诗歌中对自然的描写古已有之，《诗经》便已有关于自然的描写，但其中的自然是作为人物活动背景的陪衬或者比兴对象进入作者视野的，《楚辞·九歌》中也描写了楚地常为阴雨笼罩的深山密林、石泉幽篁，以及江湘洞庭烟波浩渺、芳草遍地的山水美景，但这些山水是众神喜怒哀乐的象征，充满人的感情，是一种人格化的自然，都不是真正的山水诗。真正的山水诗首先必须以山水为独立的吟咏对象和客观的审美对象，只有这样，才能在山水中观赏自然生动的气韵和无处不在的生动灵性。❷ 而且，山水成为诗歌的审美对象，这也意味着山水在诗歌描写中必须占到一定篇幅，东晋玄言诗之所以不能算山水诗，原因就在于"山水描写的份量在全诗中还只是少数，即在题材上尚未成为一首诗的主要表现对象"❸。从这个角度看，第一次脱离了传统诗歌中以山水作为人物活动的背衬与情感道德比附物窠臼，将山水真正作为审美对象和观照对象的是南朝的山水诗，从这个意义上说，真正的山水诗出现在南朝。

第一节　"物"观念的变化与南朝体物诗的兴起

南朝诗歌在整体风格上表现出与传统诗歌大异其趣的新特质，即大力描摹

---

❶ 本章节部分内容曾发表于《新疆大学学报（哲学从人文社会科学版）》2020 年第 5 期，有改动。

❷ 葛晓音. 山水田园诗派研究 [M]. 沈阳：辽宁大学出版社，1993：27.

❸ 李文初. 中国山水诗史 [M]. 广州：广东高等教育出版社，1991：1.

"物"之形似，刘勰在论及这一新文风时说："自近代以来，文贵形似。窥情风景之上，钻貌草木之中；吟咏所发，志惟深远；体物为妙，功在密附。故巧言切状，如印之印泥，不加雕削，而曲写毫芥。故能瞻言而见貌，即字而知时也。"❶刘勰明确指出这一新诗风本质在于如印泥般不加雕削地描摹客观事物形态，即所谓的"体物"。纵观整个南朝诗歌，体物之风正是始于晋宋之交的山水诗，继而发展到齐梁咏物诗和宫体诗，从而形成了一种时代诗歌风格。

作为具有体物特征的诗歌样式，南朝山水诗一改东晋玄言诗对山水的抽象观照，更注重描摹刻画山水景物本身和凸显自然山水的细部物性特征，这在谢灵运的山水诗中特别明显。如：

朝旦发阳崖，景落憩阴峰。舍舟眺回渚，停策倚茂松。侧迳既窈窕，环洲亦玲珑。俯视乔木杪，仰聆大壑淙。石横水分流，林密蹊绝踪。解作竟何感，升长皆丰容。初篁苞绿箨，新蒲含紫茸。海鸥戏春岸，天鸡弄和风。抚化心无厌，览物眷弥重。不惜去人远，但恨莫与同。孤游非情叹，赏废理谁通。❷（《于南山往北山经湖中瞻眺诗》）

客游倦水宿，风潮难具论。洲岛骤回合，圻岸屡崩奔。乘月听哀狖，浥露馥芳荪。春晚绿野秀，岩高白云屯。千念集日夜，万感盈朝昏。攀崖照石镜，牵叶入松门。三江事多往，九派理空存。灵物吝珍怪，异人秘精魂。金膏灭明光，水碧缀流温。徒作千里曲，弦绝念弥敦。❸（《入彭蠡湖口诗》）

山行非前期，弥远不能辍。但欲淹昏旦，遂复经盈缺。扪壁窥龙池，攀枝瞰乳穴。积峡忽复启，平途俄已闕。峦陇有合沓，往来无踪辙。昼夜蔽日月，冬夏共霜雪。❹（《登庐山绝顶望诸峤诗》）

在谢灵运的山水诗里，自然中各种物象层出不穷，其形态都得到极其细致深入的展现：《于南山往北山经湖中瞻眺诗》中描写了诗人从南山到北山去经过湖

---

❶ 刘勰. 文心雕龙校证［M］. 王利器，校证. 上海：上海古籍出版社，1980：279.
❷ 逯钦立. 先秦汉魏南北朝诗［M］. 北京：中华书局，1983：1172-1173.
❸ 逯钦立. 先秦汉魏南北朝诗［M］. 北京：中华书局，1983：1178.
❹ 逯钦立. 先秦汉魏南北朝诗［M］. 北京：中华书局，1983：1179.

中时所见的景象，峰、松、洲、石、篁、蒲、鸥、天鸡等无不纳入观照视野，每一景都进行工笔画一样的细致描摹。《入彭蠡湖口诗》描写诗人舟行进入彭蠡湖口所见景象，洲岛在风潮中的乍然回合、月夜的哀狖、春晚的翠绿原野、白云聚集的高高山崖，进而写到上岸攀山时的牵萝扳叶以及到达山顶时所见松门，诗歌呈现了从彭蠡湖口上山的一个全过程的景观。《登庐山绝顶望诸峤诗》描写了诗人登上庐山顶所见景观，写自己扪着崖壁窥看下面的深池，攀着枝条上山时还能看见山崖中的乳洞，以及在山顶所见的山势合沓变化，这些全都是井然有序地来写的，完全是一篇细致的登山游记。谢灵运的山水诗不再抒写个人的情怀感受，而重点描摹游览中所见的山水景观，他完成了传统诗歌由写意至摹象的改变，尽管他的诗歌尚未完全摆脱玄言的影子，但是山水在谢灵运笔下，真正成为审美对象。

山水诗发展到齐梁时期，由于文人的活动多由户外转为室内宫廷宴会，活动范围由自然山水移至室内园林，这样，园林中随处可见的花草动物、假山奇石、流水荷塘等成为诗人观照描摹的对象，山水诗过渡至咏物诗，正如王夫之所言，"咏物诗，齐梁始多之"❶。南朝咏物诗很多同题吟咏之作，那是文人们游宴上自娱或斗才的产物，如王融、刘绘、沈约和刘孝绰都写过"咏梨花"诗：

翻阶没细草，集水间疏萍。芳春照流雪，深夕映繁星。❷（王融《咏池上梨花诗》）

玉垒称津润，金谷咏芳菲。讵匹龙楼下，素蕊映华扉。杂雨疑霰落，因风似蝶飞。岂不怜飘坠，愿入九重闱。❸（刘孝绰《于座应令咏梨花诗》）

露庭晚翻积，风闺夜入多。萦丛似乱蝶，拂烛状联蛾。❹（刘绘《和池上梨花诗》）

这三首咏梨花诗中，王融的诗描写梨花飘落时各种不同姿态，或落于池上，

❶ 丁福保. 清诗话 [M]. 上海：上海古籍出版社，1963：22.
❷ 逯钦立. 先秦汉魏南北朝诗 [M]. 北京：中华书局，1983：1403.
❸ 逯钦立. 先秦汉魏南北朝诗 [M]. 北京：中华书局，1983：1841.
❹ 逯钦立. 先秦汉魏南北朝诗 [M]. 北京：中华书局，1983：1469.

或落入草间，或落入水中，于浮萍之间如同飘飞流动的雪花一样，又映照着天上的繁星。而刘孝绰的诗则描绘雨后的梨花映照于华丽的楼阁下的状态，它夹杂在雨水之间，似如雪霰落下，又趁着风势飞起如同蝴蝶一样。刘绘的诗描绘风势中的梨花飞舞之貌，在傍晚时分，梨花因风势而纷纷落下如蝴蝶飞舞，又如飞蛾扑烛，纷繁美丽。诗人们已然不再关注梨花与诗人的情感共鸣，而是将其视为纯粹的自然对象，观察描写它在不同情状下各种姿态，自然之物在诗人体物视野的观照下，再也不是人物品格的象征。

南朝咏物诗同题吟咏现象很频繁，除了同咏"梨花"外，任昉、沈约、萧纲都写过"咏桃花"诗，沈约和萧正德、谢朓等都写过"咏竹火笼"题材。到齐梁后期，所咏之物从一般器物如"竹火笼"进而过渡到女性物品上如团扇、枕头、镜台、鞋履，并由描写物什很自然写到使用之人，这样咏物诗浸染了香艳色彩，如：

端木生河侧，因病遂成妍。朝将云髻别，夜与蛾眉连。❶（许瑶之《咏柟榴枕》）

玲珑类丹槛，苕亭似玄阙。对凤悬清冰，垂龙挂明月。照粉拂红妆，插花理云发。玉颜徒自见，常畏君情歇。❷（谢朓《镜台》）

丹墀上飒沓，玉殿下趋锵。逆转珠佩响，先表绣袿香。裾开临舞席，袖拂绕歌堂。所叹忘怀妾，见委入罗床。❸（沈约《十咏二首·脚下履》）

柟榴枕本是用树木的病态盘结之处制成的，制成枕头后与女子朝夕相伴，颇具闺中香艳色彩；而谢朓所写之女子的妆镜台，沈约所写之女子的鞋履，或写女子在镜台前妆扮，或写女子穿上鞋履歌舞，其所谓"镜台""脚下履"只是一个媒介或切入点，实际上则是通篇写女子，这类诗歌均以闺中事物为承载点描摹观照女性，名写物实写人，言在此意在彼，且带有艳情成分，已经很接近宫体

❶ 逯钦立. 先秦汉魏南北朝诗［M］. 北京：中华书局，1983：1474.
❷ 逯钦立. 先秦汉魏南北朝诗［M］. 北京：中华书局，1983：1452.
❸ 逯钦立. 先秦汉魏南北朝诗［M］. 北京：中华书局，1983：1653.

诗了。

宫体诗人描写女性，实质是将其作为一个客体物象来细细观摩的，他并没有对人物情感的体察，这与传统诗歌很不一样，例如：

倡女多艳色，入选尽华年。举腕嫌衫重，回腰觉态妍。情绕阳春吹，影逐相思弦。履度开裾褵，鬟转匝花钿。所愁余曲罢，为欲在君前。❶（刘遵《应令咏舞》）

刘遵的诗细致描写舞女举腕回腰的动作，并以配乐管弦描写舞女的舞姿情态，诗人甚至嫌此不够，还写了舞女舞动时裙裾闪动，鞋履微露，身形移动，花钿碰撞的姿态。宫体诗人将写作重心放在直接描摹女性容貌、衣饰、神情上，甚至描摹闺中女子相思、怀恋、疑惧、怨盼的情绪，这与传统闺怨诗"以美人托君子"的婉转附物的抒情手法完全不同，又如：

手中白团扇，净如秋团月。清风任动生，娇香承意发。❷（萧衍《团扇歌》）

"团扇歌"是个老题目，很多诗人都写过，所取之意仍承续班婕妤不用乃弃的旧意，而萧衍此诗却只关注团扇洁白可取凉风的物性特征；传统闺怨诗几乎不描摹女性容貌衣饰，关注的是女性作为普通人的心态，如李白《怨情》云："美人卷珠帘，深坐颦蛾眉。但见泪痕湿，不知心恨谁？"却能以体验式情思来描写人物的内心感受，以婉转的动作描写表达女性幽微的心态，"深情幽怨，意旨微茫"❸，寓托士大夫的情怀，形成幽怨回转的美学风格，这与宫体诗是很不同的。

体物诗以山水、普通的物什以及女性为观照对象，分别形成了山水诗、咏物诗、宫体诗的表现形式。虽然题材不同，这几类诗歌却都是南朝文学好新趋俗、追求感观形式的产物，它们在审美趣味上均表现为对客体"物"性美学特征的关注，"情必极貌以写物，辞必穷力而追新"❹，这在言志抒怀的传统诗歌之外另

❶ 逯钦立. 先秦汉魏南北朝诗［M］. 北京：中华书局，1983：1810.
❷ 逯钦立. 先秦汉魏南北朝诗［M］. 北京：中华书局，1983：1519.
❸ 沈德潜. 唐诗别裁集［M］. 北京：中华书局，1975：263.
❹ 刘勰. 文心雕龙校证［M］. 王利器，校证. 上海：上海古籍出版社，1980：35.

成一种新的审美风尚，是为体物诗。

南朝山水诗的兴起与南朝山水观念的变化离不开，随着佛教兴起与南朝"物"观念的滥觞，诗人们能够真正在把山水作为"物"来细细观赏与把玩，这使得诗人对山水的描写也达到了观物赏物的极致。

第二节　体物山水诗

以谢灵运为代表的山水诗在创作手法和看待题材的眼光上都发生了变化，他们将山水作为纯粹的客体对象来观照，描写山水各种"物"性的特征，因此，诗歌表现诗人情感剥离出诗歌，诗歌以摹写山水为内容，同时表现出超越功利以赏玩为特征的审美倾向。

一、情感的剥离

体物山水诗对山水"物"性的关注更为集中，其抒情性比之传统山水诗大大减少，诗人似乎并不着意于要以山水来寄托情感，他只是要展现自然山水物性的美，如：

> 拂衣遵沙垣，缓步入蓬屋。近涧涓密石，远山映疏木。空翠难强名，渔钓易为曲。援萝临青崖，春心自相属。交交止栩黄，呦呦食萍鹿。伤彼人百哀，嘉尔承筐乐。荣悴迭去来，穷通成休戚。未若长疏散，万事恒抱朴。❶
>
> （谢灵运《过白岸亭》）

这首诗展现了自然山水细密的风貌：山涧中水涓涓而过，水中铺满了细密的小石子，远处的山影衬映着近处的疏林，层次分明。诗人择取这些景象并发出"空翠难强名"的感慨，既赞叹了自然景物的变幻多姿难以言说，又暗寓了"吾不知其名，字之曰道，强为之曰大"（《老子·二十五章》）的玄旨。谢灵运山

---

❶ 逯钦立. 先秦汉魏晋南北朝诗［M］. 北京：中华书局，1988：1167.

水诗的自然景观在传递一个信息:一切的山水不仅有自性的美,而且还似乎蕴含着某种玄妙的道理,如《石壁精舍还湖中作诗》中"虑澹物自轻,意惬理无违。寄言摄生客,试用此道推",《登江中孤屿诗》中"表灵物莫赏,蕴真谁为传。想像昆山姿,缅邈区中缘。始信安期术,得尽养生年",这种在体尽山水之妙后以玄理结束的写作方式是脱胎于东晋玄言诗的结果,与中国传统诗歌情景交融借物抒情的方式大不相同。

谢灵运写自己寻觅荒僻山水的过程,但从不写自己现实生活中的喜怒哀乐,他遮蔽了自己的人生情感,而借山水展现自己对自然穷通之理的认识。因此,他的描写则多展现"取景则于击目经心,丝分缕合之际"的感官与外境的瞬间相遇,因此他着意描摹客观景物之情态形貌,如《发归濑三瀑布望两溪诗》:

我行乘日垂,放舟候月圆。沬江免风涛,涉清弄漪涟。积石竦两溪,飞泉倒三山。亦既穷登陟,荒蔼横目前。窥岩不睹景,披林岂见天。阳乌尚倾翰,幽篁未为遭。退寻平常时,安知巢穴难。风雨非攸吝,拥志谁与宣?倘有同枝条,此日即千年。❶

诗歌除第一句交代了出游经过和最后三句通过山水悟出的玄理外,中间内容全是摹写山水风景,整首诗基本没有什么个人道德情感的掺杂,即如"积石竦两溪"所描写的情感反应,也是运用拟人手法表现的景象造成的心理惬意或恐惧的反应,这种心理反应与景物本身是同一的,是山水"触"发于人所带来的惊奇感,之所以能够产生这种惊奇,是因为在与山水相"触"之前,诗人抛弃了一切理思,唯其如此,才能在彼此触发的巨大惊喜中获得了存在的真理意义。中国传统诗歌往往以山水寄托情感,思在感前,谢灵运则把自己所有的情感全部淘尽了来观山水,所以谢诗最大特点就是山水与诗歌抒情主体的"我"已然并无必然的联系,他的景物描写并不负载情感内容,而玄言的内容与山水描写的关系似乎也不那么紧密,诗人自觉地解构了将自然山水作为抒情背景或铺垫的命运,而

---

❶ 逯钦立. 先秦汉魏晋南北朝诗 [M]. 北京:中华书局,1988:178.

以山水作为诗歌的主体，而自我情思又悄然隐于山水之后，诗歌达到了以山水为描写主体的艺术境界，山水似已挣脱了一切传统意义上情感道德理论的负担，欲轻灵而飞。

如果说谢诗还可以看见诗人游历的身影，考察南朝后期的山水诗，就会发现诗人的身影已经逐渐从山水中淡出了，如吴均的《山中杂诗》："山际见来烟，竹中窥落日。鸟向檐上飞，云从窗里出。"❶ 这首小诗描写山中景色，山中烟起、竹中落日、檐上鸟飞、窗里云出四幅小景，全诗就是一幅渺淡的山水景物画，诗歌里压根没有诗人的影子。叶维廉先生在《中国诗学》中曾对这种山水描写逐渐增多与诗歌情感逐渐退出诗外的此消彼长的状态做过一个抽样统计❷：

典型南朝山水诗人写景与陈述行数统计

作者	诗	写景行数	陈述
湛方生	帆入南湖	4	6
谢灵运	于南山往北山经湖中瞻眺诗	16	6
鲍照	登庐山	16	4
谢朓	游东田	8	2
谢朓	望三湖	6	2
沈约	游钟山诗第二首	全景	
范云	之零陵郡次新亭	全景	
王融	江皋曲	全景	
孔稚珪	游太平山	全景	
吴均	山中杂诗	全景	

上表中写景句子比例的增加反映了南朝山水诗中山水地位的提高趋势，而表达主观情感的陈述部分逐渐减少直至完全退出，反映了诗人们以一种主动姿态将个人感受抽离出山水的诗歌发展趋势。

在以抒情为特征的诗歌中，体物诗的出现表明了诗歌中对客体世界的冷静观

---

❶ 逯钦立. 先秦汉魏晋南北朝诗 [M]. 北京：中华书局，1988：1752.
❷ 叶维廉. 中国诗学 [M]. 上海：三联书店，1992：95-96.

照成为一种新的趋势。体物山水诗以一种专注于"物"的态度去写自然，诗歌中的"物"呈现出一种独立于诗人主体情绪之外的客体性，诗歌中基本没有诗人的人生情感出现，凸显出物我相离的特点。

二、山水的"物"性

情感的抽离使得山水的物性特征得到重视与强化，因此，诗人们从不同的感官去感受自然，对物的观摩表现得极为细致。南朝山水诗写得最好的是谢灵运，他的摹写是具体而微的，他特别关注光影变化中物色的不同姿态：如"出谷日尚早，入舟阳已微。林壑敛暝色，云霞收夕霏。芰荷迭映蔚，蒲稗相因依"（《石壁精舍还湖中作诗》），他也关注景物在不同情状下的细微变化，如"泝江免风涛，涉清弄漪涟。积石竦两溪，飞泉倒三山"（《发归濑三瀑布望两溪诗》），他描写了江面上细微的泡沫，溪面上清波微荡涟漪丛丛的状貌，还有积石竦立溪水被阻而激起的水浪，生动全面地描写各种不同情景下的水流的姿态，十分细致。诗人极大地开发感官的各种功能，如视觉、听觉、触觉、感觉，等等，对山水的观照极尽细微，描摹山水铺叙详尽丰富，对事物的诸般细部特征不厌其烦，写得十分细致。

谢灵运作为中国山水诗的真正鼻祖，其山水诗虽然带有"物观"的描摹性，但他清新活泼的描写，是其山水诗价值最高的部分，因为他是真正以山水为主体观照对象来摹写，所以他运用大量繁缛的辞藻给予山水以精确形象的描绘，山林丘壑深秀、雄奇、险绝的形貌，他都表现得清新自然。再略举数例诗歌中的山水描写以明之，如：

澹潋结寒姿，团栾润霜质。涧委水屡迷，林迥岩逾密。眷西谓初月，顾东疑落日。践夕奄昏曙，蔽翳皆周悉。❶

（《登永嘉绿嶂山诗》）

猿鸣诚知曙，谷幽光未显。岩下云方合，花上露犹泫。逶迤傍隈隩，迢递陟

---

❶ 逯钦立. 先秦汉魏晋南北朝诗 [M]. 北京：中华书局，1988：1162-1163.

陉岘。过涧既厉急，登栈亦陵缅。川渚屡径复，乘流玩回转。苹萍泛沉深，菰蒲冒清浅。❶

（《从斤竹涧越岭溪行诗》）

朝旦发阳崖，景落憩阴峰。舍舟眺回渚，停策倚茂松。侧迳既窈窕，环洲亦玲珑。俯视乔木杪，仰聆大壑淙。石横水分流，林密蹊绝踪。❷

（《于南山往北山经湖中瞻眺诗》）

晨策寻绝壁，夕息在山栖。疏峰抗高馆，对岭临回溪。长林罗户穴，积石拥阶基。连岩觉路塞，密竹使径迷。来人忘新术，去子惑故蹊。活活夕流驶，噭噭夜猿啼。❸

（《登石门最高顶诗》）

上述诗作均以极大的篇幅铺排，细致描摹山水景物四季的不同，早晚的阴晴日色变化，寒凉燠热的不同感觉，猿啼鸟鸣，花树繁阴，密林昏暗，以及山岩陡峭回环，溪涧曲折宛转，甚至使行人产生的迷惑惊奇之感，不同官能的感受都写到了。诗歌钩深索隐，意象连绵迭出，给人以应接不暇，繁富错丽之感。

除谢灵运外，南朝其他山水诗也具有这样的特点。如鲍照《登庐山诗（其一）》：

悬装乱水区，薄旅次山楹。千岩盛阻积，万壑势廻萦。巃嵸高昔貌，纷乱袭前名。洞涧窥地脉，耸树隐天经。松磴上迷密，云窦下纵横。阴冰实夏结，炎树信冬荣。嘈嘈晨鹍思，叫啸夜猿清。深崖伏化迹，穹岫閟长灵。乘此乐山性，重以远游情。方跻羽人途，永与烟雾并。❹

鲍照这首诗比之谢灵运的诗更为繁密细致，诗人从水区来到山间停宿开始，从山中千岩万壑峻耸回萦，写到洞涧中高高的丛树，行人一步步从树林丛中登上

❶ 逯钦立. 先秦汉魏晋南北朝诗［M］. 北京：中华书局，1988：1166-1167.
❷ 逯钦立. 先秦汉魏晋南北朝诗［M］. 北京：中华书局，1988：1172-1173.
❸ 逯钦立. 先秦汉魏晋南北朝诗［M］. 北京：中华书局，1988：1165-1166.
❹ 逯钦立. 先秦汉魏晋南北朝诗［M］. 北京：中华书局，1988：1282.

迷密的山岩，可见山头云雾纵横。随后又写山里的光影温度的变化，植物的生长情状，山间的鸟鸣猿啼，凡山中所见，无不做密实繁杂的描摹，堪称一篇细致的山水游记了。

三、从户外到庭园的山水玩赏

南朝士人继承了东晋士族游玩山水的习尚爱好，谢灵运特别喜欢游山水，史载他常邀约三五朋友寄情山水，"出为永嘉太守。郡有名山水，灵运素所爱好。出守既不得志，遂肆意游遨，遍离诸县，动逾旬朔。……灵运既东，与族弟惠连、东海何长瑜、颍川荀雍、泰山羊王睿之以文章赏会，共为山泽之游，时人谓之四友"❶，在游赏山水中，他们也写了不少诗歌，在这些诗歌里，他们直言自己对山水的玩赏，如：

含情尚劳爱，如何离赏心。（谢灵运《晚出西射堂诗》）

表灵物莫赏，蕴真谁为传。（谢灵运《登江中孤屿诗》）

灵域久韬隐，如与心赏交。（谢灵运《石室山诗》）

妙物莫为赏，芳醑谁与伐。（谢灵运《石门岩上宿诗》）

弦绝空咨嗟，形音谁赏录。（鲍照《绍古辞七首（其三）》）

临宵嗟独对，抚赏怨情违。（鲍照《秋夕诗》）

东归难忖恻，日逝谁与赏。（鲍照《望水诗》）

宴私移烛饮，游赏藉琴台。（谢朓《奉和随王殿下诗十六首（其十）》）

山中上芳月，故人清樽赏。（谢朓《与江水曹至干滨戏诗》）

怀赏入旧襟，悦物览新赋。（江淹《池上酬刘记室诗》）

从这些诗句看，赏玩山水是当时非常普遍的风气，诗人一般先细致描摹山水之美，然后表明自己对山水的赏爱，或者表明世人不知赏玩山水的遗憾。不论是感叹世人不知赏玩山水，还是表明自己的赏玩山水，都说明在诗人们看来山水就

---

❶ 李延寿. 南史（卷十九）[M]. 北京：中华书局，1975：538-539.

是要来赏玩的。可见，他们是真正以山水为知音，并懂得赏玩山水，所以才能将山水描绘得如此美妙。

不仅如此，南朝诗人们还将自然山色引入居馆别墅，植木修渠，使住宅呈现园林化趋势。住宅园林一般以宴乐游玩为目的，故或是追求奢华，或追求高雅，文士的园林占地广阔，依山傍水，多取自然之美景，修建时亭台楼阁讲究住宅与自然山水的巧妙结合，形成浑然一体的格局，这反映他们对自然清音之赏的追求。如南史中记载：

（谢灵运）移籍会稽，修营别业，傍山带江，尽幽居之美。❶

（徐湛之）广陵城旧有高楼，湛之更加修整，南望钟山，城北有陂泽，水物丰盛，湛之更起风亭、月观、吹台、琴室，果竹繁茂，花药成行，招集文士，尽游玩之适，一时之盛也。❷

（文惠太子）开拓玄圃园，与台城北堑等，其中楼观塔宇，多聚奇石，妙极山水。❸

这些园林多含山带水，以自然美为准则。昭明太子萧统喜爱山水，他在《答晋安王书》中说："知少行游，不动亦静，不出户庭，触地丘壑。天遊不能隐，山林在目中，冷泉石镜，一见何必胜于传闻？松坞杏林，知之恐有逾吾就。"❹他内心是认为在庭院游赏获得的想象山水甚至比自然真实的山水更美。在"会心处不必在远"的审美心理引导下，萧统修建了庭院山水，与名士终日游赏其中，或亭馆游乐，或泛舟后池，不胜愉悦。

由于活动范围从自然山川转移到庭院华堂中，诗歌描写对象也发生了变化，园林中随处可见的池上梨花、板桥莲花、洲中独鹤、假山奇石、流水池塘等都成为诗人的写作和赏玩对象，如南齐萧子良《游后园》云：

---

❶ 沈约. 宋书（卷六十七）[M]. 北京：中华书局，1974：1754.
❷ 沈约. 宋书（卷七十一）[M]. 北京：中华书局，1974：1847.
❸ 萧子显. 南齐书（卷二十一）[M]. 北京：中华书局，1972：401.
❹ 全梁文（卷二十）。严可均. 全上古三代秦汉三国六朝文 [M]. 北京：中华书局，1958：3064.

托性本禽鱼，栖情闲物外。萝径转连绵，松轩方杳蔼。丘壑每淹留，风云多赏会。❶

其《行宅诗》亦云：

访宇北山阿，卜居西野外。幼赏悦禽鱼，早性美蓬艾。❷

这两首诗描绘诗人对庭园的游赏，庭园中的藤萝小径和种植松树的亭轩，颇得自然山水的幽野，池中禽鱼的悠游之态，均成为诗人们赏玩之物。由于园林游览不受时间限制，游赏也可以发生在晚上，这是自然山水游赏所不及的。因此，一些在以前山水游览中不曾出现的，如月、烛、灯、萤火等只能在夜晚观见的景象也进入了诗歌，致使庭院山水诗与咏物诗出现一个短期重合。

然而，过度赏玩在一定程度上也会使诗歌流向随意与轻佻，如竟陵王西邸的环境相对宽松，他们经常组织游宴斗诗的活动，游宴斗诗的目的是娱乐放松和比才试艺，这是一种诗歌游戏，故诗歌便具有更大的随意性，这一时期同题吟咏现象很常见，如颜延之和刘义恭都写过《登景阳楼诗》，颜延之诗曰："风观要春景，月榭迎秋光。沿波被华若，随山茂贞芳。"❸刘义恭的诗写得更加繁细："丹墀设金屏，瑶榭陈王床。温宫冬开燠，清殿夏含霜。弱蕊布遥馥，轻叶振远芳。弥望少无际，肆睇周华疆。象阙对驰道，飞廉瞩方塘。邸寺送晖曜，槐柳自成行。通川溢轻舻，长街盈方箱。顾此爝火微，胡颜厕天光。"❹两首同题山水诗作均铺写描摹登上景阳城楼所见之景，斗才使气，极尽铺陈夸饰，尤其是后者，近乎堆砌了，这当然更是一种以赏玩为目的的文字游戏了，这也是庭园山水诗的一个弊端。

❶ 逯钦立. 先秦汉魏晋南北朝诗［M］. 北京：中华书局，1988：1382-1383.
❷ 逯钦立. 先秦汉魏晋南北朝诗［M］. 北京：中华书局，1988：1383.
❸ 逯钦立. 先秦汉魏晋南北朝诗［M］. 北京：中华书局，1988：1237.
❹ 逯钦立. 先秦汉魏晋南北朝诗［M］. 北京：中华书局，1988：1248.

第三节 佛教影响下的山水观

体物诗表现了南朝的"物"观念的盛行，南朝"物"观盛行与南朝佛教的兴盛分不开。佛教在南朝大盛，文人信佛之多，受佛教影响之深均是研究南朝文学不能绕开的现象。

一、禅学的修持观与南朝士人的严谨修身

佛教自东汉传入中土，于南朝大盛，整个南朝从普通士人到皇帝，从个人到集体，信仰佛教之风甚浓。早期传入中土的佛教主要是小乘禅学，即通过"止观"修行来获得无上菩提，从而获得主观精神的解脱。

东汉时期，安世高译传的《安般守意经》中具有"数息、想随、止、观、还、净"修持六事，其中"止"是指通过数息来止息妄念邪想，"观"则是通过观察人身五阴而悟"非常、苦、空、非身"之理，达到"除去贪欲""不受五阴"的"净"，即"无为"。随后继承并发展了安世高的禅学思想的是公元247年来到三国东吴的康僧会，他提出了"明心"的概念："心者，众法之源，臧否之根。同出异名，祸福分流。"❶此心若为声、色、香、味、触、法等外境所迷惑，便会生出许多秽念："弹指之间，心九百六十转，一日一夕十三亿意。"❷修持安般禅，即是"弃十三亿秽念之意"，使得"净心"复明。康僧会把"明心"譬为磨镜："淫邪污心，犹镜处泥秽垢污焉。……若得良师刮然刮莹磨，薄尘微曀荡使无余，举之以照，毛发面理无微不察，垢退明存使其然矣。"❸康僧会的"明心说"可谓是开了后代"修心论"的先河。随着中土禅学的发展，"心"的

---

❶ 法镜经序（卷六）[M]//高楠顺次郎，等编. 大正新修大藏经（第55册）. 台北：佛陀教育基金会，1990：46.

❷ 安般守意经序[M]//高楠顺次郎，等编. 大正新修大藏经（第55册）. 台北：佛陀教育基金会，1990：163.

❸ 安般守意经序[M]//高楠顺次郎，等编. 大正新修大藏经（第55册）. 台北：佛陀教育基金会，1990：163.

地位日益突出，因安世高与康僧会都是以译介禅经为主，故整个汉魏时代，习禅之风在中土并不盛行。继二人后，罗什和佛陀跋陀罗分别于东晋隆安五年（公元401年）和东晋义熙四年（公元408年）来到中土，尤其是后者来华后，中土禅学大盛，禅学大师辈出。僧稠的"修心"，僧实的"雕心"，僧叡的"厝心"，这些禅学大师都强调修心的功夫，他们认为当人们耽于物质享受时，便会迷失本真，产生妄念，隐盖佛性，因此需要扫除客尘，去除妄心，如此才能"守心"。如僧叡就把外在的万有与内在的烦恼均归之于人们妄心邪思的结果，"驰心纵想，则情愈滞而惑愈深；系意念明，则澄鉴朗照而造极弥密"❶，他十分重视"厝心"作用，认为禅法是"向道之初门，泥洹之津径"❷，禅修目的就是要将"心"从各种外物的污染中解脱出来。于南朝时期来到中土的菩提达摩主张众生皆有佛性，只不过本性"为客尘妄复，不能显了"，故需"凝住壁观，无自无他，凡圣等一，坚住不移"❸，如此才能"舍伪归真"，所谓"壁观"其实是一种自我反省的方式，是一种比较注重自我心灵与行为控制的实践修行式的入道方法，这种修行观也为后代的禅师继承。

由于修行的目的是为了更好地去掉"客尘"以达到"守心"，修持是一种心识的转化，需要肉体的苦行，南朝士人十分严谨的持守，这在某种程度上显示出了他们的虔诚。他们的生活非常简朴，如梁武帝萧衍"日止一食，膳无鲜腴，惟豆羹粝食而已"❹，"身衣布衣，木绵皁帐，一冠三载，一被二年。常克俭于身……不饮酒，不听音声，非宗庙祭祀，大会飨宴及诸法事，未尝作乐。性方正，虽居小殿暗室，恒理衣冠，小坐押袵，盛夏暑月，未尝褰袒"❺。梁武帝如此，朝廷其他宫体诗人的生活也同样节俭，徐陵"性又清简，无所营树，俸禄与

---

❶ 释僧祐. 出三藏记集 [M]. 北京：中华书局，1995：342.
❷ 释僧祐. 出三藏记集 [M]. 北京：中华书局，1995：342.
❸ 道宣. 续高僧传 [M] //高楠顺次郎，等编. 大正新修大藏经（第55册）. 台北：佛陀教育基金会，1990：551.
❹ 姚思廉. 梁书（卷三）[M]. 北京：中华书局，1973：97.
❺ 姚思廉. 梁书（卷三）[M]. 北京：中华书局，1973：97.

亲族共之"❶, 萧纲 "立身行道, 终始如一, 风雨如晦, 鸡鸣不已"❷, 足可见其立身之道的严谨。这些具有高度文化修养的贵族知识分子还撰文对如何修持进行反省和指导, 如南齐竟陵王萧子良奉戒极严, 他不仅自名为 "净住子", 还写了南朝最为成熟的忏法著作《净住子净行法门》; 梁武帝在《净业赋》中也指出人们以眼、耳、鼻、舌、身、意 "六识" 来追逐色、声、香、味、触、法 "六尘" 为非; 另外简文帝《六根忏文》、沈约《忏悔文》及梁君臣同作之《八关斋夜赋四城门更作四首》, 均以佛教的观点对现实声色生活做出了反省与思考。

整个南朝从皇帝到士人平民, 从个人到集体, 信仰佛教之风甚浓, 南朝禅学对他们影响也甚为深远。既然在对肉身的持守与修行中, 可以守住自己清静无垢之本心, 也就是说, 诉诸肉身享受的 "物质" 与人的 "本心" 是可以置于两端的。那么, 修持达到一定程度, 便可以获得心灵超脱, 心物的分离便是可以实现的。南朝诗歌以体物为主而剥离了诗人情感的写作方式, 与这样的思维方式应该是大有关系的。

二、"空有" 论与南朝士人的 "物" 观

南朝时有一部十分重要的佛学论著《大乘起信论》(又称《起信论》), 相传为古印度马鸣菩萨作, 然而自隋代起, 其真伪问题就一直为学界争论不休。以梁启超、吕澂、潘桂明为代表的多数学者认为《起信论》极有可能是南北朝时后期具有士族文化背景佛教学者所作, 因为从论典内容看, 《大乘起信论》的作者对儒释道三家之学和印度佛教学说都相当熟悉。据此我们可以断定《大乘起信论》的产生与南北朝社会的本土佛教思想密切相关, 因为它所阐述的佛教思想离不开南朝士人对当时流行的佛教问题的关注与思考。

《大乘起信论》的核心思想是 "一心二门" 说, 它认为 "一切分别即分别自

---

❶ 李延寿. 南史 (卷六十二) [M]. 北京: 中华书局, 1975: 1525.
❷ 姚思廉. 梁书 (卷四) [M]. 北京: 中华书局, 1973: 108.

心"❶，"一切世间境界，皆依众生无明妄心而得住持"❷，也就是说，一切妄心则是由于受到物质世界声、色、香、味、触、法等污染而起，人心在世俗世界里受到了污染，就会阻碍其心性的纯净。而净与染之间是没有绝对分别的，"究竟离妄执者，当知染法、净法皆悉相待。无有自相可说。是故一切法从本已来，非色、非心，非智、非识，非有、非无，毕竟不可说相。而有言说者，当知如来善巧方便，假以言说引导众生。其旨趣者，皆为离念归于真如"❸。所谓"染法、净法皆悉相待"意思是染法净法是相对而成，二者是互相依存而有的，这就像白天和黑夜，如果没有白天，黑夜成为常态，也就无所谓白天黑夜的区别了。同样，真如门和生灭门也是相对而有的，没有生灭门，也就没有真如门，没有真如门说生灭门也没有任何意义，而生灭门正是进入真如门的途径。

《起信论》还指出从生灭门入真如门的途径是观五蕴，而所谓五蕴乃色蕴、受蕴、想蕴、行蕴、识蕴，五蕴中，色蕴是最基本的，而在把握物质世界时，又是通过眼、耳、鼻、舌、身、意来接触客观世界的，这是把握物质世界的门洞，也可以说"观五蕴"最终落脚于以六根去观物质世界，进而再观人的内心世界，从而持守本心。以相对主义论看，观五蕴正是为了摆脱五蕴对人的束缚，观物也正是为了摆脱物对人心的束缚，从而获得"本觉"真心的法门。"心"被声、色、香、味、触、法所污染，那么，声、色、香、味、触、法等污染的直接载体则是"物"，所以要想获得真如，必须去除"染心"，而要去除染心，则必须真正根除对"物"的欲望，而观物正是为了涤除对物的妄想。物质享乐生活不应当是修行的障碍，正是一种考验与方便法门，佛经中有许多借物欲来悟佛理的描写，如马鸣《佛所行赞·离欲品第四》写众采女色诱惑太子，而太子竟在诱惑中超脱，获得佛理。可见在对物质的极度占有中悟得佛理也不是什么难事，这样对物的态度就可以随意而轻松。南朝人喜读《维摩诘经》，《维摩诘经》描写了一位将世俗生活与修行融合在一起的维摩诘居士的形象，虽然其世俗生活是无所

❶ 高振农. 大乘起信论校释 [M]. 北京：中华书局，1992：59.
❷ 高振农. 大乘起信论校释 [M]. 北京：中华书局，1992：59.
❸ 高振农. 大乘起信论校释 [M]. 北京：中华书局，1992：130.

不为，但由于他精通佛理，"善权方便"而能"立其志"，"正其意"，因此他的精神世界仍很高超，仍能于佛国得道。这种"无缚无解，无乐无不乐"的人生境界在当时颇受推崇，南朝人把物欲横流的社会生活与佛禅信仰这种貌似矛盾的生活态度奇妙地统一起来。

佛教的这种观念无疑是影响了南朝人的"物"观念的。南朝社会奢靡之风盛行，物欲横流，追求物质享受已成为当时社会普遍价值观，朝野"上慢下暴，淫侈竞驰"❶，"今之燕喜，相竞夸豪"，"其余淫侈，著之凡百，习已成俗，日见滋甚"❷，人们公开推崇各种感官的物质享受，"充庭广奏，则以鱼龙靡曼为壤玮，会同享觐，则以吴趋楚舞为妖妍。纤罗雾縠侈其衣，疏金镂玉砒其器。在上班赐宠臣，群下亦从风而靡"❸，在佛教浸润下的人们看来，既然万物世界是个"假有"，也就无须过分执着，只要把握住自我本心，对外物不妨以游戏赏玩的态度来享受它，这样他们将许多看似矛盾的关系统一起来了：一方面物质生活的奢靡，另一方面是修持生活的严谨；一方面以各种感官去细致观物，另一方面将自己主体精神超脱于物质之外，一方面严谨的自我修持，另一方面却在诗文中描摹放荡。

在物质的极度丰富和对它的全面占有中，文士们对物的个体体验与观赏达到极度细致的程度，南朝咏物诗之多是历代所少有的，同题吟咏现象也最为丰富。如修身严谨的宫体文人发于笔端的宫体诗歌则极其奢靡、荒诞、放荡，像萧衍、萧纲、徐陵等人均是修持极严谨的居士，但其所作诗文却是这样的："艳艳金楼女，心如玉池莲。持底报郎恩，俱期游梵天"（萧衍《欢闻歌》），"望江南兮清且空，对荷花兮丹复红。卧莲叶而覆水，乱高房而出丛"（萧纲《采莲赋》），"流苏锦帐挂香囊，织成罗幌隐灯光。只应私将琥珀枕，暝暝来上珊瑚床"（徐陵《杂曲》），他们显然是在各种香艳露骨的描写中表达严肃的主题目的。从看似矛盾对立的生活方式中，我们可以推知南朝人的物观，他们把"物"质享受

❶ 姚思廉. 梁书（卷一）［M］. 北京：中华书局，1973：15.
❷ 司马光. 资治通鉴（卷一百五十九）［M］. 北京：中华书局，1956：4930.
❸ 李昉. 太平御览（卷五六九）［M］. 北京：中华书局，1966：2574.

看成修身之外的一种消遣方式，以游戏欣赏的眼光观物，而这种以"持守"修身为目的的"观物"正是从早期禅学修行观中所获得的一种认识方式。南朝体物诗歌描写的细致入微无疑得益于这种情感抽离后的多角度多层次的"观物"。

三、谢灵运的观山水

谢灵运深受佛教思想影响，他对山水（物）的喜好也与佛教有一定关系。从早期的《阿含经》开始，佛教徒就流露出对山水的偏爱，在谢灵运看来，山水是人的本性的寄托，"夫衣食，人生之所资；山水，性分之所适"❶，而人的"性分"，正是一种清静自在光明洒脱的本性，谢灵运常言："六经典文，本在济俗为治，必求性灵真奥，岂得不以佛经为指南耶！"❷"性灵真奥"正是佛教中的"心性"，谢灵运认为山水乃人"性分所适"，观山水是为了获得无上的佛理智慧，正如佛教之以观物质世界之色、受、想、行、识来悟佛理一般，无上智慧正来源于凡俗世间。谢灵运将佛理与山水联系起来，认为诗人性情可以在山水的神奇瑰丽、虚静空明中高栖，而观赏山水也可以领悟到佛理，这个玄言的结尾正是诗人在山水中所悟到的而需借山水来体悟的佛理，这才是他诗歌所表达的真正含义。在这样的思想心态下，他笔下的山水总是表现出其最真实、最美妙生动的自然状态，而他也从不会以山水来寄托自己的人生情志。

谢灵运与当时著名佛学大师慧远交往很深，据《高僧传》卷六《释慧远传》载，"彭城刘遗民、豫章雷次宗、雁门周续之、新蔡毕颖之、南阳宗炳、张莱民、张季硕等，并弃世遗荣，依远游止。"❸ 心高气傲的谢灵运对慧远更是"及一相见，肃然心服"❹，甚至应邀为其作《佛影铭》，以纪念慧远庐山立台画佛像一事。慧远佛学思想认为"法身"是世界中恒定不变的佛陀的神明，在客观世界中感知的一切无不是佛陀法身的显现，客体的"物"并不是寄托自我情志的道

❶　全宋文（卷三十三）[M]//严可均，辑. 全上古三代秦汉三国六朝文. 北京：中华书局，1958：2616.
❷　释慧皎. 高僧传 [M]. 北京：中华书局，1992：261.
❸　释慧皎. 高僧传 [M]. 北京：中华书局，1992：214.
❹　释慧皎. 高僧传 [M]. 北京：中华书局，1992：221.

德载体和审美载体，而是"空"和"法身"的显现，人们感受客体世界，其实接近的是"空"和"法身"，并不是"我"，这表明人们只有脱离"我"去观想自然，才能接近真正的佛法。慧远在南朝士人中影响相当大，与之交往的文人甚多，在彼此的交往中，南朝诗人必然受佛教思想的影响，他们的诗歌也呈现这一特性。

根据逯钦立《先秦汉魏晋南北朝诗》对曹植、陆机、陶渊明、谢灵运四位诗人的五言诗进行粗略统计发现：诗中用到"我"（包括"吾""余""予""老夫"）字，曹植有 65 次，陆机有 27 处，陶渊明有 84 处，谢灵运有 15 处。这表明从魏晋到南朝时，诗歌中"我"字有明显减少趋势，而且谢诗中的"我"多出现于四言诗和乐府类诗作中，在代表新兴诗歌风格的山水诗中几乎没有。这山水诗中，谢诗表述自己时多用"客""游子""旅人"等这种第三者视角的叙述方式，这似乎能使读者更方便地进入客体的当下状态，也能更好地将自己与物质世界剥离开来接近真如"法身"。

南朝人正是以这样的心态去观照外物的，这也反映了他们对外于自身的物质世界的一种态度，因此，其"观"也能够更加细致全面客观。南朝山水诗人受佛教"观五蕴"的思维方式影响，他们对山水细致繁缛的描摹正是为了在山水中证得无上玄理。

佛教思维方式影响了南朝诗人对客体世界尤其是自然的态度，他们对自然山水的观照比以前更为宽广更为深入。在文学发展的过程中，体物山水诗以写景细致描摹繁缛见长，诗人将山水作为一个真正客体对象来观赏，而不是作为主体的附加物将自我情感融入其中，这样，自然山水才真正从人类的附庸下解放出来，成为诗歌中的真正主人。

不同于传统山水诗，体物山水诗对山水自然采取真正关注的全新视角，这是佛教对中土文化影响产生的新的诗歌审美，尽管体物山水诗常常展现出来的是一幅精致美丽的工笔山水图卷，让人有身历其境目不暇接如行山阴道上之感，而诗人心中的情理却需"另言附上"，但是，每一种新兴体式诗歌出现之初不可避免的问题，也即佛教传入中国尚未完成被中国文化消化的产物。然而诗歌毕竟是抒情的，随着禅宗的进一步发展，惠能将性与情打成一片，"心"是当下心，惠能的禅学思想与唐人对自我的张显是一致的，唐诗进入一个高度注重表现人的自性、自由与自在的时代，山水诗也迎来一个风格多样、数量庞大、质量上乘的时代。然而如果没有体物山水诗对"自然"的关注与细致描摹赏玩，也不会有唐诗出神入化的描写技巧，更不会有唐诗心物交融达到的高度，这也正是南朝体物山水诗的价值所在。

第三章
儒家自然观与杜甫的山水诗

第三章
儒家自然观与杜甫的山水诗

随着唐朝国家的统一与稳定繁荣，唐代思想走向兼容并包，儒释道三教并行，唐代山水诗也表现出异彩纷呈、风格多样的特点。

由于儒学在分裂几百年之后重新统一的唐代彰显着安定社会秩序的强大功能，唐朝统治者十分重视儒学的建设发展，并长期奉行以儒为本释道为辅的政治政策。唐初统治者十分重视恢复儒学和发展经学，高祖李渊于武德二年下诏："朕君临区宇，兴化崇儒，永言先达，情深绍嗣。宜令有司于国子学立周公、孔子庙各一所，四时致祭。"❶ 唐太宗即位之初便立弘文馆，精选天下文儒之士于殿内讲论经义，他表示"朕今所好者，惟在尧舜之道，周孔之教。以为如鸟有翼，如鱼依水，失之必死，不可暂无耳"❷，并于贞观七年命颜师古考定五经，颁于天下，又命国子祭酒孔颖达与诸儒撰定五经义疏，统一儒学。唐高宗也强调了儒学的重要性，他说："圣人之心，主于慈孝，父子君臣之际，长幼仁义之序，与夫周孔之教，异辙同归；弃礼悖德，朕所不取。"❸ 在朝廷的引领下，士人们普遍习儒经、重儒教，士人们普遍追求积极有为建功立业，儒学以其经世致用的热情提出了理想社会的构建。在人与自然的关系上，一些深受儒家影响的诗人立足于儒家社会伦理，他们的山水诗也呈现了独特的生态观。

---

❶ 刘昫. 旧唐书（卷一八九）［M］. 北京：中华书局，1975：4940.
❷ 吴兢. 贞观政要（卷六）［M］. 上海：上海古籍出版社，1978：195.
❸ 王溥. 唐会要（卷四七）［M］. 北京：中华书局，1955：836.

第一节　儒家哲学中的生态智慧

一、儒家自然观的起点：仁人爱物

"仁"是儒家学说的核心，在儒家看来，"仁"是一切思想行为的出发点，孔子的"仁者爱人"（《论语·颜渊》）和孟子的"仁，人也"（《孟子·梁惠王》）都是从人际关系来说的，儒家认为人际关系的出发点就是仁爱。

仁爱是人的一种本能的自然属性，它起始于父母与子女以血缘维护的血缘亲情，即亲亲之情。亲亲之情是依据血缘关系由近向远推展的一种伦理关系，一般而言，我们爱父母子女要甚于亲族朋友，而爱亲族朋友又甚于陌生人，随着血缘关系的逐渐疏远，爱的程度也是递减的，故亲亲之情也有先后远近之分。孔子认为亲亲之情中最基本的情感是"孝悌"，孔子说"孝悌为仁之本"，只有爱父母兄弟的人，才可能推而广之进一步去爱血缘逐渐疏远的他人，甚至爱自然中的一切生命，其所谓"爱亲则其方爱人"❶，"泛爱众而亲仁"❷ 也是这样的意思。孟子将"仁"的层次进一步推展到人类以外的自然界，孟子说，"君子之于物也，爱之而弗仁；于民也，仁之而弗亲。亲亲而仁民，仁民而爱物。"❸ 孟子指出仁的"亲亲""仁民""爱物"三个不同层次，将仁爱的范畴从家庭扩展到整个自然界，甚至无限的宇宙。孟子认为人天生具有同情心，"恻隐之心，人皆有之"（《孟子·告子上》），而且这种同情心还会扩展到他物，"君子之于禽兽也，见其生，不忍见其死；闻其声，不忍食其肉。是以君子远庖厨也。"❹ 君子这种对于动物的"不忍之心"同样会施于自然万物，这便是"仁心"。"仁"为天之德，而天以"生"为道，人与动植物都是天之所生，从生命的意义上说，尽管它们与人的关系有亲疏远近，但本质上并无区别，"仁"最本真的普遍含义便是这种

❶ 郭店楚墓竹简：语丛三 [M]. 北京：文物出版社，2003：38.
❷ 杨伯峻. 论语译注 [M]. 北京：中华书局，2006：5.
❸ 杨伯峻. 孟子译注 [M]. 北京：中华书局，1960：322.
❹ 杨伯峻. 孟子译注 [M]. 北京：中华书局，1960：15.

普遍的生命意识。孔子说"子钓而不纲，弋不射宿"（《论语·述而》），意思是钓鱼就用鱼钩而不要用渔网，射鸟就不要射栖宿巢中孵卵或育雏的鸟，这说明从自然取物应该有所节制而不可滥捕，这尤能表明孔子对自然生命的爱惜之心悲悯之情，难怪朱熹赞叹："此可见仁人之本心矣，待物如此，待人可知!"❶ 这才是真正的仁者之心。

宋代大儒程颢将自然看成人的四肢百体，他说，"若夫至仁，则天地为一身，而天地之间，品物万形为四肢百体，夫人岂有视四肢百体而不爱者哉?"❷，程颢又进一步说，"医书言手足痿痹为不仁，此言最善名状。仁者，以天地万物为一体，莫非己也。认得为己，何所不至? 若不有诸己，自不与己相干，如手足不仁，气已不贯，皆不属己。"❸ 他认为天地万物本是一体，就如同手足一般，如果对自然万物麻木不仁，就好比手足痿痹了一般，这就是不仁。真正的仁者应该"视天下之人，无外内远近，凡有血气，皆其昆弟赤子之亲，莫不欲安全而教养之，以遂其万物一体之念"❹，这就是说，人应该将天地万物视为自己的五官四肢，无分内外远近，不使一物滑出自己的关怀之外，"使有一物失所，便是吾仁有未尽处"❺。

张载则以"气"来禅释天地万物的一体之仁，他认为"气"为世界的本源，人同天地万物都源于"气"，而气又得之于自然宇宙，故自然宇宙是人类与其他一切物种的共同父母，人的本性也同自然万物的本性，所以他提出"民吾同胞，物吾与也"的观点，主张我们应该如同爱同胞手足一样爱一切人和万物，这既是一种伟大的博爱精神，也是一种道德伦理。正如法国思想家施韦兹所说："伦理与人对所有存在于他的范围之内的生命的行为有关，只有当人认为所有生命，包括人的生命和一切生物的生命都是神圣的时候，他才是伦理的。"❻ 只有

❶　朱熹. 四书章句集注［M］. 北京：中华书局，1983：99.
❷　程颢，程颐. 二程集［M］. 北京：中华书局，1981：74.
❸　程颢，程颐. 二程集［M］. 北京：中华书局，1981：15.
❹　王阳明. 王阳明集［M］. 上海：上海古籍出版社，1992：54.
❺　王阳明. 王阳明集［M］. 上海：上海古籍出版社，1992：25.
❻　施韦兹. 敬畏生命［M］. 陈泽环，译. 上海：上海社会科学院出版社，2003：9.

当一个人把植物和动物看得与他的同胞生命同样重要的时候，他才是一个真正的有道德的人。

儒家的仁心爱物是人类伦理从父母子女到亲族朋友再到整个人类乃至于整个自然界的扩展，仁爱虽始于亲却不终于亲，这也是儒家的仁爱观念能够成为普世道德伦理的关键。

二、儒家自然观的立足点：伦理道德

天地万物与人类实乃一体的手足，但是，人是天地万物中最有思想的动物，他具有承担天地之爱的责任的主体性，王阳明把这种主体性称为"天地之心"，"夫人者，天地之心，天地万物，本吾一体者也"❶，他认为人的"仁心"实得之于天，故人是天地之心。王阳明又认为，"生民之困苦荼毒，孰非疾痛之切于吾身者乎？不知吾身之疾痛，无是非之心者也"❷，天地万物的困苦也是人类自己的切肤之痛，作为"天地之心"的人，不能使天地自然任何一物失所，若有一物失所便为不仁，可见，"仁"是将天地万物与人心相感通成为一体的本质，而将人定位为"天地之心"，其本质是使人类对天地万物负有的一种道义与责任。王夫之也说："自然者天地，主持者人，人者天地之心"❸。他把人类定位为天地自然的主持者，指人类承担了为天地立心的道义。儒家的仁爱不仅仅凸显了人类的主体意识，更在实质上超越了整个人类社会，将整个自然宇宙纳入人类的道德情感视野，他们将整个宇宙自然的社会理想都纳入了"君臣父子"家国同构的社会理想体系，因此，当社会处于颓微之时，统治者往往会振兴儒学解决社会的矛盾，而读书人也会自觉担当起振兴社会重塑道德价值大厦的责任，他们往往自觉地以天下为己任，以关注现实人生，拯救天下苍生为自己的人生目标，这也是儒家以天下为己任的主体意识的表现。

在对待自然的态度上，儒家的"爱物"也具有以人类道德情感为基础观照

---

❶ 王阳明. 王阳明集［M］. 上海：上海古籍出版社，1992：79.

❷ 王阳明. 王阳明集［M］. 上海：上海古籍出版社，1992：79.

❸ 王夫之. 船山全书（第1册）［M］. 长沙：岳麓书社，1996：885.

点的主体意识。在儒家看来，自然是不可能脱离社会而存在的，因此，自然被纳入视野也是由于其具有符合儒家社会价值观的美学特征，如《诗经》的自然多用来比兴人类的美德，这正是儒家审美哲学的延伸。儒家对山水的描述大多带有道德隐喻，如"桃之夭夭，灼灼其华"乃在赞美新嫁娘的美丽以及多子多福，"节彼南山，维石岩岩。赫赫师尹，民具尔瞻"则以南山之高峻来赞美师尹的道德品格。山水因其具有符合人类道德需求的特点而进入了人类的观照视野，这是先秦人们对自然美所持的一种欣赏的普遍态度。孔子在《论语·雍也》有这么一段话："知者乐水，仁者乐山。知者动，仁者静。知者乐，仁者寿。"❶ 自然的山水得到圣人的赏爱，正是由于其中包蕴了能够与人们内在道德产生共鸣的特质，仁者智者何以与山水具有道德上的类同呢？后人对此有丰富的解释。

《韩诗外传》卷三云：

夫水者，缘理而行，不遗小间，似有智者动而下之，似有礼者蹈深不疑，似有勇者障防而清，似知命者历险致远，卒成不毁。似有德者天地以成，群物以生，国家以宁，万物以平，品物以正。此智者所以乐于水也。夫山者，万民之所瞻仰也。草木生焉，万物植焉，飞鸟极焉，走兽休焉，四方益取予焉。出云道风，从乎天地之间，天地以成，国家以宁，此仁者所以乐于山也。❷

水沿着理路行进，无所遗漏，而且总是谦逊地处在最下方，又具有勇敢执着的品质，奔蹈不止，这正是人世间大智慧和大美德，与智者何其相似！山，生殖财富而不为己用，无私地为人们提供取用，这种生长万物的博大胸怀与无私的品质，与仁者的美德何其相类似！

《说苑·杂言篇》记载：

夫水者，君子比德焉。遍予而无私，似德；所及者生，似仁；其流卑下，句倨皆循其理，似义；浅者流行，深者不测，似智；其赴百仞之谷不疑，似勇；绵

---

❶ 杨伯峻. 论语译注［M］. 北京：中华书局，1980：62.
❷ 刘宝楠. 论语正义［M］. 北京：中华书局，1990：238.

弱而微达，似察；受恶不让，似包蒙；不清以入，鲜洁以出，似善化；至量必平，似正；盈不求概，似度；其万折必东，似意。是以君子见大水，观焉尔也。❶

这段话的意思是，水遍布天下给予万物，并无偏私，所到之处，万物生长，有如君子的道德与仁爱；水性向下，随物赋形，又有如君子的高义；水浅处流动不息，深处渊然不测，奔赴万丈深渊毫不迟疑，有如君子的智慧与果决勇毅；水渗入曲细无微不达，蒙受恶名却从不申辩，有如君子明察秋毫和包容一切的豁达胸怀；水与泥沙俱下而仍是一泓清水，装入量器一定保持水平，有如君子的善于改造事物和立身正直的品质；水遇满则止，并不贪多务得，百折千回，一定要东流入海，有如君子讲究分寸处事有度和意志坚定满怀信念。水具有那么多可以与智者相比称的特性，智者乐水是非常自然的了。

清人刘宝楠《论语正义》释之曰：

水运行不已，有进之象，君子自强不息，进德修业，日有孳孳而莫之止，其进也，即其动也。❷

是说智者之所以喜爱水，是因为水流动不止，不断进取，而仁者之所以喜爱山，就是因为山川静穆，而且生长万物，具有一种君子的博大胸怀。

这些丰富的解读也正表明诗人在"仁者乐山，智者乐水"的体认中植入了道德情怀，他们将自己的道德情感附在对山水的反复解说中。受儒家思想影响的诗人们在观照自然时，会不自觉地将以道德理想投射于自然物，使自然成为比德的对象，如杜甫《题桃树》中："小径升堂旧不斜，五株桃树亦从遮。高秋总喂贫人实，来岁还舒满眼花。"所写的桃树为贫人奉献果实与诗人自己"穷年忧黎元"的道德情怀是可以相类比的，而韩愈《枯树》中："老树无枝叶，风霜不复侵。腹穿人可过，皮剥蚁还寻。寄托惟朝菌，依投绝暮禽。犹堪持改火，未肯但空心。"所言老树虽枯死但还是拿来生火，这不正是韩愈自述"欲为圣明除弊

❶ 刘宝楠. 论语正义 [M]. 北京：中华书局，1990：238.
❷ 刘宝楠. 论语正义 [M]. 北京：中华书局，1990：238.

事，肯将衰朽惜残年"虽年衰老朽仍为要为国事为朝政除弊的一腔赤诚的写照吗?! 山水既然可以"比德"，那么与道德相关的喜怒哀乐也可以托附山川风物，这是比德山水不可避免的衍生物。如韩愈"猿愁鱼踊水翻波，自古流传是汨罗"（《湘中》）中所寄托的哀愁，刘长卿"汉文有道思犹薄，湘水无情吊岂知"（《长沙过贾谊宅》）中所寄托的怅惘，诗歌中的"汨罗""洞庭"这些带有强烈文化暗示性的山水符号所承载的是忠君爱国的道德情感，这种凄凉悲情是与诗人心系国家安危与黎民苦楚的道德追求密切相关的。诗人的审美情趣不在山水而在人事，这种人文情怀可以说是迁谪文人在山水中的一个重要心理投射，这种心理投射进而扩大而颇具感召力的山水传统，正是儒家忧乐情怀的真实写照。此类山水诗就非常之多了，如柳宗元"桂岭瘴来云似墨，洞庭春尽水如天"（《别舍弟宗一》）中尽是诗人贬谪岭南与兄弟作别时内心的绝望与悲惨，杜甫"片云天共远，永夜月同孤。落日心犹壮，秋风病欲疏"（《江汉》）中的"片云夜月"当然是漂泊诗人孤独凄凉心境的投射，而曹操《观沧海》中"日月之行，若出其中，星汉灿烂，若出其里"的沧海，吞吐日月星辰的气魄不也是帝王气象的象征吗?!

儒家诗人在自然中寻找到道德、理想、情感的对应物，从而撷取进诗歌中，诗人们喜爱山水是因为山水蕴含了某些符合人们道德期待的特质。在人与自然的关系上，自然既是人类的手足，也是人类道德价值的观照对象，不同于现代西方将自然视为客体对象的自然观，儒家自然观是一种将自然纳入人类道德体系之中的以"仁"为中心的天人合一的整体自然观，儒家山水诗也是一种建立在整体和谐基础上以人类价值观为主体的山水诗。

第二节 老儒杜甫的仁人爱物

一、杜甫的儒家理想

杜甫在他的诗中常以"儒生"自称，如"愿见北地傅介子，老儒不用尚书郎"(《忆昔二首》)、"儒生老无成,臣子忧四番"(《客居》)、"江汉思归客,乾坤一腐儒"(《江汉》)。不论是"老儒""儒生"还是"腐儒",都表明杜甫内心深处是以儒家的道德标准要求自己的。

杜甫出生于一个以儒学为传统的家族,他的十三世祖杜预是晋代名将,曾著过儒家经典《春秋左氏经传集解》,祖父杜审言是初唐"文章四友"之一,父亲杜闲曾任兖州司马,杜氏家族一直有出仕为官积极有为的传统,故杜甫在《进雕赋表》中说:"自先君恕预以降,奉儒守官,未坠素业矣。"❶ 在这样的家庭环境中成长的杜甫,青年时代早就怀有"会当凌绝顶,一览众山小"(《望岳》)的远大志向。杜甫三十九岁那年曾自述心志:"致君尧舜上,再使风俗淳"(《奉赠韦左丞丈二十二韵》),此后,他反复提到这一志向:

致君唐虞际,纯朴忆大庭。(《同元使君舂陵行》)❷

死为星辰终不灭,致君尧舜焉肯朽。(《可叹》)

生逢尧舜君,不忍便永诀。(《自京赴奉先县咏怀五百字》)

致君尧舜付公等,早据要路思捐躯。(《暮秋枉裴道州手札率尔遣兴寄近呈苏涣侍御》)

尧舜时代以天下为公的大同社会也是儒家的理想社会,亦即孔子所谓的"天下归仁"(《论语·颜渊》)的社会,辅助君王并建立理想的和谐社会成为杜甫终其一生在追求的政治理想。杜甫在天宝十四载安史之乱前夕所作五言长诗《自京赴奉先县咏怀五百字》中就自述要以稷与契为榜样,"许身一何愚,窃比稷与契!"稷与契是舜时的大臣,稷从小就善于稼穑,契则是曾协助大禹治水,这是两位以安民生为己任的著名贤臣,杜甫以这二人为榜样,表达了要以天下民生为己任的自我追求。王嗣奭在《杜臆》中解说杜甫自比稷契时感叹说:"人多疑自许稷契之语,不知稷契元无他奇,只是己饥己溺之念而已!"❸"己饥己溺"语出

---

❶ 董诰. 全唐文 [M]. 北京:中华书局,1983:3650.
❷ 文中所引用的唐代诗歌均出自《全唐诗》。
❸ 王嗣奭. 杜臆 [M]. 上海:上海古籍出版社,1983:35.

《孟子·离娄下》："禹思天下有溺者，由己溺之也。稷思天下有饥者，由己饥之也。"❶ 意即自己处于饥溺之中，就会想到天下百姓也还有和自己一样处于饥溺之中的人，这是一种先天下之忧而忧的伟大情怀，也是一种高度的责任感和高尚的政治情操，杜甫以"己饥己溺之念"为人生目标，常年为天下苍生忧心不已，"穷年忧黎元，叹息肠内热"，不论在多么卑微的官职上，从不改变志向，这不得不说是一种崇高伟大的人生信念。

儒家关注的对象是人生与社会，他们的人生态度必然是积极入世的，杜甫对于人生所怀抱的坚定信念，使他将安邦定国视为自己的终身使命，将百姓的忧乐作为自己终生关心的对象。

二、杜甫的仁人

"仁"是儒家学说的核心，孟子所谓"亲亲而仁民，仁民而爱物"（《孟子·尽心上》）表明，它是从爱亲人开始而逐步推展到爱国人，进而扩展到爱同类以及整个自然界，并最终到达"仁者无不爱"（《孟子·尽心上》）的最高境界。儒家认为，天下的所有物种，不论是人类还是动植物，不论是有生命的还是无生命的，都血脉相连，有着共同的生长源头即"天父地母"。不过，就"个人—家族—国家—天下"的逻辑推理模式来看，儒家认为父子兄弟之爱是最基本的，一个人如果连自己父母兄弟都不爱，你不能期望他会对毫不相识的人献出爱心，更不能期望他会对飞禽走兽树木花草表现出更多的同情。杜甫的"仁人爱物"也是从亲亲之爱出发，进而扩展到朋友邻人、整个人类，甚至推展到自然界的花木和虫鱼鸟兽，从而形成了一整套完整的思想体系和诗歌体系。

儒家之爱始于"亲亲"，杜甫在许多描写战争的诗歌里展现了家庭亲情的温馨和睦，表现了对亲情的依恋，如《羌村三首》中妻儿见到从战争中逃回来的自己，"妻孥怪我在，惊定还拭泪"，这是劫后余生的家人相会时不敢置信的欣喜，《江村》中与妻儿在成都草堂的生活，"老妻画纸为棋局，稚子敲针作钓钩"

---

❶ 杨伯峻. 孟子译注 [M]. 北京：中华书局，1960：199.

是战争后一家人平静守在一处的温情脉脉。可以说，妻子和儿女是杜甫诗歌中亲亲之爱的主要表现对象。首先，"妻"是杜甫提及最多的一位亲人，杜甫诗歌中提到妻子时常用"老妻""瘦妻""病妻""山妻"等词，展现的是一个贫苦瘦弱的朴素女子形象，如：

老妻寄异县，十口隔风雪。（《自京赴奉先县咏怀五百字》）

入门依旧四壁空，老妻睹我颜色同。（《百忧集行》）

偶携老妻去，惨澹凌风烟。（《寄题江外草堂》）

昼引老妻乘小艇，晴看稚子浴清江。（《进艇》）

老妻画纸为棋局，稚子敲针作钓钩。（《江村》）

老妻书数纸，应悉未归情。（《客夜》）

何日干戈尽，飘飘愧老妻。（《自阆州领妻子却赴蜀山行三首》其二）

老妻忧坐痹，幼女问头风。（《遣闷奉呈严公二十韵》）

瘦妻面复光，痴女头自栉。（《北征》）

理生那免俗，方法报山妻。（《孟仓曹步趾领新酒酱二物满器见遗老夫》）

女病妻忧归意速，秋花锦石谁复数。（《发阆中》）

中国古代诗歌很少直接标明是写给"老妻"的，一般文人对妻子的爱直到"悼亡"作品中才表现出来，然而对于杜甫来说，"老妻""瘦妻"既是患难中彼此关切担忧的对象，又是人生旅途中生死不渝的伴侣，他们歌哭同感，喜乐同受，共同感受生活的苦难与幸福，杜甫从不讳言这种深厚的感情。至德元年（公元 756），在安史之乱中，杜甫被叛军拘押在长安，时值中秋，他思念在鄜州的妻子和儿女，写下了这首《月夜》：

今夜鄜州月，闺中只独看。遥怜小儿女，未解忆长安。香雾云鬟湿，清辉玉臂寒。何时倚虚幌，双照泪痕干。

这首诗毫不讳言对妻子的爱，极为罕见地把妻子描写成"香雾云鬟，清辉玉臂"的美女，这种描述显然是因战乱暌隔而携带着浓郁的思念和爱情的表达，日本学者下定雅弘认为这首诗中所展现的男人对女人的深爱"突破了士大夫不咏对女人的爱情的八百年的寂寞空间，有很大的历史意义"❶，这是很有道理的。

杜甫的亲亲之爱还包括对儿女的怜惜疼爱，他的诗歌表达对儿女的疼爱怜惜也从不吝惜，如：

> 遥怜小儿女，未解忆长安。（《月夜》）
>
> 床前两小女，补绽才过膝。（《北征》）
>
> 娇儿不离膝，畏我复却去。（《羌村三首》其二）
>
> 布衾多年冷似铁，骄儿恶卧踏里裂。（《茅屋为秋风所破歌》）
>
> 平生所娇儿，颜色白胜雪。（《北征》）
>
> 痴女饥咬我，啼畏虎狼闻。（《彭衙行》）
>
> 痴儿未知父子礼，叫怒索饭啼门东。（《百忧集行》）

在"娇""痴""小""怜"这些充满怜爱的词语描述下，战争给孩子们造成的精神戕害给读者留下了深刻的印象。战争造成了物质的极度贫穷，孩子们忍饥挨饿，脸色因严重营养不良而苍白，而且，战争还给造成了孩子们内心的极度恐惧。被饥饿折磨得不知所措的女儿咬着父亲，想哭又不能哭，怕哭声引来虎狼，而饥饿的儿子根本不理会什么礼仪，对着东边的厨门啼哭发怒要饭吃，这种精神折磨恐怕已经不是孩子能够承受的。杜甫历经战争的离乱，幼子在安史之乱前已经饿死，"入门闻号啕，幼子饿已卒"（《自京赴奉先县咏怀五百字》），为人父母最为悲痛的事情莫过于此，眼睁睁看着孩子忍饥挨饿却无能为力。后来当他历经战乱回到家，孩子们高兴得拉着父亲胡须问这问那："生还对童稚，似欲忘饥渴。问事竞挽须，谁能即嗔喝？"（《北征》），战争已经使孩子受尽了苦难，他又怎忍心苛责孩子"未知父子礼"呢?! 这里更多地展现了一位经历战争苦难的普通父亲慈和的内心世界。

杜甫不仅描写自己对孩子的无尽怜爱，而且他也很关心孩子的教育问题。他

---

❶ 下定雅弘. 杜甫与白居易 ［J］. 复旦学报, 2019（4）: 61-75.

多次写诗教导孩子，如《熟食日示宗文宗武》《宗武生日》《又示宗武》《又示两儿》等。在《宗武生日》中，他教导儿子以作诗为本事："诗是吾家事，人传世上情。熟精文选理，休觅彩衣轻。"大历三年（公元768年）正月，身处夔州的诗人又给时年15岁的宗武写诗教导他的课业：

> 觅句新知律，摊书解满床。试吟青玉案，莫羡紫罗囊。假日从时饮，明年共我长。应须饱经术，已似爱文章。十五男儿志，三千弟子行。曾参与游夏，达者得升堂。（《又示宗武》）

这首诗以教孩子作诗为内容，多用典故，表达了鼓励孩子"志学"的思想，可以看出望子成才的深沉父爱。

除了对妻子和儿女的爱以外，杜甫有很多作品也表现了对兄弟朋友的关爱。如《元日寄韦氏妹》《忆弟二首》《得舍弟消息》《得舍弟观书自中都已达江陵》《送从弟亚赴安西判官》《敬寄族弟唐十八使君》等诗歌表达的是对兄弟的爱，许多诗歌描写了在战争大背景下兄弟离散不得相见的悲凉，也透射着诗人浓郁的亲情。如《忆弟二首（时归在南陆浑庄）》写道："丧乱闻吾弟，饥寒傍济州。人稀吾不到，兵在见何由。忆昨狂催走，无时病去忧。即今千种恨，惟共水东流。"他想到战争中兄弟离散不得相见，不禁悲从中来，在《得舍弟消息》中他又写道："乱后谁归得，他乡胜故乡。直为心厄苦，久念与存亡。汝书犹在壁，汝妾已辞房。旧犬知愁恨，垂头傍我床。"表达了自己在战乱中得到兄弟消息时的伤感。

杜甫还写了朋友之爱。李白是他敬慕的诗人和好朋友，杜甫写了很多诗歌表达对这位天才前辈诗人的敬慕之情，如《赠李白》《梦李白二首》《春日忆李白》《冬日有怀李白》《天末怀李白》《不见（近无李白消息）》等，此外他还有写给朋友高适、郑虔、岑参等其他朋友的诗作，如《寄高适》《九日寄岑参》《郑附马池台喜遇郑广文同饮》等。在漂泊的乱世里，家人尚不可相见，更何况朋友，杜甫由自己的遭遇联系到朋友的不幸，"我已无家寻弟妹，君今何处访庭闱？"（《送韩十四江东觐省》）这种感情的共鸣正是杜甫诗歌感人至深之处，在

《赠卫八处士》中，杜甫无限哀伤地回忆了人到中年旧时朋友凋零的凄凉：

> 人生不相见，动如参与商。今夕复何夕，共此灯烛光。少壮能几时，鬓发各已苍。访旧半为鬼，惊呼热中肠。焉知二十载，重上君子堂。昔别君未婚，儿女忽成行。怡然敬父执，问我来何方。问答乃未已，儿女罗酒浆。夜雨剪春韭，新炊间黄粱。主称会面难，一举累十觞。十觞亦不醉，感子故意长。明日隔山岳，世事两茫茫。

这首诗作于诗人被贬华州司功参军之后，诗中写偶遇少年知交卫八处士的情景，当年的少年如今已经是儿女成行的父亲，孩子们好奇地问诗人从哪里来，"怡然敬父执，问我来何方"，一派天真，仿佛是自己儿女一样亲切可爱。诗歌描写了人生聚散不定，故友相见格外亲近的欣喜以及短暂相聚后不得不分别的无限感慨。

杜甫诗歌还描写了诗人对邻人的友爱，杜诗中有不少如"邻人""邻翁""邻叟""邻里""邻舍""邻家""邻好""西邻""南邻""北邻""比邻"等词语，如诗人在《羌村三首》中描写了至德二年（公元 757 年）历经战乱还家省亲的情景，初回家时热情的邻居们对自己不幸遭遇的同情唏嘘，"邻人满墙头，感叹亦歔欷"（《羌村三首》），诗人再次离家时，邻居们自发携带酒食为他送行，"父老四五人，问我久远行。手中各有携，倾榼浊复清"（《羌村三首》）。宝应元年（公元 762 年）诗人居于成都草堂，热情慷慨的邻居邀请诗人前往饮酒，"田翁逼社日，邀我尝春酒"（《遭田父泥饮美严中丞》），这位高邻非常豪迈慷慨，"叫妇开大瓶，盆中为吾取"，面对这样热情可爱的父老乡邻，诗人怎能不把他们当作自己的亲人一样对待?! 所以，当有客人造访时，杜甫也会邀请乡邻同饮，"肯与邻翁相对饮，隔篱呼取尽馀杯"（《客至》），这真是一种淳朴友善的感情！

杜甫的仁爱之情同样也施于那些素不相识的可怜百姓。大历二年（公元 767 年）杜甫寓居夔州一个草堂时，邻近寡妇常来堂前扑枣，杜甫从不干涉，后来诗人迁居离开后，把草堂借给一位姓吴的亲戚居住，不料这位吴郎住下后，便将枣树围上篱笆，禁止打枣。杜甫得知此事，写了一首诗劝阻吴郎：

> 堂前扑枣任西邻，无食无儿一妇人。不为困穷宁有此？只缘恐惧转须亲。即防远客虽多事，便插疏篱却甚真。已诉征求贫到骨，正思戎马泪盈巾。

这首诗表现对一位无依无靠的老妇深切的同情，人若非贫困至此，怎会前来扑几颗枣为食?！然而，人间贫苦人又何止这老妇人一人，想到广大人民群众遭受的巨大苦难正是由于战争带来的，诗人禁不住泪流满面。在《自京赴奉先县咏怀五百字》中，诗人面对"所愧为人父，无食竟夭折"的丧子之痛，联想到"生常免租税，名不隶征伐"的自己尚且如此，又何况那些普通民众！在《茅屋为秋风所破歌》中，处于"床头屋漏无干处，雨脚如麻未断绝"的风雨飘摇之中的诗人，想到的更多的是天下寒士的处境，"安得广厦千万间，大庇天下寒士俱欢颜，风雨不动安如山。呜呼何时眼前突兀见此屋，吾庐独破受冻死亦足。"杜甫受儒家"仁学"思想的影响，他的仁爱之情由家人朋友推及至天下百姓，他以自己的不幸遭遇而想到天下百姓之不幸，进而想到国家与民族的灾难。这是"老吾老以及人之老，幼吾幼以及人之幼"的博爱精神的具体表现，充满了仁爱与温情的人性光辉！王安石《杜甫画像》称"吾观少陵诗，谓与元气侔"，很大程度上就是因为杜甫具有"宁令吾庐独破受冻死，不忍四海赤子寒飕飗"❶的博爱之心，这也是儒家精神所能达到的最高境界。

儒家思想把人放在一个核心地位，所以，对人的态度也就是确立儒家价值标准的根本，孟子说，"仁也者，人也"，又说"恻隐之心，仁之端也"，"恻隐之心"是"仁"的发端，也是"人"的发端。当仁爱精神由人推及到物，杜甫对人类命运的关心也延伸到对自然的关注与体察。杜甫之所以成为一代诗圣，就在于他对生命的关怀是多方面的，他把仁爱之情扩大到社会与自然各个层面，其体察之细致达到了无与伦比的高度，展现了一个仁者的博大胸怀和悲悯情怀。可见，"仁爱"实质是一种最广泛、最普遍的博爱。

---

❶ 王安石. 王文公文集（卷五十）[M]. 上海：上海人民出版社，1974：560.

三、杜甫的爱物

杜甫的"仁爱"扩展到了自然的花草树木和虫鱼鸟兽，即"爱物"，"爱物"也是杜甫"仁爱"精神的一个组成部分。在杜甫笔下，大自然也如至亲好友一般令人怜爱。杜甫甚爱花木，上元二年（公元761年）春，杜甫寓居成都草堂，饱经离乱后的诗人暂时有了安身之所，春暖花开时，他独步江畔，写了《江畔独步寻花七绝句》，其中有这样几首：

> 江深竹静两三家，多事红花映白花。（《江畔独步寻花七绝句》其三）
> 桃花一簇开无主，可爱深红爱浅红。（《江畔独步寻花七绝句》其五）
> 黄四娘家花满蹊，千朵万朵压枝低。（《江畔独步寻花七绝句》其六）
> 繁枝容易纷纷落，嫩叶商量细细开。（《江畔独步寻花七绝句》其七）

这些花朵儿深红浅红，红花白花，纷纷两两、千朵万朵，尽情开放，似多情之人一般。花开花落本是大自然的常规，对于春色催花，诗人充满怜惜之情，"恰似春风相欺得，夜来吹折数枝花"（《绝句漫兴九首》其二），对于花被风摧落，诗人更感受到生命流逝的痛苦，如作于大历五年（公元770年）春的《风雨看舟前落花，戏为新句》描写桃花被风吹落的情景：

> 吹花困癫傍舟楫，水光风力俱相怯。赤憎轻薄遮入怀，珍重分明不来接。湿久飞迟半日高，萦沙惹草细于毛。

这些娇弱的花朵被风雨吹落到水边，沾湿后又飞起落在沙子上草地上，实在令人痛惜！诗人希望把这些花朵珍藏入怀，他甚至认为这些花如果实在要凋落，那就不如让风吹落，也强于被雨打得七零八落，到处沾染泥污，"不如醉里风吹尽，何忍醒时雨打稀"（《三绝句》），这真是爱花人的天真想法！其实花落花开乃自然现象，诗人爱花惜花实乃是出于生命衰败的痛苦感受，正所谓"一片花飞减却春，风飘万点正愁人"（《曲江二首》），对花朵凋零的哀愁正是出于生命衰减的无奈。

　　杜甫的仁爱与同情也施加于坚强的树木。杜甫尤其喜爱松、竹和楠，上元元年（公元 760 年）春，杜甫在草堂初建时种了四棵松树，他非常喜欢这几棵小松树，赞美它们"落落出群非榉柳，青青不朽岂杨梅"（《凭韦少府班觅松树子》）。广德元年（公元 763 年），杜甫在梓州，他特别思念草堂外的那四棵小松，"尚念四小松，蔓草易拘缠。霜骨不甚长，永为邻里怜"（《寄题江外草堂》），不知道这几棵幼弱的松树能否经得住风霜的摧残，多年不见不知它们长得如何。广德二年（公元 764 年）的晚春，诗人自阆州返回草堂，他惊喜地发现四棵小松树还活着，"入门四松在，步屟万竹疏"（《草堂》），这实在太让人高兴了，又作《四松》以记之，诗云：

　　四松初移时，大抵三尺强。别来忽三载，离立如人长。会看根不拔，莫计枝凋伤。幽色幸秀发，疏柯亦昂藏。所插小藩篱，本亦有堤防。终然振拔损，得吝千叶黄。敢为故林主，黎庶犹未康。避贼今始归，春草满空堂。览物叹衰谢，及兹慰凄凉。清风为我起，洒面若微霜。足以送老姿，聊待偃盖张。我生无根带，配尔亦茫茫。有情且赋诗，事迹可两忘。勿矜千载后，惨澹蟠穹苍。

　　这四棵松树刚移来时只有三尺长，一别三年竟长得有一人多高了，诗人这种口吻完全像是在描述一个多年未见的孩子。后面他又说现在我避难回来，已经日渐苍老了，我的一生漂泊不定，根本比不了你们的生命力，等待你们枝叶四布如伞高张，足以伴我终老。诗的最后称呼松为"尔"，这完全是对朋友说话的口吻，在杜甫看来，这些松树并不是毫无生命的自然物，而是有情有知的朋友。

　　竹与楠也是杜甫十分喜爱的植物，他曾像小孩那样兴奋地期待着竹子的生长："无数春笋满林生，柴门密掩断人行。会须上番看成竹，客至从嗔不出迎。"（《三绝句》），对于楠树，杜甫也怀着深厚的感情："楠树色冥冥，江边一盖青。近根开药圃，接叶制茅亭。落景阴犹合，微风韵可听。寻常绝醉困，卧此片时醒。"（《高楠》），楠树树盖苍苍，杜甫甚爱楠树荫，便在其旁边建立草堂，并常常在楠树下醉卧。后来楠树被风雨拔倒，诗人非常痛心："虎倒龙颠委榛棘，泪痕血点垂胸臆。我有新诗何处吟，草堂自此无颜色。"（《楠树为风雨所拔叹》），这种痛心之感不亚于朋友的离世。

对于自然万物的被伤害和被摧毁，杜甫总是深表同情，植物如此，对动物更是如此。秋收筑场他关心蚂蚁的命运，"筑场怜穴蚁，拾穗许村童"（《暂往白帝复还东屯》）；对于被缚卖的鸡，他忧心它的结局，"家中厌鸡食虫蚁，不知鸡卖还遭烹"（《缚鸡行》）；他在汉州房公湖与友人泛舟饮酒时看到岸上一群小黄鹅，就担心它们被狐狸吃掉，"翅开遭宿雨，力小困沧波。客散层城暮，狐狸奈若何"（《舟前小鹅儿》）；他甚至担心小小的萤火虫天气寒冷后飘零无归处，"十月清霜重，飘零何处归"（《萤火》）；看到困在网里的小白鱼，诗人顿生恻隐之心，"白鱼困密网，黄鸟喧嘉音。物微限通塞，恻隐仁者心"（《过津口》）。对处于困塞穷厄中弱小者，诗人总会产生感同身受的恻隐之心，杜甫的山水诗总包蕴着浓厚的仁爱的情怀，这种仁爱的情怀正是建立在杜甫对自然万物的体察与同情之上，是一种物我同感才能有的感受。宋人黄彻说"《孟子》七篇，论君与民者居半，其余欲得君，盖以安民也。观杜陵'穷年忧黎元，叹息肠内热'，'胡为将暮年，忧世心力弱'，《宿花石戍》云'谁能扣君门，下令减征赋'，《寄柏学士》云'几时高议排金门，各使苍生有环堵'，宁令'吾庐独破受冻死亦足'，而志在大庇天下寒士，其心广大，异夫求穴之蝼蚁辈，真得孟子所存矣。东坡问老杜何如人，或言似司马迁，但能名其诗耳。愚谓老杜似孟子，盖原其心也。"❶ 黄彻认为杜甫"仁心"源自孟子，二者实无二致，可谓确评。诗言志，杜甫诗歌中的仁爱正是诗人儒家思想的体现，清人刘熙载说杜甫"一生却只在儒家界内"❷，宋人王得臣在《增注杜工部诗集序》中评曰："逮至子美之诗，周情孔思，千汇万状，茹古涵今，无有涯也。"❸ "周情孔思"也道出了杜诗中所蕴含儒家思想，这些评价并非无的之论。作为儒家薪火传承人的杜甫，在诗歌中用自己独特的方式，对儒家思想进行了深刻而细致的诠释。

---

❶ 黄彻. 溪诗话 [M]. 北京：人民文学出版社，1986：5-6.

❷ 刘熙载，艺概注稿 [M]. 袁津琥，校注. 北京：中华书局，1978：290.

❸ 曾枣庄，刘琳. 全宋文（卷一八三三）（84 册）[M]. 上海：上海辞书出版社，2006：230.

第三节　杜甫山水诗中的自然

在儒家道德价值中，自然是被纳入整个人类道德体系中来考虑的，自然山川、鸟兽虫鱼都是自我体认系统之内的有机成分和重要成员，是与人类情感道德共同呼吸的朋友与亲人，因此，在这个"社会—个人—自然"的认知体系中，作为社会与自然的联结，诗人将社会道德情感寄托于自然以表达对社会道德情感的体察认识，从而使三者形成有机的联结体，山水诗也带有浓厚的社会特性和主体个性特征。杜甫山水诗受儒家思想影响，其观照中的山水大多数承载诗人的道德与情感与社会价值判断。

一、自然山水对道德情感诉求的满足

梳理杜甫山水诗，发现在杜甫山水诗大多带有浓郁的情感投射。杜甫山水诗大量诗篇作于避难蜀地的生涯中，蜀地山水风貌秀丽壮美，异于中原，然而在诗人眼里却是"物役水虚照，魂伤山寂然"（《自阆州领妻子却赴蜀山行三首》），社会生活中种种苦难惆怅无以寄托，自然山水便成为最佳寄托对象。

安史之乱爆发后，杜甫带着妻子儿女经秦州入蜀地，一路流落，历尽艰辛，虽然山川之美景偶尔也会洗去诗人的忧闷，"迥然洗愁辛，多病一疏散"（《白沙渡》），但是战乱的流离感伤，国破家亡的伤痛，蜀道真切实在的逃亡经历，这一切形成一股郁愤伤感之情，寄托于蜀地奇特的山水之中，寸寸雕镂，言近旨远，具范兼容。如木皮岭上令人惊异的山岭争势奔涌的景象，"远岫争辅佐，千岩自崩奔"（《木皮岭》），白沙渡中水清沙白奇石磊磊的情景，"水清石礧礧，沙白滩漫漫"（《白沙渡》），飞仙阁中险峻的空中栈道，"土门山行窄，微径缘秋毫。栈云阑干峻，梯石结构牢。万壑欹疏林，积阴带奔涛"（《飞仙阁》），石柜阁上凌空悬壁的巨石，"蜀道多早花，江间饶奇石。石柜曾波上，临虚荡高壁"（《石柜阁》），杜诗所描写的这些形势奇险峻拔的山川，确如杨伦所说，

"剔险搜奇，幽深峭刻，自是千古天生位置配合，成此奇地奇文，令读者接应不暇"❶，诗人以准确生动特点鲜明的描述，使得壮美与深美兼具，景语与情语交融，确非身历者不能形容。

杜甫蜀中山水诗奇险壮美和雄奇峻峭的自然物象，寄托的不是浪漫与奇幻，而是寥落和凄婉。战乱中的流离，国破家亡的伤痛，这些使他难免产生幽寒凄怆的感受，如乾元二年，诗人自秦州赴同谷县写下了《发秦州》，诗云："日色隐孤戍，乌啼满城头。中宵驱车去，饮马寒塘流。磊落星月高，苍茫云雾浮。"诗歌描写临出发前的情景，所见日色隐退，孤戍乌啼，饮马寒塘，颇有"日暮孤征，戴星侵雾，不胜中途寥落之感"❷。蜀地所历山水大多都是如此险峻幽深，寒峡势险气寒，又兼仲冬时节，阴霾天寒，此时冲寒而度峡，行旅之人困顿如此，诗人写道，"云门转绝岸，积阻霾天寒。寒硖不可度，我实衣裳单。况当仲冬交，溯沿增波澜"（《寒硖》）。石龛危峰则有"熊罴哮我东，虎豹号我西，我后鬼长啸，我前狨又啼"（《石龛》）的可怖景象，而且道路迷冥"天寒昏无日，山远道路迷，驱车石龛下，仲冬见虹霓"（《石龛》），真是凄惨阴楚之极。还有那泥功山之高耸绝壁，"哀猿透却坠，死鹿力所穷"（《泥功山》）的惊险可怕使人难以前行，同谷县中"四山多风溪水急，寒雨飒飒枯树湿，黄蒿古城云不开，白狐跳梁黄狐立"（《乾元中寓居同谷县，作歌七首》）的荒寒，无不令人心惊胆寒，战战兢兢。秦州东南有一座铁堂峡，诗人经过此地时，仰视则见"径摩穹苍蟠，石与厚地裂，修纤无垠竹，嵌空太始雪"（《铁堂峡》），俯视则见"威迟哀壑底，徒旅惨不悦。水寒长冰横，我马骨正折"（《铁堂峡》），这峭削幽秀深峻阴寒固然与峡谷的深邃幽寒有关，但是诚如诗歌结尾却说，"生涯抵弧矢，盗贼殊未灭。飘蓬逾三年，回首肝肺热"（《铁堂峡》），幽寒凄怆之情实是国家动荡而从内心深处而生忧国忧民的情怀所致。诗人历经战乱，飘蓬蜀地，流离奔走，不知何日是归期，这种忧乱中的抑郁之情又怎能不使诗人的笔端浸润着一股悲凉幽寒凄怆之气呢！

❶ 杨伦. 杜诗镜铨（卷七）[M]. 北京：中华书局，1964：311.
❷ 仇兆鳌. 杜诗详注 [M]. 北京：中华书局，1979：674.

蜀地山川峻奇多貌，同样的景物，山水风貌与气势感受都大不一样，杜甫擅长写出这些同中之异。如诗人描写白沙渡、水会渡、桔柏渡三个渡口：

我马向北嘶，山猿饮相唤。水清石礧礧，沙白滩漫漫。（《白沙渡》）

竿湿烟漠漠，江永风萧萧。连笮动袅娜，征衣飒飘飘。急流鸬鹚散，绝岸鼋鼍骄。（《桔柏渡》）

大江动我前，汹若溟渤宽。篙师暗理楫，歌笑轻波澜。霜浓木石滑，风急手足寒。（《水会渡》）

同为渡口，景色迥异，白沙渡的特点是猿多、石多，水清沙白，景色峻秀，桔柏渡风大流急，行船中不断惊散鸬鹚和鼋鼍，另有一番神韵，而水会渡则江面宽阔，江水汹涌，石滑足寒，令人有"远游令人瘦，衰疾惭加餐"（《水会渡》）的忧惧之感。同为栈道上的石阁，诗人也写出它们的不同：

栈云阑干峻，梯石结构牢。万壑欹疏林，积阴带奔涛。寒日外澹泊，长风中怒号。（《飞仙阁》）

清江下龙门，绝壁无尺土。长风驾高浪，浩浩自太古。危途中萦盘，仰望垂线缕。滑石欹谁凿，浮梁袅相拄。（《龙门阁》）

蜀道多早花，江间饶奇石。石柜曾波上，临虚荡高壁。清晖回群鸥，暝色带远客。羁栖负幽意，感叹向绝迹。（《石柜阁》）

三阁奇险之势自不必说：飞仙阁则微径狭窄，阑千入云，疏林、寒日、积阴、风涛，奇险中有肃壮之感；龙门阁处于绝壁上，阁下的清江高浪，阁上如线缕的盘萦山道，凌空支于柱上的浮梁，"石壁斗立，虚凿石窍而架木其上，比他处极险"●，加上"目眩陨杂花，头风吹过雨"的感受，实在是惊心动魄的险势；而石柜阁凌空之势，在蜀道盛开的鲜花、江间奇石、清晖中迥旋的群鸥、暝色中出现的远客等意象中，则显得格外隽奇。这些山水诗中，高山峡谷、峭壁、绝

● 祝穆. 方舆胜览（卷六十六）［M］. 北京：中华书局，2003：1156.

岸、乱石、霜雪、急湍、长风、阴霾、阁道、青林是最基本的物象，这些物象与诗人幽怆的情感结合起来，以或萧瑟、或凄凉、或雄壮、或奔腾、或激越的意象，表达了诗人不同的心情意绪，从不同侧面表现了杜甫胸中沉郁顿挫的思想感情。

雄奇的自然山水是人类社会体系的一部分，战乱流离中的诗人仍然对自然山水的新奇美给予了关注与发现，并以鬼斧神工之笔记录山川的雄奇景象，同时也寄托了在战乱中流离他乡萧瑟凄凉的情怀。

除了蜀中纪行诗，杜甫绝大多数诗歌中的自然山水都带有鲜明的道德情感色彩，如"随风潜入夜，润物细无声"的春雨表现的是一种化润万物的天地仁心，"感时花溅泪，恨别鸟惊心"中花鸟的溅泪与心惊显然是身陷长安乱军中已有七八个月的诗人目睹国破家亡后的忧国忧民的家国情感的投射，而"白石素沙亦相荡，哀鸿独叫求其曹"（《曲江三章》）中独叫求曹的哀鸿不正是在战争流落中白发渐生的诗人自身的写照吗？对人类社会的道德责任使他很自然地把对劳动人民的关切同情之心投射到自然山川诸物象上，他笔下的自然也成为有情的自然，这些自然山川因折射了诗人忧国忧民的情怀而形成了厚重而深沉的情感基调，它们的物质固有形态基本上已经不是纯粹客观的自然了。

二、反对网罟的生态诉求

杜甫山水诗以自然山水作为道德仁心的寄托，山水进入了人类社会道德价值观照的体系，它们可寄托诗人的情感，更是诗人在苦难现实中可亲的异类朋友，并与人类发生情感的共鸣。与山川草木相比，动物与人类的感情关系更为亲密，如下面诗句：

吾舅惜分手，使君寒赠袍。沙头暮黄鹄，失侣自哀号。（《王阆州筵奉酬十一舅惜别之作》）

细草微风岸，危樯独夜舟。星垂平野阔，月涌大江流。名岂文章著，官因老病休。飘飘何所似，天地一沙鸥。（《旅夜书怀》）

可怜处处巢君室，何异飘飘托此身。（《燕子来舟中作》）

《王阆州筵奉酬十一舅惜别之作》中诗人与十一舅分别时内心的哀痛与失侣的黄鹄何其相似，二者成为彼此的寄托安慰。《旅夜书怀》是诗人在代宗永泰元年（公元 765 年）由华州解职离成都去重庆途中写下的，诗歌里那只天地间飘荡无依的沙鸥，不正是流落江湖无所依傍的诗人自己的写照吗？《燕子来舟中作》中那失巢的燕子与战争中失去家园四处漂泊的人何其相似！诗人写燕子而引发自我伤怀，把满腹的忧思寄托于这只不相识的燕子，情绪宣泄得到依托的对象，那么这些可爱的生灵也成了诗人精神上的朋友了。因此，对于那些戕害动物的行为，杜甫深恶痛绝。诗人尤其痛恨"网罟"之祸，他在诗中多次描写身陷网罟的鸟兽鱼类的悲惨遭遇，如《冬狩行》一诗控诉官军围猎屠戮动物的罪行：

禽兽已毙十七八，杀声落日回苍穹。幕前生致九青兕，骆驼𢾑峞垂玄熊。东西南北百里间，仿佛蹴踏寒山空。有鸟名鸲鹆，力不能高飞逐走蓬。肉味不足登鼎俎，何为见羁虞罗中。

这是一场残酷的狩猎，把所有动物都猎杀干净是这场狩猎的目标，连小小鸲鹆（八哥）也不放过。动物猎尽，百里山空，诗人别有深意地指出，"朝廷虽无幽王祸，得不哀痛尘再蒙"，战祸之下的万千百姓正如这网罟中的动物，怎能不慎之又慎？另外，《朱凤行》一诗也借"朱凤"揭示了一个网罟百鸟的悲剧：

君不见潇湘之山衡山高，山巅朱凤声嗷嗷。侧身长顾求其群，翅垂口噤心甚劳。下愍百鸟在罗网，黄雀最小犹难逃。愿分竹实及蝼蚁，尽使鸱枭相怒号。

网罟之下，大鸟或许可以逃脱，那些可怜小鸟却无处可逃。清代评论家浦起龙一针见血地指出此诗的喻托之旨在于"悯穷黎也"❶，诗中那被网罟的鸟雀隐喻了万千穷苦平民，而那陷黎民百姓于其中苦苦挣扎的"网罟"，便是各种人为的差役与战争。

---

❶ 浦起龙. 读杜心解［M］. 北京：中华书局，1977：329.

对于弱小者身陷网罟苦苦挣扎的悲惨境况，诗人也有细致的描写。《观打鱼歌》与《又观打鱼》两诗集中地表现了网罟捕鱼之祸。

绵州江水之东津，鲂鱼鳞鳞色胜银。渔人漾舟沈大网，截江一拥数百鳞。众鱼常才尽却弃，赤鲤腾出如有神。潜龙无声老蛟怒，回风飒飒吹沙尘。饔子左右挥双刀，脍飞金盘白雪高。徐州秃尾不足忆，汉阴槎头远遁逃。鲂鱼肥美知第一，既饱欢娱亦萧瑟。君不见朝来割素鬐，咫尺波涛永相失。（《观打鱼歌》）

《观打鱼歌》首先赞美鲂鱼颜色如银，看上去很有神，可是在捕鱼的大网下，鲂鱼失去了自由而被剖杀，双刀左右挥起，前一刻在波涛间自由自在尤如神龙的赤鲤神鲂便成了金盘上雪白的脍肉，"君不见朝来割素鬐，咫尺波涛永相失"，网中之鱼何异于乱世之人，这是以对鱼的体察与同情，使人不禁产生深切的悲愤。然而，诗人觉得这首诗还没有写尽这种悲愤，他作了《又观打鱼》写这场悲剧的继续，诗中更具体描述了竭泽而渔的残酷可怜：

小鱼脱漏不可记，半死半生犹戢戢。大鱼伤损皆垂头，屈强泥沙有时立。

打鱼是一次涉及生死的搏杀，相当于一场兵革之争，鱼儿在泥沙处被一网打尽，小鱼半死半生，大鱼或垂头或立于泥沙中挣扎，更为惨烈可怜。但相比于战争，打鱼只是一种"主人罢鲙还倾杯"的日常生活乐趣，而战祸一旦启动，其损伤惨烈必更甚于此，诗人以网罟打鱼的罪行对统治者发出告诫："干戈兵革斗未止，凤凰麒麟安在哉。吾徒胡为纵此乐，暴殄天物圣所哀。"

战争之祸就是网罟之祸，它造成的损害是深刻的，诗人在《征夫》中描述了战争造成的巨大的生态破坏和民不聊生："十室几人在，千山空自多。路衢唯见哭，城市不闻歌。"在《兵车行》中也描述了连年战争导致的"千村万落生荆杞"的生态危机和"边庭流血成海水"的悲剧，在《述怀》中则描述了兵荒马乱中老百姓的恐惧心理："比闻同罹祸，杀戮到鸡狗。"这正是深陷战争网罟的弱小生灵的真实写照，这种垂死的恐惧和网罟中的鲂鱼有何区别？战争祸患使人产生严重的异化感，人们感觉自己就像处于天地之间生命不保的禽鱼，这种异化在诗歌中多次出现：

> 日月笼中鸟，乾坤水上萍。（《衡州送李大夫七丈勉赴广州》）
>
> 翅在云天终不远，力微矰缴绝须防。（《官池春雁二首》其二）。
>
> 孤雁不饮啄，飞鸣声念群。谁怜一片影，相失万重云。（《孤雁》）

人好像变成了笼中之鸟和水上的无根之萍，没有安全感，即使飞翔在天空，也会有被射杀的巨大恐惧感，它们不饮不啄，想念着自己的同伴，一个劲飞着叫着拼命地追寻，在迷茫、焦虑和惶急中孤孤零零，这种劫后余生的心态正是诗人历战乱流离，羁旅客乡的主体心理寄托与投射。

网罟捕杀鸟兽据说始于夏桀，《吕氏春秋》载，"汤见祝网者，置四面。其祝曰：'从天坠者，从地出者，从四方来者，皆离吾网。'汤曰：'嘻，尽之矣。非桀，其孰为此也。'汤收其三面，置其一面。"❶ 商汤是贤君，不屑做这种一网打尽、不仁不义的事，他说只有夏桀那样的残暴之君才会这么干。杜甫对身陷网罟的不幸感同身受，同时他也尖锐地指出这种不幸的根源是"前王作网罟，设法害生成"（《早行》），这也将讽刺与批判的矛头指向了最高统治者。

杜甫在《白小》中直接批判这种一网打尽的做法，"白小群分命，天然二寸鱼。细微沾水族，风俗当园蔬。入肆银花乱，倾箱雪片虚。生成犹拾卵，尽取义何如。"二寸的小银鱼实在是不能算鱼鲜，充其量只能作为园蔬，但即使这么微小的鱼类也被"尽取"，这种竭泽而渔的暴行正是国家祸乱的根源。因此，当杜甫见到蜀中不设网罟的自由淳朴环境，他感到身心愉悦，他在《五盘》中写道："仰凌栈道细，俯映江木疏。地僻无网罟，水清反多鱼。好鸟不妄飞，野人半巢居。"五盘岭位于今四川东北部，唐时属保宁府，此地有栈道，上为山岭，下临江水，险峻异常，但是这首诗表现的轻松愉悦是少见的，这正是因为此地风俗淳朴，少有网罟之祸，鱼安于水，鸟不避人，在这种自由自在水清鱼安的生态环境中，自然让人觉得"坦然心神舒"。

---

❶ 张双棣，等译注. 吕氏春秋译注 [M]. 长春：吉林文史出版社，1987：283.

儒家对自然万物的"仁"和对处于苦难中的卑弱百姓的"仁"本质是一样的，都充满了同情，《周易·系辞传》说，"天地之大德曰生"，天地以"生"为最大的仁德，自然界所有的生命，不论是人类还是动植物，都应该得到珍惜。在中国文化追求天人合一的理想社会基础上，这种"重生"意识必然会发展为重视和谐的"贵和"意识，既注重社会人伦和谐，也注重人与自然的和谐。杜甫汲取传统文化思想形成了自己的生态观，他关注弱小者的生命，他一面感叹在现实中"劳生共乾坤"（《写怀二首》）的劳碌痛苦的人生现状，一面描写自然生态"惨惨无生意"（《枯楠》）、"摧残没藜莠"（《枯棕》）遭到疯狂破坏的情景。他关注到在流离飘零的战乱之中，不论是自然界的微小生物还是人类社会的普通百姓，都是"存者且偷生"（《石壕吏》），战争动乱不仅造成人类社会的苦难，也造成了自然生态的破坏。因此，在流离漂泊之中，诗人特别能感受到人生的愁苦辛酸，杜甫能够忧民生之多艰，也特别期盼有安定和谐的生存环境，向往能回归自然"全生或用奇"（《猿》）、"全生麋鹿群"（《暮春题瀼西新赁草屋五首》）的和谐全生状态。

三、和谐生态的呈现

公元 759 年至公元 768 年约近十年时间里，杜甫漂泊陇南、巴蜀、荆南、湘东南诸地，其间共创作诗歌一千二百余首，这些诗歌记录了蜀中及西南地区的山水地貌和物种特性。西南地区没有经历战争的破坏，民风淳朴，网罟不施，物种繁多，生态情况非常好，例如成都虽地处平原，林木有限，然其北接秦岭，西近岷山，东临大巴山，河川纵横的地理特征以及温暖湿润四季分明的气候条件，为鸟类、鱼类、虫类生物的迁徙、栖息和繁衍提供了良好的生存环境。从杜甫的前、后草堂诗可以看出，唐代成都西郊的山禽水鸟游鱼飞虫，种类繁多，各尽其态，煞是热闹，也甚是和谐。

乾元二年十二月，杜甫至成都，第二年卜成都西郭浣花溪以居，说是卜居，其实也是这个地方清雅而生机勃勃的生态环境吸引了诗人：

　　浣花流水水西头，主人为卜林塘幽。已知出郭少尘事，更有澄江销客愁。无数蜻蜓齐上下，一双鸂鶒对沉浮。东行万里堪乘兴，须向山阴上小舟。（《卜居》）

　　这里远离城市，环境清幽，更为难得的是，有一条溪流从面前流过，溪上蜻蜓时常起起落落上下飞舞，而鸂鶒在溪水里面浮游沉潜，自由自在，这样的环境足可以消解忧愁了。诗人多次描写在草堂生活的闲惬，又如《遣意二首》：

　　啭枝黄鸟近，泛渚白鸥轻。一径野花落，孤村春水生。衰年催酿黍，细雨更移橙。渐喜交游绝，幽居不用名。

　　檐影微微落，津流脉脉斜。野船明细火，宿雁聚圆沙。云掩初弦月，香传小树花。邻人有美酒，稚子夜能赊。

　　这两首诗歌描述了草堂春日和草堂春夜景，繁密树枝上听到黄鸟鸣啭，而诗人栖居的小村边的溪水已经涨得淹没了岸边的沙洲，白鸥轻轻在沙渚上掠过。岸上野花开得甚好，傍晚时分，屋前溪水斜晖脉脉，入夜时能见到郊外的船上细细的灯火，在灯火的微光里隐约可见宿雁聚拢的圆沙，月色不甚明朗，但能嗅到树上暗暗的花香。在这样的环境下，无一物不自由，不论是花草树木，还是鸟、鱼和人，均处于最松弛舒适的精神状态，这与战争中的奔走紧张形成鲜明对比。优质的生态环境一定是所有的生物都各得其所，达到最佳的平衡状态，草堂就是这样的一个环境。

　　如果对杜甫诗中所出现的物种进行一个粗略统计，发现其所叙鸟兽种类和植物资源都非常繁多。在杜甫诗集中出现频次较高的动物和植物意象情况如下：

植物	竹	松	柳	桃	梅	菊	柏	枫	桂	桑	梨	榛	楠
次数	132	80	67	45	38	32	31	28	25	19	13	12	7
动物	鸟	马	鱼	燕	雁	鸡	鹤	鸥	猿	鹿	杜鹃	黄鹂	鹦鹉
次数	159	119	111	78	70	49	45	40	40	24	13	8	7

（统计来源：《全唐诗》）

　　在众多的生态物种中，杜甫诗中出现频次较高的植物有竹、松、柳、桃、梅、菊、柏、枫、桂，这些多为传统士大夫日常居住所喜爱的且带有明显的情感喻托特征的植物，而杜甫诗中出现频次高的动物有鸟、马、鱼、燕、雁、鸡、鹤、鸥等，这些自然物象除了鹤之外，基本都属于家居所常见的动物。通过粗略统计分析便可以发现，杜甫对自然物象的选取符合大多数传统文士日常居所的审美特点。

松竹是中国传统士大夫所钟爱的植物，也是杜甫最爱的两种植物，松竹绕宅是中国士大夫普遍喜爱的家居环境，这两种植物在杜甫诗中出现频率最高。杜甫在草堂前种了一片竹林，还种了四棵松树，他在《四松》《寄题江外草堂》《草堂》等诗歌中多次写到自己对这几棵松树的喜爱。杜甫还写自己喜欢在住处种竹，"平生憩息地，必种数竿竹"（《客堂》）、"我有阴江竹，能令朱夏寒。阴通积水内，高入浮云端"（《营屋》）等。竹有节，为传统士人所喜爱，且其清翠欲滴的色泽和笔直挺拔的姿态也是造园的最佳选择，"种竹交加翠，栽桃烂熳红"（《春日江村五首》），翠竹红桃，颜色鲜亮，而且还能给居所带来清凉。松和竹均具有高洁固守节操的文化内涵，漫步松竹林就有与君子相处的意味，"步壑风吹面，看松露滴身"（《东屯北崦》），而将松竹与杂草并举，如"自兹藩篱旷，更觉松竹幽。芟夷不可阙，疾恶信如雠"（《除草》），这显然有君子与小人的寓托在内。

其次，杜甫诗中的动物如鸟、马、鱼、燕、鸡、雁等，这些自然物象也属于家居所常见物象，展现了一种较平和的生活状态。杜甫寓居成都浣花草堂期间，生活相对安定，心境亦渐趋平静，诗人对自然景物的观察细致，描写客观，其中大量写到了"鸟""鸥""鱼""燕"等。如：

空外一鸷鸟，河间双白鸥。（《独立》）

竹高鸣翡翠，沙僻舞鹍鸡。（《绝句六首》）

鸬鹚西日照，晒翅满鱼梁。（《田舍》）

细雨鱼儿出，微风燕子斜。（《水槛遣心二首》）

啭枝黄鸟近，泛渚白鸥轻。（《遣意二首》）

寒鱼依密藻，宿鹭起圆沙。(《草堂即事》)

狎鸥轻白浪，归雁喜青天。(《倚杖》)

远鸥浮水静，轻燕受风斜。(《春归》)

无数蜻蜓齐上下，一双鹨鹎对沉浮。(《卜居》)

舍南舍北皆春水，但见群鸥日日来。(《客至》)

在这些诗歌里，动物自由自在，植物生长繁茂，居所非常幽静。这样的环境足以令人暂时忘记国破家亡的时代灾难，良好的生态环境暂时抹平了战争给人们带来的巨大紧张感，使社会、人、环境达到一种暂时的和解。在这样的自然生态环境下，不论有没有朋友造访，总是要有酒的，或独酌或对饮，畅快淋漓。下面看几首完整的诗歌：

舍南舍北皆春水，但见群鸥日日来。花径不曾缘客扫，蓬门今始为君开。盘飧市远无兼味，樽酒家贫只旧醅。肯与邻翁相对饮，隔篱呼取尽馀杯。(《客至(喜崔明府相过)》)

崔明府来造访，佳客临门让寂寞闲适的主人喜出望外，这是无数个平淡的日子中的特别节日，在无数个没有朋友相伴的平淡生活中，只有舍南舍北的春水和日日来的群鸥伴随诗人，春水与鸥鸟便成了诗人寂寞精神生活中最好的伴侣。在草堂居住的这段难得的宁静生活中，梁燕水鸥、花草虫鱼和老妻稚子一起成为诗人生活的伴友，其中鸟儿的多情在杜甫的诗句中最为常见：

风扉掩不定，水鸟过仍回。(《雨》)

村疏黄叶坠，野静白鸥来。(《朝二首》)

宿鸟行犹去，丛花笑不来。(《登白马潭》)

这些鸟儿尽管有的飞走了，有的被风吹去又飞回来，无论人们失意还是高兴时，它们日日前来，似一位安慰的老友，无比多情。它们自由自在在江上飞舞，与江上波涛浪花嬉戏，"江渚翻鸥戏，官桥带柳阴"(《长吟》)，"狎鸥轻白浪，归雁喜青天"(《倚杖》),这样的逍遥愉快,就像一位无忧无虑的老朋友,抚慰着失意诗人的精神世界。

现实的苦难和失意尤能衬托出山水的多情可贵。大历元年,杜甫自云安县至夔州,从秋天到岁终都居住在西阁,他很想念草堂前的那条澄江,于是在《夜宿西阁,晓呈元二十一曹长》中写道:"门鹊晨光起,墙乌宿处飞。寒江流甚细,有意待人归。"草堂前那条江好像一位老朋友脉脉多情地等待着诗人的归来,这给羁留在外的诗人带来多少温情。唐代宗大历三年(公元768年)正月,杜甫由夔州出峡,准备北归洛阳,因时局动乱,亲友尽疏,北归无望,只得以舟为家,漂泊于江陵、公安、岳州、潭州一带。大历四年春,漂泊已久的诗人离开潭州赴衡州时,写下《发潭州》:"夜醉长沙酒,晓行湘水春。岸花飞送客,樯燕语留人。"山水留情不舍,飞花送客,燕语留人,这又让神伤的诗人内心生出多少感叹与情意。战乱流离,幼子早丧,战争和贫寒给家庭带来巨大伤害,贫病交加漂泊无依的现实苦难让诗人落寞伤感,但自然以它和谐的生态展现出富有生机,宁和温厚的巨大力量,抚平了诗人心灵的创伤,所以诗人说,"多病所须唯药物,微躯此外更何求"(《江村》),能与这些自然界的动植物朝夕相处,这真是一种巨大的精神满足。

在杜甫后期的诗歌中,特别是漂泊西南的晚年,经历了数年的辗转流离、贫病折磨,这一时期的杜甫身体日渐衰弱,"卧病愁废脚"(《客居》)"牙齿半落左耳聋"(《复归》),腿脚不好使了,牙齿也脱落了,眼花耳聋,年衰病残的诗人在草堂暂时度过了一段平静生活。这一时期的诗歌以闲适愉悦、平静自然为多,从这类为数不少的山水诗中,我们可以看到,在自然的怀抱里与花草鸟兽相亲相近让疲惫的诗人内心彻底放松了,诗人在自然和谐中休憩了心灵,治愈了战争的伤痛,早年政治理想失落带来的现实与精神双重创伤暂时得到了平息和抚慰,在这种轻松愉悦的生命状态中,人很容易感受到自然节律并与之进行生态交流,在大自然与人类的和谐生命律动中彼此感应,共同建立了一个和谐的共生环境。杜甫的感情丰富又细腻,他对广大民众充满真诚的关爱之情,对自然界的花鸟草木、禽兽虫鱼等一切美好的生命都怀有友善之情,在与自然的一山一水一鸟一花相互呼应的节律中，诗人的主体性得到解放，而自然也获得了自由与解放。

杜甫这位被看作是典型的"奉儒守官"的儒家诗人在漂泊西南的晚年，用其慈悲之心、仁爱之心创作出了大量自然雅静的山水诗篇，在佛教兴盛的唐代文化大环境下，儒家的仁爱与佛教的慈悲的共同影响力使诗人在人与自然关系上走向了共生共荣的自由，从而摆脱了人与自然的彼此束缚，正如铃木大拙论禅时所说："禅把蓄积于我们每个人身上的所有能量完全而自然地释放出来，这些能量在通常环境中受到压抑和扭曲，以致找不到适当的活动渠道……这就是我所说的自由，即把所有蕴藏在我们心中的创造性的与仁慈的冲动都自由发挥出来。"❶这也可以说正是这种"仁慈的冲动"，使得杜甫的儒家温情走向更广阔更深远的自由天地。

---

❶ 铃木大拙. 禅宗与精神分析 ［M］. 王雷泉，译. 贵州：贵州人民出版社，1987：145.

第四章
道家生态观与李白的
山水诗

第四章
道家生态观与李白的山水诗

　　唐初统治者为了打击门阀，提高李氏皇室的地位，遂尊老子为始祖，宣称自己为"神仙苗裔"，因此，初唐统治者崇道之风是很浓厚的。唐高祖首开崇道之风，武德三年（公元 620 年），高祖亲临楼观祭祀老子并兴建宗圣观，高祖说，"朕之远祖，亲来降此。朕为社稷主，其可无兴建乎？"❶ 道教与李唐的同宗同祖关系基本形成。高祖后期还多次临幸终南山楼观，谒老子祠，撰《大唐宗圣观记》刊于石上，并发布《先老后释诏》明确规定老先次孔后释宗的三教次序："老教孔教，此土先宗，释教后兴，宜崇客礼。令老先、次孔、末后释。"❷ 这些行为显露出初唐明确的崇道指向。唐太宗李世民延续这一国策，他颁布《令道士在僧前诏》，明确规定"道士女冠，可在僧尼之前"❸，将道教置于佛教之上。唐高宗尊奉老子为"太上玄元皇帝"，以神化宗祖，抬高皇室地位，武则天建议科举中增加老子《道德经》，唐玄宗亲自注解《道德经》并正式设道举，"（开元）二十九年，始置崇玄学，习《老子》《庄子》《文子》《列子》，亦曰道举。"❹ 由于唐初统治者的支持，道教在唐代得到了很大的发展，唐代诗人受道教思想影响很多，其中以李白最为典型，李白热爱自由的性格深受道家思想影响，而他追求"天然去雕饰"的自然审美观也折射了的道家自然观。道家生态

---

❶　张继禹. 中华道藏（第 46 册）［M］. 北京：华夏出版社，2004：92.

❷　董浩. 全唐文［M］. 中华书局，1983：10373.

❸　董浩. 全唐文（卷六）［M］. 北京：中华书局，1983：73.

❹　欧阳修，宋祁. 新唐书（卷四十四）［M］. 北京：中华书局，1975：1164.

自然观与道家哲学理论起点"道"密切相关,是一种建立在以"道"为共同的生命本源基础上的彼此平等的生态观。

第一节　道家生态观的起源

一、"道":万物的起源

道家的理论体系是以"道"为逻辑起点而建构的,道家创始人老子认为"道"是弥纶万物的宇宙本源,它是自古就存在的,也是世间最高的原则。老子描述"道"是"先天地生,寂兮寥兮,独立而不改,周行而不殆,可以为天下母"[1],庄子也说,"自本自根,未有天地,自古以固存;神鬼神帝,生天生地"[2],而天下万物正是道运行以生成,"天道运而无所积,故万物成"[3] "道者,万物之所由也,庶物失之者死,得之者生"[4],道是万物之源,天下万物均是得道运行而生。

道既然是先天地而生,那么它以什么样的形式存在?老子说,"道生一,一生二,二生三,三生万物,万物负阴而抱阳,冲气以为和"[5],"道生一",道以"一"的形式存在,所以"一"也是天地万物的自然本源,"万物恃之而生而不辞"[6],"一生二,二生三,三生万物",则天下万物无不是"一"衍生的不同形态。庄子也认为,"天地与我并生,而万物与我为一"[7],也就是说,天地、万物、我都是"道"的产物,而"一"就是道的呈现形式,得"一"也就是得"道",所谓"天得一以清,地得一以宁,神得一以灵,谷得一以盈,万物得一以生,侯王得一以为天下贞。其致之,天无以清将恐裂,地无以宁将恐废,神无

---

[1] 王弼,注,楼烈宇,校释. 老子道德经注校释 [M]. 北京:中华书局,2008:62-63.
[2] 郭象,注,成玄英,疏. 庄子注疏 [M]. 北京:中华书局,2011:136-137.
[3] 郭象,注,成玄英,疏. 庄子注疏 [M]. 北京:中华书局,2011:247.
[4] 郭象,注,成玄英,疏. 庄子注疏 [M]. 北京:中华书局,2011:540.
[5] 王弼,注,楼烈宇,校释. 老子道德经注校释 [M]. 北京:中华书局,2008:117.
[6] 王弼,注,楼烈宇,校释. 老子道德经注校释 [M]. 北京:中华书局,2008:85.
[7] 郭象,注,成玄英,疏. 庄子注疏 [M]. 北京:中华书局,2011:136-137.

以灵将恐歇，谷无以盈将恐竭，万物无以生将恐灭，侯王无以贵高将恐蹶。"❶
老子认为，若没有"一"衍生的不同事物的不同形态，整个世界都不可能存在，
故而"一"代表了整个世界。

老子为了阐明万物引入了"一"的观念，"一"可以理解为原始状态的
"气"。气处于有形无形之间，可实际上是"有"的开始，可称为万物之母，"无
名天地之始；有名万物之母"❷。《淮南子·天文训》有"道始于一，一而不生，
故分而为阴阳，阴阳合和而万物生"❸的表述，一源之气进而派生出阴阳两仪，
阴与阳相生相克，此消彼长，正是"一阴一阳之谓道""一阴一阳而无穷"，这
样，世界万物便由此而生，"万物负阴而抱阳"，世界万物均是由阴阳而出。阴
阳是道运行的具体方式，所以世界的起源实际上是"道"—"阴阳"—"自然
万物"，这也是"一生二，二生三，三生万物"的关系，即"阴阳和合而生万
物"的过程。

由此可见，世界万物均是同根同源，"道"是万物演化生长的共同起点，
"夫天之所覆，地之所载，六合所包，阴阳所呴，雨露所濡，道德所扶，此皆生
一父母而阅一和也"❹，天地万物皆同一父母所生，即作为"天地之根""玄牝之
门"的"道"。道无形无象，无初无始，无处不在，天地万物皆为体道而生，天
地自然均是道的外化，天地万物的生生灭灭均表现出道的消息，所以道家认为，
体悟道的最好办法就是到天地自然中去，遗弃尘累，澄怀观道，所谓"人法地，
地法天，天法道，道法自然"❺，这也表明人与天地自然相和是由道决定的。《周
易·乾卦》中说："夫大人者，与天地合其德，与日月合其明，与四时合其序，
与鬼神合其吉凶，先天而天弗违，后天而奉天时。"❻人类应该与天地日月四时
相合，在自然环境下能够与其他万物和谐相处，并像天地孕育万物一样遵循自然

❶　王弼，注，楼烈宇，校释. 老子道德经注校释 [M]. 北京：中华书局，2011：106.
❷　王弼，注，楼烈宇，校释. 老子道德经注校释 [M]. 北京：中华书局，2011：1.
❸　刘安. 淮南子译注 [M]. 陈广忠，译注. 长春：吉林文史出版社，1990：139.
❹　刘安. 淮南子译注 [M]. 陈广忠，译注. 长春：吉林文史出版社，1990：69.
❺　王弼，注，楼烈宇，校释. 老子道德经注校释 [M]. 北京：中华书局，2008：64.
❻　周振甫. 周易译注 [M]. 北京：中华书局，1991：9.

规律，善待其他万物，只有这样，天地方可正常的生存和发展。

道家认为"道"是一切存在的根源，在此基础之上，老子提出了"自然"的概念，并置于"道"之上，成为道所效法的对象，即"道法自然"。在老子看来，自然是养育万物的生命之源，它作为宇宙的本然状态，既具有本体论性质，同时又是超越人的主体意识的绝对存在。因此，人作为自然万物中的一员必须按照自然本性行事，人在自然面前不是尊者，不能以一种君临天下的独裁者形象出现，只有保持谦逊，以自然之子的身份对待自然，养护自然，才能走向人与自然共生的和合状态。

二、万物平等的"齐物"观

道是天下万物之本源，天下万物都是由道化阴阳而生，从根本上说，人类和自然界均是具有同一本质的不同形态存在物，天地万物本无高低贵贱之别，正是在这样的基础上，庄子在《齐物论》中提出了人与自然万物"齐一"的主张。庄子说："以道观之，物无贵贱，以物观之，自贵而相贱，以俗观之，贵贱不在己。"❶ 庄子指出，自然万物的贵贱是人"自贵而相贱"的"成心"造成的，如果站在自己的立场上看，就会看重自己轻视他人，如果站在人类立场上观照万物，就会有人类高贵而万物轻贱的偏狭心理，这就是主观世俗之见，但如果从道的境界观照万物，自然万物都是平等的，物我是齐一的。宇宙万物本来不存在主客体的分别，我们不能以某一种物种的标准去观照其他物种，应该以道的标准来观照万物，这样就能达到"万物一齐"的理想境界。

既然万物本质上是平等的，就应该尊重彼此的不同物性。人有人的本性，物有物的本性，如果人为了自身利益和欲望而凌驾于物之上，不仅是对他物的戕害，同时也违背和扭曲了人类的本性，是对人类自身的伤害。庄子认为人与自然都应该顺应自然本性而生存，他在《齐物论》中列举了许多不同物种的生活习性来说明这一点：

---

❶ 郭象，注，成玄英，疏. 庄子注疏［M］. 北京：中华书局，2011：313.

民湿寝则腰疾偏死，鳅然乎哉？木处则惴慄恂惧，猨猴然乎哉？三者孰知正处？民食刍豢，麋鹿食荐，蝍蛆甘带，鸱鸦耆鼠，四者孰知正味？猨猵狙以为雌，麋与鹿交，鳅与鱼游。毛嫱丽姬，人之所美也，鱼见之深入，鸟见之高飞，麋鹿见之决骤，四者孰知天下之正色哉？❶

人如果生活在湿冷的地方就会腰酸背疼，但是泥鳅却不会，人如果处于树梢高处就会战栗惊恐，但是猿猴却悠然自在，这是因为在人类看来很糟糕的环境却很符合泥鳅猿猴的习性需求，人类所谓的美女，鱼、鸟、麋鹿却避之不及，这表明不同物种有不同属性功能和观照标准，彼此之间是无法相互替代的。这种物性差异虽大，但由于它们都是由"道"运化而生，所以本质上并没有区别，庄子说，"举莛与楹，厉与西施，恢恑憰怪，道通为一"❷，细小的草茎和高大的庭柱，丑陋的癞头和美丽的西施，各种奇诡怪异事态，从"道"的观点看它们都是相通而浑一的，由此可见，差异性与统一性是事物同时存在的两个方面。

在物种本质的同一性基础上，道家提出应该尊重自然物性。在如何尊重物性方面，道家进一步提出要尊重物种的自主性。道家认为自然万物都有自我发展的能力，无须人类去干预，"不塞其原，则物自生，何功之有？不禁其性，则物自济，何为之恃？"❸自然界中万物都具有自我维持和自我组织的能力，它们天性懂得如何趋利避害，譬如《淮南子》中就说动物具有天生的自主性：

蚑行蛲动之虫，喜而合，怒而斗，见利而就，避害而去，其情一也。……夫雁禀风，以爱气力，衔芦而翔，以备矰弋。蚁知为垤，獾狢为曲穴，虎豹有茂草，野彘有艽莦，槎栉堀虚，连比以像宫室，阴以防雨，景以蔽日。此亦鸟兽之所以知求合于其所利。❹

木处榛巢，水居窟穴，禽兽有芃，人民有室，陆处宜牛马，舟行宜多水，匈奴出秽裘，于、越生葛绨。各生所急，以备燥湿；各因所处，以御寒暑。并得其

---

❶ 郭象，注，成玄英，疏. 庄子注疏［M］. 北京：中华书局，2011：51.
❷ 郭象，注，成玄英，疏. 庄子注疏［M］. 北京：中华书局，2011：38.
❸ 王弼，注，楼宇烈，校释. 老子道德经注校释［M］. 北京：中华书局，2008：24.
❹ 刘安. 淮南子译注［M］. 陈广忠，译注. 吉林：吉林文史出版社，1999：926-928.

宜，物便其所。由此观之，万物固以自然，圣人又何事焉？❶

自然界生物都有趋利避害的本能，大雁懂得顺风飞翔爱惜气力，也懂得口衔芦苇飞翔以防备射伤，蚂蚁知道在巢穴口垒成土堆，獾子貉子知道挖掘曲曲折折的洞穴，虎豹也知道躲在茂密的草丛中。住在大树上的动物就天生会做巢，居于水中的动物天生会打洞穴，飞禽走兽会做草垫，人类会建造房室，这也是动物天生的能力。生活在陆地上的人会使用牛马，生活在水上的人会用舟船，这是人们发展而来的不同趋利能力。不同的环境能产生满足人们不同需要的东西，如匈奴出产粗陋的皮裘，吴越生产凉爽的葛絺，不同地域的人用该地产出的不同材质做衣服抵御严寒酷暑，都能适应不同的环境。由此可以看出，万物本身是按照自然规律行事的，都具有"自生""自济"能力，都能够"各生所急""各因所处""并得其宜""各便其所"，人民不需圣人来干预，动物也不需要人类去干预它们，如果把与自然内部机制相悖的人类道德价值强加于自然，必然因为外力干预而引起内部混乱。同样，在人类社会中，如果借助惩罚赞许等方式引导道德来规范人们的行为，也会消解道德作为内在自我约束的力量，这是如画地为牢一样非常危险的，所以庄子呼吁："已乎，已乎！临人以德；殆乎，殆乎！画地而趋。"❷

大自然日月照耀、四季流转、昼夜交替、化云降雨、滋养万物，这是天地的道德，庄子认为，天有高明之德，地有安宁之性，正所谓"天德而出宁，日月照而四时行，若昼夜之有经，云行而雨施矣。……奚为哉？天地而已矣"❸，人类若自以为是强行干预，必然会导致"乱天之经，逆物之情，玄天弗成；解兽之群而鸟皆夜鸣；灾及草木，祸及止虫"❹，从而给自然带来灾难。因此，人们只需效法天地无为之道，顺应万物自为自化机制，才是最合理有效的行为方式。可见，道家提出的"无为"，其本质就是物与物之间彼此尊重互不干预。

尽管道家认为不同"物"彼此之间互不干预，宜以"无为"处之，但是从

❶ 刘安. 淮南子译注 [M]. 陈广忠, 译注. 吉林：吉林文史出版社, 1999：17.
❷ 郭象, 注, 成玄英, 疏. 庄子注疏 [M]. 北京：中华书局, 2011：100-101.
❸ 郭象, 注, 成玄英, 疏. 庄子注疏 [M]. 北京：中华书局, 2011：259.
❹ 郭象, 注, 成玄英, 疏. 庄子注疏 [M]. 北京：中华书局, 2011：211.

本源上讲，各个不同物种之间并非互不相干。既然万物都是本源于道，万物之间也是彼此关联的，所谓"槐榆与桔柚，合而为兄弟；有苗与三危，通为一家"❶，在道家看来，"天地运而相通，万物总而为一"❷，既然道是世界的总源，自然万物都是由"道"创生出来的，那么自然万物之间也必然是有着共同"血缘"的不同形态。科学家也证明，人类的基因图谱与老鼠的基因有90%的相似，与黑猩猩则有99%的相似，基因的同源性表明整个物质世界之间是彼此关联的有机整体。也就是说，世界上根本就不存在独立自足的东西，自然万物都彼此相通，并相资相待、相互联系，任何一种存在物都不可能完全脱离这一整体而孤立存在，所以道家又主张"天地万物不相离也"（《列子·天瑞》），这种观点决定了道家先哲的着眼点必然会落在事物之间的有机联系上，而不是拘泥于孤立的实体或事件。

道家万物平等的生态价值观以"域中有四大，而人居其一焉"的思想否定了人类宇宙中心论，道家的"齐物"观也否定了人类对自然的强加干预的做法。现代生态中心主义认为，自然界中所有存在物组成一个相互联系相互影响的完整生态系统，所有动植物乃至整个生态系统都具有"自然价值"和"自然权利"，这和道家的"齐物"哲学是相通的。道家生态哲学观就是建立在世界整体论基础上的万物平等的"关系论"，这和现代意义上的"生态观"本质上是相通的。

第二节 自然：道家生态观的核心

"自然"是道家哲学里一个十分重要的概念，老子使用"自然"这个概念，主要用来解释"道"。老子认为，自然是"道"的依归，"道"必须"法自然"而行，所谓"人法地，地法天，天法道，道法自然"❸。那么何为"自然"？王叔岷解释说，"不知所以然而然，即是自然也"❹，可见这里所说的"自然"，既不

---

❶ 刘安，等. 淮南子译注 [M]. 陈广忠，译注. 长春：吉林文史出版社，1990：69.
❷ 刘安，等. 淮南子译注 [M]. 陈广忠，译注. 长春：吉林文史出版社，1990：309.
❸ 王弼，注，楼列宇，校释. 老子道德经注校释 [M]. 北京：中华书局，2008：64.
❹ 王叔岷. 庄子校诠 [M]. 北京：中华书局，2007：517.

是指自然界、自然物，也不是指所谓的自然规律，而是指一种非人力所为的自然而然的状态。老子认为，道之所以被尊崇，德之所以贵重，就是因为没有谁给它高贵的地位，它们永远如此自然，"道之尊，德之贵，夫莫之命而常自然"❶，而是任万物在自然无为的状态中生长，道"以辅万物之自然，而不敢为"❷，道的本质就是这种自然无为的状态，这也是"道"被尊崇的原因。

庄子借音乐来解释自然，《庄子·天运》提出要以"自然之命"来调奏音乐并借音乐描述了一种"自然"状态：

> 吾又奏之所以无怠之声，调之以自然之命故若混逐丛生，林乐而无形，布挥而不曳，幽昏而无声。动于无方，居于窈冥，或谓之死，或谓之生；或谓之实，或谓之荣。行流散徙，不主常声。❸

庄子认为符合"自然之命"的音乐才是真正的音乐，它是一种浑然天成的状态，和老子描述的"先天地生，寂兮寥兮，独立而不改，周行而殆"的不知其名的"道"颇有相似之处。那么何为"自然之命"？王夫之解释说"自然之命"时说："灵者自灵，蠢者自蠢，生者自生，死者自死，荣者自荣，实者自实，充满天地而机不张，此乃谓之自然之命。"❹ 以自然之命调和的音乐，符合自然的一切规律，当人们用心去听、去看、去捕捉时，却是不闻其声，不见其形，当人们以淳和无知的心境去与道融合去体察时才能尽得其妙，这就是所谓"天机不张而五官皆备，此之谓天乐，无言而心说"❺，这样的音乐是"大音希声，大象无形"，合乎自然之道。

庄子推崇的"天机不张"的自然状态，更是一种对物的天性的保全，所以他赞美"大瓠"与"大樗树"自然生长的无用之美：

> 今子有五石之瓠，何不虑以为大樽而浮乎江湖，而忧其瓠落无所容？则夫子

---

❶ 王弼，注，楼列宇，校释．老子道德经注校释 [M]．北京：中华书局，2008：137.
❷ 王弼，注，楼列宇，校释．老子道德经注校释 [M]．北京：中华书局，2008：166.
❸ 郭象，注，成玄英，疏．庄子注疏 [M]．北京：中华书局，2011：275.
❹ 王夫之．庄子解 [M]．北京：中华书局，1964：126.
❺ 郭象，注，成玄英，疏．庄子注疏 [M]．北京：中华书局，2011：275-276.

犹有蓬之心也夫！❶

今子有大树，患其无用，何不树之于无何有之乡，广莫之野，彷徨乎无为其侧，逍遥乎寝卧其下。❷

大瓠与大樗树都不合乎人类使用标准，但是庄子却对它们发出了赞美，庄子对不合人类智识的"无用之用"和"自然"所具备的生态美学推崇备至。这是因为庄子崇尚混沌原始的自然状态，他将宇宙看作是内部蕴含着生生不息生态系统的巨大整体，把"自然"看成是一种淳然天成的状态，在"道"的价值之中，一旦"自然"之性遭到破坏，物性也被破坏殆尽，美也就不存在了。庄子在《马蹄》中描述了马的自然物性被破坏的过程：

马，蹄可以践霜雪，毛可以御风寒，龁草饮水，翘足而陆，此马之真性也。虽有义台路寝，无所用之。及至伯乐，曰："我善治马。"烧之，剔之，刻之，雒之，连之以羁馽，编之以皂栈，马之死者十二三矣！饥之渴之，驰之骤之，整之齐之，前有橛饰之患，而后有鞭筴之威，而马之死者已过半矣。❸

伯乐治千里马，却用各种人为的手段去整治驯化它，结果造成千里马"死过半"，这里展示了作为人代表的伯乐对千里马自然之美的戕害。由此可见，人也应当保持率真朴实的天性，庄子认为仁义礼乐等过度社会化的约束同样会破坏人的自然本性，是"损性""伤性""失性"，他认为一切的仁义礼法聪明智虑都是不合乎人的自然本性，所以庄子主张只有保持本性，顺应万物本然的状态任其自然发展，使之归于平淡无形，天下才能达到大治，"汝游心于淡，合气于漠，顺物自然而无容私焉，而天下治矣"❹。

庄子的"自然"是一种无人为因素干预的天然本然存在状态，带有自由的特性，但是这种自由又不是通常意义上的自由，诚如当代学者韦政通所说，"老

❶ 郭象，注，成玄英，疏. 庄子注疏 [M]. 北京：中华书局，2011：20.
❷ 郭象，注，成玄英，疏. 庄子注疏 [M]. 北京：中华书局，2011：21.
❸ 郭象，注，成玄英，疏. 庄子注疏 [M]. 北京：中华书局，2011：182-183.
❹ 郭象，注，成玄英，疏. 庄子注疏 [M]. 北京：中华书局，2011：160-161.

庄所争取的自由，与权利无关，而是心灵上的无拘束感。为了达到这种心灵的自由，他们所反抗的不只是政治的干涉，尚须扩及社会制度，甚至整个的现有文明。他们认为只有在原始的自然状态里，才能获得这种自由，因此任何的社会规范都是障碍。"❶ 这种"自然"显然是一种对心灵自由理想化的极致追求，尽管在现实中很难实现，但是对后世产生了深远的影响。

魏晋南北朝时期玄学家所说的"自然"仍然延续了老庄的自然观，如魏晋玄学家王弼就认为自然是道的本体："道不违自然，乃得全性。法自然者，在方而法方，在圆而法圆，于自然无所违也。"❷ 道法自然就是不违背自然，只有如此，才保全了道的本性。魏晋士人从"道法自然"的立场出发，认为山水不仅是自然之美的体现者，更是道的体现，阮籍《达庄论》说"山静而谷深者，自然之道也"，宗炳在《画山水序》中则作了更精练的表述，"山水质有而趣灵""山水以形媚道"，山水用它自身清丽的自然形态使这个虚无的道变得形象丰富，一切自然不过是道的外化，除了自然没有什么能够使深奥的玄理具体化。另外，作为自然万物中一员的人类，也应当顺其本性，这才合乎"自然之道"，诚如伯乐治马时应当展其天性而不能用人为手段一样，人的天性同样不应当被束缚与压制。所以魏晋时期的"自然"有两层含义，一是道的自然，二是人类本性的自然，前者使人们走入自然山水体玄悟道，后者则使人们适性而为纵情山水。在晋宋士人看来，纵情山水是合乎人类天性的"自足"与"适性"，谢灵运认为山水就是人的本性，他多次强调山水是滋养本性的最佳处所，"夫衣食，人生之所资；山水，性分之所适"❸，"山居良有异乎市廛。抱疾就闲，顺从性情，敢率所乐"❹，湛方生《灵秀山铭》也说，"风飘其芳，可以养性"，这里所说"性""分""性分"，指的都是人的自然天性。

除了适性外，山水还能够给人带来精神的愉悦。由此，在悟道之外，山水衍生出畅神的另一重精神功能。庄子早就说过，"山林与？皋壤与？使我欣欣然而

❶ 韦政通. 中国的智慧 [M]. 长春：吉林文史出版社，1988：47.
❷ 王弼，注，楼烈宇，校释. 老子道德经注校释 [M]. 北京：中华书局，2008：64.
❸ 严可均. 全上古三代秦汉三国六朝文（全宋文卷三十三）[M]. 北京：中华书局，1958：2616.
❹ 严可均. 全上古三代秦汉三国六朝文（全宋文卷三十一）[M]. 北京：中华书局，1958：2604.

乐与!"❶ 庄子认为逍遥于"无何有之乡""无人之野",把自己托付给自然山水,是最大的愉悦。他对现实生活充满了厌倦,对世俗矛盾斗争充满了反感,所谓"相濡以沫,不如相忘于江湖",正是对仁义道德等社会智识的舍弃,对"物我齐一"超拔精神的追求。正是在这样的思想体悟之下,魏晋适性而为纵情山水的时代便应运而生了。

道家追求人的自然天性的舒展,既然山水能体道适性,能舒展人类天性,那么,合乎天性便也合乎道,欣赏山水自然也就可以悟道。悟道与适性在自然山水中得到了交合为一的融合,所以晋人眼里的"自然"既是山水,也是人。魏晋时人物品藻之风盛行,他们评品鉴赏人物不再以儒家仁义礼智这些社会道德为评判尺度,而是以"自然"为标准对人物神情风采等进行审美,如《世说新语》中描写嵇康:

嵇康身长七尺八寸,风姿特秀。见者叹曰:"萧萧肃肃,爽朗清举。"或云:"肃肃如松下风,高而徐引。"山公曰:"嵇叔夜之为人也,岩岩若孤松之独立;其醉也,傀俄若玉山之将崩。"❷

以山水来描述嵇康的美,山水美与个性美相通,自然与人达到了内在合一的状态,这是一种合乎"道"的自然状态。自然既然是道的外化,自然间万物(包括人类)便都是道的具体表现,那么"万物与我为一""与物为春""与天地为合"的人与自然的内在合一便顺理成章了,人类"游乎万物之所终始,壹其性,养其气,合其德,以通乎物之所造"❸,这种与自然的平等和谐就是最大的道。晋人在山水中畅神适性,又将山水之美投射到自我身上,正是在这个意义上,宗白华说晋人"向外则发现了自然美,向内发现了自己的深情"❹。这样,山水就成了诗人内在精神的客观外化,也成了人们的审美对象,诚如尼采所说:

❶ 郭象,注,成玄英,疏:庄子注疏 [M]. 北京:中华书局,2011:408.
❷ 徐震堮. 世说新语校笺 [M]. 北京:中华书局,1984:335.
❸ 郭象,注,成玄英,疏. 庄子注疏 [M]. 北京:中华书局,2011:344.
❹ 宗白华. 美学与意境 [M]. 北京. 人民出版社,1987:174.

"人把自己映照在事物里，他又把一切反映他的形象的事物认作美的。"❶ 人类与自然之间的对应关系越来越融洽。

道家自然观是在对自然的观照中体玄悟道的产物，自然从老子的"上善若水""道法自然"中的出场，到庄子实现"逍遥游"的凭借，再到魏晋与性分相联系的诗意存在，道家促进了自然山水一步步走向审美的独立，是符合事物的发展规律的，是通过观察万物变化运动规律找寻到的道的本质。

第三节　李白的自然观

一、李白的自然观

李白是唐代诗人中受道家思想影响最深的典型代表，他幼时生活的紫云山是道教圣地，"家本紫云山，道风未沦落"（《题嵩山逸人元丹丘山居》），李白年少就"十五游神仙，仙游未曾歇"（《感兴六首》），成年后他云游四方，访仙炼丹，"有道骨仙风，可与神游八极之表"❷。李白一生游历名山，交往了许多道士朋友，如元丹丘、东严子、元演、紫阳先生等，而且，他二十岁时从东严子学道并因此受到广汉太守的推荐，"广汉太守闻而异之，诣庐亲睹，因举二人以有道科。"❸ 四十二岁时李白游会稽，与道士吴筠共居剡中；四十五岁以后他直接授符入道，道教的影响可以说是伴随了李白的一生。李白早年也有儒家"兼善天下"的政治抱负，他赴长安以诗名入翰林供奉，也是想实现政治抱负的，但唐玄宗却只是把他作为朝廷的御用诗人，李白的政治理想难以实现，且受到权贵们的谗言打击，于是请求"赐金放还"。李白的请求"放山"，除了政治抱负不得实现外，从深层原因上说也与道家思想的影响有关。道家追求自然，尊重本性，李白热爱自由，崇尚自然，他骨子里追求精神上的绝对自由，决不愿做一个给皇帝

❶ 尼采. 偶像的黄昏 [M]. 周国平，译. 北京：光明日报出版社，1996：66.
❷ 李白. 李太白全集 [M]. 王琦，注. 北京：中华书局，1977：2.
❸ 李白. 李太白全集 [M]. 王琦，注. 北京：中华书局，1977：1246.

写词章的帮闲文人,李白的离京其实更是一种自由精神的选择。

离开长安后,李白遍游名山大川,写下了许多壮丽诗篇。李白诗歌表现出最大的美学特质是"自然","自然"一词在李白诗中多次被提到。如《月下独酌》其二云:

> 天若不爱酒,酒星不在天。地若不爱酒,地应无酒泉。天地既爱酒,爱酒不愧天。已闻清比圣,复道浊如贤。贤圣既已饮,何必求神仙。三杯通大道,一斗合自然。但得酒中趣,勿为醒者传。

天上有酒星,地上有酒泉,这说明天地也爱酒,所以人爱酒是与天地相通的,饮酒是既合自然又合天地的大道。另外,在《草创大还赠柳官迪》中,李白用议论的笔调阐述了自己对自然的哲学思考:

> 天地为橐籥,周流行太易。造化合元符,交媾腾精魄。自然成妙用,孰知其指的。

诗中强调天地的周流运行和生命的摩荡升腾都是天地造化,尽管我们不知道它的目的和安排,但是它在活泼的生命历程中完成的过程,这就是自然的妙用。这两首诗中所说的自然,均是指天然的、非人为的客体世界和客体世界的运行规律。而在《日出入行》中,李白提出了主体精神认知也应该顺应自然的观点:

> 日出东方隈,似从地底来,历天又入海,六龙所舍安在哉?其始与终古不息,人非元气安得与之久裴徊?草不谢荣于春风,木不怨落于秋天,谁挥鞭策驱四运,万物兴歇皆自然。羲和羲和,汝奚汩没于荒淫之波。鲁阳何德,驻景挥戈。逆道违天,矫诬实多,吾将囊括大块,浩然与溟涬同科。

此诗深受庄子思想影响,在描绘了日出日落、终古不息的天象之后,对远古神话提出了质疑:传说羲和驾驭六龙载日从天空经过,那么羲和为什么会载日沉入大海呢?神话不过是妄语而已。据《淮南子·览冥训》载:"鲁阳公与韩构

难，战酣日暮，援戈而撝之，日为之反三舍。"❶ 鲁阳公与韩构作战至日暮挥戈
而大喝，太阳竟为之退避三舍，这也是荒诞不可信的，鲁阳公的传说在于妄想改
变天宇运行的自然之道，这也是"逆道违天"的妄言。庄子说，"天不得不高，
地不得不广，日月不得不行，万物不得不昌，此其道与。"❷ 日月运行之道乃是
自然运行的规律，并不是超自然的神力主宰日月的运行，李白显然是受庄子影
响，他指出自然的四季变化和花草树木的春生秋落并非出于超自然的神力，皆乃
自然之道，因此，无须因为草木生长而感谢春风，也无须因为草木衰落而怨恨秋
天。在诗歌的结尾李白明确地表达了"吾将囊括大块，浩然与溟涬同科"，我们
不能逆转天道的运行，只有顺应自然规律，才合乎天道，与自然合为一体。这与
庄子所谓"天地与我并生，万物与我为一"的思想是一致的。他并非真的要与
天地并生共存，而是主张从精神上打通人与宇宙有限与无限的分界，以人的自然
合于宇宙天地万物的自然，获得精神上的自由。《日出入行》不仅反映出了李白
的宇宙观，也表现出了他的人生观，就是要使主体精神与自然相合，保持个人的
天性，不受羁约与束缚，追求个人身心的最大自由。

李白也多次在诗文表现出任自然而不屈己的天性，他早在出川时写的《代寿
山答孟少府移文书》中就这样描述自己："近者逸人李白自峨眉而来，尔其天为
容，道为貌，不屈己，不干人，巢、由以来，一人而已。"❸ 这表现了李白早年
就已经形成了禀赋自然的本性。从他长安放还时所写的诗句"安能摧眉折腰事权
贵，使我不得开心颜"中，我们也可以看出李白性格中有很明显的不屈己的特
点。在《冬夜于随州紫阳先生餐霞楼送烟子元演隐仙城山序》中，他这样描述
自己：

吾不凝滞于物，与时推移。出则以平交王侯，遁则以俯视巢许。朱绂狎我，
绿萝未归。恨不得同栖烟林，对坐松月。❹

---

❶ 刘安，等. 淮南子译注 [M]. 陈广忠，译注. 长春：吉林文史出版社，1990：272.
❷ 郭象，注. 成玄英，疏. 庄子注疏 [M]. 北京：中华书局，2011：395.
❸ 李白. 李太白全集 [M]. 王琦，注. 北京：中华书局，1977：1225.
❹ 李白. 李太白全集 [M]. 王琦，注. 北京：中华书局，1977：1294.

他以自适为原则平交王侯俯视巢许，表现出无视世俗贫穷富贵的心态，无论是"但愿一识韩荆州"的求取功名，还是"浮五湖，戏沧洲"的浪迹天下，他都是"不凝滞于物，与时推移"，以顺性情之自然，顺自然的天性去行事，这种崇尚自由追求自然的性格特点贯穿他的整个人生。

二、任自然：求仙求道

李白一生好游名山大川，这些名山大川云遮雾绕，会让人瞬间进入游仙之境，如李白在《焦山望寥山》中说："石壁望松寥，宛然在碧霄。安得五彩虹，驾天作长桥。仙人如爱我，举手来相招。"山间的彩虹仿佛是一座通往仙界的桥梁，早晨的红霞也仿似仙人驾着马车前往人间的祥云。他在《早望海霞边》中也说："四明三千里，朝起赤城霞。日出红光散，分辉照雪崖。一餐咽琼液，五内发金沙。举手何所待，青龙白虎车。"山川之间烟霞云雾，变幻多端，就仿佛是通往神仙境界的门户。在李白眼里，神仙一定是隐居名山之间的，山川是一条通往神仙去处的通途，诗人"一生好入名山游"，这与他的求仙思想是有一定关系的。

李白终其一生求仙求道，追求长生不老，他在《游泰山》中写道："登高望蓬瀛，想象金银台。天门一长啸，万里清风来。玉女四五人，飘飘下九垓。含笑引素手，遗我流霞杯。稽首再拜之，自愧非仙才。旷然小宇宙，弃世何悠哉！"诗歌描绘了诗人登上泰山后想象神仙接引自己进入仙界的画面，游名山与祈求神仙似已不可分割，而且融合得如此之自然。诗人在想象的神仙世界里获得的欢愉是无与伦比的，因为那意味着摆脱了俗扰，走向了悠游自在。在《梦游天姥吟留别》中，诗人也描绘了一个奇异欢乐的神仙世界：

列缺霹雳，丘峦崩摧。洞天石扉，訇然中开。青冥浩荡不见底，日月照耀金银台。霓为衣兮风为马，云之君兮纷纷而来下。虎鼓瑟兮鸾回车，仙之人兮列如麻。

这是一个多么欢乐的仙梦，可梦醒后发现一切都是空幻，"忽魂悸以魄动，恍惊起而长嗟。惟觉时之枕席，失向来之烟霞"，诗人便会产生深深的失落与嗟叹，并且会有一种及时行乐的幻灭感，他发出"世间行乐亦如此，古来万事东流水"的长叹。这样的诗歌还有《游泰山六首》：

平明登日观，举手开云关。精神四飞扬，如出天地间。黄河从西来，窈窕入远山。凭崖揽八极，目尽长空闲。偶然值青童，绿发双云鬟。笑我晚学仙，蹉跎凋朱颜。蹍蹰忽不见，浩荡难追攀。

诗人站在泰山的高山险崖上，极目远眺，突然遇见仙童，仙童还取笑自己学仙太晚，蹉跎了岁月，可蹍蹰之间一切都消失不见了，难以追攀。每当这种时刻，诗人失落的痛苦是深刻的，"每思欲逗登蓬莱，极目四海，手弄白日，顶摩青穹，挥斥幽愤，不可得也。而金骨未变，玉颜已缁，何常不扪松伤心，抚鹤叹息。"❶

李白受庄子思想影响很深，道家关于神仙的说法多是从超越生死与道泯一的角度来说的，如《庄子·逍遥游》提到神人是"不食五谷，吸风饮露。乘云气，御飞龙，而游乎四海之外"❷，《庄子·齐物论》中讲到至人为"大泽焚而不能热，河汉冱而不能寒，疾雷破山飘风振海而不能惊。若然者，乘云气，骑日月，而游乎四海之外，死生无变于己，而况利害之端乎！"❸《庄子·天地》所论之圣人为"天下有道，则与物皆昌；天下无道，则修德就闲；千岁厌世，去而上仙，乘彼白云，至于帝乡"❹，《庄子·大宗师》是所论真人是"登高不栗，入水不濡，入火不热。是知之能登假于道者也若此"❺，这些所谓的神人仙人至人圣人都"乘云气""骑日月""乘彼白云"，能够在自然间自由遨游，他们"不就利，

---

❶ 李白. 李太白全集［M］. 王琦，注. 北京：中华书局，1977：1253.
❷ 郭象，注. 成玄英，疏. 庄子注疏［M］. 北京：中华书局，2011：15-16.
❸ 郭象，注. 成玄英，疏. 庄子注疏［M］. 北京：中华书局，2011：52.
❹ 郭象，注. 成玄英，疏. 庄子注疏［M］. 北京：中华书局，2011：228.
❺ 郭象，注. 成玄英，疏. 庄子注疏［M］. 北京：中华书局，2011：126.

不违害，不喜求，不缘道，无谓有谓，有谓无谓，而游乎尘垢之外"❶，与天地万物泯然一体，他们能够与水火同质，故而能够获得"入水不濡，入火不热""大泽焚而不能热，河汉沍而不能寒"的超越生死的能力。李白求仙固然有追求长生不老的意图，但是他更多是追求一种精神上的自由，从下面这两首诗中可以得到证明：

余尝学道穷冥筌，梦中往往游仙山，何当脱屣谢时去，壶中别有日月天……石门流水遍桃花，我亦曾到秦人家，不知何处得鸡豕，就中仍见繁桑麻。倏然远与世事间，装鸾驾鹤又复远。何必长从七贵游，劳生徒聚万金产。（《下途归石门旧居》）

赤霞动金光，日足森海峤。独散万古意，闲垂一溪钓。猿近天上啼，人移月边棹。无以墨绶苦，来求丹砂要。（《经乱后将避地剡中，留赠崔宣城》）

这两首诗，前一首写自己于梦中求仙学道，后一首写自己服食丹砂，但是前者把游仙与桃花源联系起来，后者把服食丹砂与人间"墨绶苦"对立起来，表明他所羡慕的是桃花源的愉悦和自由自在，而不是所谓"聚万金产""墨绶"的人间富贵，这表明在李白看来，求仙只是为了摆脱世间的束缚获得精神的自由。

李白很羡慕长生不老的王子晋，"吾爱王子晋，得道伊洛滨。金骨既不毁，玉颜长自春"（《感遇四首》）。道教有服食炼丹等法以帮助人们摆脱肉体束缚，达到神仙境界，这是肉体与精神的双重解脱，李白自己也有采仙草、练仙丹并服食丹药的行为，"我来采菖蒲，服食可延年"（《嵩山采菖蒲者》），"安得不死药，高飞向蓬瀛"（《游泰山六道》），李白渴望"不死药"长生不死，渴望挣脱肉体之束缚，他更不愿忍受现实的精神束缚。（李白非常羡慕他的朋友元丹丘不受任何约束的逍遥人生，他在《题元丹丘山居》中描述元丹丘的生活："青春卧空林，白日犹不起。松风清襟袖，石潭洗心耳。羡君无纷喧，高枕碧霞里。"这种悠游似神仙的山居生活，实质是一种摆脱了世俗烦扰，使心境得以宁静的人生境

---

❶ 郭象，注. 成玄英，疏. 庄子注疏［M］. 北京：中华书局，2011：53.

界。) 诗人辞官东去，游历山川，追求长生不老，表现了他摆脱世俗羁绊进入自由境界的强烈意识与精神追求。

三、任自然：欲求则求欲舍则舍的功名观

唐代国家强大，诗人们大都具有强烈的建功立业的社会价值追求，李白也不例外。他在《将进酒》中云，"天生我材必有用"，生命之来必有其用，取得了功名就是实现了个人的生命意义和价值，就是"我材"之用的价值体现。这样看来，功名并不是社会力量强加的，也非生命之外的尘累，而是一种个人的自然需要。李白求取功名，正是其个体生命意识觉醒后为实现个人生命价值而生成的自然需求。

据《彰明逸事》称，李白十六岁时曾与一位叫赵蕤的侠士学习，"蕤亦节士，任侠有气，善为纵横学，著书号《长短经》，太白从学岁余。"❶《长短经》是一本关于治国韬略的书，被尊奉为小《资治通鉴》，为历代帝王将相所共悉，李白从小学习此书，形成其远大的政治理想和治世方略，此后，他喜谈王霸之道，一心追求仕途，也正是受《长短经》这部书的影响。狂傲自负的李白从来就没有掩饰过自己对功名的追逐，他以"申管晏之谈，谋帝王之术，奋其智能，愿为辅弼。使寰区大定，海县清一"❷为人生理想。在唐代，恐怕没有一位诗人对世俗志愿和欲望表达如此强烈和不加掩饰，特别是对功业的追求。李白也从不讳言自己的功名之心，在《上韩荆州书》里，他直接且赤裸裸的表示希望得到韩荆州的推荐："生不愿封万户侯，但愿一识韩荆州。"得到皇帝的诏书时，他的狂放和得意也表现得毫不掩饰："仰天大笑出门去，我辈岂是蓬蒿人"（《南陵别儿童入京》），这正是他任自然真性情的一种表现。追求功名必然要与社会发生关系，君臣关系、官场制度以及官场风气都会与对人的自然天性产生抵牾冲突，李白不能容忍官场的黑暗环境与官场的潜规则，一旦与官场发生巨大冲突，一旦违背自己的本性时，李白的选择是断然放弃官场，他决不委屈自己的天性，

---

❶ 计有功. 唐诗纪事（卷八）[M]. 上海：上海古籍出版社，1987：271.
❷ 李白. 李太白全集 [M]. 王琦，注. 北京：中华书局，1977：1225.

所以他从醉心功名转而对功名弃之如敝屣，没有任何犹豫。尽管他希望发挥自己安邦治国的才能，但是，当他觉得在长安翰林供奉的职位上不能实现自己的抱负时，当官场的环境让他倍受压抑和禁锢时，就毅然决然的辞官请求放还了，"自是客星辞帝座，元非太白醉扬州"（《酬崔侍御》），这种主动请辞的傲性实质上也与他任自然的思想性格有关。

求取功名是为了满足诗人实现生命价值的本然需要，栖隐山林也是生命的本性需要，从任性与适意的层面看，出世与入世本没有差异，只要合乎性情的自然，不必拘执于出与处之间，"安能摧眉折腰事权贵，使我不得开心颜！"与性情的适意比起来，"权贵"又算得了什么！正如诗人在《对雪奉饯任城六父秩满归京》里所写："独用天地心，浮云乃吾身。虽将簪组狎，若与烟霞亲。"他的心是天地自然之心，行迹亦如浮云，自由来去于功名与山林之间。因此，长安放还后，李白写道："身将客星隐，心与浮云闲。长揖万乘君，还归富春山。清风洒六合，邈然不可攀。使我长叹息，冥栖岩石间。"（《古风》）如松柏本直，追求任自然是李白不可更改的本性，此处所说的任自然是放任人的自然性情舒卷胸臆，即人们常说的任性与适意。如果说现实拘縻了人的本性，那么就"长揖万乘君，还归富春山"。在李白眼里，出与处不决定遇与不遇，完全在于个人的主观性情，"卷舒固在我，何事空摧残"（《秋日炼药院镊白发赠元六兄林宗》）。这样，李白就用道家的自然观改造了儒家"兼济"与"独善"的矛盾，泯灭了出与处的差异。

当代学者詹福瑞认为李白是最具双重性格和双重价值取向的诗人，一方面他求仙访道，极其浪漫，"有仙风道骨"（李白《大鹏赋序》），还有"谪仙人"❶"谪仙子"❷"酒中仙"❸之称，另一方面，李白又是中国历史上功名情结极重的诗人，他具有辅助君王"济苍生""解世纷""安社稷"的政治抱负，是个盛唐

---

❶ 据《旧唐书·李白传》（卷一九十下）载："贺知章见白，赏之曰：'此天上谪仙人也。'"《新唐书·李白传》（卷二百零二）载："（李白）往见贺知章，知章见其文，叹曰：'子，谪仙人也！'"李白《对酒忆贺监》亦云："长安一相见，呼我谪仙人。"

❷ 魏万《金陵酬李翰林谪仙子》云："谪仙游梁园，爱子在邹鲁。"

❸ 杜甫《饮中八仙歌》云："天子呼来不上船，自称臣是酒中仙。"

时代标准的现实主义诗人，事实上这种双重价值观并非是对立的，其本质上都根源于道家"任自然"❶。儒家"穷则独善其身，达则兼济天下"的出处方式原本是人生不同境遇下的不得已选择，是人生的一体两面，但是李白却以道家思想把它改造成了求取功名和栖隐山林这样的两个人生阶段，李白理想的人生状态是二者兼之，功成身退："事君之道成，荣亲之义毕，然后与陶朱留侯，浮五湖、戏沧洲，不足为难矣"❷，"愿一佐明主，功成还旧林"（《留别王司马嵩》），"功成谢人间，从此一投钓"（《翰林读书言怀、呈集贤诸学士》），"功成身不居，舒卷在胸臆"（《商山四皓》），"终与安社稷，功成去五湖"（《赠韦秘书子春二首》）。在李白看来，求取功名和栖隐山林是生命中并不矛盾的两种形式，它们只是生命两个不同阶段的自然本性需求，都是任自然的结果。

正因为李白有这样合乎自然的功名观，他不愿违背个人的天性，让科举束缚个人的自由。我们知道，唐代科举是寒族士子进入官场的晋身之阶，也是世袭士族保其门第的重要手段。但是，唐代士人有"三十老明经，五十少进士"之言，极言进士科考之艰难，据傅璇琮先生《唐代科举与文学》介绍，"据唐宋人的统计，录取的名额约占考试人数的百分之二三。明经科较多，约一百人到二百人之间。进士明经加起来，也不过占考试总人数的十分之一。"❸ 可想而知，许多士子为了科举考试，不得不在章句间消耗青春年华，场屋白首，丧失真性情，甚至导致人格的扭曲，故又有诗曰："太宗皇帝真长策，赚得英雄尽白头。"李白不愿这样抑制自然天性去博取功名，他走了一条以高名获得征召的终南捷径，"名动京师，上皇闻而悦之，召入禁掖"❹，他以诗才名动京师而获得皇帝的青睐。李白这种不愿屈就任自然的傲性伴随了他一生，这也是李白自己在诗文中从不避言的。"自然"作为一种性格本能，已经深深刻入李白的生命血液中了，不仅在生活中如此，在诗文创作中也成为李白一以贯之的创作理念。

---

❶ 詹福瑞. 李白诗中的自然意识 [J]. 文艺研究, 1999：1.
❷ 李白. 李太白全集 [M]. 王琦, 注. 北京：中华书局, 1977：1225.
❸ 傅璇琮. 唐代科举与文学 [M]. 西安：陕西人民出版社, 1986：5.
❹ 李白. 李太白全集 [M]. 王琦, 注. 北京：中华书局, 1977：1217.

第四节　李白山水诗中的自然

李白自青少年时就钟情山水，开元间还在蜀中时游历戴天山和峨眉山，曾写下《访戴天山道士不遇》和《登峨眉山》等诗，出川后又漫游了洞庭湖、庐山、天门山、金陵、扬州、会稽等地，公元729年后隐居安陆，又漫游了嵩山、洛阳、南阳、太原等地。长安放还后，他开始了第二次漫游，足迹遍布梁宋齐鲁，并流连金陵、秋浦、宣城江南诸地。李白一生热爱自然，喜好漫游名山大川，并写下大量的山水诗篇。李白的山水诗描述了许多雄奇豪放富有奇特想象力的山水，这既是大自然的奇幻色彩，更是诗人自然天性的表现，是自然天性与豪迈山水的一次完美邂逅，更是人的主体性与山水物性的完美结合。

一、物我泯一：自然天性与山水物性的完美结合

李白天生喜爱自然山水，"心爱名山游，身随名山远"（《金陵江上遇蓬池隐者》），"此行不为鲈鱼鲙，自爱名山入剡中"（《秋下荆门》），他说自己见到名山名水便兴致勃勃，产生强烈的感发和冲动，"好为庐山谣，兴因庐山发"（《庐山谣寄卢侍御虚舟》），"名山发佳兴，清赏亦何穷"（《下寻阳城泛彭蠡寄黄判官》），"幽赏颇自得，兴远与谁豁？"（《江上寄元六林宗》），"兴引登山屐，情催泛海船"（《送杨山人归天台》），"时时或乘兴，往往云无心"（《送韩准裴政孔巢父还山》），这些诗中所说的"兴"，实际上就是诗人对山水的一种审美冲动，正是因为山水的壮丽感发了诗人，崇尚自然的性情在山水中找到了对应，审美主体与审美客体产生了完美的契合，才能使诗人完全进入审美的境界，写下这些山水诗篇。

山水诗是李白诗歌的重要组成部分，李白山水诗一般分为两类，一类为实写山水，另一类为创设山水，前者风格清新俊朗，如《清溪行》《秋登宣城谢朓北楼》等，后者奔放豪迈飘逸，极富浪漫与想象，如《梦游天姥吟留别》《庐山谣寄卢侍御虚舟》《西岳云台歌送丹丘子》《蜀道难》等，纵览这两类山水诗可以

发现，尽管前者是现实游历，而后者是想象山水，但二者在物性特征和精神审美上都具有高度的契合，都是诗人主体性格与山水自然的完美融合。

李白笔下的山水美首先表现在雄奇壮美的色彩和流动的气势上，其笔下的山，高大挺拔，峥嵘崔嵬，险峻奇峭，如"连峰去天不盈尺，枯松倒挂倚绝壁。"（《蜀道难》），"万壑与千岩，峥嵘镜湖里"（《送王屋山人魏万还王屋》），"天姥连天向天横，势拔五岳掩赤城。天台四万八千丈，对此欲倒东南倾"（《梦游天姥吟留别》），自然的超凡伟力与诗人的狂傲英雄气浑然一体，充满了张扬的个性与英雄的豪气。

除了山之外，李白也爱写水。李白喜爱写江河，如："黄河之水天上来，奔流到海不复回"（《将进酒》），"黄河万里触山动，盘涡毂转秦地雷。……巨灵咆哮擘两山，洪波喷箭射东海"，（《西岳云台歌送丹丘子》），"黄河落天走东海，万里写入胸怀间"（《赠裴十四》），"登高壮观天地间，大江茫茫去不还。黄云万里动风色，白波九道流雪山"（《庐山谣寄卢侍御虚舟》），李白特别喜爱这些气象宏大的江河，因为它们都具有冲破一切阻碍的能量和气势，奔腾咆哮一泻千里。

李白也爱写广阔浩瀚的沧海。"箫鼓聒川岳，沧溟涌涛波"（《发白马》），"水客凌洪波，长鲸涌溟海"（《赠僧朝美》），"北溟有巨鱼，身长数千里"（《古风》），"凭高登远览，直下见溟渤。云垂大鹏翻，波动巨鳌没。"（《天台晓望》），他描写沧海，赞美沧海包纳一切的巨大容量，他也描写沧海中的长鲸巨鱼，赞美它们翻涌天地的巨大力量。

李白还特别喜欢写瀑布，瀑布从天而降，气贯长虹，似乎还带着天上来的气息，特别契合他追求浪漫奇幻的个性。他描写瀑布在山间奔泻的气势和力量，如"挂流三百丈，喷壑数十里"（《望庐山瀑布水二首》），"飞湍瀑流争喧豗，砯崖转石万壑雷"（《蜀道难》，"金阙前开二峰长，银河倒挂三石梁。香炉瀑布遥相望，回崖沓嶂凌苍苍"（《庐山谣寄卢侍御虚舟》），"欻如飞电来，隐若白虹起。初惊河汉落，半洒云天里"（《望庐山瀑布水二首》），"飞流直下三千尺，疑是银河落九天"（《望庐山瀑布》），"龙潭中喷射，昼夜生风雷。但见瀑泉落，如溪云汉来"（《求崔山人百丈崖瀑布图》），这些瀑布简直就是从银河中飞泻而来，并携风雷之气势，惊天动地。

诗歌的审美境界实质上是由诗人精神个性在自然中得到最大程度释放的心理体验所造就，李白偏爱壮丽山水，并以胸中之豪气赋予山水崇高的美感，李白这些诗歌着意于突出力量和运动的美，他讴歌自然的伟力，赞美山水的力量和胸怀，这其实正是他自己桀骜不屈、奋斗不息和洒脱不羁的个性投射。

至德二年（公元 757 年）夏秋之间，永王兵败后，李白获罪下浔阳狱，幸得友人营救出狱，乾元元年（公元 758 年）流放夜郎，直到乾元二年遇赦得还。当他返回江夏重游庐山之时，诗人狂放自然的性情遂被雄奇的山水所唤醒，生活中所遭遇的幽暗沉迷借描写山水得到了尽情的释放：

> 庐山秀出南斗傍，屏风九叠云锦张，影落明湖青黛光。金阙前开二峰长，银河倒挂三石梁。香炉瀑布遥相望，回崖沓嶂凌苍苍。翠影红霞映朝日，鸟飞不到吴天长。登高壮观天地间，大江茫茫去不还。黄云万里动风色，白波九道流雪山。（《庐山谣寄卢侍御虚舟》）

庐山虽然高峻秀美，但诗中突出的是庐山不受天宇掩压的摧天凌云之势，以及瀑布擘山喷流、一泻千里不受阻碍的撼地之威，李白这样写庐山与瀑布，无论是潜意识还是显意识都是在释放他不受束缚和约制的自由天性。除了庐山外，还有华山、黄河等一些绝美的山川景象，这些山川不为一切所迫压的自由之态和纵逸之势，使李白豪放纵任的天性找到了可以释放、可以表现、可以宣泄的自然对象。山水特点与诗人自然天性的结合，形成了李白山水诗豪放飘逸、自由奔放的特点，这不是客观的山水，而是李白将自己的人格与山水紧紧结合在一起的产物，人的天性与自然本性达到相合无间的状态。

李白还有一些描写创造山水诗境的非写实山水诗，这些诗歌主要描写山水的豪迈奔放、奇特不凡，表现出大胆的夸张与神奇的想象。诗人常把现实和幻境交融在一起，幻化出神仙世界，在现实和幻想间自由往来，随意飞扬，令人心旷神怡。这类诗歌最有代表性的是《梦游天姥吟留别》，这首诗既写现实，也写梦境。诗歌穷极笔力，创造出奇山幻境，因是借梦写山，故诗歌主要表现山林变幻的奇景和瑰丽神奇的仙境。从诗人梦醒后长嗟的"安能摧眉折腰事权贵，使我不得开心颜"看，李白创造超拔宏伟的天姥山景象是有意而为之，天姥山的横天之势与李白目空一切为所欲为的性格有暗合之处，诗人极力刻画对神仙世界的向往，实际上是现实中失意情感的发泄，而梦中见到的奇幻山水和飘然来去的仙人，都是与束缚人类自由天性相对照的意象，反映了李白尚自然的性情与理想。全诗兴到笔随，酣畅淋漓地倾泻感情，气势磅礴，完全不受形式的束缚，诗歌雄奇的诗境是李白向往自由世界的表现，也是诗人豪放超逸的自由天性的释放。

中国诗歌史上把山水与诗人性情结合起来写作的诗人不少，但是，不同于以山水寄托情感的传统山水诗人，李白是以山水宣泄感情，正如罗宗强所说，在李白写山水的诗里，我们却感到一点不同，他似乎不着意于山水之审美，因为他与山水之间，原无主客之关系，他融入山水之中。我们读他的诗，有一种感觉：他在山水中才得以完全地获得身心的舒展，在山水中无拘无束，山水理解他，他也理解山水，敬亭山可以与他相看两不厌，且可以随他起舞等。用"主观的诗人"来解释这种现象是不够的，应该看到，在李白的意识里，有一种物我泯一的根基，他在自然中看到了自我，看到自我的舒展的无限空间，看到自我存在的价值与意义。现实生活中的一切挫折与失意，现实生活中自我价值的失落感，都在自然中得到补偿。这种与自然的亲近感，这种与自然泯一的思想根基，正是他自由性格的生发点。❶

可以说，李白笔下的山水与其说是纯粹的自然景观，不如说是他热爱自由，任性自然的性情的舒张，而这一诗歌特点与道家的"物我泯一"的自然观的影响是密不可分的。

二、任物意识与物物平等思想

庄子强调自然万物各有其性且都应该顺应本性自然生存，人不能为了自身的

---

❶ 罗宗强. 自然范型——李白的人格特征 [J]. 唐代文学研究，1996：9.

利益和欲望而凌驾于其他物种之上损害其他物种的本性，自然万物都应该顺应物性，不可违性而为。李白有一些山水诗表现了明显的"齐物"自然观，表现了自然山川与人类的亲密和谐。这在李白的山水诗里，不仅表现了人的精神自由，也展现了物的自由。如：

> 我家敬亭下，辄继谢公作。相去数百年，风期宛如昨。登高素秋月，下望青山郭。俯视鸳鹭群，饮啄自鸣跃。（《游敬亭寄崔侍御》）
>
> 高阁横秀气，清幽并在君。檐飞宛溪水，窗落敬亭云。猿啸风中断，渔歌月里闻。闲随白鸥去，沙上自为群。（《过崔八丈水亭》）
>
> 白鹇夜长啸，爽然溪谷寒。鱼龙动陂水，处处生波澜。（《游秋浦白鹇陂二首》）
>
> 船上齐桡乐，湖心泛月归。白鸥闲不去，争拂酒筵飞。（《陪侍郎叔游洞庭醉后三首》）

这些诗中描写了各种鸟禽，鸳鹭在水边各自饮啄，白鸥在沙上各处成群而聚，鱼在水里游动划出道道波澜，它们不相争斗，也不相互干扰，颇有老子"鸡犬之声相闻，老死不相往来"的清静无为的状态，而那水中的白鸥甚至有时会飞到诗人船上的酒筵上，如同老熟人一样来去自如，人们也并不驱赶它们，自然万物都是各自顺应天性，自由自在的。

在李白的山水诗里，物不仅是自由的，更是平等的。李白认为，人类侵入动物世界，也会干扰它们，这是非常不应该的。他在《姑孰十咏·姑孰溪》中说："漾楫怕鸥惊，垂竿待鱼食。波翻晓霞影，岸叠春山色。"他担心划动舟楫会惊扰水中的鸥鹭，只有具有万物平等思想的人才会有如此担心，才会觉得人类活动惊扰鸥鸟也算是一种莫大的罪过了。李白在《宣城青溪》中也写道：

> 青溪胜桐庐，水木有佳色。山貌日高古，石容天倾侧。彩鸟昔未名，白猿初相识。不见同怀人，对之空叹息。

这首诗描写诗人进入清溪，见到山里"彩鸟"与"白猿"，这些动物禽鸟都是没有名字的。名称是一种代表了社会定位与制约的社会符号，"彩鸟昔未名"表明这是一只没有进入人类社会体系的彩鸟，这暗合了老子"无名天地之始"之意。而白猿则不然，李白在《秋浦歌十七首》中写过白猿，如"秋浦多白猿，超腾若飞雪""山山白鹭满，涧涧白猿吟"，在《别东林寺僧》中也写了白猿，"东林送客处，月出白猿啼"，白猿是李白山水诗中的常客，可以说也是诗人的老朋友了，而此诗中"白猿初相识"应当是从"白猿"的视角来写的：看到这位闯入青溪山的不速之客，白猿无名惊诧，这是哪来的初识客人？在李白看来，在人的世界与动物的世界里，人类世界并非主宰系统，人类进入动物的世界，既可以是一个陌生的闯入者，也可以是一位友善的造访者。比如：

> 客有桂阳至，能吟山鹧鸪。清风动窗竹，越鸟起相呼。持此足为乐，何烦笙与竽。（《秋浦清溪雪夜对酒，客有唱山鹧鸪者》）

同样是进入动物世界，这位会唱山鹧鸪的客人可以和鸟儿对话，"清风动窗竹，越鸟起相呼"，从中我们可以感受到鸟儿们对一个闯入它们世界的异类客人是多么兴奋！人类友好地进入鸟儿的世界，又是一件多么愉快的事，这完全是一幅"物我齐一"彼此交融的和谐画面，也展现了李白的物我平等观。

李白追求自然，不愿意违逆自我天性。他既遵从自我的自由天性，也能尊重自然万物的物性，因此李白的山水诗也描写了自然万物无拘无束的自由状态，如：

> 月衔楼间峰，泉漱阶下石。素心自此得，真趣非外惜。（《日夕山中忽然有怀》）

> 松兰相因依，萧艾徒丰茸。鸡与鸡并食，鸢与鸢同枝。（《于五松山赠南陵常赞府》）

> 暝色湖上来，微雨飞南轩。故人宿茅宇，夕鸟栖杨园。（《之广陵宿常二南郭幽居》）

> 醉罢欲归去，花枝宿鸟喧。何时复来此，再得洗嚣烦。（《题金陵王处士水

亭》）

汉阳江上柳，望客引东枝。树树花如雪，纷纷乱若丝。（《望汉阳柳色寄王宰》）

在这些诗句里，云可以随意进入窗户，月亮自然挂在峰间，泉水就在石阶下流过，鸡则并食，鸟则同枝，春天里柳树花开似雪，江草长得旺盛，岩花争相开放，通过这些自然景物的展现，我们能感受到自然界万物都具有张扬的物性。自然的和谐不是牺牲哪一个物种而成全另一个，而是"以道观之，物各有性"的彼此舒张，自然万物的物性伸张，这才是最大的"自然"。但是，我们仍然能够发现，自然的物性张扬所引发的诗人的情感，"素心自此得"岂不有在山月中获得的愉悦？花鸟松兰的自由自在总能引发些或惆怅或欣悦的情绪，因为李白从来没有把自己当成自然之外的冷静客人，人的自性和自然之物性，难道不是同样值得尊重吗？所以，在李白的笔下，人是有情之物，自然也并不是没有生命的客观存在，当人对自然充满情感时，自然也是灵动而充满情感的，这是一种建立在道家"物我同源"基础上的物我的彼此呼应，当人感受自然万物时，自然万物也在感受人。自然决非人类的工具和对象，也决非如现代人类中心论者所谓的被动承受者，它质有而趣灵，是可以从每一个细胞每一寸皮肤上感受对方的灵物，李白在《姑孰十咏·牛渚矶》中描写自然的灵气：

乱石流洑间，回波自成浪。但惊群木秀，莫测精灵状。

他描写牛渚矶的险绝后写其间生长的树木无比秀丽，似乎有着让人难测的灵气一般，这也是植物的物性得到极大舒张的体现。

李白受到儒释道三家思想的影响，他的情感体系中也有儒家建立在"仁爱"体系上的人与自然的亲情同构的自然观。李白笔下的花鸟多像一位善解人意的朋友，山鸟是懂得为闲居的诗人凑趣，如"谢公池塘上，春草飒已生。花枝拂人来，山鸟向我鸣。"（《游谢氏山亭》），他笔下的海鸥也是知道人心事的，如"天清江月白，心静海鸥知。应念投沙客，空馀吊屈悲。"（《赠汉阳辅录事二首》），当诗人感到孤独时，山水也可以是感受孤独的朋友，如"众鸟高飞尽，孤云独去闲。相看两不厌，只有敬亭山。"（《独坐敬亭山》），而当你在山水间流连不去时，山水也能感受到你的不舍，如"水入北湖去，舟从南浦回。遥看鹊山转，却似送人来。"（《陪从祖济南太守泛鹊山湖三首》），"暮从碧山下，山月随人归。"（《下终南山过斛斯山人宿置酒》），当你烦忧时，山甚至还会衔出一轮好月来为人解忧，"雁引愁心去，山衔好月来。"（《与夏十二登岳阳楼》）。山山水水如此善解人意，这或许也是诗人情感在自然的投射，这与儒家思想的影响也有一定关联。从某个层面上说，道家的齐物观与儒家亲情同构并不矛盾，它们都不否认人与自然之间有着某种同源性，只是儒家以仁爱的道德体系建构这一同源性，从而形成人与自然之间以伦理亲厚为特点的高低层级关系，道家则以齐物的思想将自然万物的地位提升到和人类同样的高度，将自然看成与人同等地位的客体对象。自然既能展现出其物性的自由，也能表现得像多情的朋友，这正是道家自然观与儒家自然观不相矛盾彼此圆融的表现。

明代王世贞在他的著名文艺评论论著《艺苑卮言》中说："太白以气为主，以自然为宗，以俊逸高畅为贵；……其歌行之妙，咏之使人飘飘欲仙者，太白也。……太白古乐府，窈冥惝恍，纵横变幻，极才人之致。"❶ 王世贞所说的"以气为主，以自然为宗"，表明了李白诗歌尤其是山水诗里不同层面的"自然"，既有以生命为核心，以气为主，横被六合，雄浑奔放的自由个性伸展，又有悠闲惬意，自然物性彼此伸展的自由和谐。龚自珍亦云："庄、屈实二，不可以并，并之以为心，自白始；儒、仙、侠实三，不可以合，合之以为气，又自白始也。"❷ 李白一生集儒、道、侠于一身，其中以道家思想影响最为深刻，他被人们称为"诗仙"，他的诗歌被人们认为"李诗万景皆虚"，可见在与自然山川花鸟的交流中，获得体道悟性的超迈，天人合一的妙趣，心灵净化的恬静，物我两忘的逍遥，独立于世的傲然，才是李白最理想的诗歌境界。

中国哲学是关注宇宙社会与人生的最高智慧，它从人、宇宙、社会、自我四

---

❶ 丁福保. 历代诗话续编 [M]. 北京：中华书局，1983：1005–1006.
❷ 龚自珍. 龚自珍全集 [M]. 上海：上海人民出版社，1975：255.

个层面构建整体和谐。道家认为宇宙万物都是由"道"派生的，它们没有贵贱的差别，人与自然的关系是平等的，在这样的体认关系中，人类才能达到与自然最大的和谐。而人类只有达到与自然的和谐才能达成与自我的和谐。因此，李白山水诗以道家的齐物适性思想为起点，亲和自然，拥抱自然，视自然为人生知己，融自然与我为一，在自然中感知宇宙的永恒，进而强化了自我的生命力量和生命意识，达到了与自己、与自然、与宇宙的最大和谐，这也是受道家思想影响的山水自然观。

第五章
佛教生态观与王维的
山水诗

第五章

佛教生态观与王维的山水诗

禅宗的形成是中国文化史上的大事件，它是佛教在中土发展演变的产物，是中华文化与外来宗教碰撞交融而形成的一种新的文化现象。惠能禅宗南宗的建立，标志着一种新的本土文化的正式形成，而这个过程正是在唐代完成的。唐代帝王除了唐武宗（841-846 在位）排佛反佛外，22 个皇帝中有 18 个皇帝（唐顺宗史料记载未详，唐昭宗和唐哀帝因颠沛流离未涉佛事）不同程度地支持佛教，其中崇佛的有 16 人，占总数的 70% 以上。汤用彤说，"（佛教）势力之消长除士大夫之态度外，亦因帝王之好恶，隋炀帝之尊智者大师，唐太宗、高宗之敬玄奘三藏，武后之于神秀，明皇之于金刚智，肃宗之于神会，代宗之于不空，佛教最有名之宗派均因之而起"❶，上有好者，下必甚焉，帝王的好佛对整个朝廷上下乃至民间风气都产生了巨大的影响，佛教势力因此得以扩大其影响，宗派发展非常迅速。

唐代统治者的大力倡导支持对佛教在唐代的兴盛起了极大作用，也推进了整个社会的崇佛之风。从天子到民间佛教信仰达到真正普及的地步，这样广泛的社会基础下，信奉佛教成为民众的日常生活，佛禅旨趣成为时代美学趣尚，禅宗尤其是南宗的形成，可以说是顺理成章的事，佛教也成为唐代上层建筑的重要组成部分。

---

❶ 汤用彤. 隋唐佛教史稿［M］. 北京：中华书局［M］. 1982：10.

第一节　佛教生态观

佛教主张的终极目标是追求成佛，在成佛的可能性上，佛教提出了佛性上的平等思想"无情有性"说，这一理论的提出是建立在万物依缘而生彼此联系的"缘起论"基础之上的，这也是佛教万物平等论和整体系统论生态思想的形成基础。

一、"无情有性"：众生平等的基础

佛家主张众生平等，众生平等本质上是指自然界万物的内在规定性是相同相通的，"众生平等"表述了关于人类与其他生命体，人类与宇宙自然之间共生关系的核心理念。佛教"众生"所指内涵是有变化的，最初"众生"是指"有情众生"，即具有生命、情感智识的事物，如人类与动物，后来"众生"的外延逐渐扩展到涵盖了"有情"和"无情"两类事物。"众生平等，皆有佛性"表明不但有情众生（人类与动物）有佛性，一切不具有生命情感智识的事物如草木瓦石山河大地等万物皆有佛性，即"万法平等，无有高下"，这最为集中地表达了佛家的普遍平等观。

在佛性平等问题上，最初也是有争议的。在佛教的早期流传中一般认为有一类人（即一阐提）是没有佛性的，"一切众生皆有佛性，在于身中无量烦恼悉除灭已，佛便明显，除一阐提"❶，他们是犹如受损的核和烧焦的种子般断了善根的极恶之人，据说当年连佛陀世尊也对这种人无可奈何。但是，南朝时鸠摩罗什的高足竺道生却认为一阐提亦有佛性，这一观点在当世颇受非议，直到刘宋永初二年（421 年），昙无谶译 40 卷本《涅槃经》传到中土，人们发现其中果然有"一阐提人亦有佛性可以成佛"的说法。"一阐提亦有佛性"这种观点后来衍生为善恶皆能成佛，"性具之功，功在性恶"，一切众生都具有善恶两面，不仅真

---

❶ 法显，译. 大般泥洹经 [M] //高楠顺次郎，等编. 大正新修大藏经（第 12 册）. 台北：佛陀教育基金会，1990：881.

心可以作佛，妄心也可以作佛，这就扩大了原本只有清净本心之人才能成佛的"众生"范围。《法华经》卷一《方便品》中宣扬"十界皆成"的思想，认为十界的众生都能成佛，从地狱至佛界的任何一界之中都具足十界，它们仅在修行程度上有所不同，但它们都潜藏了佛性种子而互相转化渗透，最终都能修成佛果，这就使得众生的含义更加广泛。但是，这些关于众生的论述还只强调的是佛与有情众生的区别，是一种有情众生的佛性平等观。

到唐代中期，天台宗的湛然（711-782 年）进一步提出"无情有性"说，这一概念逐渐扩展到无情众生也具有平等佛性。天台宗的湛然在所作的《金刚錍》中，系统地论证了"无情有性说"，认为"随缘不变之说出自大教，木石无心之语生于小宗"❶，也就是说，主张石头瓦砾等不具佛性是小乘佛教的狭隘说法，"万法是真如，由不变故；真如是万法，由随缘故。子信无情无佛性者，岂非万法无真如耶？故万法之称，宁隔于纤尘？真如之体何专于彼我"❷，湛然认为如果真像小乘佛教那样认为无情之物没有佛性，那就意味着真如佛性不具有普遍性，那就表明佛性不能遍及一切自然之物，只有佛性遍及宇宙无情众生，才能"我及众生皆有此性故名佛性，其性遍造遍变遍摄"❸，这样才得出"真佛体在一切法"的结论。

除天台宗外，佛教许多宗派都持此论，华严宗、三论宗、禅宗都主张一切众生皆有佛性，华严宗法藏提出，"所谓尘毛刹海是依；佛身智慧光明是正，今此尘是佛智所现，举体全是佛智，是故光明中见微尘佛刹。"❹ 意思是非但一切有情众生，而且世间万物都是佛智的显现，只要称性而起，就能获得佛的觉悟。三

---

❶ 湛然. 金刚錍［M］//高楠顺次郎，等编. 大正新修大藏经（第 46 册）. 台北：佛陀教育基金会，1990：782.

❷ 湛然. 金刚錍［M］//高楠顺次郎，等编. 大正新修大藏经（第 46 册）. 台北：佛陀教育基金会，1990：782.

❸ 湛然. 金刚錍［M］//高楠顺次郎，等编. 大正新修大藏经（第 46 册）. 台北：佛陀教育基金会，1990：784.

❹ 法藏. 华严经义海百门［M］//高楠顺次郎，等编. 大正新修大藏经（第 45 册）. 台北：佛陀教育基金会，1990：629.

论宗吉藏也说，"若于无所得人，不但空为佛性，一切草木并是佛性也。"❶ 一切山川、草木、大地、瓦石等都具有佛性，都是真如佛性的显现。禅宗六祖惠能也主张"佛性平等"，他说："人即有南北，佛性即无南北；獦獠身与和尚不同，佛性有何差别？"❷ 此后，禅宗各派对这一观点的阐述更为具体了，牛头宗更将佛性的平等观扩大到无情感智识和物质世界，宣称"青青翠竹，尽是法身；郁郁黄花，无非般若"，石头宗的石头希迁说，"问：'如何是禅？'师曰：'绿砖。'又问：'如何是道？'师曰：'木头。'"❸ 临济宗的白云守端说，"山河大地，水鸟树林，情与无情，今日尽向法华柱杖头上作大狮子吼，演说摩诃大般若。"❹ 法演说，山峰岸柳和红粉佳人风流公子一样具有佛性："千峰列翠，岸柳垂金，樵父讴歌，渔人鼓舞，笙簧聒地，鸟语呢喃，红粉佳人，风流公子，一一为汝诸人发上上机，开正法眼。"❺ 他们认为无情众生与有情众生一样都能开正法眼，百草树木山河大地等都是诸佛的体现，所谓"山河大地是佛，草木丛林是佛"❻。这些禅师用自己的禅悟表达了"无情有性"之意，众生成佛思想具有了更广阔的视野和胸襟。

佛教"一切众生皆有佛性"的思想，不仅使得一切众生解脱苦难寻求精神解放成为可能，也使信众在追求信仰的过程上由外在，对佛崇拜转化为内在的生命体验。更为重要的是，它不仅指出生物世界各物种（包括人类）的平等，而且强调生物界与非生物界的平等，同时指明了这种平等性的内在依据和根源。❼ 道家"天地与我同根，万物与我一体"也强调人与一切自然存在物的平等关系，只是道家认为的平等源自"道"的同源性，而佛教的平等论则源于"不知心境

---

❶ 吉藏. 大乘玄论［M］（卷三）//高楠顺次郎，等编. 大正新修大藏经（第45册）. 台北：佛陀教育基金会，1990：42.

❷ 惠能. 六祖坛经［M］//高楠顺次郎，等编. 大正新修大藏经（第46册）. 台北：佛陀教育基金会，1990：337.

❸ 普济. 五灯会元（卷五），北京：中华书局［M］. 1984：256.

❹ 普济. 五灯会元（卷十九），北京：中华书局［M］. 1984：1236.

❺ 普济. 五灯会元（卷十九），北京：中华书局［M］. 1984：1243.

❻ 普济. 五灯会元（卷十九），北京：中华书局［M］. 1984：1245.

❼ 任峻华. 儒道佛生态伦理思想研究［D］. 长沙：湖南师范大学，2004.

本如如，触目遇缘无障碍"❶ 的缘起论。佛教认为宇宙万物都是依缘而生，自性本空，因此人与自然彼此之间没有本质的区别，都是依缘存在，缘尽而散，所以彼此应该平等无碍圆融和谐。佛教的"众生平等"论与道家的"万物齐一"论尽管在产生根源上的解释不同，但是在表现和描述上都强调自然物的平等与齐一，并没有很大区别。

佛教将一切自然物视为平等的存在，并将这种平等观念扩展到宇宙万物上，以敬畏谦和的心态来对待宇宙自然，这不但丰富了传统文化的生态理论，而且扩展了我们对生命的理解。人类作为宇宙生态共同体中的一员，虽然具有自主调控生态系统的意识，但这并不足以成为人类优越于其他生物的依凭。从宇宙整体看，人类只有在维护万物平等权利的基础上，才能获得自身可持续性发展的可能性。佛教将整个宇宙生态系统的所有因子都视为依缘而起的存在，这种平等观念是将传统的伦理关怀和伦理责任延伸到了宇宙万物之中。

二、缘起论——生态整体论和联系论

佛教平等论建立的理论基础是缘起论，缘起论是佛教理论的基础和核心，它阐述了佛教对于生命的构成和本质的看法，即"有因有缘集世间，有因有缘世间集；有因有缘灭世间，有因有缘世间灭"❷，意思是说，世间万法皆由因缘聚集而出现，也由因缘离散而消失。"缘起"一词的含义，是指现象界的一切存在都是由种种条件和合而成的，不是孤立的存在。世间万法的生起与灭亡，均是因缘而起的，"诸法因生者，彼法随因灭，因缘灭即道，大师说如是"❸"因"就是条件，万法由条件而生，由条件而灭。因此，因缘也是一种相互依存的关系，也可以更简单地表达为："缘起"是一种相依性，"此有故彼有，此生故彼生"❹，各

---

❶ 普寂. 五灯会元（卷十七），北京：中华书局［M］. 1984：1109.
❷ 杂阿含经（卷二）［M］//高楠顺次郎，等编. 大正新修大藏经（第2册）. 台北：佛陀教育基金会，1990：12.
❸ 佛本行集经（卷四八）［M］//高楠顺次郎，等编. 大正新修大藏经（第3册）. 台北：佛陀教育基金会，1990：876.
❹ 杂阿含经（卷十二）［M］//高楠顺次郎，等编. 大正新修大藏经（第2册）. 台北：佛陀教育基金会，1990：84.

种事物都是处于因果联系中的依缘而生、依正不二的产物，离开关系和条件，就不会有任何一个事物或现象生起。"此""彼"之间是相互依存不可分割的整体，一个事物的存在与发展，取决于众多条件的因缘和合，只要有一个条件发生变化，事物就会发生变化，就不是原来的存在物了。

缘起论用普遍联系的观点阐述宇宙万物的相互关系，这些关于普遍联系和整体论的描述在佛教经典中大量存在着，如"譬如三芦立于空地，辗转相依，而得坚立，若去其一，二亦不立，若去其二，一亦不立，辗转相依，而得竖立。识缘名色亦复如是。辗转相依，而得生长。"❶ 事物之间的关系如同相互支撑立于地上的三捆芦苇，不论去除哪一个，其他的都不能成立，这说明事物是相互依仗而生，每一个事物都不是孤立的存在，都折射了与它关联的其他事物的影响，天台宗所谓"一念三千"也是这个意思，《华严经》也说："一一毛孔中，亿刹不思议"❷"圆融自在，一即一切，一切即一"❸，这些言论都描述了佛教的整体论思想，都蕴含着"毛端纳万物"的宇宙全局观，即所谓"芥子容须弥，毛孔收刹海"，极微的芥子和毛孔可以容纳广阔的空间和无限的宇宙，任何一个微小个体都蕴含着宇宙的全部信息。

华严宗用"因陀罗网"的比喻来表达这个意思，在庄严的帝释天宫中张开的巨大宝网的每一个结上，都附着一个明亮的宝珠，每颗珠子都映现着其他的珠子，而每个映现的影子中又映现其他宝珠的影子，从而形成无限的反映关系，彼此"相即相入、重重无尽、圆融无碍"，一切法界虽千差万别，但是它们彼此关联彼此映照。美国学者斯奈德以此创造性地提出了充满哲理的生态意识，"宇宙被看成一张大网，网上缀有无数珠宝，每一颗宝珠都有无数切面，面面光亮无比，就像一个多面镜一样反射着一切。从某个意义上讲，每一宝珠是一个单独的

---

❶ 杂阿含经（卷十二）[M]//高楠顺次郎，等编. 大正新修大藏经（第2册）. 台北：佛陀教育基金会，1990：81.

❷ 华严经（卷十）[M]//高楠顺次郎，等编. 大正新修大藏经（第10册）. 台北：佛陀教育基金会，1990：52.

❸ 华严经（卷四）[M]//高楠顺次郎，等编. 大正新修大藏经（第10册）. 台北：佛陀教育基金会，1990：503.

实体存在。但是，当我们在一个无尽的镜子网中审视任何一颗宝珠之时，我们看到的就是其他宝珠的映像，以及其他种种事物的映像。因而，每一宝珠都能呈现这张网的全景。"❶ 斯奈德认为我们不能将人类自身独立于宇宙自然之外，而应将其视为宇宙的一部分，所有的物种都是这个珠网上的宝珠，人类与自然的其他物种彼此是不能脱离关系的。美国学者卡罗琳·麦茜特曾经说过："从自然的亲和力导出的所有的东西通过相互吸引或爱而联结在一起。自然界的所有部分都互相依赖。每一部分都反映出宇宙其余部分的变化。"❷ 这都说明宇宙的有机整体性和普遍联系性，是佛教对生命与环境之间内在关联性的绝妙注解。

佛教缘起论说明一切事物都不仅是因果关系的存在，更是相互依存、相互关联的各种条件的聚合，世界万物只能在整体联系中才可以被确定，这类似现代全息整体的思维方式，与现代生态理论的核心思想也是非常一致的。现代生态学中，整体性主要表现为生态系统的各种因素是普遍联系和相互作用的，并且整体的功能高于局部功能，生态学家莱文斯和莱沃丁认为，整体是"一种由它与它自己的部分相互作用，并与它所隶属的更大的整体相互作用而规定的结构"❸。生态系统是生命体系与非生命体系共同构成的整体，整体性在客观上展现了人与自然共生共荣这个生态框架的积极意义。

三、"空"：宇宙主义的立场

依据佛教缘起论，宇宙万物都是依因缘而生，因缘合和之前便没有该事物，而因缘离散之时，该事物也便随之消失。既然宇宙万物都是瞬间即逝的相对的存在，那么，相对的、瞬间即逝的事物是不能称之为有自性的，由此可知，我们所见到事物呈现的"有"的存在，其实都是非真实的假相，而一旦扫除了物质的"空"，事物自性的"空"也不存在，所以世间万物都是因缘和合，宇宙万物均

---

❶ 安乐哲. 佛教与生态 [M]. 南京：凤凰出版社，2008：180.

❷ 卡洛琳，麦茜特：自然之死-妇女生态和科学革命 [M]. 吴国盛，等译. 长春：吉林人民出版社，1999：11.

❸ 罗·麦金托什：生态学概念和理论的发展 [M]. 徐嵩龄，译. 北京：中国科学技术出版社，1992：155.

没有独立不变的本性，它们的本性都是空的。因此，大乘佛教空宗提出了"缘起性空"论，主张世间万物都是在关系中确定的，是由缘起而聚形成，它们的自性都是不实在的。

佛家对"空"的追求一方面是破除物性的空，另一方面也是要破除自性的"空"。"空"并不只是破除对世间万相的执着，如果因为要破除对世间万相的执着反而执于求"空"，同样会陷入另一种执着，即"非空"。生命本性是为求解脱，而执着于"空"实际上却不得解脱，甚至导致生命的枯寂，这反而影响了生命本身的灵动与妙用。真正的"空"是不执两端的中道，《中论》"三是偈"说："众因缘生法，我说即是无；亦为是假名，亦是中道义。"❶ 这说明真正的空是符合中道的，所以佛教并不把"枯寂"与"出世"作为它的修行旨归，而更为重视当下身心对于内外诸缘的全然放下，中道或涅槃既不是一种生活目标，也不是一种客观可见的生活状态，它是一种让人不再陷入苦乐二元对立存在的状态。

佛教认为，世间万物似乎有差别，但这种差别都只是假象，本质上都是无常、无我的自性本空，只有认识到世间万物没有差别对立的本质，才能达到涅槃开悟之境。如果执着于自我，相信"我"是这个世界上唯一不变的主宰，会是许多痛苦的根源和灾难的开端，所以佛教又提出"无我"。"无我"除了表示不执着于"自我"和表相之外，还具有人空和法空的宽泛意义，"人空"是说世界上一切事物和生命个体没有实在的本质存在，"法空"则认为一切法都由种种因缘和合而生，不断变迁，没有常恒的主宰者。大乘佛教以此二空，破除众生对生命主体的执着和对事物恒常的执着，即破除人我执和法我执。破除了我执，否定了自然的恒常性，"空"的立足便超越了整个人类社会上升到了宇宙主义的层面了。

宇宙主义打破了人自身的优越感和在世界中的优先性，是对一切范围的人类中心论的否定。它从宇宙立场出发将人视为自然宇宙的一个部分，摒弃了把自然

---

❶ 中论（卷四）［M］//高楠顺次郎，等编. 大正新修大藏经（第30册）. 台北：佛陀教育基金会，1990：33.

视为人类附属物的狭隘自然观，也抛弃了自然高于人类权利的自然中心主义。宇宙主义打破了物与物之间绝对价值的界限，它否定了宇宙万物的存在及其差别性，提出了宇宙间一切事物和现象都具有共同的本质和价值，那就是既不执着于我也不执着于物的不落两边的"空"。而在对自然的直觉观照过程中，佛教以人、自然、佛法三位一体的统一既获得对自然山水"形貌"的观照，更得到了对蕴含于自然山水中的"绝对价值"和"终极意义"——佛我同一境界的体认。佛教山水诗并不执着于山林苦修和营造枯寂意境，反而使人与自然双方的主体性都得到充分提升，二者均在相互尊重和体照中以本态呈现，也只有在这种活泼泼的本态呈现中，佛教的终极意义得到了充分的体认。

第二节　王维山水诗中的自然

王维是唐代佛禅山水诗成就最高的诗人，对王维山水诗的人与自然的关系的梳理，有助于我们理解唐代佛禅山水诗的生态自然观。

王维被称为"诗佛"，其受佛教影响之深远是毋庸置疑的。检视赵殿成《王右丞集笺注》，如果不考虑存疑作品❶，集中收录王维诗歌共计 429 首。其中，写到山水的诗约有 143 首，而且这 143 首中的有些诗歌并不是山水诗，只是某一联涉及了山水，故只能称为山水句，这种情况在"寄送友人类"作品中就很常见，这样的诗严格意义上不能算作山水诗。此外，王维山水诗中还有一部分是描写田园生活的，如《淇上田园即事》："屏居淇水上，东野旷无山。日隐桑柘外，河明闾井间。牧童望村去，猎犬随人还。静者亦何事，荆扉乘昼关。"桑柘、闾井、牧童、猎犬，诗歌所描写诗人隐居所见的农村田家生活，是一种理想化的古代中国田园生活，这也不能算山水诗。如果剔除上面这些题材，王维的山水诗最多不过 103 首，在总数中占比不到 20%，相较于王维"山水诗人"的响亮名头，这个数量并不算多。在这 100 多首山水诗中，质量最高的是与辋川别业相关的一

---

❶ 赵殿成《王右丞集笺注》外编 47 首中有相当一部分作品归属存疑，如《过故人庄》今被认为是孟浩然作品，然而《万首唐人绝句》则剪去后四句收录为王维的作品，顾元纬本外编也录为王维作品。

组诗,正是这组诗歌成就了王维"诗佛"的名号,因此,要了解王维山水诗中质量最高的一组山水诗,就不得不先了解辋川山水诗及其产生的依托——辋川别业。

一、辋川别业:半开放式园林

辋川别业又称蓝田别业、蓝田山庄、终南别业,位于陕西省蓝田县西南 20 里,这里山岭环抱,溪谷似车轮成辅辏之势,所以叫作辋川。川水汇集成河,经过两山夹峙的绕口往北流入灞河,风景秀美。据《旧唐书·王维传》载:"(王维)得宋之问蓝田别墅,在辋口,辋水周于舍下,别涨竹洲花坞,与道友裴迪浮舟往来,弹琴赋诗,啸咏终日。尝聚其田园所为诗,号《辋川集》。"❶ 初唐诗人宋之问在这里建造别墅取名"辋川别业",天宝三年后,此处被王维买下,作为他奉母亲礼佛的隐居之所。从宋之问《别之望后独宿蓝田山庄》中"尔寻北京路,予卧南山阿"之句和《蓝田山庄》中"辋川朝伐木,蓝水暮浇田"之句可知,别业在蓝田南山麓辋口,乃是依山取水而建。❷ 王维得到这处园林后又做了许多添改建设,据《全唐诗》中《辋川集并序》云:"余别业在辋川山谷。其游止有孟城坳、华子冈、文杏馆、斤竹岭、鹿柴、木兰柴、茱萸沜、宫槐陌、临湖亭、南垞、欹湖、柳浪、栾家濑、金屑泉、白石滩、北垞、竹里馆、辛夷坞、漆园、椒园等。"这些景致大多为王维添建。

与中国古代许多文人一样,王维的隐居并非真正断绝所有社会交往的真隐,而是一种既要与京城拉开距离以保持个体的相对独立与自身的隐蔽,又不能完全脱离官场生活的"仕隐",所以隐居之所的选择必须十分巧妙,离京城不能太近,也不能太远。据当代学者陈铁民考证❸,辋川别业位于陕西蓝田县南辋谷内,辋谷是一条呈"西北—东南"走向的狭长峡谷,长 20 余华里,东西两侧是海拔 600~900 米的连绵群山,辋谷中有一条名为辋水的河流,它源于百余里外

---

❶ 刘昫. 旧唐书 [M]. 北京:中华书局,1975:5052.
❷ 李浩. 唐代园林别业考论 [M]. 西安:西北大学出版社,1996:193.
❸ 陈铁民. 辋川别业之遗址与王维辋川诗 [J]. 中国典籍与文化,1997:4(10-14)

的秦岭北麓梨园沟（《见蓝田县志》卷六），自辋谷南口流入，由北口流出并在蓝田县城西南汇入灞水。

辋谷在唐代以前也是作为一条交通要道存在的，辋水在唐代时流量较大，是一条流贯整个山谷可以泛舟的天然航道，故不大可能属于王维私有，那么辋川别业自然就不会是一座与外界不通往来的有围墙的庄园了，它只是一座为休养身心的别业而已，而非真正的隐居所在。从王维诗歌《休假还旧业便使》也可以看出这座别业的功能主要是休养身心：

谢病始告归，依依入桑梓。家人皆伫立，相候衡门里。时辈皆长年，成人旧童子。上堂嘉庆毕，顾与姻亲齿。论旧忽馀悲，目存且相喜。田园转芜没，但有寒泉水。衰柳日萧条，秋光清邑里。入门乍如客，休骑非便止。中饮顾王程，离忧从此始。❶

诗歌写到诗人在休沐日返回别业享受田园生活的情景。从诗中"入门乍如客，休骑非便止。中饭顾王程，离忧从此始"可以看出，别业与京城的交通往来是非常便捷的。从外部距离上来讲，辋川距长安约 40 千米，恰是古代车马一天的路程，可以满足士人与京城不即不离的心理与社会需求，从内部环境上讲，辋川别业环境幽静但又不是与世隔绝的，辋川中有散布的村落、居住着许多山民，并非人们印象中的偏僻之所。辋川作为休养身心的别业得到宋之问、王维等文人们的青睐是很自然的了。

辋川别业中最主要建筑是辋川宅第，这处宅第后来成为唐代的一座寺庙"清源寺"❷。除了主建筑外，还有二十处游止，王维与朋友裴迪曾各赋绝句二十首相互唱酬，以咏这二十处景致。

二十处游止中，孟城坳为古关城遗址，裴迪《孟城坳》"古城非畴昔，今人自来往"之句也可以看出，孟城坳属于古迹；华子冈是辋川山谷中段东侧的一座

---

❶　《全唐诗》中诗歌最后一句作"中饮顾王程，离忧从此始"。此处依赵殿丞选本。
❷　耿湋《题清源寺》诗题下注："即王右丞故宅。"李肇《唐国史补》卷上："（王维）得宋之问辋川别业，山水胜绝，今清源寺是也。"《长安志》卷一六："清源寺在（蓝田）县南辋谷内，唐王维母奉佛山居，营草堂精舍，维表乞施为寺焉。"

山峰，纯属于自然景观；斤竹岭是辋川山谷南段东侧邻近文杏馆的一处种植着斤竹的山岭，属天然景观。另外，栾家濑大概只是辋水的一段急流，金屑泉应该是辋川山谷中的一眼天然良泉，白石滩似为辋水一处多白石的浅滩，欹湖是辋谷中段偏北一段地势较低的宽阔山谷中的天然湖泊，它的形成应该是由于唐时辋水流量大，当其北流至辋谷北口一带时，由于水道狭窄水流受阻，因而在此低洼处汇积而成。北垞和南垞是位于欹湖南北的两处高地，"垞"是水中山丘之意，从王维诗句"轻舟南垞去，北垞淼难即。隔浦望人家，遥遥不相识"（《南垞》）来看，北垞和南垞是有居民居住的两个居民点。除了这些天然景观外，辋川别业中还有一些经过人工修建的游止，如文杏馆、鹿柴、木兰柴、茱萸沜、宫槐陌、临湖亭、柳浪、竹里馆、漆园、椒园等，这些大抵皆为王维所营建。

首先，辋川别业中比较重要的游止当属文杏馆、竹里馆等馆台建筑。文杏馆是背岭面湖的一处建筑，裴迪《文杏馆》云："南岭与北湖，前看复回顾"。从王维诗句"不知栋里云，去作人间雨"（《文杏馆》）看，它的位置应当在山岭上较高的位置，可俯看湖面，否则文杏馆中的"栋里云"如何去作人间雨呢？竹里馆是处于幽深的竹林中的别馆建筑，非常僻静，裴迪《竹里馆》记录了它的幽深："来过竹里馆，日与道相亲。出入唯山鸟，幽深无世人。"临湖亭是王维在欹湖上修造的一座供人游赏的亭子，亭子位于湖心，四面开敞，以舟渡人于亭上，王维《临湖亭》明确有说："轻舸迎上客，悠悠湖上来。当轩对尊酒，四面芙蓉开。"在亭子里，面对满湖的荷花和朋友饮酒，应当是无比畅怀和惬意的。另外，通往欹湖有一条小路名曰"宫槐陌"，因为裴迪《宫槐陌》诗中说，"门前宫槐陌，是向欹湖道"。临湖亭和宫槐陌这两处游止均是以天然湖泊欹湖为中心的，从地理范围来看，都未必在别业范围内。

还有些游止只是略栽种些植物而形成，如茱萸沜是一处种植了茱萸的沼泽之地。茱萸是为中国人所喜爱的植物，中国自古有重阳节置茱萸于酒杯而食的习俗，《太平御览》卷三十二引《齐人月令》曰："重阳之日……酒必采茱萸甘菊

以泛之，既醉而还。"❶ 从王维《茱萸沜》中"结实红且绿，复如花更开。山中
傥留客，置此芙蓉杯"来看，他在此处栽种了茱萸，形成一处游止，并时常与朋
友饮酒作诗，留客不归。柳浪是欹湖和栾家濑之间的一条柳堤，从王维"分行接
绮树，倒影入清漪"（《柳浪》）和裴迪的"映池同一色，逐吹散如丝"（《柳
浪》）的诗句看，柳树数量是非常多的，这当然是人工种植使然。辛夷坞是一
片种植了辛夷花的谷地，漆园和椒园分别是漆树和椒树的树林，从"婆娑数株
树"（王维《漆园》）看，漆树数木不是太多，椒树园主要是供调料或香料之
用，这从"幸堪调鼎用，愿君垂采摘"（裴迪《椒园》）也可以看出。而木兰柴
则是长在山坡上的十余株木兰树，周围植有栅栏，应为王维所种植。鹿柴是养鹿
的密林，裴迪诗"不知深林事，但有麏麚迹"（《鹿柴》）也证明了林中有鹿。

透过王维裴迪的辋川诗，大致可以一窥当年辋川别业的园林概貌：别业中有
山、岭、岗、坞、湖、溪、泉、沜、濑、滩以及茂密植被，总体上以天然风景居
多，园林中人工痕迹较少，建筑物除主宅外，仅文杏馆、临湖亭、竹里馆等几
处。建筑居所周围的山水环境基本上保持了原貌，形象朴素，布局疏朗，既有天
然之趣，又显诗情画意。二十处游止相互映衬镶嵌，既得地形天然之精妙，又有
相互取势彼此成全之雅趣，如竹里馆营建在竹林环抱之中，临湖亭置于湖中赏景
佳处，文杏馆由文杏树和茅草搭建而成，园林建筑大多充分利用自然环境，因地
制宜，与自然融为一体。王维的辋川园林通过将建筑分散布置，朴实自然的建筑
风格与所处的自然环境和谐统一，高雅脱俗，既表现了辋川生态的整体性和系统
性，也充分体现了王维追求自然本真的禅趣。

二、居与游：诗人自然质性的伸展

辋川别业是王维依据天然环境略加改造而建成的一个半开放的山林别居，从
二十处游止的地理位置和形态分布可以看出，辋川别业的建筑居所具有安全和私
权领域方面的"双重边界"。建筑和篱笆围栏构成居住者的"安全边界"，山体、

❶ 李昉. 太平御览（第一卷）［M］. 石家庄：河北教育出版社，1994：281.

水岸和植物构成居住者范围模糊的"私权边界"——居住者在这一区域只拥有一定的使用权。"安全边界"使诗人的活动具有更多的私隐性与深度内省性，而"私权边界"的模糊性又将活动领域延伸到更为广阔的空间，《辋川集》中20首诗歌便是在这个更为广阔的范围内吟咏而成。

当代学者李浩在《微型自然、私人天地与唐代文学诠释的空间》中提出了园林诗的概念，他认为无论是从逻辑分类还是历史演变来看，山水、田园、园林都不是一回事，山水指未经人化的广袤的自然景物，田园与园林则是指经过人化的环境，田园诗是写在田园中的劳作、经营的苦乐等与人们物质功利有密切联系的景物及产品，而园林诗及园林游记（习惯上称为园记）则是多写欣赏者、休闲者、旅游者、度假者的生活及感受等与人们精神层面有更多联系的景物及作品，这一分法是符合诗歌的客观事实的。

园林作为特定的文化居所与诗歌的表现对象，是人们在一定的地域运用工程技术和艺术手段，通过改造地形，或进一步筑山、叠石、理水、种植树木花草、营造建筑和布置园路等途径创建而成的自然环境和游憩境域。唐代园林发达兴盛，描写园林的诗歌有很多，严格意义上讲，王维的《辋川集》便是集中描写辋川别业的一组园林诗。

辋川别业是一个与山民共居的半开放的生态环境，那么，和普通山民的生活一样，王维也要参加田园劳作，王维在《酬诸公见过》中写到了他在辋川别业的劳作：

嗟予未丧，哀此孤生。屏居蓝田，薄地躬耕。岁晏输税，以奉粢盛。晨往东皋，草露未晞；暮看烟火，负担来归。我闻有客，足扫荆扉。箪食伊何，饂瓜抓枣。仰厕群贤，皤然一老。愧无莞簟，班荆席藁。泛泛登陂，折彼荷花。静观素鲔，俯映白沙。山鸟群飞，日隐轻霞。登车上马，倏忽云散。雀噪荒村，鸡鸣空馆。还复幽独，重欷累叹。

从"屏居蓝田，薄地躬耕。岁晏输税，以奉粢盛"看，诗人在蓝田也种有几亩薄田，而且也和普通山民一样要缴纳租税，也是非常辛勤地早出晚归地在田中劳作。另外一首《辋川别业》诗里也写道：

不到东山向一年，归来才及种春田。雨中草色绿堪染，水上桃花红欲然。优
娄比丘经论学，伛偻丈人乡里贤。披衣倒屣且相见，相欢语笑衡门前。

这首诗里也明确说到自己参加了农产劳作的。王维从天宝三载（公元744
年）前后开始经营蓝田辋川别业，至乾元元年（公元758年）冬，施庄为寺，
其拥有辋川别业十四年，此间王维官至尚书右丞，生计当然并不依赖辋川别业的
农产，但是别业闲居中的农田劳作却是休养生活不可缺少的一部分。况且，辋川
别业是为了母亲修禅所建，王维"事母崔氏以孝闻"，据王维《请施庄为寺表》
一文自述：

臣亡母故博陵县君崔氏，师事大照禅师三十余岁，褐衣蔬食，持戒安禅，乐
住山林，志求寂静，臣遂于蓝田县营山居一所。草堂精舍，竹林果园，并是亡亲
宴坐之余，经行之所。❶

王维母亲师从大照禅师，大照禅师即北宗的普寂禅师，北宗重视修行与数
息，以劳作来修行禅法亦是中国禅学的传统。为了母亲"褐衣蔬食，持戒安禅"
的禅修生活而种植些农作物当然是更为必要的，更何况在母亲的影响下，王维自
己也修禅。《旧唐书》就记载了王维兄弟二人修禅的习惯："维弟兄俱奉佛，居
常蔬食，不茹荤血，晚年长斋，不衣文彩。"❷ "退朝之后，焚香独坐，以禅诵为
事"❸，不管是从自我禅修的层面还是从隐居的情趣需要层面，辋川耕作都是必
要的。

除了奉母习禅和日常劳作之外，诗人的日常闲居是非常悠游适意的，如《辋
川闲居赠裴秀才迪》描述了诗人的闲居生活：

寒山转苍翠，秋水日潺湲。倚杖柴门外，临风听暮蝉。渡头余落日，墟里上

---

❶ 陈铁民. 王维集校注 [M]. 北京：中华书局，1997：1085.

❷ 刘昫. 旧唐书 [M]. 北京：中华书局，1975：5052.

❸ 刘昫. 旧唐书 [M]. 北京：中华书局，1975：5052.

孤烟。复值接舆醉，狂歌五柳前。

辋水的渡头落日和别业周围村落的墟里孤烟，是一幅很古典中国的图景，诗人有倚杖听蝉的闲情，自然也有观赏这田园风光的雅趣，这既是与自然之间的和谐，也是诗人在放松愉悦状态下与自我的和谐。

辋川自然环境相当好，王维在《山中与裴秀才迪书》中有描绘辋川的春天非常美的："当待春中，草木蔓发，春山可望，轻鲦出水，白鸥矫翼，露湿青皋，麦陇朝雊，斯之不远，倘能从我游乎？"❶ 在这样春意烂漫充满生机的自然环境下，怎么能够不出游呢？因此除了日常闲居外，出游也成为王维日常生活的常态。

王维出游的地方首先是寺院，距辋川不远的石门温泉，就有唐明皇赐名的大兴汤院和佛门净土"石门精舍"。精舍，指僧道居住或讲学说法之所，是佛寺或道观的另一种称呼。王维在《蓝田山石门精舍》的前半部分，便写了探访石门精舍沿途所见，描绘了一幅幅灵动的画面：

落日山水好，漾舟信归风。探奇不觉远，因以缘源穷。遥爱云木秀，初疑路不同。安知清流转，偶与前山通。舍舟理轻策，果然惬所适。老僧四五人，逍遥荫松柏。朝梵林未曙，夜禅山更寂。道心及牧童，世事问樵客。暝宿长林下，焚香卧瑶席。涧芳袭人衣，山月映石壁。再寻畏迷误，明发更登历。笑谢桃源人，花红复来觌。

诗歌前八句描写诗人于黄昏时驾上轻舟出游，一路上玩赏奇景，特别轻松快适，接下来八句写自己舍舟登陆到达山寺的过程以及到达之后的所见所闻，遇到四五老僧，在松柏下逍遥，环境是多么清幽，但又并无枯寂之感，反而很有生机，僧人们早课夜禅，修行勤勉；最后八句描写自己晚上在山林间焚香休息，山林间夜景清凉明朗。全诗通篇显示出作者对自然的审美感受，叙事委曲详尽，绘景细致，可见寺院的游访给诗人带来了巨大的精神愉悦。王维《山中与裴秀才迪

❶ 陈铁民. 王维集校注 [M]. 北京：中华书局，1997：929.

书》中还写到了距离辋川不远处的一座感配寺，有一次，诗人本想约道友裴迪一同出游，但裴迪正温读经书，不便相扰，只好独自出游，独自游毕，诗人在附近的感配寺小憩并和山僧用过饭后离去："近腊月下，景气和畅，故山殊可过。足下方温经，猥不敢相烦，辄便往山中，憩感配寺，与山僧饭讫而去。"❶ 可见，独自出游也是很常见的，因为有山僧相交共饭，其实并不寂寞。王维的出游很多时候是独自一人，如：

谷口疏钟动，渔樵稍欲稀。悠然远山暮，独向白云归。（《归辋川作》）

中岁颇好道，晚家南山陲。兴来每独往，胜事空自知，行到水穷处，坐看云起时。偶然值林叟，谈笑无还期。（《终南别业》）

"兴来每独往"表明诗人出游往往是随兴而发，带有很强的随意性，兴起而游，兴尽而归，出游中如偶逢林叟诗人便交谈数句，如无人交谈便起看云水卧听涛声，逍遥又自在，全凭率性而为，深得禅宗"饥来吃饭，困来即眠"的修行三昧。在辋川优美的半开放山居环境中，居游生活既是具有人间温度的生活禅修，也使人获得了巨大的审美享受与精神愉悦。

辋川别业是王维为母亲营造的奉佛的居所，也是诗人从官场退守后的心灵庇护所，来到别业就是来到了禅修的心灵净地，回到精神上的伊甸园。王维与王缙兄弟二人对于辋川别业均怀有心灵上的依恋不舍，二人离开辋川时都写过《别辋川别业》：

依迟动车马，惆怅出松萝。忍别青山去，其如绿水何。（王维《别辋川别业》）

山月晓仍在，林风凉不绝。殷勤如有情，惆怅令人别。（王缙《别辋川别业》）

两首诗歌里都充满离开别业的惆怅不舍，王维的车马迟迟不愿出发，王缙描

---

❶ 陈铁民. 王维集校注 [M]. 北京：中华书局，1997：929.

写辋川山月林风的殷勤有情，都揭示了二人内心的惆怅不舍。在答赠道友裴迪时，王维也曾惆怅地表达过同样的感情，"君问终南山，心知白云外"（《答裴迪忆终南山》），这是诗人对辋川别业生活的深情回忆，是对身不在心向往之的辋川别业的深情怀想。

辋川可说是诗人的精神家园，它以释放人类自由天性的居游生活方式和极富文人审美趣味的青山绿水和园林亭道，建构着诗人与山水之间在精神上的双重契合。从某种程度上说，辋川代表的是自由、适性、安全、生机，在自然的怀抱里，人的天然质性得到绽放与伸展，在辋川，诗人的脚步可以随兴而至，漫步而行，诗人的灵魂可以任意舒展，而当车马驶出辋川，走向京城，忧伤的诗人便只能从心底深处发出长长的叹息。

三、静与动：自然质性的和谐呈现

终南山是一个充满了生机和活力的地方，王维的佛禅山水诗同样是活泼而灵动的，恰恰在活泼与灵动中，空灵的禅意是静静地呈现出来的。这种"动静一如"辩证哲学思想，实源自于北朝佛学家僧肇的《物不迁论》。

佛教认为世间万相是不断流变的，所以人们应该无住于相，僧肇却认为，看似不断流变的世间万物并没有发生变化，即所谓"物不迁"，就是说事物并没有发生实质的变迁：

> 寻夫不动之作，岂释动以求静，必求静于诸动。必求静于诸动，故虽动而常静。不释动以求静，故虽静而不离动。然则动静未始异，而惑者不同，缘使真言滞于竞辩。宗途屈于好异，所以静躁之极，未易言也。❶

僧肇认为动和静是相互依存的，必须在"动"中去求"静"。动静虽是个空间问题，但僧肇认为离不开时间关系，正因为有自然"生死交谢，寒暑迭迁"时间交迭现象的存在，时间变迁使"有物流动"成为可能，故"生死、寒暑"

---

❶ 肇论（卷一）［M］//高楠顺次郎，等编. 大正新修大藏经（第 45 册）. 台北：佛陀教育基金会，1990：151.

的"交谢迭迁"所存在的时间性节点，却表现为可往复位移的空间性特点，所以自然交谢变迁的前提条件是时间节点的存在，每一个时间节点上的空间都会变化。

僧肇在论述空间动静变化时都离不开时间的依据，如"动而非静，以其不来，静而非动，以其不去"❶，"是谓昔物自在昔，不从今以至昔；今物自在今，不从昔以今"❷，"昔"是在先的时间，而"今"为在后的时间，这种时间点即佛教所谓"刹那"，时间其实就是一系列刹那的集合。"昔物不至今"正是从时间节点上看的，从空间上看"昔物"还是"昔物"，可是从时间节点上看已经发生了变迁，虽然事物的性质是不变的，而状态的每一个瞬间却都在变，所以"即动而求静"本质是不离绵延而求刹那，在时间的流迁中寻找"刹那"的不变，事物的"不迁"之性在时间的绵延中得到延续。这样，在光影流转之动态变化中，事物不迁的静态得到了观照，空间的动静变成了时间流迁问题，即所谓"一弹指间去来今"，佛教的这一义学为诗歌中的"瞬间永恒"奠定了哲学基础。

王维深谙佛理，他善于抓住对山水自然瞬间动态的观照来展现一种永恒之静寂，如：

万壑树参天，千山响杜鹃。山中一夜雨，树杪百重泉。（《送梓州李使君》）

木末芙蓉花，山中发红萼。涧户寂无人，纷纷开且落。（《辛夷坞》）

春池深且广，会待轻舟回。靡靡绿萍合，垂杨扫复开。（《萍池》）

秋山敛余照，飞鸟逐前侣。彩翠时分明，夕岚无处所。（《木兰柴》）

飒飒秋雨中，浅浅石溜泻。跳波自相溅，白鹭惊复下。（《栾家濑》）

每一首都写出了动态的画面：山中鸟语的群啼，幽静葱茏山林中百瀑齐下的动态，那纷纷开落的辛夷花，不断聚拢又被杨柳扫开的浮萍，波涛跳浅而白鹭惊

---

❶ 肇论（卷一）[M]//高楠顺次郎，等编. 大正新修大藏经（第45册）. 台北：佛陀教育基金会，1990：151.

❷ 肇论（卷一）[M]//高楠顺次郎，等编. 大正新修大藏经（第45册）. 台北：佛陀教育基金会，1990：151.

起后又落下的急流，这些动态画面无不展露着大自然的生机，也传递了自然在无限流转中不变的刹那永恒——自然永远那么幽静。王维有禅定的习惯，懂得如何在寂照中直观世间万物，并以动态的画面传递着"静"的意境，以"刹那"之流迁传递着"永恒"之寂静，如"明月松间照，清泉石上流"（《山居秋暝》），以清泉的叮咚声响从声音动态上诠释一种空静的环境，又如"月出惊山鸟，时鸣春涧中"（《鸟鸣涧》），"雨中山果落，灯下草虫鸣"（《秋夜独坐》），"隔牖风惊竹，开门雪满山"（《冬晚对雪忆胡居士家》），这些大自然里风声雨沥、鸟语虫鸣、泉响露滴、雪落竹响，无不纳入环境的静谧与凄清中，"以万动纳于一静"，大自然的动态在时间流动中反而愈加空寂。

除了声音外，"变"也是"动"的展现，如光影变化：

太乙近天都，连山接海隅。白云回望合，青霭入看无。分野中峰变，阴晴众壑殊。欲投人处宿，隔水问樵夫。

这首诗描写终南山的云雾变化，诗歌先从总体上描写终南山高耸接近天都，且山势绵延连接到海边。山势如此气势宏伟，自然气象是万千变化不一而足的，"白云回望合，青霭入看无"，在放眼欣赏山的远景时，只一瞬的工夫，白云已经合拢，而青色的雾霭已经变幻到若有似无，随着日光的移动变化，山峰的光线也发生了阴晴变化，这种日光自在移动造成的变化，有一种时光流动流沙聚散的感觉。

在动与变的表象之下，缓缓展开的是大自然时间轴上山、云、光、影的彼此关联相互影响的自然生态场：云是光影变化中的云，山是光影移动中的山，而光影正是投射于云山之间才能彰显它变幻莫测的实体特质，云山光影彼此都映照着对方，形成了一个瞬息万变的万花筒，这也像极了华严宗的"因陀罗网"之譬，每一颗宝珠都映照着对方的影子。而且在这个关系场中，每一个事物都是舒张而伸展的，这也是大自然展现的佛法，山、云、光、影在彼此的观照中传达的万法俱空的佛学意境。

王维具有佛教徒的修养智慧与艺术家的敏锐，他善于抓住事物的各种变化，构造一个个的充满诗意的自然场域，如"行到水穷处，坐看云起时"（《终南别业》）中伴随着景物的变化形成云、水、人的自然关系场的变化，"江流天地外，山色有无中"（《汉江临泛》）中随着欣赏者视线在变化而形成的天地、江流、山的自然关系场，"大壑随阶转，群山入户登"（《韦给事山居》）中随观赏者的物理移位变化而形成的群山、大壑的自然关系场，"空山不见人，但闻人语响。返影入深林，复照青苔上"（《鹿柴》）中声音有无和光影阴晴变化形成的深林、人、光影的自然关系场，一切的动与变都是建立在关系场上才能生成的，而这个关系场正如"因陀罗网"中各个宝珠一样，它们彼此关联，层次丰富，同时又是以自然最自由和最适性的状态展现，极富生机。我们来完整地分析下面两首作于辋川山居的诗歌：

柳条拂地不须折，松树披云从更长。藤花欲暗藏猱子，柏叶初齐养麝香。（《戏题辋川别业》）

寂寞掩柴扉，苍茫对落晖。鹤巢松树遍，人访荜门稀。绿竹含新粉，红莲落故衣。渡头烟火起，处处采菱归。（《山居即事》）

诗歌中动与变所存在的生态场值得注意，《戏题辋川别业》中有柳条长得拂地了，没有人去整理它而任它生长，松树长得高耸入云，也没有人理会它，任它与白云嬉戏，藤花长得非常茂盛，也任它野蛮生长好了，柏树叶子也才长齐了，在茂盛的藤花后面藏着些还未长大的小猱猴，躲在树叶中自由自在玩耍，而那刚长齐的柏叶下也有麋鹿正在食叶。每个事物都处于最自由天然的状态，各自生长，生机勃发，互不干扰、各得其所，这就形成了一个人为无法干扰的自然生态场域。《山居即事》描写门外的松树上歇满了鹤，绿竹刚发新叶，红莲也刚脱去外面的花瓣，渡口烟火升起，采菱的人都回来了。诗人写到采菱归来的人们，他们和山里的鹤、松、莲一般并无二致。这个画面里无论是人还是动物，都在自己的生活方式里呈现出最舒适的状态，彼此都不冲突，在动态中呈现一种静默的和谐，万物在自然生态中都有自己的位置。人类不再是这个场域的支配者，即使在场域中，也只是和花鸟山水一样的生物（如王维诗中的山民），如果不在场域中，则更多时候仅是个场外观察者（诗人自己），"寂寞掩柴扉"观看落晖的诗人并不会干扰他所观察到的自然生态场域，他退除了自己的智识做远远观望，我们再看下面这两首作品：

时倚檐前树，远看原上村。青菰临水拔，白鸟向山翻。（《辋川闲居》）

漠漠水田飞白鹭，阴阴夏木啭黄鹂。山中习静观朝槿，松下清斋折露葵。（《积雨辋川庄作》）

这两首诗中都有一个"静观者"的视角，自然山水均是静观下的呈现，因为这一特殊的视角，自然万物的自性都尽情展露着，临水而生的青菰、向山翻飞的白鸟，漠漠水田里白鹭时而飞起，茂盛的大树中黄鹂鸟的鸣啭声不时响起。静谧中的动态，宇宙永恒中里的瞬间变化，万物在彼此的生态场中的映照实质是形成"空"的意境，从某种程度上说，这也是人与自然互不干扰又格外和谐而形成的一种冷静和谐的佛学生态场域。

佛教禅宗的思维方式与"迷狂式"的诗人思维不同，它是一种静默观照下的体悟，是一种不带主观色彩的冷静观察。因此，诗人必须与观察对象拉开距离，才能抽离出自己的主观情感，所以王维的山水诗并不特别地强调诗人在诗歌中的地位。剔除了这个旁观者之后，王维的山水诗便呈现出全然静穆的场域特征，我们看这几首：

飒飒秋雨中，浅浅石溜泻。跳波自相溅，白鹭惊复下。（《辋川集·栾家濑》）

北垞湖水北，杂树映朱阑。逶迤南川水，明灭青林端。（《辋川集·北垞》）

空山不见人，但闻人语响。返景入深林，复照青苔上。（《辋川集·鹿柴》）

秋山敛馀照，飞鸟逐前侣。彩翠时分明，夕岚无处所。（《辋川集·木兰柴》）

这是《辋川集》中的几首作品，每首都如一帧小小画景，在这些自然画景里，不论是栾家濑波涛中飞起落下的白鹭，还是北垞明灭闪动的湖水，华子冈上追逐的飞鸟，或者鹿柴中变化的光影，都如静物图一般清楚明晰，这些自然物景仿佛生来如此。《栾家濑》中秋雨、石溜、白鹭，《北垞》中的湖水、杂树、光影，《鹿柴》中的空山、人语、深林、青苔，《木兰柴》中的秋山、飞鸟、夕岚，存在于这一帧帧图景生态场域的每种事物，都处于它最天然的状态，又不被其他自然事物（包括人）所扰乱，彼此相互观照，似乎各自都是那因陀罗网上的一颗宝珠，形成一种独特的空境。终南山生态环境好，辋川别业也是环境优美宜居宜游的自然场所，因此，王维山水诗展现的山水既是层次丰富内容多样的，又是生机勃勃的，同时还是彼此互不相扰静默和谐的，这正是佛教"山川大地皆为法身"的体现。

王维的诗歌呈现出来的自然与杜甫不同，杜甫笔下的自然是有情的，如"自去自来堂上燕，相亲相近水中鸥"（《江村》），"风轻粉蝶喜，花暖蜜蜂喧"（《弊庐遣兴奉寄严公》），"泥融飞燕子，沙暖睡鸳鸯"（《绝句》），"沙晚低风蝶，天晴喜浴凫"（《江亭送眉州辛别驾升之》），这些充满了亲近温暖感情的禽鸟与人类之间的一种有情有爱正是诗人的"仁爱"在自然中的投射；王维的山水也不同于李白笔下的自然，李白的任自然与齐物思想使他不仅尊重自然的物性，而且也尊重自己的性情，他笔下的山水既有融合着自我个性一泻千里的豪放，也有山花鱼鸟与人类同源的和谐与闲悦。王维的山水诗不论是在静默观照中对自然"动"与"变"的体认与把握，还是从自然场生态场中对万物的物性的自由伸张，他展现了一个生机勃勃、流动变化的自然，在这个流动变化生机勃勃的自然里，物与物彼此观照，形成了独特的生态场域，这个生态场域既具有开放性又具有封闭性，它欢迎每一个自然物的加入，但是它拒绝一切试图掌控自然场域的智识者进入，因为万物都具有平等的佛性，自然界的每个场域都自成系统，人类只是自然万物之一罢了。

第三节　佛禅山水诗的生态美学意蕴❶

山水诗在唐代蔚为大观的很重要的一个原因是以王维山水诗为代表的佛禅山水诗的产生。佛禅山水诗彻底剥掉了传统山水诗身上那件道德外衣，它以省净的文字，追求言外之意，给读者留下更为广阔的想象空间，成为中国山水诗中具有真正审美意义的艺术品。

佛禅山水诗产生于佛教与东晋玄学相互渗透的理论背景下，成熟于唐代禅宗的形成发展时期，孙昌武先生说，"总观中国文学发展的历史，自东晋时期佛教在文坛盛传，几乎没有哪一位重要作家是没有受到佛教的影响。"❷ 唐代诗人们以佛禅的直觉思维观照自然山水，形成了以超然物外、言外之意、象外之象、味外之味为特征的美学追求，因此唐代佛禅山水诗普遍以直觉观照的思维方式来构筑幽静、玄远、空灵的诗境，传达着回归自然的生态旨趣，也表现了具有生态美学意义的自然观。

一、"回归"主题：人与自然的终极关系

唐代佛禅山水诗题材涉及山林、行役、禅居、郡斋等诸多方面，不论是游历山川、送别友人还是隐居山林和造寺访僧，诗歌呈现出"回归"主题，一般或表现为因对山水的留恋而生的归隐之心，如"随意春芳歇，王孙自可留"（王维《山居秋暝》），"忘归更有处，松下片云幽"（钱起的《九日登玉山》）；或表现为于山水自然中了悟佛理而生出世之愿如"无事由来贵，方知物外心"（张九龄《晨出郡舍林下》），"坐听闲猿啸，弥清尘外心"（孟浩然《武陵泛舟》）；或表现为对山水的玩赏流连不舍之意趣如"高卧长无客，方知人事赊"（王绩《山家夏日九首（之一）》），"悠然白云意，乘兴抱琴过"（张说《湘州北亭》）。山水以其独特的灵性感召着诗人，使他们在山光水色的流连中净化心

---

❶ 本节内容曾发表于《内蒙古大学学报》（社会哲学版）2019 年第 4 期，有改动。
❷ 孙昌武. 中国文学中的维摩与观音［M］. 天津：天津教育出版社，2005：3.

灵，安顿灵魂，产生强烈的回归意愿。

回归主题的形成当然与佛教思想有一定关系。佛教的"缘起论"认为世间万物都是因缘聚集而出现，也会因缘离散而消失，因缘时时变化而引发物质世界成、住、坏、空生灭不已的现象组合与连续不断的动态变化过程，自然界的万事万物都是因缘时空流上的一个环节，山水也不例外，这种思想也影响了唐代诗人看待自然山水的视角，如很多佛禅山水诗人都喜欢描写时空流变中的自然山水，如：

夕阳度西岭，群壑倏已暝。（孟浩然《宿业师山房，期丁大不至》）

白云回望合，青霭入看无。（王维《终南山》）

连空青嶂合，向晚白云生。（张九龄《晚霁登王六东阁》）

石痕秋水落，岚气夕阳沉。（张说《和尹懋秋夜游灊湖二首》）

这些诗句无不是以光影流动中的山水展示了时间流中的自然变幻，在时空的流变中，物物相续变动不居的特点在山水上呈现出变化莫测的幻象特征，这种时空流变的观察视角正是佛教"在妄法非刹那不住之相，乃相续不异之质"❶ 的呈现，这不异之质就是"离却对待的不具利害的不舍不着，同时却非常个人地精微地感受着现象世界变化的无相自我"❷，诗人们在虚幻的光影变化下寻找一种永恒不变的本体，就是回归自然的自我精神实体。大自然以"因缘幻起，无有实体"的刹那流变之景观，唤起了人们对无相主体的体认与回归的巨大力量。

自然是与人类相互呼应的，它能唤起人类的情感证悟力量，这种思想在我国早期的佛禅译注经典中也能见到。中国早期佛经译者安世高在译《阴持入经》时，将人的六种认识能力称为"六入"，陈慧注曰："眼耳鼻舌身心斯六体，色身香味细滑邪念所由入矣，故曰入也。"这表明在早期佛学家看来，自然万物并非一个被动无情等待人类主体来认识了解的消极对象。慧远在《万佛影铭》中也说："是故如来，或晦先迹以崇基，或显生途而定体；或独发于莫寻之境，或

❶ 吕澂. 吕澂佛学论著选集（第1册）[M]. 济南：齐鲁书社，1991：267.
❷ 萧驰. 佛法与诗境 [M]. 北京：中华书局，2005：109.

相待于既有之场。独发类乎形，相待类乎影。"其所谓"晦""显""独发""相待"正是表明法身自然会与人类形成有情的相互呼应。而谢灵运所谓"如与心赏交"（《石室山诗》），宗炳的"山水质而有灵趣"（《画山水趣》），刘勰"物色相召，人谁获安"（《文心雕龙·物色》）的观点都表现出中国传统文艺理论对自然力量的认同。法国思想家卢梭在《爱弥尔》中也说，"只有一本书是打开在大家的眼前的，那就是自然的书。正是在这本宏伟的著作中，我学会了怎样崇奉它的作者"❶，"我在它创造的万物中到处看见上帝"❷，在卢梭看来，如果有上帝存在，大自然既是它最伟大的作品，又是它存在的直接证明，人类是上帝的创造和自然的产物，那么通过自然我们也可以找到人类的本源，回归自然就是回归人类的永恒精神家园，因此在山水中证悟便有可能接近真理（上帝）。

自然空灵静谧又生机勃勃，似乎以其流动变化昭示着不可言说的秘密，散发出独特魅力和巨大吸引力，使诗人获得真理的证悟。山水诗歌中那些或归隐出尘或流连不去或证悟玄理的诗歌主题，便是徜徉于自然之中产生的，如张说《过蜀道山》云："白云半峰起，清江出峡来。谁知高深意，缅邈心幽哉。"白云出峰和清江出峡的流动不居展示着大自然的神秘幽静，使人顿生绵邈幽情；张九龄《晨出郡舍林下》云："片云自孤远，丛篠亦清深。无事由来贵，方知物外心。"孟浩然《武陵泛舟》云："水回青嶂合，云度绿溪阴。坐听闲猿啸，弥清尘外心。"山水以其幽邈清深无世无争的自在情韵使人顿生"物外心""尘外心"，这正是诗人们在山水中获得的智慧力量；而白居易《秋山（其一）》中："白石卧可枕，青萝行可攀。意中如有得，尽日不欲还。"在白石青萝"可卧""可攀"的具体情态描绘中，白石青萝传达着一种安宁平静与自由适意，好像在呼唤着诗人回归自然。这些山水以具象化的空间美，唤起人类在时间轴上抽象的回归意识，山水具象的空间存在使抽象的永恒"回归"成为时间轴上亲切可感的情绪，而时间轴上的永恒"回归"意识又赋予山水的具象空间以虚灵性、超越性和证

---

❶ 卢梭. 爱弥尔［M］. 李平沤，译. 北京：商务印书馆，1978：445.

❷ 卢梭. 爱弥尔［M］. 李平沤，译. 北京：商务印书馆，1978：395.

验性，"开放的时间最终归于具体的空间，家园感油然而生。"❶

从生态学角度而言，人类本从自然山川中走出来，山水所具有的能消除欲望平息内心纷乱的力量便来源于此，山水诗是"一个更具普遍意义的层次上揭示着一种生命漂泊之感。一个安顿心灵的愿望，透露着跨入文明门槛的人类对于曾经混沌一体的大自然的永恒'乡愁'"❷。人类之所以痛苦就是追逐物质欲望远离了自然，远离了荒野，进入了乡村和城市，精神处于漂泊的状态，找不到真正的家园。世间万物都只是时间流和空间流的因缘聚合，在这个万物流转的时间节点，人类更应该使自己的心灵回归自然的怀抱，自由舒展。美国生态思想家缪尔告诉我们，"走进大山就是走进家园，大自然是一种必需品，山林公园与山林保护区的作用不仅仅是作为木材与灌溉河流的源泉，它还是生命的源泉。"❸ 由山水而生的或留恋或归隐或出世的感受不正是经历宦海沉浮的诗人对精神故园所发出的回归呼唤吗？自然原本就是人类的精神家园，唐代佛禅山水诗以极具画面美感的山水描写来传达人们对自然山水的天然亲近，所透射出的正是人类皈依荒野的家园情结，这正是唐代诗人在佛禅思想影响下的朴素生态自然观的体现。

二、"空"：人与自然关系的理想境界

自然这个人类的家园，它是由诸多成员共同组成，动物、植物、岩石、尘埃乃至于一切。诗歌中的"空"就是"减去人类的自然"，至少是人类与这个"自然"拉开的距离。但人类是不可能回到未经开发的原始自然荒野的，"不能退回到那个时期的未受伤害的乡村风貌，也不能退回到那个时期的有限的自然知识"，"没有人会想到这样的意见：我们这个行星的状况在不久或者一般而言可以又变回乡村的田园风光。"❹ 然而，这并不意味着自然和人的关系不可救药。

唐代佛禅诗人早已很巧妙地在诗歌中描述了物物之间彼此映现的关系，从而

❶ 冷成金. 化时间为空间的诗词之美［J］. 中国人民大学学报，2011（4）：142.
❷ 陶文鹏，等. 灵境诗心——中国古代山水诗史［M］. 南京：凤凰出版社，2004：27.
❸ 约翰·缪尔. 我们的国家公园［M］. 长春：吉林人民出版社，1999：1-2.
❹ 冈特·绍伊博尔德. 海德格尔分析新时代的技术［M］. 宋祖良，译. 北京：中国社会科学出版社，1993：240.

展现了物物彼此映现中呈现出"空"的境界。正如美国生态学家加里·斯奈德借用佛教华严宗"因陀罗网"所论述的一样，自然万物的彼此关系是如同"因陀罗网"上的宝石一样，映现重重，无穷无尽，这说明一物不仅是一物本身，还具有与其他物相互关联和包含的性质。而这个动态的过程也说明，在这张网中，没有谁是主宰者，每个成员都平等地映现他者，所谓的"一切即一，一即一切"，这个彼此映现的过程就是"空"。斯奈德却将其描述为，"我们是许多的个体我'selves'，透过同样的眼睛，彼此互望。"❶ 佛禅山水诗中的自然关系正是如此，如以王维《山居秋暝》为例：

> 空山新雨后，天气晚来秋。明月松间照，清泉石上流。竹喧归浣女，莲动下渔舟。随意春芳歇，王孙自可留。

诗人描写了一个山居的完足生态场域，在这个因陀罗网中，山、月、泉、松、石、浣女、渔夫，每一个成员如一颗宝珠，彼此映照，而且彼此之间组成了和谐的关系：明月与松林的相互映现生发出空朗清静的张力，清泉与枯石的彼此映现生发出清幽高古的张力，明月松林与清泉岩石彼此之间又生发出一种"清"而"空"的力量来。浣女与渔舟的活动虽发生在这样的自然美景中，但因他们浑朴的意识而对这自然美景全然不察，反与这清泉、明月、松林、岩石相得益彰，彼此映现，生发出生机勃勃的力量。假如进入画面的不是浣女、渔舟，而是诗人自己——一个有意识地能够"欣赏"自然美景的文化人，这种张力是不能形成的，因为诗人既然能"欣赏"自然美景，自然就成为能够给他带来愉悦感的"对象"，他已成为这山水的主宰，这和田园诗里自然田园给农民带来的物质愉悦感并没有本质上的差别。唐代佛禅山水诗人着力在诗歌里排除这种"有意识"的欣赏者，他们往往站在诗歌的外面注视着物物之间彼此映现而形成的张力，传达"空"的境界。

诗人们尽管没有完全退出诗歌，但是为了在精神上还归自然的自主性，还自

---

❶ 安乐哲. 佛教与生态［M］. 南京：凤凰出版社，2008：181.

然一个本生的原初状态，他主动合理地退出自然，退除了人类的主体意识，这表现在情感智识的退出。情感与智识退出就能还心海一片宁静，志璇禅师教导弟子：

声色头上睡眠，虎狼群里安禅。荆棘林内翻身，雪刃丛中游戏。竹影扫阶尘不动，月穿潭底水无痕。❶

只要把作为世俗诱惑根源的情感智识退出心海，就能做到"尘不动""水无痕"，就能够视"声色""虎狼"为虚无，做到"虎狼群里安禅"。可是如何能做到退除智识情感，佛教徒们的办法是静坐虑心，如寒山诗所说，"高高峰顶上，四顾极无边。独坐无人知，孤月照寒泉。泉中且无月，月自在青天"❷。佛禅诗人多有焚香静坐的习惯，如韦应物有"焚香扫地而坐"的习惯，王维"退朝之后，焚香独坐，以禅诵为事"，静坐本是与世俗拉开距离，这样诗人能对俗世的事务作出静观反思，过滤掉俗世的妄念，从而进入虚空的心境。在与世俗拉开距离后，诗人观察山水的视角也必然发生了变化。他很容易地可以与它拉开距离，真正做到不带个人情感色彩的"静观"，而这也使诗歌具有悠远、空灵的意境美。如韦应物《寄全椒山中道士》便是拉开距离的静观：

今朝郡斋冷，忽念山中客。涧底束荆薪，归来煮白石。欲持一瓢酒，远慰风雨夕。落叶满空山，何处寻行迹？

这首诗描写山中的道士形象，只写了道士涧底采薪柴、归来煮白石的生活场景，至于道士是谁，住在哪里？全无交代，只有风雨飘萧、落叶纷飞的空山，幻成无限迷惘和空寂之境，给人无限的遐想。道士的情况诗人也许是知道的，但恰是因为这些智识性的内容退出诗歌，反而使诗歌增添了无穷的魅力，张谦宜说它"无烟火气，亦无云霞光，一片空明，中涵万象"❸，叶燮评价它"诗之至处，妙

❶ 普济. 五灯会元 [M]. 北京：中华书局，1984：1079.
❷ 彭定求，等. 全唐诗 [M]. 北京：中华书局，1960：9099.
❸ 郭绍虞. 清诗话续编 [M]. 富寿荪，校点. 上海：上海古籍出版社，1983：851.

139

在含蓄无垠，思致微妙"❶，无限的"含蓄"，正在于诗外之景象隐含于诗内之景象，诗歌意境的"空"正在于诗人退出所有的智识情感，故意的无限留白。又如孟浩然《洞庭湖寄阎九》云：

> 洞庭秋正阔，余欲泛归船。莫辨荆吴地，唯余水共天。渺弥江树没，合沓海湖连。迟尔为舟楫，相将济巨川。

诗人远观洞庭湖景，洞庭水天与共，茫茫一片不辨荆吴之地，岸边江树早已消失不见，只见潮浪一波一波连绵不绝地翻涌。诗歌所写之景致是远观的，诗人的感情也是远远退出之外的，我们能读到的只有景物彼此之间以色彩、动静相互关系形成的张力，山水以静穆淡远的姿态进入诗歌，形成了冲淡旷远的意境，这也正符合受佛禅影响的山水诗人的审美感受。

只有退出自然，拉远了观察自然的视角，才能归还自然作为本体的自由与美，让自然在物物之间的彼此映现中表现出"空"的状态，这既是人类审美的升华，更是自然的升华。马克思说："社会是人同自然界完成了的本质的统一，是自然界的真正复活，是人的实现了的自然主义和自然界的实现了的人道主义。"❷ 人类是从自然中走出来的产物，在彼此的发展中，我们创造了人类文明，但也使自然发生了异化。其实我们应当清楚，"没有我们人类的文化，它们（自然）仍能运行；但如果没有它们，我们就无法生存，因为它们构成了我们赖以为生的生物共同体的金字塔。"❸ 摆正了这样的关系，我们就会知道，人类应该尊重自然的自性，佛禅山水诗人率先在诗歌里面写出了这样的一种物物彼此映现的空灵自然，也传达了人与自然的理想关系：人类的离开留给自然以展现自性的机会，自然物物相映现的"空灵"环境会使人类平息机心，让自性回归真性，实现人类自我精神本体一无挂碍的清净，从而使人类精神得到了升华。

---

❶ 王夫之，等. 清诗话［M］. 上海：上海古籍出版社，1963：584.

❷ 马克思. 1844 年经济学哲学手稿［M］. 北京：人民出版社，1985：52.

❸ 霍尔姆斯·罗尔斯顿. 哲学走向荒野［M］. 刘耳，叶平，译. 长春：吉林人民出版社，2000：212.

三、直觉观照：人与自然的审美关系

在意识觉醒之前，人类与自然是融为一体的，这是一种被给予的纯粹状态，不是通过智识达成的，因此人类触摸自然本质的方式莫过于直觉思维。直觉思维是一种艺术思维方式，佛家常采用这种方式来启迪弟子，他们把这种思维方式称为"妙悟"。僧肇《长阿含经·序》中提到"妙悟"说："晋公姚爽质直清柔，玄心超诣，尊尚大法，妙悟自然。"❶ 僧肇将"妙悟"与"自然"联系在一起，暗示"妙悟"是一种最贴合自然本真的心理状态。关于妙悟的境界，永嘉玄觉禅师描绘为"夫妙悟通衢，则山河非壅；迷名滞相，则丝毫成隔"❷。他认为"妙悟"指修行者在领会和把握佛教的真如本性之后所达到的一种清澄明净、圆融无碍、万法皆空的境界，神会描绘大彻大悟的禅悟境界时说："用金刚慧断诸位地烦恼，豁然晓悟，自见法性本来空寂，惠利明了，通达无碍。证此之时，万缘俱绝。恒沙妄念，一时顿尽。"❸ 这正是通过直觉思维所达到的禅悟境界。在佛禅祖师看来，佛性本是遍及世间万物而又超越世间的诸法，故用一般世间法的言语和事物是无法理解和表达的。日常的言语只是指月的手指和登岸的舟筏，山水和指月之指登岸之筏一样，也只是个证道的媒介，故佛禅公案里有很多以触目直觉的山水景物来描述禅门家风的对话：

问：如何是大阳境？师曰：孤鹤老猿啼谷韵，瘦松寒竹锁青烟。❹

问：如何是黄蘖境？师曰：龙吟瀑布水，云起翠微峰。❺

问：如何是灵峰境？师曰：万叠青山如钉出，两条绿水若图成。❻

问：如何是佛？师曰：麻三斤。❼

---

❶ 释僧佑. 出三藏记集 [M]. 北京：中华书局，1995：336.
❷ 释玄觉. 禅宗永嘉集 [M] //高楠顺次郎，等编. 大正新修大藏经. 台北：佛陀基金会，1990：393.
❸ 胡适. 神会和尚遗集 [M]. 上海：亚东图书馆，1930：121.
❹ 释道原. 景德传灯录译注 [M]. 顾宏义，译注. 上海：上海书店出版社，2010：2061.
❺ 释道原. 景德传灯录译注 [M]. 顾宏义，译注. 上海：上海书店出版社，2010：1632.
❻ 释道原. 景德传灯录译注 [M]. 顾宏义，译注. 上海：上海书店出版社，2010：1880.
❼ 普济. 五灯会元 [M]. 苏渊雷，点校. 北京：中华书局，1984：937.

问：如何是佛？师曰：干屎橛。❶

禅师回答弟子时随意拣拾直扑眼底的山居景色，甚至还可能是"麻三斤""干屎橛"，在佛家看来，选择来启悟弟子的事物是他最能直观到的，至于这事物的美丑，他并没有评价，他排除了文明赋予人类的美丑的"智识"，而用最纯粹的直觉眼光去看待万事万物。实际上，禅师是用这种方式告诉弟子，直觉观照才是悟道的方式。

佛家以直觉来悟佛理，而诗人们以直觉关注自然心灵，他们将对自然的直觉观照表现为山水与诗情的浑然交融。如王维《鸟鸣涧》云："人闲桂花落，夜静春山空。月出惊山鸟，时鸣春涧中。"这首诗呈现了一个富有诗意的瞬间：山涧春夜里，月亮从云中的现出，鸟儿被惊醒，在幽谷中喧鸣。这些富有诗意的自然物什细微的变化需要诗人物化成自然中一棵树，一棵草，或者一只鸟，才能感受到，"桂花"或许是诗人对叶隙间洒落月光的误识，这能见出观者的无心，更能见出观者理性的摒除。而且"人闲桂花落，夜静春山空"运用了"名动（形）—名动（形）"的句式，在这个结构中，两个"名动（形）"代表着两样事物之间的价值是在相互依存中彰显并生成的，如"日落江湖白，潮来天地青"（王维《送行桂州》）中，"日落"不仅是一个事物的变化，还会引起"江湖白"的视觉效果，即在日落光芒忽然敛去的那一瞬江湖呈现白色，同样，"潮来"也不仅是描述潮水滋长的变化，而是引发了潮水猛涨瞬间天地突然呈现出滚滚青色的视觉效果，这种相遇的瞬间被诗人捕捉，彼此都超出了原来的意义而获得更丰富的存在。这不仅仅是诗人在句法层面的创新，更隐藏着诗人以直觉感知事物的认知方式，山水诗所抒写的正是诗人"猝然与景相遇"时的刹那直观。诗人们用每一个会心的瞬间，以领悟者的内在经验使一个变幻而又永恒的世界在彼此交互之间达到物我两忘之境，这当然需要诗人在直觉观照中以物化的方式接近自然、感知自然，只有这样，主客体界线才能泯灭，我化为物，心融于道，诗人与自然合二为一，获得一种并不神秘而与大自然相合一的愉快。这个物我两忘

---

❶ 普济. 五灯会元［M］. 苏渊雷，点校. 北京：中华书局，1984：929.

之境一旦形成，就如同一个独特的生态场域，散发出强烈的排他性。如韦应物的《滁州西涧》："独怜幽草涧边生，上有黄鹂深树鸣。春潮带雨晚来急，野渡无人舟自横。"诗歌画面中幽深的青草、婉转的鸟鸣、泛涨的春潮、自在的渡船各自以一种原生态的方式存在着，春潮泛滥，幽草滋长，野渡水势泛滥，小舟横陈，岸边深树里黄鹂鸣叫，物物之间构成一个独特的语境场，大自然以它独特的密码安排着一切，没有任何人能够干扰它，诗人自然也不能进入这个生态场，而这个生态场的摄取当然需要诗人的直觉观照，只有直觉观照才能使诗人在物化中更真实地接近自然和感知自然。

人是否可以感知自然并与自然合二为一呢？由前述华严宗"因陀罗网"的理论可知，宇宙的整体与部分是相互渗透的，天台宗的"一念三千"也表明实体的微观与宏观是连成一体的，大自然是一个相互渗透的神圣矩阵，在这个矩阵中，所有的事物都是通过与其他事物及其整体的功能性关联而生起的，如果每一个事物对于其他事物是一种因果条件，那么，在伟大和谐的自然中，就没有任何东西是毫无价值的。从这一意义上说，每一个单体都是整体的映现，这个单体和整体也是合二为一的，人作为因陀罗网上一个格点，他能够映现自然整体，也是可以感知自然整体且与之合二为一的。诚如鲁枢元所说，如果地球上的生命活物全都是地球自己孕育生长出来的，那么地球万物的生命也可以看作地球本身的生命。❶ 因此，人类的意识同样并不仅仅属于人类自己，它应该是天地的良心和万物的灵魂，人类用直觉去感知自然中天地的良心和万物的灵魂，才能获得人与自然的合二为一。

佛禅山水诗以"直觉观照"作为人与自然之间相处的方式，实际上是一种人类与自然二元统一的存在状态，铃木大拙论及禅宗时说，"当'本来无一物'这一观念代替'本心自性，清净无染'的观念时，一个人逻辑上和心理上的根基，都从他脚底一扫而空了，现在他无处立足了。"❷ 只有无处立足，他才会完全褪掉人类文明加在他身上的如功利主义、理性逻辑等各种"智识"，他才能与

---

❶ 鲁枢元. 生态文艺学 [M]. 西安：陕西人民教育出版社，2000：35.
❷ 铃木大拙. 禅风禅骨 [M]. 耿仁秋，译. 北京：中国青年出版社，1989：9.

自然达到最高的愉悦状态。而唯意志主义哲学家叔本华也曾说过，当一个人"不是让抽象的思维、理性的概念盘踞着意识，而代替这一切的却是把人的全副精神能力献给直观，沉浸于直观，并使全部意识为宁静地观审恰在眼前的自然对象所充满，不管这对象是风景、是树木、是岩石、是建筑物或其他什么的"之时，才是真正的审美。❶ 唐代佛禅山水诗以直觉观照的方式进入人与自然相处的状态中并获得最终极的快乐，使我们产生一种有机的整体的审美价值，这也是人与自然关系中一种可以实践的审美方式。

怀特海在论及 19 世纪的英国文学时指出：正是这一时期的诗歌，证明了人类的审美直觉和科学的机械论之间的矛盾，审美价值是一种有机的整体的价值，与自然的价值类似，"雪莱与华兹华斯都十分强调地证明，自然不可与审美价值分离"❷，自然与人的统一，更多地保留在真正的诗人和诗歌那里。怀特海的这一论断用来评价唐代佛禅山水诗似乎更为合适，佛禅山水诗以"直觉观照"为特征的思维方式，也是用来治疗和修复"我们与宇宙"之间由工业文明造成裂痕的一剂现实良药。佛禅山水诗表现出的艺术精神，是人与自然和谐共处的一个标志，这正是诗人留给我们的财富。

唐代佛禅山水诗的回归主题是诗人们对人类与自然本体关系历史性的潜意识追忆，而佛禅山水诗"空"的意境则是诗人们基于文明社会人类追求物质欲望却陷入名缰利锁的现实生活而构造的理想王国，要获得这一理想境界，需要诗人情感智识的退出，更需要诗人以直觉观照的方式感知山水，所以，直觉观照的思维方式既是宗教证悟的思维方式，也是山水诗人创造空静闲淡诗境的艺术思维方式，更是人类与自然和谐相处的审美实践方式。在这一诗歌观念的影响下，唐代山水诗表现了从"相看两不厌"到"相看两相忘"的情感递变和从"比德""娱我"的有情山水到"任物无情"的无情山水的审美升华。当然，人类完全退出物质文明回归自然是不可能实现的，但是佛禅诗人们描绘的理想山水之境却足以安放人们疲惫的灵魂和受伤的心灵，也值得我们去思索如何建立人与自然的理想关系。

---

❶ 叔本华. 作为意志和表象的世界 [M]. 石冲白，译. 北京：商务印书馆，1982：249-250.
❷ 怀特海. 科学与近代世界 [M]. 何钦，译. 北京：商务印书馆，2012：100.

第六章
佛道统儒：
孟浩然山水诗中的自然

第六章
佛道统儒：孟浩然山水诗中的自然

　　唐王朝的文化政策包容并蓄，在唐代早期，儒释道三家都是维持社会秩序的规范，三家相互排斥又相互吸收，在主动适应和被动接受的过程中，各自的边界逐渐模糊。李唐王朝统治者初期推崇道教，随着政权的稳定，儒家和佛教进一步得到重视，三教融合成为唐代思想发展的趋势。《旧唐书》卷四《高宗本纪》记载了龙朔二年六月出台的一项政策："乙丑，初令道士、女冠、僧、尼等，并尽礼致拜其父母。乙亥，制蓬莱宫诸门殿亭等名"❶，这项政策表明道士女冠、僧尼等也需遵儒家孝敬父母之礼，这是唐代帝王以行政手段迫使儒释道三家融合的典型。高宗李治曾诏："天下诸州署观、寺一所。丙戌，发自泰山。甲午，次曲阜县，幸孔子庙，追赠太师，增修祠宇，以少牢致祭。"❷ 睿宗李旦也于景云二年四月下诏令，"诏以释典玄宗，理均迹异，拯人化俗，教别功齐。自今每缘法事集会，僧尼、道士、女冠等宜齐行道集"❸，高宗李治诏令道观、寺院、孔庙一并得到修缮，李旦则诏令三教成员均得到同等尊重。皇帝的诏令引导整个社会对儒释道的多元价值均持友好接纳的态度。

　　佛教经历了数百年的发展，在与儒道文化相互斗争的同时，又在更深的层次上彼此相互渗透融合，到唐代逐渐演变成具有中国本土特色的佛教宗派。由于融合了一部分儒家伦常，这些本土形成的佛教宗派更加通俗易懂，且更具有中国文

---

❶　刘昫. 旧唐书［M］. 北京：中华书局，1975：83.
❷　刘昫. 旧唐书［M］. 北京：中华书局，1975：90.
❸　刘昫. 旧唐书［M］. 北京：中华书局，1975：157.

化美学特征，为士大夫们所激赏并成为封建文人和士大夫文化生活的一部分。在这样的背景下，唐代文人士大夫一方面按儒家"修齐治平"的道德要求建造自己的政治理想，另一方面与僧道相邀为友，科举考试和结交僧道成为士大夫们并行不悖的时尚。唐代思想的复杂性与多样性也使唐代诗歌表现出多样性与复杂性，他们的山水诗所表现的自然观也呈现出较为丰富的形态。

第一节　孟浩然的佛道统儒

儒释道对孟浩然的影响主要表现为其人生经历与诗歌思想的矛盾性，孟浩然一生主要隐居于家乡襄阳的鹿门山，然而他又有极强的求仕之心，他既享受佛道的隐世生活，但是又似乎不甘于平淡，多次在诗歌里表达用世的强烈愿望，这种矛盾心理与他所受到的儒道佛思想影响有一定关系。

一、孟浩然的儒家思想

孟浩然出身于儒学世家，他的家族出自孔子故乡邹鲁，有重儒的传统，他在《书怀贻京邑故人》中曾自述重儒家风："维先自邹鲁，家世重儒风。诗礼袭遗训，趋庭沾末躬。"儒家认为孝悌为仁之本，孟浩然早年就有"孝思侍老亲"的思想，他曾多次写到彩衣娱亲的孝子老莱子："明朝拜嘉庆，须著老莱衣"（《夕次蔡阳馆》），"十五彩衣年，承欢慈母前"（《送张参明经举兼向泾州觐省》），"水乘舟楫去，亲望老莱归"（《送王五昆季省觐》），在这些诗句中，孟浩然或以老莱子自比，或以老莱子作为行为标杆，这都是他追求"孝"的表现。孟浩然生逢大唐盛世，由孝而衍生的忠君思想以及儒家社会责任感都对孟浩然产生了影响，在二十九岁的时候，孟浩然就写过一首诗干谒诗《望洞庭湖赠张丞相》❶：

---

❶ 关于这首诗的写作时间学界有不同观点，一说此诗于开元四年，孟浩然28岁左右，李景白《孟浩然诗集校注》与佟培基《孟浩然诗集笺注》均持此说。另一说认为此诗作于开元二十一年，这一年张九龄官正议大夫，检校中书侍郎等，故张丞相是张九龄。何格恩《张九龄年谱》，中国社会科学院文学研究所编《唐诗选》（人民文学出版社，2003）均持此说。还一说认为此诗作于开元二十五年，此时张九龄镇荆州，孟浩然为张九龄录为从事。傅璇琮校《唐才子校笺》持此说。

八月湖水平，涵虚混太清。气蒸云梦泽，波撼岳阳城。欲济无舟楫，端居耻圣明。坐观垂钓者，徒有羡鱼情。

这首诗是写给当时的岳州刺史张说的，"欲济无舟楫，端居耻圣明"明确表示他希望能得到张说的推荐出仕做官。开元六年，在襄阳老家的孟浩然作了一首《书怀贻京邑同好》：

三十既成立，嗟吁命不通。慈亲向羸老，喜惧在深衷。甘脆朝不足，箪瓢夕屡空。执鞭慕夫子，捧檄怀毛公。感激遂弹冠，安能守固穷。当途诉知己，投刺匪求蒙。

这首诗感叹自己三十岁了还如此穷途潦倒，双亲已经年迈，可自己还箪瓢陋巷，一无所成。诗歌除了表达因为贫穷而不能孝亲的痛苦之外，更表达了希望京邑的知交朋友推荐自己出来做官的强烈愿望。孟浩然还在《将适天台留别临安李主簿》中写下"枳棘君尚栖，匏瓜吾岂系"的诗句，以孔子"吾岂匏瓜也哉，焉能系而不食"（《论语·阳货》）之典，表达了希望自己能为世所用的愿望。

儒家积极用世的人生态度影响了一代又一代的士人，他们把追求建功立业作为人生的首选目标，因此，在家乡隐居多年以后，孟浩然决定出山赴京求仕。开元十六年（公元728年），四十岁的孟浩然赴长安参加进士考试。出发前，他踌躇满志地写下"何当桂枝擢，还及柳条新"（《长安早春》），然而事与愿违，孟浩然考试落第了。在唐代，科举考试失利后还可以向朝廷献赋，如果得到皇帝的垂青，也可以进入官场。如天宝初载李白因献赋而为玄宗接见并待诏翰林[1]，大诗人杜甫在科考失利后也曾献《三大礼赋》而待诏集贤院[2]。落第的孟浩然也献了一篇赋，然而，孟浩然的献赋却并没有得到回应，他只好失望地离开了长安，此后，他没有再参加过科举考试。

---

[1] 参见李白《东武吟》："因学扬子云，献赋甘泉宫。天书美片善，清芬播无穷。归来入咸阳，谈笑皆王公。"

[2] 参见杜甫《莫相疑行》："忆献三赋蓬莱宫，自怪一日声辉赫。集贤学士如堵墙，观我落笔中书堂。"

科举考试作为中国封建时代选拔人才的标准，是有相当难度的。唐代科举分为常科、制科、武举三种。常科每年举行，其中明经与进士两科成为唐代科举考试的重要科目，"士族所趋向，唯明经、进士二科而已"❶，明经主要考察对儒家经典的熟悉（唐玄宗朝加入了道家经典），进士考试则考察贴经、时务和杂文，考取难度非常大。唐代士人推崇进士考试，他们甚至以不是进士出身为耻，"缙绅虽位极人臣，不由进士者，终为不美"❷，许多士人为考进士而终生困顿场屋，潦倒白头。孟浩然第一次没有考中，对于读书人来说，这是再正常不过的事情了。孟浩然第一次科考失败后竟然没有再参加科举考试了，这是不可思议的，这大概只能解释为孟浩然不愿意再参加考试了。

开元之际，唐代科举考试规定，士子可以用诗赋取代帖经的成绩，称"内赎帖"，"内赎帖"可以补充考生在经文方面的不足，由此可见，科举考试中诗赋的地位逐渐凸显。而科举考试对时务帖的推崇也激发了唐代士人关注现实参与政治的极大热情，他们以诗赋关注现实抒发感想这推进了唐代诗歌走向鼎盛：一方面是儒家的关注现实，另一方面是文人的诗情，文儒结合使唐代诗人的诗集中处处可见对政治理想的赞誉与对人生目标的向往，如"使寰区大定，海县清一"（李白《代答孟少府移文书》）"致君尧舜上，再使风俗纯"（杜甫《奉赠韦左垂丈二十二韵》）"忘身辞凤阙，报国取龙庭。岂学书生辈，窗前老一经"（王维《送赵都督赴代州得青字》）等。

盛唐时代的读书人普遍有着强烈的政治热情与参政理想，诚如当代学者余恕诚所论，"政治所赋予古代优秀士大夫的常常是那种与广阔的社会、历史、人生乃至于天地万物相沟通的精神气魄，是对历史、对社会、对周围世界的高度责任感"❸，当代学者霍松林也说，"尽管盛唐诗人的政治成就比不上初唐诗人，更比不上中唐诗人，但是，他们对政治理想的歌颂，对人生崇高目标的向往，却远远胜过每一个时代。"❹ 这是帝国走向强盛的历史氛围所形成的特殊的时代特征。

❶ 杜佑. 通典（卷十五）[M]. 文渊阁四库全书版.
❷ 王定保. 唐摭言（卷一）[M]. 北京：中华书局，1980：4.
❸ 余恕诚. 唐诗风貌 [M]. 合肥：安徽大学出版社，1997：146.
❹ 霍松林，傅绍良. 盛唐文学的文化透视 [M]. 西安：陕西师范大学出版社，2000：130.

孟浩然生活的年代较其他盛唐诗人更早，他更敏锐地感受到了这一时代音符，实现人生价值的理想也十分强烈。

孟浩然虽不愿再次进入科场博取功名，但是他求取功名的理想并未消退，他似乎想走另一条路径：以诗名得到统治者的垂青与重用。事实上，以诗名求取干谒，这在唐代也是进仕的一条捷径。孟浩然初至长安时，"游京师，尝于太学赋诗"❶，在长安献赋之前，孟浩然曾在秘书省联句，当时赋"微云淡河汉，疏雨滴梧桐"之句，四座称赏，誉满京师❷。孟浩然应举失败后，并没有立即离开京城，而是多有交往名士官友，希望获得举荐入仕，他也曾写诗献赋表达自己渴望援引之心，可惜都没有成功。求仕失败后，他离开长安后，漫游吴越寄情山水，在《自浔阳泛舟经明海》中，孟浩然仍然感叹，"魏阙心恒在，金门诏不忘。遥怜上林雁，冰泮也回翔。"内心渴望建功立业而不得的自伤自怜之意溢于言表。

在孟浩然的 260 多首诗歌中，有 50 首明显地表现出了仕进之心或寻求仕进的行踪，其中强烈反映其仕进之心的约有 21 首。汲汲于仕进的强烈愿望与不能仕进的现实形成巨大的反差，造成了孟浩然内心的痛苦，一方面他有儒家强烈致仕的诉求，另一方面，他又不愿违逆自己天性，再次进入科场。分析这种矛盾心理的原因，就不能不提到他所受到的佛道思想影响了。

二、孟浩然的佛道思想

孟浩然二十三岁与同乡张子容隐居鹿门山时，写过一首诗《夜归鹿门山歌》，记录早年在鹿门山鹿门寺的读书生活：

山寺钟鸣昼已昏，渔梁渡头争渡喧。人随沙岸向江村，余亦乘舟归鹿门。鹿门月照开烟树，忽到庞公栖隐处。岩扉松径长寂寥，惟有幽人自来去。

这首诗歌描述了在鹿门寺钟声中，诗人夜归鹿门而行至庞德公隐居之所的情景，诗中所说的庞公，指的便是汉末隐居于襄阳岘山的庞德公，《后汉书》载其

---

❶ 欧阳修，宋祁. 新唐书 [M]. 北京：中华书局，1975：5779.
❷ 徐鹏. 孟浩然集校注 [M]. 北京：人民文学出版社，1989：1.

事曰:"刘表数延请不能屈,乃就候之。谓曰:'夫保全一身,孰若保全天下乎?'庞公笑曰:'鸿鹄巢于高林之上,暮而得所栖;鼋鼍穴于深渊之下,夕而得所宿,夫趋舍行止亦人之巢穴也。且各得其栖宿而已,天下非所保也。'因释耕于垄上。"❶ 庞公认为,隐居于垄亩之上是和鸿鹄巢于高林和鼋鼍穴于深渊一样的自我保全之法,这和庄子"宁其生而曳尾于涂中乎?"(《庄子·秋水》)的保全之法是一脉相传的。可见,中国传统隐士一般是"全身远害"道家式的世外高人,这首诗歌也道明了两个事实:襄阳固有隐逸之风与鹿门寺的佛门禅风同时影响着年轻的孟浩然。

襄阳自古以来便有隐逸传统,除庞德公外,三国时诸葛亮出仕前曾隐于襄阳西的古隆中,到了唐代,襄阳的隐逸之风仍然浓厚,与孟浩然同在鹿门寺读书的朋友张子容便是一位"白鹤青岩半,幽人有隐居"(《寻白鹤岩张子容隐居》)的隐士。此外,孟浩然的另一位朋友王迥也隐居于此,孟浩然描述王迥是一位"手持白羽扇,脚步青芒履。闻道鹤书征,临流还洗耳"(《白云先生王迥见访》)的世外高士,孟浩然在《登江中孤屿赠白云先生王迥》中回忆与王迥在襄阳的隐居生活时还说"南望鹿门山,归来恨如失",可见这段鹿门山隐居生活对孟浩然的重要影响。

孟浩然还结交了几位与道教关系密切的朋友卢僎、张愿、崔国辅、沈太清,这几人均出身于有道家信仰的家族。据《新唐书》与《天师道与滨海地域之关系》所载,卢僎的十世祖卢谌为天师道门人,六世祖名卢度世,"度世"二字出自《楚辞·远游》中"欲度世以忘归兮",朱熹注曰"(度世)谓超越尘世而仙去也",从这个名字也可看出卢氏的道家信仰。中国古代士人的名字一般或带有长辈期许与愿望,或与人物志向有一定关系,据陈寅恪《天师道与滨海地域之关系》考证,南北朝时期名含"之""道"之人,应该都具天师道信仰。六朝人最重家讳,而取名却有父子同名同字现象(简文帝俱以"道"为字,王羲之父子俱以"之"为名),原因在于这些家族有道家信仰,而此类代表宗教信仰之字的

❶ 范晔. 后汉书 [M]. 北京:中华书局, 1965:2776.

"之""道"等字则在不避之列，父子兄弟皆可取以命名。❶ 张愿七世祖张安之及其兄张穆之均以"之"为名，张愿父亲又被称为"高道"，崔国辅远祖崔修之亦以"之"为名，其叔父辈有名弘道、道淹者，这应该与家族的崇道之风相关。沈太清是孟浩然在《夜登孔伯昭南楼时沈太清朱昇在座》诗中所提到的一位朋友沈太清是沈约的后裔，是吴兴沈氏后人，据《天师道与滨海地域之关系》证吴兴沈氏累世奉天师道，且"太清"之名，亦是旁证。除了沈太清之外，卢僎、张愿、崔国辅这三位道家朋友与孟浩然交往极为频繁，《孟浩然诗集》中与此三人同游、酬唱、寄赠诗作甚多，如《送卢少府使入秦》《江上寄山阴崔少府国辅》《卢明府九日宴袁使君张郎中崔员外》等，与有道教信仰的朋友交游，受到一定程度道家思想的影响也是很自然的事情。

　　除了在襄阳隐居外，孟浩然一生绝大部分时间主要是长安、洛阳等两京及其近畿地区以及后来漫游的吴越、三湘、江西一带，这些区域正是唐代道教活动频繁的地域。根据陈寅恪《天师道与滨海地域之关系》可知❷，吴越滨海地域是天师道极度兴盛之地。唐代的道教人物活动与道观分布绝大多数处于两京及吴越地带，唐代的道观分布以京畿、都畿、江南东、江南西、剑南五道最为密集，其中，仅京畿和江南就占到全国的 46% 以上❸。孟浩然在漫游中，作于吴越会稽、天台、镇江等滨海近海地域的诗作大约有 38 首❹，且其中频繁地出现"天台山""庐山""桃源"等道教名词❺，还经常会涉及与道教相关的名称，如"傲吏"（庄子）、"二老"（老子、老莱子）、赤松子等仙道重要人名，"清都""福庭""蓬壶""仙源""仙穴""三山"等仙道所居的境界，"长生道""汗漫期"（指长生不死）等道教终极目的，"餐霞""醉流霞""酌霞"等道教修仙生活的传

---

❶ 陈寅恪. 陈寅恪先生全集 [M]. 台北：里仁书局，1980：372.

❷ 陈寅恪. 陈寅恪先生全集 [M]. 台北：里仁书局，1980：365.

❸ 刘新万. 道观与唐代文学 [D]. 天津：南开大学，2011：35.

❹ 朱佩弦. 孟浩然道教信仰探微——从孟浩然坚持举荐出仕说起 [J]. 浙江师范大学学报，2018(3).

❺ 孟浩然诗歌中与道教相关的山如《越中逢天台太一子》《将适天台，留别临安李主簿》《宿天台桐柏观》《寻天台山》《寄天台道士》中的"天台山"，《彭蠡湖中望庐山》《晚泊浔阳望庐山》中出现的"庐山"。

说，还有如"坐忘心""观鱼乐""海上求仙客""青竹杖""不死之药"等典故与传说故事等等，❶ 从这些涉道诗歌用典和诗歌所反映出的情趣和追求来看，孟浩然不仅深谙道家的仙道观念及追求，而且在某种程度上接受了道家的思想观念。此外，孟浩然诗歌中还有不少表达自己要修道炼丹的作品，如"羽人在丹丘，吾亦从此逝"（《将适天台留别临安李主簿》），"纷吾远游意，学彼长生道"（《宿天台桐柏观》）等，这些都表明孟浩然受到了道教思想的一定影响。

襄阳不仅有道家隐逸的传统，而且因其得天独厚的地理位置，也成为佛教中心地域。自古以来，襄阳便是兵家必争之地，"襄阳旧楚之北津，从襄阳渡江，经南阳，出方关，是周、郑、晋、卫之道，其东津经江夏，出平泽关，是通陈、蔡、齐、宋之道"❷，其交通枢纽的地位使其也成为南北佛教的中心区域之一。东晋时期，名僧道安在此弘扬佛法十五年，汤用彤先生在《魏晋南北朝佛教史》中详细记载了道安襄阳弘法十五年的情景：

安公既达襄阳，居白马寺，后移檀溪寺。时征西将军恒朗子镇江陵，要安暂住。及朱序西镇，复请还襄阳。后二年，符丕陷襄阳，安乃入关。计居襄阳十有五载。适值北方秦燕交兵，无暇南图，安乃以少安。法师乃厘定订经典，作为目录。岁讲《放光经》两遍，其《般若》诸注疏当均作于此时。其《答法汰难》二卷，《答法将难》一卷，想均居襄阳与友人往返议论书札。得贤豪施助，造塔铸像。其制定僧众规条，想亦在此时。故其声望日隆。秦主符坚、凉州刺史杨弘

---

❶ 孟浩然诗歌中与道教相关的名称如"漆园有傲吏，惠好在招呼"（《与王昌龄宴王道士房》）"傲吏非凡吏，名流即道流"（《梅道士水亭》）中的"傲吏"，"水乘舟楫去，亲望老莱归"（《送王五昆季省觐》）"明朝拜嘉庆，须著老莱衣（《夕次蔡阳馆》）中"老莱"，"忽逢青鸟使，邀入赤松家"（《清明日宴梅道士房》）"归来卧青山，常梦游清都"（《与王昌龄宴王道士房》）中的"清都"，"福庭长自然，华顶旧称最"（《越中逢天台太乙子》）中的"福庭"，"酌霞复对此，宛似入蓬壶"（《与王昌龄宴王道士房》）中的"酌霞""蓬壶"，"水接仙源近，山藏鬼谷幽"（《梅道士水亭》）中的"仙源"，"仙穴逢羽人，停舻向前拜"（《越中逢天台太乙子》）中的"仙穴"，"海上求仙客，三山望几时"（《寄天台道士》）中的"求仙客""三山"，"纷吾远游意，学彼长生道"（《宿天台桐柏观》）中的"长生道"，"屡蹑莓苔滑，将寻汗漫期"（《寄天台道士》）中的"汗漫期"，"渐通玄妙理，深得坐忘心"（《游精思，题观主山房》）中的"坐忘心"，"重以观鱼乐，因之鼓枻歌"（《寻梅道士》）中的"观鱼乐"，"赠君青竹杖，送尔白蘋洲"（《送元公之鄂渚，寻观主张骖鸾》）中的"青竹杖"，等等。

❷ 盛弘之. 荆州记［M］. 四库全书版.

忠、晋孝武帝、郗超，均自远尽礼。而襄阳名人习凿齿极为倾倒，先已致书通好，后复与谢安书。❶

　　从这段记载可知，道安抵达襄阳后便开始弘扬佛教，分张众徒，各地传教，而他自己则整理经典，编纂了中国佛教史上最早的佛经目录。据《高僧传》载，道安居襄阳期间，许多当时名士也被他的文化修养所折服，跟随他学佛的达数百人，各方名士与达官贵人都愿意出资相助，如苻坚捐赠结珠弥勒像、金坐像、金缕绣像，凉州刺史杨弘忠捐献铜万斤以铸造佛像❷，南朝郗嘉宾则赠米千斛❸等。道安充分利用各方的资助建立寺院，他除整修居住的白马寺外，还派慧远在甘泉东建甘泉寺，在南漳建观音寺，在习凿齿住宅附近兴建谷隐寺，改张殷宅为檀溪寺。襄阳的佛教文化由于道安的缘故开始日渐繁盛，襄阳曾流传"一里一寺"之说，寺院大多数建于东晋的道安时期，经此以后，襄阳一度成为佛教文化的中心，吸引了名士文人们在此停留，拜谒名僧，登游名寺，并作诗以为纪念，襄阳也成为著名的文化圣地。

　　襄阳浓厚的佛教文化对生于斯长于斯的孟浩然不可能不产生影响，孟浩然260多首诗歌中，除了对襄阳山水的描述外，出现得最多的便是襄阳的寺院禅房的名字，如《过景空寺故融公兰若》《游风林寺西岭》《疾愈过龙泉精舍呈易业二公》等，可以说，对孟浩然而言，描写襄阳就必然会浸染襄阳的佛教文化，这是如同人的幼年记忆一样自然而然的事情。

　　孟浩然还结交了很多涉佛的朋友，开元十六年，孟浩然离开襄阳去长安应举，在长安他结交了王维、张九龄、王昌龄等涉佛诗人。王维是一位佛学精研深湛的诗人，王昌龄所作《诗格》援引佛教"三别义"论意境❹，其佛学造诣甚深。王士源在《孟浩然诗集序》记录了孟浩然与王维因诗结友的情况："丞相范

---

❶ 汤用彤. 汉魏两晋南北朝佛教史［M］. 北京：中华书局，1963：205-206.
❷ 慧皎. 高僧传（卷五）［M］. 北京：中华书局，1992：179.
❸ 《世说新语·量雅》载：郗嘉宾钦崇释道安德问，饷米千斛，修书累纸，意寄殷勤。道安答直云："损米，愈觉有待之为烦。"
❹ 关于王昌龄"意境论与佛教的关系"，参见拙作《唐代佛禅背景下的"意境"理论的嬗变》。丁红丽. 唐代佛禅背景下的"意境"理论的嬗变［J］. 西南政法大学学报，2016（2）.

阳张九龄、侍御史京兆王维……率与孟浩然为忘形之交"❶。王维对孟浩然的诗歌十分赞赏，据《新唐书·孟浩然传》载，（孟浩然）太学赋诗，"一座嗟伏，无敢抗。张九龄、王维雅称道之"❷。孟浩然应举失意后写了《留别王维》，而王维则回《送孟六归襄阳》以寄之，孟浩然离开长安后，二人多有诗歌往来，王维经过郢州时还为孟浩然画像："初，王维过郢州，画浩然像于刺史亭。因曰浩然亭。咸通中，刺史郑诚谓贤者名不可斥，更署曰孟亭。"❸ 开元二十八年，王维知南选途经襄阳，得知孟浩然已卒，作《哭孟浩然》，二人情深义重可见一斑。

孟浩然与王昌龄相识于孟浩然长安应举时期，开元二十一年孟浩然离开长安时有《初出关旅亭夜坐怀王大校书》表达对王昌龄的思念，当时王昌龄正在长安任校书郎一职。王昌龄被贬岭南途经襄阳时，曾与孟浩然在襄阳会晤，孟浩然有《与王昌龄宴黄十一》《送王昌龄之岭南》等诗寄之。而王昌龄同时也与王维、储光羲等都交好，这些诗人都涉猎佛教很深，在与这样一些涉佛诗人交往中，他们的思想创作及诗歌理论会彼此影响浸染，这也必然会加深孟浩然对佛禅的理解，创作出具有禅意的诗作。

不仅如此，孟浩然还结交了很多的僧人朋友，仅孟浩然在诗题中言及的僧人主要就有湛上人、聪上人、空上人、业禅师、明禅师、易禅师、皎上人、辨玉法师、融上人、岳上人、就禅师、义公等十数人之多，孟浩然或是"共谒聪公禅"，或是听惠上人讲"法王经"，或是与皎上人讨论佛学精义，他常与他们夜谈不寐，"晚途归旧壑，偶与支公邻"（《还山贻湛法师》）"朝来问疑义，夕话得清真""法侣欣相逢，清谈晓不寐"（《寻香山湛上人》），与僧人结邻，日昔交流探讨，这使孟浩然的佛学修养得到了进一步提高。在江南漫游中，孟浩然便偏爱访问佛寺僧人，据王辉斌所著的《孟浩然研究》中《孟浩然行止》的考察可知❹，孟浩然自开元五年走出襄阳后，其漫游所到之处，凡有佛寺者，几乎无

---

❶ 王士源《孟浩然诗集序》。徐鹏. 孟浩然集校注［M］. 北京：人民文学出版社，1989：1-2.

❷ 欧阳修，宋祁. 新唐书［M］. 北京：中华书局，1975：5779.

❸ 欧阳修，宋祁. 新唐书［M］. 北京：中华书局，1975：5780.

❹ 关于孟浩然的交游僧人和访问寺院，当代学者王斌辉有详细的考证。参见王辉斌. 孟浩然与佛教及其佛教诗［J］. 江汉大学学报，2009（4）：43-48；王辉斌. 孟浩然研究［M］. 甘肃人民出版社，2006.

不以登游为乐，其诗歌标明佛寺禅居之名者有香山寺、云门寺、翠微寺、龙泉寺、玉泉寺、石城寺、龙兴寺、总持寺、景空寺、大禹寺、凤林寺、耆闍寺、万山寺、东林寺，以及符公兰若、明禅师兰若、业师山房、空上人房、义公禅房、立公房、辨玉法师茅斋、惠上人房、融公兰若、聪上人禅居，等等。而且，在交游中孟浩然还参加过一些礼佛活动，如《腊月八日于剡县石城寺礼拜》一诗记述了他于腊八日（即释迦牟尼佛的生日）在剡县石城寺"礼拜"的活动，《陪张丞相祠紫盖山途经玉泉寺》中记述了他陪张九龄"祠紫盖山"时"途经玉泉寺"礼佛一事，此事在张九龄《祠紫盖山经玉泉山寺》中也有记录。亲自参加佛事活动使孟浩然青年时期所浸染的佛学理论得到进一步的深化，孟浩然青年时期隐居鹿门寺读书就曾接触到佛教"无生"之理，"幼闻无生理，常欲观此身"（《还山贻湛法师》），后来在和明禅师的交往中得以聆听禅师讲授"无生"的理论，"吾师住其下，禅坐证无生"（《游明禅师西山兰若》）。在与明禅师的谈空论法中，孟浩然的佛学修养大大提高了，从后来他所作《陪姚使君题惠上人房》中"会理知无我，观空厌有形"可以看出，孟浩然已经觉悟出物质有形世界"空"的本质，获得了佛教"无我"的真谛。孟浩然对佛教"空无"之理的觉悟在与僧人的交往中确实获得了很大的提高，这使他拥有更为开阔的宇宙视野和更为通达的自然观。

纵观孟浩然的一生，尽管他有用世之心，但从实际生活经历看，他是个不折不扣的隐士。诚如当代学者葛晓音所说，孟浩然是一个典型的"盛世隐士"，他所谓的出仕愿望更多是一种儒学家庭传统观念所赋予的人生职责，他那些谋取功名的话如"感激遂弹冠，安能守固穷"（《书怀贻京邑同好》）等未必是他真实生活的写照，只是表示进取功名的一种套语而已。❶ 对于孟浩然而言，出仕是他从家族继承得来的家族的图腾，是一个生而有之的人生目标，而隐于山水悠游自在才是符合他本性的生活方式，尽管他反复在诗歌里表达强烈的出仕之愿，但他却始终对山水隐逸的生活情有独钟，无论在家乡还是客乡，他都以襄阳为中心表

---

❶ 葛晓音. 山水田园诗派研究［M］. 沈阳：辽宁大学出版社，1993：196.

达着对故乡的强烈眷恋之情。这种强烈情感的产生，既有盛唐时代风尚的影响，也有孟浩然之仕途遭际的原因❶，更有荆楚地域绵长而浓郁的隐逸文学传统、儒道相兼的地域文化熏陶和荆楚地区奇山秀水和谐幽雅的村居环境对孟浩然强烈吸引的原因❷，同时，还有孟浩然淡泊的性情与怡悦自然山水的精神对其人生态度的影响。和大多数隐逸者一样，孟浩然"性之所遭，荣华与饥寒俱落；情之所慕，岩泽与琴书共远"❸，"恬淡丘园，放心逸居"，这种爱隐居亦即爱山水的本性也是孟浩然淡泊仕途浸乎隐逸的主要原因，再加上他结交僧人，谈经论道，道家"全身"的隐逸传统与佛教"无生"的看空思想共同熏陶出孟浩然隐士与居士兼具的精神气质，使他表现出超然而从容，清淡而疏离的强烈个性色彩。

第二节　孟浩然的自然观

在中国文化中，自然不仅指"春风春鸟，秋月秋蝉，夏云暑雨，冬月祁寒"的天地万物，更包括整个大自然的生成演化情形，即万物的自然之性以及由此衍生出来为人类获得的思想艺术启示，这构成了中国文化中的自然精神。

自然的生态系统是由人、社会和自然三者共同组成的有机整体系统，系统的各要素之间是相互联系、相互影响、彼此制约、协调统一的。生态价值的本质和核心是生态系统的主客体关系，主体和客体这一称谓只是从人类的角度设定的，二者只有在密不可分相互促进的基础上融为一体，发挥彼此的价值，形成具有统一的价值认同和接受程度的互益性关系，才是符合生态自然观的，"自然和人的主体价值都是需要人们认可和接受的。价值主体是全部有生命形式的个体共有的属性，不仅人是价值主体，其他生命形式也是价值主体。"❹ 生态自然观就是在人与自然关系上遵循自然生态特性和组织规律、接受并认同自然的变化，同时更加注重对主客体自我价值的肯定以及由此而衍生出的主客和谐关系，它将和谐共

❶ 葛晓音. 山水田园诗派研究 [M]. 沈阳：辽宁大学出版社，1993：197.

❷ 周建军. 孟浩然诗歌隐逸情怀之文化背景追索 [J]. 中国韵文学刊，2003（2）：45-49.

❸ 沈约. 宋书·卷九十三 [M]. 北京：中华书局，2000：2280.

❹ 余谋昌. 生态伦理学 [M]. 北京：首都师范大学出版社，1999：79.

处作为人与自然的最佳关系。

人与自然在生命结构和本质内涵上本来就有很大的相似之处，和自然万物一样，人的肉体以自然形态存在，人类要想长久生存下去，就必须依赖于自然环境，因此，和谐共生是人与自然最本质的联系，同时，天地万物不仅遵循自然发展规律为人类生存提供必要的物质基础，更融入了人类的精神和本性，与人性密不可分，因此，人类对自然界的依赖不仅表现在物质基础上，还表现在精神信仰、爱好追求、审美享受等精神上与自然的密不可分。

生态哲学理论从人与自然互动的角度对人的生态本性进行了深入的研究，认为人与自然的互动关系是生态理论的灵魂，这种生态自然观早在唐代山水诗中就得到了很好的体现。唐代山水诗中内涵丰富的生态智慧同样适用于现代生态学理论，从这个角度解读孟浩然的诗歌，深入挖掘孟浩然诗中蕴含的生态自然观，我们会发现其中体现了丰富的自然旨趣，展示了独具智慧的中国文化的自然精神。

一、佛道统儒的思想

孟浩然有儒家的治世理想，同时对自然山水又有着天然的喜好。他有为朝廷效力实现自己抱负的强烈愿望，"未能忘魏阙，空此滞秦稽"（《久滞越中贻谢南池会稽贺少府》），"魏阙心恒在，金门诏不忘"（《自浔阳泛舟经明海》），而他天性中对自然山水的热爱又使他对隐居山水的自由生活恋恋不舍，"朱绂恩虽重，沧州趣每怀"（《奉先张明府休沐还乡海亭宴集》），"愿言解缨绂，从此去烦恼"（《宿天台桐柏观》），他想进入官场，但似乎更不能忍受官场的束缚与苦闷，他在《京还赠张维》中直接说，"欲徇五斗禄，其如七不堪。早朝非晚起，束带异抽簪。"，"七不堪"是嵇康《与山巨源绝交书》中所列不能出仕的七种原因，已成为性格疏懒，散漫率性的代名词，所以，自从40岁那年赴京考进士不中，孟浩然便再也未进过场屋，可见他对于科举考试并没有想象中的执着。即使后来面对韩朝宗向朝廷推荐做官这样的重要机会，只因为与朋友宴饮，他也毅然不赴：

采访使韩朝宗约浩然偕至京师，欲荐诸朝。会故人至，剧饮欢甚。或曰：
"君与韩公有期。"浩然叱曰："业已饮，遑恤他！"卒不赴。朝宗怒，辞行，浩
然不悔也。❶

这充分表现了孟浩然性格中不愿违己的特性，虽然家庭教养和儒家济世理想
使他有求仕的热切愿望，但是散漫随性的个性却让他不愿违性而为。王士源的
《孟浩然诗集序》中还记载了开元二十八年，王昌龄过襄阳，孟浩然与王昌龄相
聚的情景：

开元二十八年，王昌龄游襄阳，时浩然疾<疒尔>发背且愈，相得欢甚。浪
情宴谑，食鲜疾动，终于冶城南园，终年五十有二。❷

对于老朋友王昌龄的来访，孟浩然兴致非常高。孟浩然患有背疾，本来已
愈，然而在与王昌龄宴饮畅怀时，他却将"不能食鲜"的医嘱丢到脑后，开怀
畅饮，导致背疾复发，竟因此失去性命！可见，孟浩然并不是一个理性的人，在
孟浩然的世界里，遵从自己的本性是第一位的，他性情刚烈真率，既不愿因疾病
而约束自己的身体，就更不愿意为了求取仕途而摧眉折腰，与朋友相聚畅饮的愉
悦和身体的健康比起来，他毫不犹豫选择前者，所以当精神的自由与世俗的功名
不能兼得的时候，他必然也会选择前者。在诗人看来，在自然山水中得到的快乐
远远要比功名利禄带来的快乐要富足，山水愉悦甚至能够宽解生活中的束缚与羁
绊，"忽示登高作，能宽旅寓情"（《和张明府登鹿门作》），在自然中能够获得
一种超越名利束缚的精神愉悦。孟浩然的山水诗展现了一种具有审美愉悦的性情
化生活方式，他在《将适天台留别临安李主簿》中描述了一种向往的适意生活：

枳棘君尚栖，匏瓜吾岂系。念离当夏首，漂泊指炎裔。江海非堕游，田园失
归计。定山既早发，渔浦亦宵济。泛泛随波澜，行行任舻枻。故林日已远，群木
坐成翳。羽人在丹丘，吾亦从此逝。

---

❶ 欧阳修，宋祁. 新唐书［M］. 北京：中华书局，1975：5779.
❷ 徐鹏. 孟浩然集校注［M］. 北京：人民文学出版社1989：1-2.

李主薄有用世之心，虽然在官场不太如意，但也不愿如匏瓜一样系在墙上成为无用之物，孟浩然也有同样强烈的用世之愿，但是他却不能如李主薄一样忍受官场的险恶，想想那漂泊江海自由适意的生活，随着江湖荡漾而泛舟，任由舟桨随意将自己漂往何处，这种不受拘束而肆意江湖的生活，实在是他真心所喜爱的。

儒家的出仕理想虽然热切，但是孟浩然骨子里却是更倾心于佛道的自在适意的。虽然儒道佛三种思想对他都产生了影响，但是总体上佛道思想占据了上风，他在诗歌里总是说到自己想出仕求官，可是一旦看到山水之美，自然中的自在适意很快就使他把前面的这番志向给丢开了。自然中清幽雅致的美景总是能吸引孟浩然的关注，他在《冬至后过吴张二子檀溪别业》中描写了位于襄阳西南檀溪边的友人别业：

卜筑因自然，檀溪不更穿。园庐二友接，水竹数家连。直与南山对，非关选地偏。草堂时偃曝，兰枻日周旋。外事情都远，中流性所便。闲垂太公钓，兴发子猷船。余亦幽栖者，经过窃慕焉。梅花残腊月，柳色半春天。鸟泊随阳雁，鱼藏缩项鳊。停杯问山简，何似习池边。

诗歌开篇即说明这座别业是凭借自然环境在檀溪边选择地方构筑而成，其所在前有溪水，直接面对着岘山，环境非常清幽。接着诗人细细描述了此地的环境：腊月将残时梅花盛开，春天到来时柳色满天，鸟随大雁泊于温暖的地方，缩项鳊鱼则藏于水底畅游，这真是自然风物淡泊和谐之境，这样的好地方，即使是那些看惯自然美景的隐者也会心生羡慕的。

孟浩然对于幽居的自然环境是这样的欣羡，对于那些求仙长寿顺应自然之道的方外之人，他更是倾慕之极。开元十八年，孟浩然漫游吴越，当年夏天他准备溯浙江游天台山，在越中遇到一位天台山的道士太乙子，写下了这首《越中逢天台太乙子》：

仙穴逢羽人，停舻向前拜。问余涉风水，何处远行迈。登陆寻天台，顺流下吴会。兹山凤所尚，安得问灵怪。上逼青天高，俯临沧海大。鸡鸣见日出，常规仙人斾。往来赤城中，逍遥白云外。莓苔异人间，瀑布当空界。福庭长自然，华顶旧称最。永此从之游，何当济所届。

诗人对这位道士所在的天台山充满了向往，天台山的道士们常住的天台山上达青天，俯临沧海，太阳升起时，常常可以从日中见到仙人的旗斾，道士们在天台山南的赤城山来往，逍遥酣卧于白云间，他们合于自然，达到一种自然、天体合为一体的化境，这真是让人羡慕，诗人不禁发出感叹，什么时候自己也能和他们一同游历而达到这种境地呢？孟浩然不止一次表达过寻道求仙的决心：

吾友太乙子，餐霞卧赤城。欲寻华顶去，不惮恶溪名。（《寻天台山》）
问我今何去，天台访石桥。坐看霞色晓，疑是赤城标。（《舟中晓望》）
高步凌四明，玄踪得三老。纷吾远游意，学彼长生道。（《宿天台桐柏观》）
屡蹑莓苔滑，将寻汗漫期。倘因松子去，长与世人辞。（《寄天台道士》）

道家追求与天地为一，庄子笔下的神人、至人、圣人都是合于自然之性能够同天地泯一的得道之人，孟浩然追求道士们的求仙生活，无非是对他们逍遥白云之间不受任何世俗束缚的生活方式的向往。这种寻仙问道率性而为的性格和李白很相似，事实上，作为前辈诗人，孟浩然备受李白推崇，"吾爱孟夫子，风流天下闻。红颜弃轩冕，白首卧松云"（李白《赠孟浩然》），孟浩然"红颜弃轩冕，白首卧松云"的人格风范给李白留下了深刻的印象，很难说李白的精神气度是否受孟浩然的影响，但是孟浩然这种热爱自由、崇尚自然的精神风貌一定深孚李白之意的。李白崇拜孟浩然，他希望能够和孟浩然一同遨游于山水间，"与君拂衣去，万里同翱翔"（李白《游溧阳北湖亭望瓦屋山怀古赠同旅》），他甚至觉得自己配不上和孟浩然交朋友，"愧非流水韵，叨入伯牙弦"（《春日归山寄孟浩然》），李白是一个自信而狂傲的诗人，但是面对孟浩然他却产生自惭形秽的感觉，孟浩然率性自然的风流形象对唐代士人们产生的巨大影响力可见一斑。

孟浩然没有入仕做官的经历，除了隐居襄阳外，他一生大量时间都在云游，这种平淡的生活经历使他"任自然"的思想性格表现不同于李白的豪迈与洒脱，而是趋向清淡与平和。这种性格也表现为诗歌风格的清淡自然，孟浩然常常以自由随意散漫的叙事来冲淡诗歌起承转合的传统章法，他以情意来控制诗歌节奏流动，重视"意"的传达，而并不十分看重技巧和章法。他用最简单的语言和最直接的意象来表达情感和描述景致，悲伤就写泪，高兴就写喜，不掩饰不做作，诗歌常常流露出一种率性之气。如《登鹿门山》：

　　清晓因兴来，乘流越江岘。沙禽近方识，浦树遥莫辨。渐至鹿门山，山明翠微浅。岩潭多屈曲，舟楫屡回转。昔闻庞德公，采药遂不返。金涧饵芝术，石床卧苔藓。纷吾感耆旧，结揽事攀践。隐迹今尚存，高风邈已远。白云何时去，丹桂空偃蹇。探讨意未穷，回艇夕阳晚。

　　这首诗写诗人于破晓时分去登鹿门山，一切景物带有朦朦胧胧的美，那些树和江边沙滩上栖息的禽鸟都只有走近才能辨识，而等到天色大亮，又能够看到"岩潭多屈曲，舟楫屡回转"的美景，当来到庞德公采药处，又生出无限感慨，"隐迹今尚存，高风邈已远"，而当暮色来临，不得不返，依然表达出"探讨意未穷"的留恋之情。在登鹿门山的过程中，随着天色和行程发现鹿门山处处都含有美，带给人愉悦，但诗人不着意于描摹这种美，他有感而发时便即刻抒发自己的情绪感受，他"随意地从一个主题转向另一个主题，从一种情绪转向另一种情绪……散漫结构和不做结论是孟诗的特征，同时代读者正是从这些特征中感觉到一种疏野自由的个性。"❶ 孟浩然的诗歌将人们的视野从诗歌"外"在形式转向"内"在情意的表达上，看似自由散漫，无拘无束，但真率自然，抒发的是内心的真实感受，呈现了独特精神个性，这不仅是山水的自由，归根结底其实质是内心的适意，是人的自由，这种自由、和谐、适意的山水生态正是孟浩然诗歌中人与自然关系的呈现形式。

---

❶ 宇文所安. 盛唐诗 [M]. 上海：三联书店，2004：94-96.

二、"自然"的审美取向——孟浩然诗歌中的襄阳山水

孟浩然喜好自然，他多次说自己"予意在山水，闻之谐夙心"（《听郑五愔弹琴》），"予亦忘机者，田园在汉阴"（《都下送辛大之鄂》），对于不同地方的山水，他也有不同程度的喜好。比起京洛城市的山水，孟浩然更偏爱江南的山水，他说"山水寻吴越，风尘厌洛京"（《自洛之越》），京洛的风尘不如吴越的青山绿水，倒更像是侵扰和束缚人自由天性的绳索。然而，比起吴越的山水，他更喜欢家乡襄阳的山水，"山水观形胜，襄阳美会稽"（《登望楚山最高顶》），他认为襄阳的山水要美于吴越，"沿洄自有趣，何必五湖中"（《北涧泛舟》），要想得到游山玩水的乐趣，又何必非得到那些名山大川中去寻找呢，襄阳山水就可以满足。

襄阳位于汉江中游，是长江流域的温润地带，气候温和，土地肥沃，物产富饶。据《南齐书·州郡志》记载："襄阳左右，田土肥良，桑梓野泽，处处而有。"❶ 罗贯中描述的襄阳是："山不高而秀雅，水不深而澄清；地不广而平坦，林不大而茂盛；猿鹤相亲，松篁交翠。"❷，孟浩然对于山水的天然喜好很大程度上得益于家乡襄阳的秀丽风光的滋养，闻一多先生说，"是襄阳的历史地理环境促成孟浩然一生老于布衣的。"❸ 这不无道理，幽美而自由的天然环境，更容易培育人热爱自然的天性。襄阳的景物以一种自然清雅的审美面貌，反复出现在孟浩然的诗中，如岘山、万山、万山潭、鹿门山、望楚山、北涧、习家池、汉江水等，孟浩然以不假雕饰的诗歌方式记述这些山水，这既是山水的自然之貌，同时也反映了孟浩然的诗歌审美取向。下面对孟浩然诗歌中的襄阳山水做一些简单的梳理。❹

岘山，又名岘首山，位于襄阳城西南一公里处，东临汉江，是通向荆州、江

---

❶ 萧子显. 南齐书·州郡志下［M］. 北京：中华书局，1972：281.

❷ 罗贯中. 三国演义［M］. 北京：人民文学出版社，1953：311.

❸ 闻一多. 唐诗杂论［M］. 上海：上海古籍出版社，1998：29.

❹ 张福清曾苗关于孟浩然诗歌中襄阳的地理意象有详细描述。参见张福清，曾苗. 论孟浩然襄阳、吴越诗之地理与人文意象［J］. 中国韵文学刊，2017（3）：31-32.

南的交通要道。岘山山上有羊祜碑，为纪念晋代名将羊祜而作。岘山应当不太高，羊祜守襄阳时，常登山观景，饮酒咏诗，岘山送别是很寻常普通的事情。孟浩然常于此与朋友饯行送别，有《岘山饯房琯、崔宗之》《岘山送张去非游巴东》《岘山送萧员外之荆州》《登岘山亭寄晋陵张少府》等诗歌记录之。岘山上有岘山亭，此亭于岘山顶上，夕阳映照，登临远眺，可见"亭楼明落照，井邑秀通川"（《岘山送萧员外之荆州》）之景。孟浩然《与诸子登岘山》一诗描写此山：

人事有代谢，往来成古今。江山留胜迹，我辈复登临。水落鱼梁浅，天寒梦泽深。羊公碑字在，读罢泪沾襟。

诗中"水落鱼梁浅，天寒梦泽深"描写在岘山所见的山水，江水枯落，江中的鱼梁洲便露出水面，云梦泽在天寒木落下更显得广袤无边。这是一种说话式的描述方式，孟浩然喜欢运用这种方式描述山水，他描述自己站在岘山顶眺望："岘首风湍急，云帆若鸟飞。"（《登岘山亭寄晋陵张少府》）他描述家乡襄阳出的一种鳊鱼："试垂竹竿钓，果得槎头鳊。"（《岘潭作》）他用这样自然朴实的话语描写岘山风物，令人心生向往，即使是陆机引以为傲的吴中莼羹也难以和之相媲美吧，这也从侧面表达了诗人对家乡的热爱。

鹿门山，在今湖北襄阳市东南三十里，《襄阳耆旧记》载："鹿门山，旧名苏岭山，建武中，襄阳侯习郁立神祠于山，刻二石鹿，夹神道口。俗因谓之鹿门庙，遂以庙名山也。"❶孟浩然诗《登鹿门山》和《夜归鹿门山歌》描述了鹿门山：

清晓因兴来，乘流越江岘。沙禽近初识，浦树遥莫辨。渐到鹿门山，山明翠微浅。岩潭多屈曲，舟楫屡回转。

山寺钟鸣昼已昏，渔梁渡头争渡喧。人随沙路向江村，余亦乘舟归鹿门。鹿门月照开烟树，忽到庞公栖隐处。岩扉松径长寂寥，惟有幽人夜来去。

---

❶ 习凿齿. 襄阳耆旧记校注［M］. 舒焚，张林川，校注. 武汉：荆楚书社出版社，1986：271.

前一首诗歌写清晨诗人乘着小船绕过岘山来到鹿门山下，朦胧雾气下水边的树木，清晨阳光下逐渐清晰的山峦，一副静谧清旷的鹿门山水图呈现在读者的面前。后一首则描写了夜归鹿门山所见，鹿门山的月光照耀下，朦胧的树影一下清晰起来。无论是清晨还是夜晚，静穆而秀丽的鹿门都表现出自然质朴之美。

万山，即汉皋山，又称北山，在今襄阳市西北汉江南岸。此山山势重叠苍翠，孟浩然《陪独孤使君同与萧员外证登万山亭》中描写万山为"青嶂曲"，山色葱葱笼笼。万山上有万山亭，修筑于岩之间，深得自然之趣，孟浩然描述万山亭"结构意不浅，岩潭趣转深"（《和张判官登万山亭因赠洪府都督韩公》）。万山景色宜人，登高远望，"天边树若荠，江畔舟如月"（《秋登兰山寄张五》），可见万山山势较高。另外，万山下有深潭，相传晋杜预刻二碑记功，二碑"一沉万山之下，一立岘山之上"❶，其沉碑处即万山潭，又名沉碑潭，相传渔人往来常见此碑于潭中，《万山潭作》描述万山潭：

> 垂钓坐盘石，水清心亦闲。鱼行潭树下，猿挂岛藤间。游女昔解佩，传闻于此山。求之不可得，沿月棹歌还。

这首诗描写了万山潭垂钓的幽趣，作者于万山潭磐石之上垂钓，潭水幽静，潭中鱼行，潭上猿挂岛藤间，在此万物自由的自然天地中，使人产生了一遇神女的求仙之愿。

望楚山，在襄阳县西，习凿齿《襄阳耆旧记》云："望楚山有三名，一名马鞍山，一名灾山。宋元嘉中，武陵王骏为刺史，屡登之，鄙其旧名望郢，因改为望楚山。后遂龙飞，是为孝武。所望之处，时人号为凤岭。高处有三墩，即刘弘、山简九日宴赏之所也。"❷《舆地纪胜》卷八二"襄阳府"载："望楚山，古马鞍山。宋武陵王爱其峰秀，改曰望楚山。"❸ 可见望楚山秀丽非常。孟浩然《登望楚山最高顶》：

---

❶ 房玄龄. 晋书（卷三十四）［M］. 北京：中华书局，2000：673.
❷ 习凿齿. 襄阳耆旧记校注［M］. 舒樊，张林川，校注. 武汉：荆楚书社，1986：298.
❸ 王象之. 舆地纪胜［M］. 北京：中华书局，1992：2656.

山水观形胜，襄阳美会稽。最高唯望楚，曾未一攀跻。石壁疑削成，众山比全低。晴明试登陟，目极无端倪。云梦掌中小，武陵花外迷。暝还归骑下，萝月映深溪。

望楚山是襄阳最高的山，他描写登上望楚山所见的景致，石壁如削，极目远望，云梦大泽如巴掌一般大小，武陵源也一片朦胧迷离，晚上，下山时可见藤萝间一轮明月映照在深深的溪水里，这景致怎能不令人流连忘返。

南山，孟浩然在《题长安主人壁》《岁暮归南山》《京还赠张维》《南山下与老圃期种瓜》《晓入南山》等诗中均涉及南山。其中，《晓入南山》中的南山当指衡山，因为诗中说，"地接长沙近，江从汨渚分"，可见此南山地处湖南。其他各诗中所言之南山，应该都是孟浩然家乡襄阳的南山，他诗中描述南山"北阙休上书，南山归敝庐"（《岁暮归南山》），"拂衣何处去，高枕南山南"（《京还赠张维》），这表明南山是诗人隐居故乡的高卧之地，而且，他在《冬至后过吴张二子檀溪别业》中说吴张二子的檀溪别业"直与南山对，非关选地偏"，檀溪正是襄阳西南的一条溪水，所以此南山定是诗人家乡的一座山无疑。据佟培基考证，南山应指岘山之南❶，而徐鹏指出南山"当是作者故乡居处山名"❷，一般孟诗注者均未注明南山到底是作者家乡哪座山，据也有学者认为"当是孟浩然卒后所葬之地凤林山"❸。究竟南山具体是哪座山，学界未有定论。

习家池，在襄阳市南七公里处，在岘山南八百步处，相传为东汉习郁所凿。习凿齿撰《襄阳耆旧记》卷三记载了习郁凿池的过程："汉侍中习郁于岘山南，依范蠡养鱼法作鱼池，中筑一钓台，池边有高堤，皆种竹及长楸，芙蓉覆水，是游宴名处。"❹《水经注》也记载习家池的大小："（沔水）又东入侍中襄阳侯习郁鱼池。郁依范蠡养鱼法作大陂，陂长六十步，广四十步，池中起为钓台。池北亭郁墓所在也。列植松篁于池侧沔水上，郁所居也。又作石洑逗引大池水，于宅

---

❶　佟培基. 孟浩然诗集笺注 [M]. 上海：上海古籍出版社，2013：151.
❷　徐鹏. 孟浩然集校注 [M]. 北京：人民文学出版社，1989：148.
❸　张福清，曾苗. 论孟浩然襄阳、吴越诗之地理与人文意象 [J]. 中国韵文学刊，2017：6.
❹　习凿齿. 襄阳耆旧记校注 [M]. 舒焚，张林川，校注. 武汉：荆楚书社，1986：278.

北作小鱼池，池长七十步，广二十步。西枕大道，东北二边限以高堤，楸竹夹植，莲芡覆水，是游宴之名胜也。山季伦之镇襄阳，每临此池，未尝不大醉而还，恒言此是我高阳池。"❶ 可见习家池分为大小两池，大池起钓台养鱼，小池植莲花芡实，与堤岸楸竹相映，景致甚是清雅。孟浩然描述了习家池的景致，"澄波澹澹芙蓉发，绿岸毵毵杨柳垂"（《高阳池送朱二》），这样的描述实在是简朴清爽，没有过多的描述与修饰，只如白描般叙述了习家池中芙蓉花开，岸上杨柳纷披垂地的景致，却已经足以打动人心了。

孟浩然诗歌还描述了襄阳一些其他的景物，如西山："停午收彩翠，夕阳照分明"（《游明禅师西山兰若》），如汉江水："悠悠清江水，水落沙屿出。回潭石下深，绿筱岸傍密"（《登江中孤屿赠白云先生王迥》），如檀溪："花伴成龙竹，池分跃马溪"（《檀溪寻故人》），他在对这些景物进行描述的时候，很少有细致的描绘，大多只是做整体的简略勾勒，以展现山水的自然形态，均不作任何夸张与修饰，表现出自然清淡的美学风格。

刘勰在《文心雕龙·物色》篇中说，"若乃山林皋壤，实文思之奥府，略语则阙，详说则繁。然屈平所以能洞监风骚之情者，抑亦江山之助乎?"❷ 地域山水对作家的影响，毫无疑问是显而易见的，孟浩然一生中大部分时间隐居故乡襄阳，襄阳的一草一木一山一水都已融入他的生活，进入他的精神世界并引发他的诗意。同时，道教的出世思想和佛教"空无"之理也使孟浩然热衷于描写其隐居之地的山水美景、幽境逸情。在他的笔下，襄阳山水疏朗淡雅，自然清新，绝少凡俗之气，社会秩序与自然秩序合而为一，人与自然融为一体，体现出万物同生共存的朴素自然观，这既是道家天人合一思想的表现，也与佛家万法皆空之理相吻合。

---

❶ 郦道元. 水经注 [M]. 长沙：岳麓书院，1995.
❷ 刘勰. 文心雕龙校注 [M]. 杨明照，校注. 北京：中华书局 [M]. 2000：567.

第三节　孟浩然山水诗中的自然

如果我们对孟浩然的诗歌做一个统计就能够发现，出现最多的字是"山"，出现可达 191 次。出现频率非常高的意象还有水，孟浩然存诗二百余首，十之七八与水有关，此外，虫鱼、草木、家禽在孟浩然诗歌中都有生动呈现。孟浩然以本真为原则描写襄阳以及江南的自然山水，在他的诗中总体上呈现出了以自然为美的审美特点。

首先，儒家"仁民爱物"的道德伦理使他笔下的自然山水也成为情感观照的对象，山水显得生动而多情。开元十六年，孟浩然游长安应进士不第，他失落惆怅地赴洛阳，漫游吴越。舟行至安江流经建德（今属浙江）西部的一段叫建德江的江水处，写下了《宿建德江》，舟行至桐庐江时，他又写下了《宿桐庐江寄广陵旧游》：

移舟泊烟渚，日暮客愁新。野旷天低树，江清月近人。（《宿建德江》）

山暝闻猿愁，沧江急夜流。风鸣两岸叶，月照一孤舟。（《宿桐庐江寄广陵旧游》）

这两首诗均以广阔江面上朗照的明月为背景，漫游独宿，游子的孤独落寞是在所难免的，不论岸上笼起的轻烟、旷野中的树还是猿啼急水、两岸黄叶，都使诗歌抹上一缕清愁。诗人将游子的满腹情怀倾向自然山水，而自然也似乎有情地给予失意之人以同情和安慰：旷野的天空垂得低低的，似乎低到树上，清江中一汪明月距离人是如此近，仿佛在抚慰寂寥的失意之心；两岸的树在风中发出的沙沙声音似乎为失意中的诗人鸣不平，那一轮明月也是如此多情地照在诗人的孤舟之上，以慰寂寥失意的羁愁。

山水多情当然是由于人类把山水看成生命的同类，在这一观照视角下，物我才能进行情感交流。人类的孤独、失意和愁苦在物我彼此有情的观照下被充分地稀释了，当客体稀释了主体浓郁的情感时，主体也同样稀释着客体作为自然对象的被动性与冷寞性，因此，在物我观照下，无情的山水变得有情，愁苦的诗人变得豁达，读者也获得了更多新鲜的感受。自然以独特的美消解了主体的浓郁愁情，主客体在彼此的观照下都冲淡了彼此，获得最大的和谐和舒适。漂泊的孤独与空虚因在山水中获得了某种程度的寄托与宣泄而有所冲淡，意境显得很清淡。又如《闲园怀苏子》：

> 林园虽少事，幽独自多违。向夕开帘坐，庭阴落景微。鸟过烟树宿，萤傍水轩飞。感念同怀子，京华去不归。

在这首诗中，诗人观照的是"鸟过烟树宿，萤傍水轩飞"的景象，这是傍晚时分，鸟向烟树宿下，而萤火虫则傍水轩飞舞，这些生物都将渐入归息但又尚未归息的状态。在此环境下的诗人"向夕开帘坐，庭阴落景微"，坐于庭中感怀故人，同样也是处于尚未归息的状态。入夜中尚未归息的完整自然状态（人和动物）呈现在我们面前，读者既能读到自然的生机，又读到诗人淡淡的愁情，在物我的彼此观照下，人的孤独感冲淡了，物的冷寞感和隔离感消失了，意境清淡而不浓郁，自然和谐感油然而生。

其次，孟浩然的山水诗也有欢快怡洽的时候，比如和朋友相聚对饮，或者和朋友轻舟出游，如下面这几首：

> 羊公岘山下，神女汉皋曲。雪罢冰复开，春潭千丈绿。轻舟恣来往，探玩无厌足。波影摇妓钗，沙光逐人目。倾杯鱼鸟醉，联句莺花续。良会难再逢，日入须秉烛。（《初春汉中漾舟》）

> 水亭凉气多，闲棹晚来过。涧影见松竹，潭香闻芰荷。野童扶醉舞，山鸟助酣歌。幽赏未云遍，烟光奈夕何。（《夏日浮舟过陈大水亭》）

> 二月湖水清，家家春鸟鸣。林花扫更落，径草踏还生。酒伴来相命，开尊共解酲。当杯已入手，歌妓莫停声。（《春中喜王九相寻》）

这三首都是写和朋友相聚，主体的愉悦与自然的清新彼此映照，在《初春汉中漾舟》里，他驾着轻舟在汉水春潭上恣意往来探玩，快乐至极，举杯而与鱼鸟同醉，吟句而呼莺花共续，人与自然达到与道泯一，近乎物我两忘。《夏日浮舟过陈大水亭》中，诗人于夏日傍晚泛舟去探访朋友，舟行潭中，潭中竹影与荷花清香无不令人心旷神怡，更有村野童子扶着醉归的老翁，山鸟鸣叫为醉醺的人们助歌，人的适足与山水自然的适意相得益彰。《春中喜王九相寻》则写春天里，家家春鸟鸣，放眼望去，湖水澄清，湖边的林花落了一地，扫了又落，林中小径上生的青草踩了又长，长了又被行人踩去，生机蓬勃，自由旺盛，而诗人们则饮着美酒，听着歌妓的清音，一杯接一杯开怀畅饮，那歌妓的歌声也不停止，一首接一首地唱下去，这里展现的是人与自然同样的自由肆意与生命蓬勃。

在孟浩然的山水诗中，人的适意总是与自然环境的自在是融为一体的，人的自由自在与花鸟禽类的自由自在是相辅相成的，彼此都达到恣意与旺盛的程度，物我不分泯然一体，如那首著名的小诗《春晓》，在春天里诗人酣畅的睡眠、自然界那恣肆的"夜来风雨"以及清早庭前同样繁盛的落花，都在暗示着人与自然在一种酣畅自由中都达到彼此自在的极致状态。

最后，孟浩然也有一定的佛学修养，所以比一般人更能体悟自然的真空灵妙之境，当他徜徉在名山大川之中，流连于乡间田园之间，也会按自然的规律构造诗歌的节律，呈现物我两忘的佛意诗境。如：

彩翠相氤氲，别流乱奔注。钓矶平可坐，苔磴滑难步。猿饮石下潭，鸟还日边树。观奇恨来晚，倚棹惜将暮。（《经七里滩》）

夏日茅斋里，无风坐亦凉。竹林深笋概，藤架引梢长。燕觅巢窠处，蜂来造蜜房。物华皆可玩，花蕊四时芳。（《夏日辨玉法师茅斋》）

《经七里滩》写自己舟行洞庭湖的情景，夕阳下自然的彩光与山林的翠绿相会合，形成一片雾气朦胧，严陵濑的支流奔流灌注，猿猴在石潭饮水，鸟儿飞回树上巢中，一切都显得自在宁静。《夏日辨玉法师茅斋》中描写竹林中长了新鲜稚嫩的竹笋，藤架上的藤蔓长出长长的蔓梢，燕子飞来飞去在觅筑巢之处，而蜜蜂则在造蜂房，万物从其本性，都在自由的伸展。物的自由自在，衬托的是诗人的闲适心境和隐逸情趣，自然意象本身的清幽雅致与诗人虚静的心态相结合形成一种清雅的境界，这里既没有刻意的观察，又少不了诗人凝心入静的观照冥想。佛家用虚静澄明之心去摄纳大千世界，用明澈如镜的心灵去感应外物，获得了尘虑尽消身心两忘之境，诸法一体，和谐相生，就会有"无风坐亦凉"的安然愉悦之感，当诗人自由自在的空性与大自然有了亲密的契合，生命也便得到了解脱。因此，在孟浩然笔下就有这样的自然关系：

> 白首垂钓翁，新妆浣纱女。相看似相识，脉脉不得语。（《耶溪泛舟》）
> 莫辨荆吴地，唯馀水共天。渺瀰江树没，合沓海潮连。（《洞庭湖寄阎九》）

浣纱女与白首钓翁的相识不语和洞庭的水天一色，都表明当人类用适意去感知自然的时候，并不需要用智识去辨别，一片无智识的混沌状态，是自然与人类之间最好的共处方式，如果人们用理智强行分开物与物的关系时，可能意味着对象化的出现，则正是人与自然关系割裂的开始。

孟浩然并不是如其他山水诗人一样将情怀寄托于自然，而是真真正正走入自然山水将自己融化为山水自然的一分子。在孟浩然的诗歌里，诗人的行旅活动与精神状态完全被纳入自然，人与自然之间既没有紧张感，也没有疏离感，它们形成一种动态的平衡，诗人内心的愁苦和喜乐在自然山水的稀释中，达到了"淡而又淡"的程度，进入人与自然彼此亲近的舒适状态。当代学者谢思炜认为，孟浩然的田园山水诗最能代表唐代山水诗歌"兴象""风骨"的美学风格，它表现了"一种在自然面前更活跃，有时更静穆，有时更开放，有时更内敛的审美观照方式，一种诗人的精神生活方式也由此开成了。"❶ 孟浩然从不对自然做聚光式的观照与描写，在孟浩然的山水诗里，没有密集的山水描写，他以展现人与自然在彼此观照中的精神愉悦为目的，他从不把自然作为观察对象，而只是在描述行旅和漫游的朴素叙事中，用一联笔墨（最多两联）写一写山水，淡淡地涂抹几笔，使之与行旅之人都达到一种放松自由的状态。诗人将自然山水与主体活动情思均匀地分布在整首诗中，以娓娓道来的方式，细细地叙述来龙去脉，慢慢地写自己

---

❶ 谢思炜. 唐代的文学精神［M］. 石家庄：河北教育出版社，2014：51.

的感受，在这样的叙述中点染一二句山水描绘，这种"冲淡"的写法，确如闻一多所言，"孟浩然不是将诗筑在一联或一句里，而是将它冲淡了，平均分散在全篇"❶，看不见诗了，才是孟浩然的诗，这种诗法结构正是诗人对抒情主体与自然关系的选择与调整的结果。

中国传统哲学思想认为，宇宙是一个不可分割的整体，这种价值观不仅强调主客体之间的系统关系，更强调它们之间相互作用相互影响和相互制约的关系。这种哲学智慧深刻地影响了盛唐的山水诗人，他们以此为源泉在苍茫浩瀚的宇宙自然中发现了山水之美，用诗歌来表现这种沁人心脾的自然之美。他们在自然山水中有机融合了审美观念、精神内涵、主体特点等内容，如宗白华所说，"兰生幽谷，倒影自照，孤芳自赏，虽感空寂，却有春风微笑相伴，一呼一吸，宇宙息息相关，悦怿风神，悠然自足。艺术的境界，既使心灵和宇宙净化，又使心灵和宇宙深化，使人在超脱的胸襟里体昧到宇宙的深境。"❷ 他们以追光摄影之笔，写尽通天尽人之怀，显示了中国艺术的最大理想和最高成就，这种理想的标尺就是我们评价诗歌时常说的"天籁""自然"。

诗人们通常把自然山水等当作情感寓托的载体，将自己喜悦激动或抑郁悲伤的心情融入到自然的怀抱，用大自然广阔的胸襟和包容万物的情怀消解内心的苦闷，把自然当作精神伴侣和知己伙伴，而进入人类情感观照视野的自然山水也不再是无动于衷的冷漠客体，人类与自然在彼此的交流中成全了自己，一种怡然自得、轻松闲适的和谐由此而生，这便是"天人合一"的境界，生态美学思想就在这个发展过程中逐渐衍生出来。

孟浩然由于其仕途经历的局限，再加上他个性的率真自然和襄阳山水的清秀无俦，他走入自然更加彻底。在自然的山水风月与个人喜乐情怀的彼此交融中，孟浩然的山水诗形成人与自然的和谐共生状态，在心灵的葱笼氤氲中，生发出蓬勃的宇宙意识，王船山说得好："两间之固有者，自然之华，因流动生变而成绮丽。心目之所及，文情赴之，貌其本荣，如所存而显之，即以华奕照耀，动人无

---

❶ 闻一多. 唐诗杂论 [M]. 上海：上海古籍出版社，1998：30-31.
❷ 宗白华. 美学与意境 [M]. 北京：人民出版社，1987：223.

际矣!"❶ 人与自然在彼此交融中成为和谐的灵魂伴侣，这与"人化自然"有本质的不同。人和自然都不能单方面成为对象化的存在，只有实现二者有机融合，才能实现人与自然和谐共处、平等共生，才能真正体现人与自然关系的本质，这便是体现在孟浩然诗中的通天人合内外的清淡空灵意境。

❶ 王夫之. 古诗评选［M］. 保定：河北大学出版社，2008：259.

第七章
以佛济儒：
柳宗元山水诗中的自然

第七章

以佛济儒：柳宗元山水诗中的自然

　　唐代士人受儒道佛思想的综合影响在中唐后尤为明显，这与唐王朝的衰落有一定关系。王朝的衰微总是与政治思想多元化现象相伴而生的，安史之乱后，佛道思想益盛，儒学渐渐式微。中唐以后的一批有作为的政治家们提倡复兴儒学，希望借助儒学建构道德伦理的政治功能达到拯救乱世、收拾人心的目的，韩愈、柳宗元所提倡的古文运动也是儒学复兴运动的一部分。

　　柳宗元的山水游记在散文史上占有重要的地位，对于他的山水诗，历来评家看法不一。近人章士钊以韩柳并提，他认为韩柳的散文高下争论很多，但对于柳诗在韩诗之上应该是没有争议的，"韩柳文之高下，议论不一，独于诗也，似一例右柳左韩。"（《柳文指要》）其实关于柳诗，苏轼在《书黄子思诗集后》曾将柳宗元与韦应物相并提："独韦应物、柳宗元发纤秾于简古，寄至味于淡泊，非余子所及也。"苏轼所赞赏的是韦柳诗歌中偏重于淡泊而幽远的一类山水诗，他认为韦柳诗歌高出他人，但他又认为柳诗在韦诗之上："柳子厚诗，在陶渊明下，韦苏州上。退之豪放奇险则过之，而温丽靖深不及也。所贵乎枯澹者，谓其外枯而中膏，似澹而实美，渊明、子厚之流也。"苏轼认为柳诗超过了韩愈与韦应物，它最大的好处在于外枯而中膏，表面看起来平淡无味，实质上有丰富的内涵，和陶渊明的诗歌一脉相承，这个评价可谓是相当高。其实，苏轼所推崇的"外枯而中膏，似澹而实美"的诗歌正是柳宗元的山水诗。

　　诗评家还注意到柳诗有骚怨的一面，如严羽《沧浪诗话·诗评》中说："唐人惟柳子厚深得骚学。"陆时雍《诗镜总论》说："刘梦得七言绝,柳子厚五言古,俱深于哀怨。"沈德潜《唐诗别裁》说："柳州诗长于哀怨,得《骚》之余意。"刘熙载《艺概》卷二说："柳云'回风一萧瑟,林影久参差'是骚人语。"清施补华《岘佣说诗》也说："柳子厚幽怨有得骚旨,而不甚似陶公,盖怡旷气少,沉至语少也。"这些评价都指出柳诗具有"骚怨"的一面,这是柳宗元诗歌中带有浓郁个人情感的一部分作品,在柳宗元山水诗中也占到了一定数量。

以上两种评价表现了柳宗元山水诗的两种美学风格,如果从山水诗的发展看,柳诗的确开辟了一种新的境界,形成了不同于魏晋和初、盛唐时期的艺术风貌和特征。如果从诗人的思想源头上分析,柳宗元山水诗这种独特风格与其人生遭遇的不同阶段所受到的儒佛道思想的影响是分不开的。

第一节　以佛济儒的哲学思想与山水诗风格的多样性

从柳宗元现存的诗歌来看,他为人所称道的骚怨诗和山水诗,基本是为贬永州和柳州之后所写。柳宗元在长安时,积极参与政治,"以辅时及物为道"(《答吴武陵论非国语书》),创作主要集中在政论散文,啸咏山水诗不是他关注的中心。柳宗元曾在《游南亭夜还叙志七十韵》中自述心志说:"夙抱丘壑尚,率性恣游邀。中为吏役牵,十祀空悁劳。"柳宗元说自己向来抱有丘壑之趣,只因早期从事政治活动,为吏役所牵,并没有创作山水诗的机会,所以只有在被贬谪之后投迹山水之地,才真正有机会率性邀游,放情吟咏了,这是符合实际情况的。

一、儒家思想的影响

柳宗元是一个以进士及第身份进入仕途的庶族知识分子,他是颇想在政治上有所作为的,他一生所从事的两项重大活动(永贞革新与古文运动)都与复兴儒学佐世致用的理想有关。

经过唐朝几代皇帝的推行,儒释道三教并行的思想已经深入社会生活的方方面面,这种儒释道多元并存实际上是一种以儒家为本释道为辅的政治政策。然而，唐代科举制度重进士而轻明经的现象使得儒学渐渐衰落，唐代儒家经学除了编定《五经正义》外几无建树。另外，唐王室由于先世为胡人，虽然在政治上重视儒家思想，但是他们在思想文化上却更亲近佛道。佛道思想不仅补足与丰富了唐人的精神空间，而且它们在精神生活层面的引导作用对于儒家日渐僵化的教条理论也产生了越来越大的冲淡和消弭影响，唐代所推崇的多元价值观已慢慢趋向思想的一元化，到中唐时，社会转型进程逐渐明显，在这种情况下，一些文人士大夫怀着中兴王朝的热切愿望，强烈呼唤复兴儒学，唐代儒学复兴运动就是在这样的背景下应运而生。

中唐儒学复兴运动的中坚力量是一群通过科举考试进入社会上层的庶族知识分子，由于他们在政治上有进身机会，也目睹了安史之乱后天下大乱、纲常伦理败坏的局面，所以他们竭力倡导全面改革，恢复固有的传统儒学文化。中唐政治上的永贞革新和文学上的新乐府运动和古文运动便是这一变革要求的具体表现，这些变革从本质上讲都具有复兴儒学的性质。

柳宗元于贞元十九年入朝任监察御史里行，与革新派核心人物王叔文等人结交。永贞元年，柳宗元被提升为尚书礼部员外郎，为了实现"励材能，兴功力，致大康于民，垂不灭之声"❶的政治理想，柳宗元以"冲罗陷阱，不知颠踣"（《答问》）的勇气和精神积极参加王叔文改革，他写出了《封建论》《六逆论》《桐叶封弟辩》和《捕蛇者说》等名篇，提出了反对藩镇割据、宦官专权和苛捐杂税等一系列政治措施，意在以复兴儒道，重安社稷，他曾自述这段经历：

宗元早岁，与负罪者亲善，始奇其能，谓可以共立仁义，裨教化。过不自料，勤勤勉励，唯以中正信义为志，以兴尧舜孔子之道利安元元为务。❷

夫形躯之寓于土，非吾能私之。幸而好求尧舜孔子之志，唯恐不得。幸而遇行尧舜孔子之道，唯恐不慊。❸

❶ 柳宗元. 柳河东集［M］. 上海：上海人民出版社，1974：545.
❷ 柳宗元. 柳河东集［M］. 上海：上海人民出版社，1974：480.
❸ 柳宗元. 柳河东集［M］. 上海：上海人民出版社，1974：416.

在这些论述中他明确而坚定地提出了"以兴尧舜孔子之道利安元元为务""求尧舜孔子之志"的目标,可见看出,柳宗元的儒家治世的理想是非常明确的。

在政治革新的同时,柳宗元也十分重视古文运动,他提出"文者以明道"❶,"辅时及物之道,不可陈于今,则宜垂于后,言而不文则泥,然则文者固不可少"❷,虽然他并不轻视文的功能,但是更强调文章"辅时及物"的功能,他们认为文章要以儒家经典为"取道之原",辅佐时政,惠及万物,从根本上强调文章为现实社会服务的治世功能。

总而言之,不论从为政、为文还是身体实践,作为一个以匡复社稷为理想的封建士大夫,无论是在长安还是被贬谪期间,柳宗元始终坚守着"仕虽未达,无忘生人之患"❸的儒家思想,身体力行地实践着儒家的治世之道。

二、佛教的影响

永贞革新的失败成为柳宗元生命的转折点,被贬谪永州以后,柳宗元开始真正走向佛教。永州是远离唐朝政治文化中心的偏远地区,十年后再次贬谪的柳州更是"异服殊音不可亲"(《柳州峒氓》)的蛮荒之地。南方贬谪地完全不同于中原,风俗不同,言语不通,又没有志同道合的朋友谈论时事,精神上的贫瘠苦闷可想而知。在贬谪永州以后,柳宗元五年中"未尝有故旧大臣肯以书见及者"❹,仿佛是被抛弃到一个荒岛上,以致于当他收到许孟容的信时,竟然"欣跃恍惚,疑若梦寐,捧书叩头,悸不自定"❺。长期处于精神荒岛的柳宗元内心充满了孤独与苦闷,他在《读书》中描写没有志同道合的朋友,"竟夕谁与言,但与竹素俱",没有可以交流的对象只有读书能暂时缓解痛苦了。

柳宗元在永州的职务是"司马员外置同正员",这是一个不配备官署的编制的闲员。因此,为了解决居所问题,也为了打发谪居生活的精神苦闷,柳宗元选

---

❶ 柳宗元. 柳河东集 [M]. 上海:上海人民出版社,1974:542.
❷ 柳宗元. 柳河东集 [M]. 上海:上海人民出版社,1974:508.
❸ 柳宗元. 柳河东集 [M]. 上海:上海人民出版社,1974:520.
❹ 柳宗元. 柳河东集 [M]. 上海:上海人民出版社,1974:520.
❺ 柳宗元. 柳河东集 [M]. 上海:上海人民出版社,1974:520.

择了住在寺庙里，与僧人交往多少可以解决文化上的饥渴与寂寞，而有时候一些能识文断字的甚至有一定文学修养僧人的到来，于柳宗元无异于空谷之音，这也使他得到了感情上的交流和精神上的安慰。

在贬谪的苦闷生活中，灾难总是接踵而至。柳宗元到了永州的第二年即元和五月，他相依为命的母亲卢氏因久病不治而去世，亲人离世对于柳宗元而言无疑是巨大的打击，元和五年，柳宗元的幼女和娘去世。和娘在生病时常求佛保佑，并削发为尼，改名佛婢，终还是十岁时染病夭折，这对柳宗元更是一个沉重的精神打击，他在《下殇女子墓砖记》中产生了对生死的思索，"孰致也而生？孰召也而死？焉从而来？焉往而止？"❶ 其言语透露出沉重的伤感情绪。元和十年，柳宗元再贬柳州，从弟柳宗直跟随他到柳州贬所，不久竟也病死，柳宗元哭之甚痛，在《祭弟宗直文》中，他对受自己连累而早夭的兄弟充满伤痛和内疚："如汝德业，尚早合出身，由吾被谤年深，使汝负才自弃。志愿不就，罪非他人，死丧之中，益复为鬼。"❷ 在屡遭窜逐命途坎坷的人生经历中，不唯政治理想已付东流，亲人的接连离世更是给他带来巨大的精神摧残，现实世界太残酷，只有佛界净土能够无限包容他的痛苦，"佛之道，大而多容，凡有志于物外而耻制于世者，则思入焉。"❸ 佛教便成了缓解柳宗元精神苦痛的最好寄托，如同将溺之人抓住救命的木板一样，他幼年时已接触到的佛教思想在痛苦的人生经历中得到彻底的催化。

柳宗元的佛教渊源本就深厚。事实上，柳宗元生长在一个有好佛传统的家庭中，柳宗元的母亲卢氏好佛，父亲柳镇的旧友梁肃是天台宗湛然门徒元浩的俗家弟子，湛然对其颇为赞赏，称"其朝达得其道者唯梁肃学士……盖洞入门室见宗庙之富，故以是研论矣"❹。不仅如此，柳宗元的岳丈杨凭师事如海禅师，对其"尊师之道，执弟子礼"❺。这样具有礼佛敬佛传统的家族氛围必然会对柳宗元产

---

❶ 柳宗元. 柳河东集［M］. 上海：上海人民出版社，1974：214.
❷ 柳宗元. 柳河东集［M］. 上海：上海人民出版社，1974：668.
❸ 柳宗元. 柳河东集［M］. 上海：上海人民出版社，1974：430.
❹ 赞宁. 宋高僧传（上册）［M］. 北京：中华书局，1987：118.
❺ 柳宗元. 柳河东集［M］. 上海：上海人民出版社，1974：99.

生影响，也促使柳宗元与佛教产生千丝万缕的联系。据柳宗元在《永州龙兴寺西轩记》所说"余知释氏之道且久"可知，他浸染佛教的时间相当早，而且柳宗元在《送巽上人赴中丞叔父召序》也强调自己幼年就已经接触佛教："吾自幼好佛，求其道，积三十年。世之言者罕能通其说，于零陵，吾独有得焉。"❶ 此序作于元和六年，这一年柳宗元三十九岁，可以推知柳宗元至少应该在十岁以前就接触了佛教。而且，在这篇序中，柳宗元还记录了叔父柳公绰邀请巽上人前往谈佛的事情，"今连帅中丞公（柳公绰），具舟来迎，饰馆而俟，欲其道之行于远也。"❷ 这也是柳氏家族长期尊佛奉佛的证明。

在被贬永州以及后来被贬柳州时期，柳宗元与佛教的接触更为主动和频繁。如卷二十八《永州龙兴寺修净土院记》载：

永州龙兴寺，前刺史李承旺及僧法林，置净土堂于寺之东偏，常奉斯事。逮今馀二十年，廉隅毁顿，图像崩坠。会巽上人居其宇下，始复理焉。上人者，修最上乘，解第一义。无体空折色之迹，而造乎真源，通假有借无之名，而入于实相。境与智合，事与理并。故虽往生之因，亦相用不舍。誓葺兹宇，以开后学。有信士图为佛像，法相甚具焉。今刺史冯公作大门以表其位，余遂周延四阿，环以廊庑，缋二大士之像，缯盖幢幡，以成就之。呜呼！有能求无生之生者，知舟筏之存乎是。遂以《天台十疑论》书于墙宇，使观者起信焉。❸

从这段记载可以看出，柳宗元到永州后寄居在永州城南的龙兴寺。当时，龙兴寺住持僧人重巽要对寺庙加以重修，刺史冯叙捐资修了大门，柳宗元则助修了回廊。重巽为天台宗大师湛然的再传弟子，"修最上乘，解第一义"，称得上是"楚之南"中"善言佛者"（《送巽上人赴中丞叔父召序》）。柳宗元与重巽交往甚密，巽上人曾将自种的新茶送给柳宗元，诗人酬之以诗，称他为"蓬瀛侣"（《巽上人以竹闲自采新茶见赠酬之以诗》），可见二人是诗友之交。柳宗元还结

---

❶ 柳宗元. 柳河东集［M］. 上海：上海人民出版社，1974：423.
❷ 柳宗元. 柳河东集［M］. 上海：上海人民出版社，1974：424.
❸ 柳宗元. 柳河东集［M］. 上海：上海人民出版社，1974：466-467.

交了许多其他游方僧人，如文畅上人、浩初、元暠、琛上人、玄举、濬上人等，柳宗元与他们参禅论道、谈玄说佛，并写了许多有关佛教的诗序碑铭，如《送元暠师序》《送僧浩初序》《送玄举归幽泉寺序》《送文畅上人登五台遂游河朔序》《送琛上人南游序》《送濬上人归淮南觐省序》。此外，与龙兴寺相距一里有余的东山法华寺的住持觉照也与柳宗元交往密切，法华寺是永州最高之处，视野开阔，柳宗元有意在此建一座亭子，觉照还建议柳宗元引湘江之水到下面的陂池，以开阔视野，"是其下有陂池芙蕖，申以湘水之流，众山之会，果去是，其见远矣。"（《永州法华寺新作西亭记》）西亭修好之后，柳宗元作有《构法华寺西亭》《法华寺西亭夜饮》《法华寺石门精室三十韵》，可见其光临法华寺次数之多以及与觉照的交往之频繁。

在频繁的涉佛经历中，柳宗元撰写了宣扬佛理和禅师题碑文达两卷十一篇之多，从创作上看，《柳河东集》正集四十五卷诗文中，释教碑占整整两卷，与寺庙、僧侣相关的文章各近一卷，一百四十多首诗中与僧侣赠答或宣扬佛理的达二十多首，柳宗元的佛教思想大体反映在这些诗文中。对于佛教思想，柳宗元并非完全不加改造的全盘吸收。事实上，柳宗元也反对佛教徒不事农桑坐享其成的习俗，但他对佛教诸家学说广为涉猎，"浮图诚有不可斥者，往往与《易》《论语》合。诚乐之，其于性情爽然，不与孔子异道。"[1] 柳宗元认为，佛教与儒家的《易经》《论语》是相合的，二者或仕或隐，一为入世一为出世，但它们都具有济世的功用，是能圆通的，完全可以为我所用。柳宗元指出，佛教教义在伦常上与儒家有相通之处，比如儒家伦理讲究"孝"道，佛教也是崇尚孝的，"金仙氏之道，盖本于孝敬"[2]，"释之书有《大报恩》十篇，咸言由孝而极其业。世之荡诞慢訑者，虽为其道而好违其书，于元暠师，吾见其不违且与儒合也"[3]，他认为佛教中《大报恩》与儒家中的"孝"于旨归上并无二致，宣扬佛教教义并不悖逆儒家"圣人之道"。作为唐代著名的文学家和具有唯物主义倾向的进步思想

❶　柳宗元. 柳河东集［M］. 上海：上海人民出版社，1974：425.
❷　柳宗元. 柳河东集［M］. 上海：上海人民出版社，1974：430.
❸　柳宗元. 柳河东集［M］. 上海：上海人民出版社，1974：427.

家，柳宗元试图在佛教教义中寻求"佐世"的内容，他不像王维那样全然佞佛不问世事，也不像白居易那样以信佛成其独善之态，他将儒佛调和起来，主张"援佛入儒"，以佛济儒，以佛教"救世"的宗旨进行"辅时及物"，为世所用。当代学者陈伯海指出，"佛教具有解脱和救世双重功能，既有避世出家的一面，又有善渡众生、大慈大悲的教旨，也就是有积极入世乃至救世的一面存在，这一点上大不同于只救个人超脱的道家，反倒和热衷于济世的儒家相通。"❶ 正因为柳宗元看出佛学有入世的一面，所以他在治理柳州时，为了改变当地"越人信祥而易杀，傲化而偭仁"❷ 的陋习，针对当地居民"董之礼则顽，束之刑则逃"❸ 难以教化的现状，柳宗元创造性地利用佛教来教化百姓，"浮图事神而语大，可因而入焉，有以佐教化"❹。他为使人们养成慈悲仁爱之心而修复大云寺，"而人始复去鬼息杀，而务趣于仁爱"❺，没想到竟取得意想不到的效果，使老百姓们"去鬼息杀"而趋向仁爱。

佛教对于柳宗元而言并不只是治愈精神创痛的良药，更是教化世风的手段，这是柳宗元不忘济世之志的表现。在柳宗元许多带禅语的诗歌中常常不自觉会浮现出"忧乐"之心，这种复杂的情感正是佛儒思想交织影响的结果。如《夏初雨后寻愚溪》：

悠悠雨初霁，独绕清溪曲。引杖试荒泉，解带围新竹。沉吟亦何事？寂寞固所欲。幸此息营营，啸歌静炎燠。

山水中蕴含的渊然而静的佛家境界似乎能平息烦躁的心潮，让人"息营营""静炎燠"。然而，寂寞虽说是烦恼之人的避难所，但寂寞本身又令人忧郁，"永州那远离京华的自然环境，山水之奇崛几乎就是他自己被弃绝不用的美才的写

---

❶ 陈伯海. 中国文化之路［M］. 上海：上海文艺出版社，1992：82-83.
❷ 柳宗元. 柳河东集［M］. 上海：上海人民出版社，1974：465.
❸ 柳宗元. 柳河东集［M］. 上海：上海人民出版社，1974：465.
❹ 柳宗元. 柳河东集［M］. 上海：上海人民出版社，1974：465.
❺ 柳宗元. 柳河东集［M］. 上海：上海人民出版社，1974：466.

照。于是被钳制着的怒火给一股揪心的寂寞和孤独感所取代。"❶ 山水的幽静与身世的寂寞相感发，炎燠固然消去，而揪心寂寞却不引自来，仍是一乐引来一忧，"沉吟亦何事？寂寞固所欲"中蕴含有多少欲说还休的愁肠！正是这种揪心的寂寞与凄神寒骨的孤独感，成为柳宗元山水作品冷峭明净风格之发源。元好问《论诗绝句》早已说明了这一点："谢客风容映古今，发源谁似柳州深？朱弦一拂遗音在，却是当年寂寞心！"南宋黄震对柳宗元其他诗文批评甚多，却独赞赏其山水诗"惟纪志人物以寄其嘲骂，模写山水以舒其抑郁，则峻洁精奇如明珠，夜光见辄夺目，此盖子厚放浪之久，自写胸臆，不事谀，不求哀，不关经义，又皆晚年之作，所谓大肆其力于文章者也。"❷ 这也表明，柳宗元山水诗中这种忧乐相参的杂糅情感正是他思想的深刻矛盾，山水的短暂快乐中包含了痛苦的萌芽，而痛苦中又寻找纾解的方法，这种思想的矛盾性也是诗人对社会人生充满傍徨的表现，这也形成其独特的风貌和特征。

第二节　柳宗元的自然观

一、唐代以前的天人观和自然观

中国天人观有两个系统，一个是强调天人和谐统一的"天人相通"观，另一个是主张"制天命而用之"的"明于天人之分"的"天人之分"观。

"天人相通"观是孟子提出来的，孟子在《告子》中提出，"仁义忠信，乐善不倦，此天爵也"❸，这是说仁义忠信，不厌倦地乐于行善，这是天赐的爵位，显然，孟子是把"天"的属性赋予在人的道德观念上了。孟子又说，"恻隐之心，仁之端也；羞恶之心，义之端也；辞让之心，礼之端也；是非之心，智之端

---

❶　陈幼石. 韩柳欧苏古文论［M］. 上海：上海文艺出版社，1983：56.
❷　宋黄震. 黄氏日钞（卷六二）［M］. 四库全书本.
❸　杨伯峻. 孟子译注［M］. 北京：中华书局，1960：271.

也"❶，他强调人的天赋本性经过道德教化和后天努力环境熏陶，最终能在道德上达到天人相参，天人合一的高尚境界。孟子"民为贵，社稷次之，君为轻"思想也是以此为出发点的，他认为民心即为天意，君权神授，所以君权既需要遵从天意，也要遵从民意。由此，孟子很自然地提出"仁民而爱物"的主张，君王不仅要爱护人民，而且要爱护万物，维护自然生态平衡，保护人类的生存环境，因为自然和人民一样是属于"天"的内容。

"天人之分"思想最早是由荀子提出的，荀子认为"天"是独立于人的意识之外的客观存在，它有自己的运行规律，不受治乱的影响，他说："天行有常，不为尧存，不为桀亡。"❷ 无论是尧舜汤武在位还是桀纣当朝，"天"及其运行规律都不会改变，荀子哲学中的"天"是无关道德伦理的自然规律的"天"。因此，在天人关系上，荀子提出"明于天人之分"：

强本而节用，则天不能贫；养备而动时，则天不能病；修道而不贰，则天不能祸。故水旱不能使之饥渴，寒暑不能使之疾，袄怪不能使之凶。本荒而用侈，则天不能使之富；养略而动罕，则天不能使之全；倍道而妄行，则天不能使之吉。故水旱未至而饥，寒暑未薄而疾，袄怪未至而凶。受时与治世同，而殃祸与治世异，不可以怨天，其道然也。故明乎天人之分，则可谓至人矣。不为而成，不求而得，夫是之谓天职。❸

这段话的意思是说，一个人如果努力农耕勤俭持家，天也不能让你贫穷，一个人物质储备充裕而行动适当，老天也不能使你困顿。同样，治理国家也是这样，只要遵循"道"的规律，不出偏差，天就不会使人受祸，反之，如果一个人荒废农业而又浪费开支，生活资料不足而又不事生产，那么天也不可能使人富裕和健康，人如果违背事物规律而胡乱行动，天不能使你有好的结果。荀子指出人的职责和天的职责是不同的，人的贫富祸吉都是自身的职责，并不取决于天，

❶ 杨伯峻. 孟子译注 [M]. 北京：中华书局，1960：80.
❷ 王先谦. 荀子集解 [M]. 北京：中华书局，1988：306-307.
❸ 王先谦. 荀子集解 [M]. 北京：中华书局，1988：307-308.

他认为决定人命运的不是天，而是人的行为，天（自然）的运行规律与人的社会发展规律并无必然的联系。

然而，天人之间却并不因为天的职责与人的职责分开就没有关系了，荀子又说："水火有气而无生，草木有生而无知，禽兽有知而无义，人有气、有生、有知，亦且有义，故最为天下之贵也。"❶他认为"最为天下之贵"的是人，但是，人与水火、草木、禽兽以及自然万物一样，都是由气构成的，都统一于"气"。从哲学上考察，荀子将自然与人统一于"气"，这也就表明它们在本源上是相同而且彼此联系依存的统一体，没有自然也就不存在人，没有人的存在也就无所谓自然。在区分天与人职责的基础上，荀子指出人与自然的关系是相互依存的，自然有自然的职责，人有人的主动性。自然提供财富的条件，只有当人类参与劳作，自然条件才会转化为财富，荀子强调人的主动参与性，所谓"天有其时，地有其财，人有其治，夫是之谓能参。"❷只有这样，天人各安其责，才能获得财富，国富民强，"上得天时，下得地利，中得人和，则财货浑浑如泉涌，汸汸如河海，暴暴如丘山，不时焚烧，无所臧之，夫天下何患乎不足也?"❸不得不说，这是一种比较符合现代科学观的天人关系。

二、柳宗元的天人观：从"天人不相预"到"还相用"

1. 天人不相预

柳宗元对自然与人的关系的论述，主要是在批判韩愈的"天人感应"说中形成的。韩愈的"天人感应"说是建立在孟子"天人相通"基础上的，他认为天可以感受到人类的呼声，而且天应当对人类的善恶作出奖惩，韩愈指出人类是元气的破坏者：

人之坏元气阴阳也亦滋甚，垦原田，伐山林，凿泉以井饮，窾墓以送死，而又穴为偃溲，筑为墙垣城郭台榭观游，疏为川渎沟洫陂池，燧木以燔，革金以

❶ 王先谦. 荀子集解 [M]. 北京：中华书局，1988：164.
❷ 王先谦. 荀子集解 [M]. 北京：中华书局，1988：308.
❸ 王先谦. 荀子集解 [M]. 北京：中华书局，1988：187.

镕，陶甄琢磨，悴然使天地万物不得其情，悻悻冲冲，攻残败挠而未尝息。❶

韩愈认为人类在自然中的各种活动都会对自然元气造成破坏，因此，天应该对破坏自然元气的人进行惩罚，而对有功的人进行奖励，所谓"意天闻其呼且怨，则有功者受赏必大矣，其祸焉者受罚亦大矣"❷。但是，柳宗元认为人类的活动应该由自己负责：

天地，大果蓏也；元气，大痈痔也；阴阳，大草木也；其乌能赏功而罚祸乎？功者自功，祸者自祸，欲望其赏罚者大谬，呼而怨，欲望其哀且仁者，愈大谬矣。❸

人类得到的惩罚是自己造成的，不是天施予的，"天"（自然）是元气构成的，但它不是神，不可能对人世间的功祸加以赏罚，人世间的功祸都是人自为之，如果祈求"天"对人世的功祸予以赏罚，这就大错了。如果祈求"天"对人世的灾祸发仁慈心，这就更是大错了。柳宗元在此提出的"功者自功，祸者自祸"的命题，这是对荀子"明于天人之分"的继承和发挥。

柳宗元所谓的"天"与以前的唯物主义者相较有很大的不同，荀子和王充所讲的"天"一般是指自然界及其规律，而且，由于历史认知水平的局限，荀子甚至把人的某些生理机能和主观能动作用也归于"天"，如"天官""天君""天情""天养""天政"等。而柳宗元所谓的"天"主要是指与地相对的物质实体，是一种无异于"果蓏""痈痔""草木"之类客观存在的自然物，"彼上而玄者，世谓之天"。天既然是客体自然物，它不可能对人世的福祸做出赏罚，也不具有决定王朝兴替的力量，因此，所谓"受命于天"都是诳乱后代的说法。柳宗元批判董仲舒的"受命之符"论，他说："何独仲舒尔，自司马相如、刘向、扬雄、班彪、彪子固，皆沿袭嘻嘻，推古瑞物以配受命，其言类淫巫瞽史，

---

❶ 柳宗元. 柳河东集 [M]. 上海：上海人民出版社，1974：286.

❷ 柳宗元. 柳河东集 [M]. 上海：上海人民出版社，1974：286.

❸ 柳宗元. 柳河东集 [M]. 上海：上海人民出版社，1974：286.

诳乱后代。"❶ 在柳宗元看来，王朝的建立不是天命所归，而是施行仁义而得，国家的治乱存亡也不决定于天命和祥瑞，而决定于人，"受命不于天于其人，休符不于祥于其仁；惟人之仁，匪祥于天；匪祥于天，兹惟贞符哉！"❷ 只有国家人民的仁义才是真正的"贞符"，所以他强调统治者要修己德，施仁政，治国安邦，敬于人事，做到"克宽克仁，彰信兆民"。因为"德绍者嗣，道怠者夺"（《封建论》），只有有德于人民的人才能保有权位，暴虐无道的人就要丧失权位。柳宗元正是看到了在封建王朝的统治中，人民的力量和民心向背所起到的巨大作用，所以他明确提出了"天人不相预"的观点："生植与灾荒，皆天也；法制与悖乱，皆人也。二之而已，其事各行不相预。"❸ 他指出"生殖与灾荒皆出自天"（自然），而法制和悖乱皆由于人，这是两个不同的领域，各有自己的发展规律，两者互不干预。

柳宗元的"天人不相预"思想是对汉代以来的"天人感应""符命"说的彻底否定，它把人类从"天人感应"的神秘主义学说中解放出来，它将人类赋予天的意志抽离，将命运的桨舵交还给了人类自己，这是中国古代自然观的重大发展。

2. "还相用"的天人联系观

在天人联系观上，荀子已经提出了在人与自然相互依存关系上人的主动性的重要性，而柳宗元更进一步从宇宙天地的起源角度分析了人类与自然的关系。

首先，关于宇宙的起源，柳宗元认为天地万物都是由元气构成，"彼上而玄者，世谓之天，下而黄者，世谓之地，浑然而中处者，世谓之元气。"❹ "本始之茫，诞者传焉。鸿灵幽纷，曷可言焉！冥黑晰眇，往来屯屯，庞昧革化，惟元气存，而何为焉？"❺ 在天地未形成之前，一切自然现象都是元气的变化，黑夜和白昼交替运转，从蒙昧状态中不断变化，只有元气是唯一的存在，哪有什么造物

---

❶ 柳宗元. 柳河东集 [M]. 上海：上海人民出版社，1974：18.
❷ 柳宗元. 柳河东集 [M]. 上海：上海人民出版社，1974：22.
❸ 柳宗元. 柳河东集 [M]. 上海：上海人民出版社，1974：503-504.
❹ 柳宗元. 柳河东集 [M]. 上海：上海人民出版社，1974：286.
❺ 柳宗元. 柳河东集 [M]. 上海：上海人民出版社，1974：228.

主呢！天和地都是元气所构成的，元气充满天地之间，无穷无尽，无始无终，"一气迴薄茫无穷，其上无初下无终"❶。作为宇宙的"天"，在空间上是无限的，"东西南北，其极无方"❷，"天地之无倪，阴阳之无穷"❸，在时间上也是"无极之极，漭瀰非垠"，而所谓的昼夜，不过是地球与太阳旋转而成，"辐旋南画，轴奠于北，孰彼有出次，惟汝方之侧。平施旁运，恶有谷汜！……当焉为明，不逮为晦"❹，也就是说，车辐（地）转到南方，车轴（太阳）在北方，太阳升落其实是你自己改变了方向，所谓太阳出自东方阳谷暮入于西方蒙汜的说法，不过是太阳明昼昏夜的阴阳变化。这些知识已经为现代科学证实，却早在唐代时就被提出来，这反映了唐代天文学发展的高度。

在提出关于宇宙的基本论述后，柳宗元又提出天地万物的化生之理，他认为元气内部的阴阳二气流动于天地之间，它们的相互作用引起事物的运动变化，都不是人为可以干涉的，"阴与阳者，气而游乎其间者也。自动自休，自峙自流，是恶乎与我谋？自斗自竭，自崩自缺，是恶乎为我设？"❺阴阳二气弥漫无际，纵横交错，时聚时分，吸引排斥，导致万物的运行、休止、凝结、流动、冲突、枯竭、崩裂，就像车轮和织机那样不停地运动自斗，这就产生了物质运动的各种复杂状态，这些无休止的流动、冲激、枯竭都以"元气"相统一，天地、草木都是在元气互相"交错"中形成的物质形态变化。自然是不断运动变化的，而变化又是多样复杂的，柳宗元看到了事物从彼此矛盾运动中产生而又有内在统一性的特点，天地自然之间的关系状态其实取决于彼此的矛盾斗争，取决于与自身互相对立的力量，这实际是一种矛盾统一的观点，这种带有科学唯物主义色彩的自然观，是前无古人的新贡献。这一观点后经过刘禹锡进一步阐释为"交相胜""还相用"后，其事物对立统一的辩证性更为明确。

柳宗元与刘禹锡是在思想上志同道合的好友，二人对天人观有着深入交流，

---

❶ 柳宗元. 柳河东集 [M]. 上海：上海人民出版社，1974：95.
❷ 柳宗元. 柳河东集 [M]. 上海：上海人民出版社，1974：235.
❸ 柳宗元. 柳河东集 [M]. 上海：上海人民出版社，1974：748.
❹ 柳宗元. 柳河东集 [M]. 上海：上海人民出版社，1974：230.
❺ 柳宗元. 柳河东集 [M]. 上海：上海人民出版社，1974：748.

刘禹锡认为"万物之所以为无穷者，交相胜而已矣，还相用而已矣。"❶ 所谓"交相胜"，刘禹锡说，"天之能，人固不能也；人之能，天亦有所不能也。故余曰：天与人交相胜尔"❷，即天有天的功能，非人所及，人有人的功能，非天所及，天与人各有所擅，这就将天人的职责进行了明确的划分，这是对"明于天人之分"的进一步阐述。所谓"还相用"，刘禹锡解释说，"天，有形之大者也；人，动物之尤者也。天之所能者，生万物也；人之所能者，治万物也"❸，而人之所以有"治万物"的功能，因为人具有促使万物繁荣以自然为人类造福的功能，人是万物之灵长，所以"还相用"是指人对天的反作用。人不仅要肯定自然规律的客观性，还要发挥人的主观能动性，合理利用自然，从而达到和谐统一的状态。刘禹锡对天人关系的这一阐释是深孚柳宗元心意的，柳宗元在《答刘禹锡天论书》中明确指明刘禹锡的天人观与自己观点的吻合："凡子之论（指《天论》），乃吾《天说》传疏耳，无异道焉。"❹ 经过刘禹锡的阐发，柳宗元的天人观中人对天的反作用指向意味更为明确了。

柳宗元的天人"不相予"是对荀子"明于天人之分"深阐述，他更加重视人的主观能动作用，柳宗元看到了人类社会有掌握并利用客观规律的能动性，人类能够在"自动自休，自峙自流""自斗自竭，自崩自竭"的"交错"基础上"还相用"，所以人能驾驭自然，起到"治万物"的作用。因此，人类活动所产生的影响力更甚于纯粹的自然规律所起的作用，"天之能"就变成"人之能"，这样属于"人"的范围就扩大了，属于"天"的范围就缩小了，这是将荀子"制天命而用之"作出了更进一步深刻推进。

中国古代哲学的"天（自然）人合一"观和"制天命而用之"的"明于天（自然）人之分"观，实际上代表了中国古代人民认识世界和把握世界的两个不同角度。从宇宙观的角度来讲是天人合一，而人类个体论，在人与天的统一基础

---

❶ 刘禹锡. 刘禹锡集笺证［M］. 瞿蜕园，笺证. 上海：上海古籍出版社，1989：143.
❷ 刘禹锡. 刘禹锡集笺证［M］. 瞿蜕园，笺证. 上海：上海古籍出版社，1989：139.
❸ 刘禹锡. 刘禹锡集笺证［M］. 瞿蜕园，笺证. 上海：上海古籍出版社，1989：140.
❹ 柳宗元. 柳河东集［M］. 上海：上海人民出版社，1974：503.

上，则更强调天人相分，也更为注重人的主观能动性，二者具有相通性与互补性，这体现了中国古代哲人的智慧。正是在这一理论基础上，中国古代先民很重视人与自然的生态关系，孟子与荀子都很重视保护自然，孟子还提出了一些维护自然生态平衡、保护人类生存环境的具体措施，如"不违农时，谷不可胜食也；数罟不入洿池，鱼鳖不可胜食也；斧斤以时入山林，材木不可胜用也"❶，这是保护森林与水生动物资源的措施，还有保护植被地表不致破坏的措施，如"辟草莱任土地者次之"❷，对开辟草原垦荒耗尽地力的人处以刑罚。荀子也十分重视保护自然，他主张"制天命而用之"，要利用自然为人类造福：

> 草木荣华滋硕之时，则斧斤不入山林，不夭其生，不绝其长也。鼋鼍鱼鳖鳅鳝鱼孕别之时，罔罟毒药不入泽，不夭其生，不绝其长也。春耕、夏耘、秋收、冬藏四者不失时，故五谷不绝，而百姓有余食也。污池、渊沼、川泽谨其时禁，故鱼鳖优多而百姓有余用也。❸

荀子的这段话既强调天人合一，又强调了人类在达到与自然和谐发展中的积极人为作用，这是一种建立在天人合一与天人相分理论基础上的可持续发展的生态思想。

柳宗元既重视人与自然的相互关系，又重视积极发挥人的主观能动性。他贬到蛮荒的柳州时，并没有怨天尤人，而是立即投入对柳州的改造中，他号召劳力开垦荒地，鼓励百姓发展生产，植柑种柳。他还组织人力，在城北挖了一口深水井，用砖砌好，井泉水源充足，居民们不仅可以随时使用，还可用来浇灌菜地，为生活、生产带来很大便利。在修复大云寺的同时，柳宗元组织百姓开荒植竹三万竿，种菜百畦，在柳宗元的倡导之下，荒僻的柳州城乡面貌焕然一新，环境有了很大改观：

---

❶ 杨伯峻. 孟子译注 [M]. 北京：中华书局，1960：5.
❷ 杨伯峻. 孟子译注 [M]. 北京：中华书局，1960：175.
❸ 王先谦. 荀子集解 [M]. 北京：中华书局，1988：165.

宅有新屋，步有新船，池园洁修，猪牛鸭鸡，肥大蕃息。❶

值得一提的是，在柳江的驿道旁又设计建造了冬暖夏凉、别具特色的东亭，增添了柳州的生态景观。事实上，早在永州时，柳宗元也曾规划建设了愚溪、钴鉧潭、龙兴寺西轩等多处景观。柳宗元始终都很重视人的主体性，他的山水诗也呈现出较强烈的人为主观色彩，这与他的自然观也是有一定关系的。

第三节　柳宗元的山水诗中的自然

文学史上对于柳宗元在永州和柳州所作的山水诗文历来评价甚高，如果将柳宗元与其他山水诗人作对比，就能够发现柳宗元山水诗的独特之处。明胡应麟《诗薮》内编卷六云："'千山鸟飞绝'二十字，骨力豪上，句格天成，然律以辋川诸作，便觉太闹。"❷ 清薛雪《一瓢诗话》评柳诗则说："使昌黎收敛而为柳州则易，使柳州开拓而为昌黎则难。"❸ 他们认为，比起王维诗歌来，柳宗元诗歌仍有"太闹"的一面，比起韩愈诗歌来，柳宗元的诗歌不够"开拓"，具有收敛性。柳宗元的诗歌具有既收敛又太闹的矛盾性，收敛性则与柳宗元性格中"出世"一面有关，"而太闹"则与柳宗元性格中"入世"的一面有关，出世与入世的思想矛盾使柳诗既无陶王的宁静和谐，也无韩诗的豪迈奔放。当然，这些都与诗人革新失败遭到的巨大心理打击以及贬谪之地恶劣的客观环境是分不开的。

一、荒野中人与自然因对立而形成的巨大张力

永州处于潇水与湘水交汇的地方，古称"潇湘"，四周有越城岭—四明山系、都庞岭—阳明山系和萌渚岭—九嶷山系环绕，在三大山系及其支脉的围夹下，永州地貌复杂多样，河川溪涧纵横交错，山冈盆地相间分布。永州是个始于

---

❶ 韩愈. 韩昌黎文集校注 [M]. 马其昶，校注. 上海古籍出版社，1986：493.
❷ 胡应麟. 诗薮（内编卷六）[M]. 上海：上海古籍出版社，1979：120.
❸ 王夫之，等. 清诗话（下册）[M]. 北京：中华书局，1963：711.

西汉时才建制的小城，唐代时还是相当的偏野荒芜。

柳州属更为偏僻的百越之地，秦朝时属桂林郡，隋朝改称为象州，直到唐代才称柳州。这里三面环山，一条柳江自北向南，又向东北绕行向西南，最后向东南流出。由于水系发达，地处蛮荒，气温又高，唐时的柳州是一个终日瘴厉蒸腾的荒野之地。

永州和柳州的贬谪使柳宗元面临着一个王维、孟浩然、韦应物等诗人都不曾遇到的问题，即生存环境的问题，正如当代学者李芳民所说，"如果说盛唐王孟等人山水诗中所描绘的山水景物，常常是人们熟悉的被开发过的人化的自然景物的话，那么柳宗元所描绘的山水景物则是尚未为人所开发的具有蛮荒特征的山水景物。可以说永、柳山水是经过柳宗元首次描绘才使人们得以认识的，因而作为诗歌，也就显示了其独特的个性"。❶

1. 荒野的陌生感：荒诞离奇原始密林

对于贬谪之地自然环境的荒寒，柳宗元在《与李翰林建书》中曾有过描述："永州于楚为最南，状与越相类。仆闷即出游，游复多恐。涉野有蝮虺大蜂，仰空视地，寸步劳倦，近水即畏射工、沙虱，含怒窃发，中人形影，动成疮痏。时到幽树好石，暂得一笑。"❷ 尽管永州有可怕的蝮虺大蜂和为鬼为蜮的射工沙虱，然而为了排遣心中的郁愤，柳宗元仍常常披榛策荒出游。永州有一座法华寺，地处最高处的山上，柳宗元需要自己开条路才能到达那里，他有一首诗《构法华寺西亭》和一篇散文《永州法华寺新作西亭记》均记录了此事：

窜身楚南极，山水穷险艰。步登最高寺，萧散任疏顽。西垂下斗绝，欲似窥人寰。反如在幽谷，榛翳不可攀。命童恣披翦，茸宇横断山。割如判清浊，飘若升云间。远岫攒众顶，澄江抱清湾。夕照临轩堕，栖鸟当我还。菡萏溢嘉色，篔筜遗清斑。（《构法华寺西亭》）

法华寺居永州，地最高。有僧曰觉照，照居寺西庑下。庑之外有大竹数万，

---

❶ 李芳民. 论柳宗元山水诗的个性特征 [J]. 西北大学学报, 1998 (4).

❷ 柳宗元. 柳河东集 [M]. 上海：上海人民出版社, 1974：494-495.

又其外山形下绝，然而薪蒸篠簜，蒙杂拥蔽。吾意伐而除之，必将有见焉。照谓余曰："是其下有陂池芙蕖，中以湘水之流，众山之会，果去是，其见远矣。"遂命仆人持刀斧，群而翦焉。丛莽下颓，万类皆出，旷焉茫焉，天为之益高，地为之加辟，丘陵山谷之峻，江湖池泽之大，咸若有而增广之者。（《永州法华寺新作西亭记》）

在《构法华寺西亭》里，柳宗元明确描述法华寺周围林莽丛生，"命童恣披剪"才能辟出道路。在《永州法华寺新作西亭记》中柳宗元也明确指出法华寺外之景原是一片榛莽丛生荒凉无比的未经开辟的保持原始风貌的景物，它只是经由柳宗元发现开辟并加以表现才展现在人们面前的。法华寺附近的险恶蛮荒景象在另一首诗中也有细致的描绘：

松谿窈窕入，石栈羑缘上。萝葛绵层蒉，莓苔侵标榜。密林互对耸，绝壁俨双敞。暂峭出蒙笼，墟险临滉漾。稍疑地脉断，悠若天梯往。结构罩群崖，回环驱万象。（《法华寺石门精舍三十韵》）

从诗人的描述可以看到，此处几乎是一个密封的原始世界：从一条小小的长着松树的溪沟进入谷中，这里松杉竞生，乔灌咸长，空中叠翠千丈，遮阴蔽日；地面葛藤缠绕，一层又一层，落叶盈尺；地下盘根错节，根须如网。密林相互对峙，巨蟒似的绞杀植物盘绕于树干，阴翳处蕨类葳蕤，卧倒的枯树上覆盖着苔藓，又有小树从苔藓中探出新苗，悬崖峭壁，难于攀登，似乎只有天梯才能进去。在这样密闭的环境下，高温造成雾气弥漫不散，又由于动物尸体分解容易形成瘴疠之气，"海雾多翁郁，越风饶腥臊"（《游南亭夜还叙志七十韵》），可见，永州地理环境与中原大不相同。野兽藏匿、雾气弥漫的原始地域山水风貌，必然给人带来极大的生理不适与心理影响。

2. 荒野的陌生感：奇特而可怕的陌生动物

永州位于湘水和潇水的汇合处，古称为"潇湘"，是比屈原流放地更遥远荒芜的湖南南部地带。柳宗元诗歌中不仅反复地出现屈原曾经走过的地名"浦溆"

（《游南亭夜还叙志七十韵》）、"汨罗"（《汨罗遇风》）、"湘江"（《再上湘江》），而且还出现了许多奇物怪兽，如《游南亭夜还叙志七十韵》中"积翠浮澹滟，始疑负灵鳌""澄潭涌沉鸥，半壁跳悬猱。鹿鸣验食野，鱼乐知观濠"，诗歌中出现的"鳌""猱""鹿"这些动物呈现的多是一种饥饿惊恐的状态，"淹泊遂所止，野风自飔飔。涧急惊鳞奔，蹊荒饥兽嗥"，这固然是由于人类活动突然进入荒野，但也与诗人刚刚逃离政治风浪，贬谪至永州的惊魂未定的心理也有一定关系。

元和九年（公元814年），四十二岁的柳宗元所作《同刘二十八院长述旧言怀感时书事奉寄澧州张员外使君五十二韵之作因其韵增至八十通赠二君子》中，诗歌中的动物意象变得离奇与怪诞：

枭族音常聒，豺群喙竞呀。岸芦翻毒蜃，溪竹斗狂犘。野鹜行看弋，江鱼或共叉。瘴氛恒积润，讹火亟生煆。耳静烦喧蚁，魂惊怯怒蛙。

诗人向朋友描述初至永州所见的惊悚画面：树林里鸥枭的叫声，磨牙的豺群，岸边芦苇里的毒蜃，争斗的狂牛，水中游走的野鸭，还有水中瘴气，这一切都让来自京城的诗人感到惊心不已。

元和十年，柳宗元在经历了永州十年的贬谪之苦后，得诏北归，"投荒垂一纪，新诏下荆扉"（《朗州窦常员外寄刘二十八诗见促行骑走笔酬赠》），然而刚至京师，又一次被贬谪为柳州刺史。柳州比永州更荒僻偏远，他到柳州之后所作的山水诗所描写的自然更为惊怖，如诗人在《寄韦珩》中这样描写的自己初至柳州所见的景象：

桂州西南又千里，漓水斗石麻兰高。阴森野葛交蔽日，悬蛇结虺如蒲萄。

在野葛交蔽的原始森林中，各种毒蛇悬挂在树上像葡萄挂在果架上，这是怎样一种令人惊心和恐怖的现象！"虺"是一种古代传说中的毒蛇，据南朝任昉《述异记》载："水虺五百年化为蛟，蛟千年化为龙，龙五百年为角龙，千年为应龙。"❶ 虺生活在水中，五百年会化为蛟龙。关于蛟，古人因未知其类而多赋予其奇幻的想象，如宋代彭乘撰《墨客挥犀》卷三载：

蛟之状如蛇，其首如虎，长者至数丈，多居于溪潭石穴下，声如牛鸣。岸行或溪谷者，时遭其患。见人，先以腥涎绕之，既坠水，即于腋下吮其血，血尽乃止。❷

从彭乘的描述看，蛟是一种虎首蛇身的巨兽，以腥涎将人缠入水中吮人之血，生活在水边的行人和舟人常遭其患。柳宗元早在永州时应该就知道此物，他在永州所作《游朝阳岩遂登西亭二十韵》有"高岩瞰清江，幽窟潜神蛟"的句子，这说明永州朝阳岩江壁岩窟中藏有神蛟，只是未见其形。而在柳州所作《岭南江行》中，柳宗元正面描述自己见到了蛟：

瘴江南去入云烟，望尽黄茆是海边。山腹雨晴添象迹，潭心日暖长蛟涎。射工巧伺游人影，飓母偏惊旅客船。从此忧来非一事，岂容华发待流年。

此诗描写岭南的许多特异风物：瘴江、黄茆、飓母，还有躺在潭心里晒着太阳的长蛟，巨大的嘴里流着涎水，让人胆战心惊。这首诗里还描述了岭南的另外一种可怕动物射工虫，这是古代传说中一种能含沙射影的毒虫，这种毒虫的可怕之处在于它能含沙射人，而且经常趁人不备，让人防不胜防。晋张华的《博物志》卷三载：

江南山溪中水射上虫，甲虫之类也。长一二寸，口中有弩形，以气射人影，随所著处发疮，不治则杀人。❸

干宝《搜神记》中记载射工虫：

汉光武中平中，有物处于江水，其名曰蜮，一曰短狐。能含沙射人。所中

❶ 任昉. 述异记［M］//钦定四库全书荟要. 长春：吉林出版集团有限责任公司，2005：5.
❷ 彭乘. 墨客挥犀（卷三）［M］//历代史料笔记丛刊. 北京：中华书局，2002：308.
❸ 张华. 博物志校正（卷三）［M］. 范宁，校证. 北京：中华书局，1980：37.

者，则身体筋急，头痛发热。剧者至死。江人以术方抑之，则得沙石于肉中。诗所谓'为鬼为蜮'，则不可测也。今俗谓之'溪毒'。❶

根据干宝的记载，射工虫又名为"蜮""短狐""毒溪"，而且确实是有毒的。《博物志》和《搜神记》所载或者带有神化性质，但许慎《说文解字》在释"蜮"字时也提到"蜮"以气射人的特征：

蜮，短狐也。似鳖，三足，以气射害人。❷

这表明"射工"也许不像传说中那样玄奇，但是极可能也是一种生活在水中的小毒虫。柳宗元曾多次写到此物之可怕，如他在《与李翰林建书》也描述过种这种毒虫：

近水即畏射工，沙虱，含怒窃发，中人形影，动成疮痏。

在《闵生赋》中也记载：

壤污潦以坟泑兮，蒸沸热而恒昏。戏兔鹳乎中庭兮，蒹葭生于堂筵。雄虺蓄形于木杪兮，短狐伺景于深渊。

其中所谓的短狐正是射工。"短狐伺景于深渊"，一个"伺"字，写出了对射工虫袭击的警惕与惊惧。他在《柳州寄丈人周韶州》也写到短狐：

越绝孤城千万峰，空斋不语坐高春。印文生绿经旬合，砚匣留尘尽日封。梅岭寒烟藏翡翠，桂江秋水露鼂鼄。丈人本自忘机事，为想年来憔悴容。

诗中所说有"鼂鼄"也就是短狐，王逸在注《楚辞·大招》中"鼂鼄短狐，王虺骞只"一句时曾明确指出，"鼂鼄，短狐类也"。柳宗元多次反复写此物之可怖，除了此物确具有毒性外，更多可能是传说的记载使人产生的敬畏心理，兼

---

❶ 干宝. 搜神记（卷十二）[M]. 北京：中华书局，1979：156.
❷ 许慎. 说文解字 [M]. 北京：中华书局，1963：282.

之柳州地处南方蛮荒之境，未知名的毒虫必然也不少，极有可能确实攻击过诗人，这就必然会给人留下了些许心理阴影了。

"永州于楚为最南"，而柳州更在永州之南，已经接近唐王朝的边疆南线，其生存环境极为恶劣，不仅有飓风瘴气这样恶劣的自然环境，而且还有令人防不胜防的毒蛇、毒蜂、毒虫等，无不威胁着人的生命，这确实让人生忧惧之心。

3. 荒野的陌生感：色调的幽冷荒寒

柳宗元对于色调清冷幽暗，充满落寞孤寂意味的物象往往给予了较多关注，他笔下出现较多的是深秋严冬的景物，少有鲜丽的色彩和蓬勃的生气，如水是"寒水"，花是"寒花"，松是"寒松"，露是"寒露"，月是"寒月""残月"，泉是"寒泉""幽泉"，野是"寒野"，村是"荒村"，木是"古木"，叶是"黄叶"……所有的景物都着上了寒、黄、幽、荒的冷调色彩。此外还大量出现"枯桐""疏竹""枯干""幽谷"等充满凄冷意味和峭厉之感的意象，聊举数例：

> 朔云吐风寒，寂历穷秋时。（《零陵赠李卿元侍御简吴武陵》）
> 壁空残月曙，门掩候虫秋。（《酬娄秀才寓居开元寺早秋月夜病中见寄》）
> 羁禽响幽谷，寒藻舞沦漪。（《南涧中题》）
> 风窗疏竹响，露井寒松滴。（《赠江华长老》）
> 寒月上东岭，泠泠疏竹根。（《中夜起望西园值月上》）
> 寒花疏寂历，幽泉微断续。（《秋晓行南谷经荒村》）
> 密林互对耸，绝壁俨双敞。（《法华寺石门精舍三十韵》）

从色调上看是"黄叶""莓苔""残月"，从温度感上看是"风寒""寒藻""寒松""寒月""寒花""幽泉"，从景物的开放性看，是"壁空""幽谷""荒村""密林"，山水景物不仅荒凉幽冷，而且人迹罕至，是一个相对封闭的处所，这固然是出于此地山水的本来特征，但与诗人被逐弃的主观感受也是分不开的。

二、荒野带来的不适感和疏离感

荒野作为一个未被人类涉足的领域而存在的，它是一个封闭的内在系统。柳宗元以贬谪之故而涉足这些地方，打开了这个封闭的系统，这个原始生态场给诗人带来了巨大的不适感，而荒野由于人类的侵足其中，也产生动荡与不适，人类与荒野都需要彼此重新调适。

1. 地理民风带来的不适

（1）苦热

作为一个生长于中原的士人，对南荒的气候十分不适。南方湿热，地势又低，"壤污潦以坟洳兮，蒸沸热而恒昏"（《闵生赋》），柳宗元对于这种独异的气候特征十分敏感，他在《夏夜苦热登西楼》一诗中写自己苦热难眠的状况："苦热中夜起，登楼独褰衣。山泽凝暑气，星汉湛光辉。火晶燥露滋，野静停风威。探汤汲阴井，炀灶开重扉。凭阑久彷徨，流汗不可挥。莫辩亭毒意，仰诉璇与玑。谅非姑射子，静胜安能希。"诗歌描述诗人大夏夜苦热，半夜登楼凭阑良久，却仍然流汗不止，最后只能希望以道家"以静胜躁"的心理功夫来解决这种痛苦。

（2）瘴气

南方瘴气多，一般是因为原始森林里动植物尸体腐烂后，没有进行有效处理，在湿热条件下产生的毒气，瘴气常常会笼罩整片山林，柳宗元在《柳州寄京中亲故》中描写柳州林邑连山的瘴气："林邑山连瘴海秋，群柯水向郡前流。劳君远问龙城地，正北三千到锦州。"柳宗元初到南方，对此感受是十分敏锐的，他在《寄韦珩》中描写瘴气损人咽鼻十分难受："炎烟六月咽口鼻，胸鸣肩举不可逃。桂州西南又千里，漓水斗石麻兰高。"他在《别舍弟宗一》中也描写瘴气像黑云一样在头顶的可怕景象："桂岭瘴来云似墨，洞庭春尽水如天。欲知此后相思梦，长在荆门郢树烟。"柳州生活的这种日常状态，对于敏感的诗人来说是难以适应的。

（3）风俗

贬谪地民间风俗大异于中原，由此产生的不适感在永州时就有了。柳宗元在《与萧翰林俛书》中就提到自己初至永州对当地人的方言极不适应，"楚越间声音特异，鸠舌啁噪。"❶ 柳州更比永州偏远，其不适感当然更甚，他《柳州峒氓》描写了生活在柳州的峒族人的风俗："郡城南下接通津，异服殊音不可亲。青箬裹盐归峒客，绿荷包饭趁虚人。鹅毛御腊缝山罽，鸡骨占年拜水神。愁向公庭问重译，欲投章甫作文身。"峒族人民的服饰饮食与中原都不一样，这令诗人感到"异服殊音不可亲"，极不适应。

2. 荒野动植物带来的惊惧感

柳宗元描写了永州和柳州两地异于中原的动物和原始森林风貌，同时诗人也描述了由之带来的惊惧心理感受，如前面所述，荒野地区有许多中原罕见的巨大可怕的动物，如蛇、虺、蛟、射工毒虫以及掀翻客船的大飓风，这些都会使诗人产生恐惧的心理。而那些带有神话色彩的奇异动物，很大程度上反映了诗人对南方荒野的未知与恐惧。

此外，瘴气带来的心理阴影和原始森林带来的震慑感也使人心生恐惧，如《游南亭夜还叙志七十韵》中"海雾多翁郁，越风饶腥臊。宁唯迫魑魅，所惧齐焄蒿。"诗歌所写南方山林中人和各种生物死去后埋在土里而蒸腾出腥臊可怕的气体，让人觉得异常恐惧。又如《寄韦珩》中"桂州西南又千里，漓水斗石麻兰高。阴森野葛交蔽日，悬蛇结虺如蒲萄"，毒蛇打着结悬挂以及原始森林里藤葛交缠阴森可怕的景象带给诗人的巨大震慑，《登蒲州石矶望横江口潭岛深迥斜对香零山》中"双江汇西奔，诡怪潜坤珍。孤山乃北峙，森爽栖灵神"，所描述香零山诡怪幽怖的景象，都给人留下了深刻的印象。

三、自我放逐与精神修炼

柳宗元在描绘南方恶劣环境时，时时不忘突出永州相对于京城的遥远距离感，这既是一种物理上的实际距离，更是一种心理距离：

永州于楚为最南，状与越相类。（《李翰林建书》）
殷周之廓大兮，南不尽夫衡山，余囚楚越之交极兮，邈离绝乎中原。（《闵

---

❶ 柳宗元. 柳河东集 [M]. 上海：上海人民出版社，1974：492.

生赋》）

桂州西南又千里，漓水斗石麻兰高。（《寄韦珩》）

这其实是一种被流放后产生的疏离感的投射，在被流放后，柳宗元并没有走向放旷与阔达，他始终坚守理想，以洁身自好的崇高品格走上一条自我放逐与自我修炼之路，这种疏离和自我修炼的精神在"渔翁"形象塑造中表现得最为明显：

渔翁夜傍西岩宿，晓汲清湘燃楚竹。烟销日出不见人，欸乃一声山水绿。回看天际下中流，岩上无心云相逐。（《渔翁》）

此诗以渔翁为歌咏对象，诗歌所描述的渔翁是"夜傍西岩宿"，而不是"夜归渔村宿"，因此，人物一出场就给人一种独来独往卓尔不群的印象。拂晓时，渔翁燃烟火烧水被描述为"汲清湘""燃楚竹"，而不是普通的"汲江水""燃柴薪"，这或明或暗地告诉我们，这位渔翁是一位情致高雅不同凡俗的人。在"烟销日出"时，渔翁应是"始见人"，却"不见人"，虽不见人却闻渔歌，虽闻渔歌却不见歌者，只见青山绿水，说明人在山水之间，这就有几分在山水间自我放逐的意味，他尚在人间并未遁世，却又远离人群，他孤芳自赏、超凡绝俗，同时又孤寂凄清、情怀抑郁。最后两句更是着意刻画，在这样广阔的天地之间，渔翁竟无以为伴，只有一叶孤舟，漂下中流。岩上白云相逐，似乎云亦有情，但却又说白云"无心"，可以想见渔翁内心的孤独凄凉。在淡泊雅致、意旷境远的画卷中，山水的亮丽和幽冷的氛围烘托的是一位隐居修炼而志趣高洁的志士，这其实是诗人的自我写照。

在另外一首诗歌《溪居》中，柳宗元也塑造了这样一位人物：

久为簪组累，幸此南夷谪。闲依农圃邻，偶似山林客。晓耕翻露草，夜榜响溪石。来往不逢人，长歌楚天碧。

这首诗展现的也是一位志趣高雅的隐士，他离群索居，"来往不逢人"，他以劳作来磨炼自己，"晓耕翻露草，夜榜响溪石"，有时候，他会"长歌楚天碧"，以清亮的歌声衬得山中更加幽寂。当然，还有一首著名的《江雪》：

千山鸟飞绝，万径人踪灭。孤舟蓑笠翁，独钓寒江雪。

《江雪》创造了一个寂静空无的境界，除雪之外，千山之中听不到一只鸟的啼叫，万径之上见不到一个人的踪影，寂静空无到了极点，这完全是个一尘不染、一声不响的白茫茫的、干净的空无世界。那位独钓的渔翁，显然意不在鱼，那么渔翁独钓寒江的意义在哪里呢？应该是一种启迪：修炼是一个艰辛的过程，是一次意志的磨炼，要承受常人承受不了的压力，品尝常人不愿品尝的孤独，就像独钓寒江的渔翁一样，尽管是冰天雪地、寒气逼人，却能淡然处之、静定自若。渔翁独钓寒江，这是一个诗化了艰难修炼自我的形象。

修炼，从某种程度上来说也是一种放逐，一种离弃，因为修炼往往意味着离开熟悉的环境与生活，只有如此，才能获得精神上的卓尔不群，领会肉身与灵魂上双重的孤独不屈。柳宗元带着在对社会的极大热情在被命运抛弃放逐的失意中进行自我修行，这和佛教徒在艰苦的环境中以获得证悟的修行是一样的。

柳宗元参与永贞革新，少年得志，他做事"进而不能止"，为人"性又倨野，不能摧折"（《与裴埙书》），遭遇打击后往往陷入悲戚之中，渔翁孤傲的心境也是要真正表达的内容，在辽阔背景的反衬下，独钓的渔翁是那样渺小、无援和孤独，而这种孤独感，因为有了前面的两句诗表现的阔大广漠而了无生气的背景而显得格外强烈。鸟飞人散的广漠雪地充满了空寂，但我们不仅看到空寂，更感到冰天雪地中独钓者对抗逆境的那股热血。修行，从某种程度上说，正是人类在面对命运打击时的一种抗争，诚如刘纲纪先生所言，"禅宗情感……其根本特点就是个体意识的觉醒，个体对自己在社会和自然中存在的意义和价值的体验和思索，展现对人生的一种孤寂、凄清、冷寂、虚幻、无常的感受。在大自然的极端的寂静中，在与人世无关的自生自灭的自然景象中，人感到他自身的存在是空虚的、孤独的。"❶ 孤独往往产生于觉醒,柳宗元的山水诗在描绘自然景象时,总带有强烈的孤独感。这个本源自佛教天台宗的"飞鸟度空"❷ 的意象曾多次出现在柳宗元诗歌里,飞鸟以孤独的形象在广漠的大地上飞过,这正是禅家"空寂中生气流行"的境界,也是柳宗元"当年寂寞心"特有的生命情调。

柳宗元的山水诗反映的是人与自然之间一种紧张和疏离,不论是冰天雪地中独钓者那股热血对抗,还是孤芳自赏的渔翁傲岸不屈的身影,人与自然似乎总是处于一种对抗与分离状态。自然山水总是美丽清雅的,而人是孤独寂寥的,这种孤独悄怆,一则来源于社会生活的骤然打击,二则更来源于佛教中僧人为了修行而离群索居,修行者远遁山林,总是与世俗拉开距离,以获得对世俗世界的冷静理性的认知,三则柳宗元"天人不相预"的自然观影响也使他并不相信所谓的天命,故而在被流贬的人生命运中仍然保持着一股强烈的不屈之气,这些都是柳宗元山水诗悄怆幽怨的原因。

四、同构与消解:荒野走向和谐

面对王化不到的荒野,被激发的离弃感使诗人进入自我放逐与精神修炼中,在此过程中,荒野山水是伴随诗人最多的朋友。山水,原本是诗人最亲切的朋友,但是面对放逐之地的荒野自然,诗人的主观能动性使他以一种另外的方式与之建立新的联系,逐渐形成人、自然的同构,这个过程的建立也是诗人逐渐走向与自己和解与社会和解的过程。

1. 同构

诗人用同情共振和改造山水的方式来同构荒野山水。冉溪是永州城内一条江水"灌水"的支流,柳宗元被贬到永州后,便居住在冉溪边上,他把冉溪改为"愚溪",并把溪边小丘改为"愚丘",山下的泉水取名为"愚泉",泉水注入的小沟称为"愚沟"。柳宗元对这个地方进行了一些建构,他在沟下筑一池,称为

---

❶ 刘纲纪. 艺术哲学 [M]. 武汉:湖北人民出版社,1986:615.

❷ 天台宗的重要经典《摩诃止观》卷五:"如鸟飞空,终不住空。虽不住空,迹不可寻。虽空而度,虽度而空。"此喻是为形象说明我、法皆空的三谛空观。柳宗元多次使用飞鸟度空的意象。如《江雪》中的"千山鸟飞绝,万径人踪灭",在《禅堂》中"心境本同如,鸟飞无遗迹"。

"愚池"，池东有堂，叫"愚堂"，池南有一亭，命名为"愚亭"，池中有小岛，取名为"愚岛"，总共八处地方，柳宗元给它们统统冠以一个"愚"字，并写有《八愚诗》，可惜此诗已佚，幸好他还有《愚溪对》《愚溪诗序》等篇章。

《愚溪对》所写的是愚溪之神进入柳宗元的梦境，为"愚溪"这个带有侮辱性的名字鸣不平：

> 溪之神夜见梦曰："子何辱予，使予为愚耶？有其实者，名固从之，今予固若是耶？予闻闽有水，生毒雾厉气，中之者，温屯沤泄，藏石走濑，连舻糜解；有鱼焉，锯齿锋尾面兽蹄。是食人，必断而跃之，乃仰噬焉，故其名曰恶溪。西海有水，散涣而无力，不能负芥，投之则委靡垫没，及底而后止，故其名曰弱水。秦有水，挶洿泥淖，挠混沙砾，视之分寸，眙若睨壁，浅深险易，昧昧不觌。乃合泾渭，以自彰秽迹，故其名曰浊泾。雍之西有水，幽险若漆，不知其所出，故其名曰黑水。夫恶弱，六极也。浊黑，贱名也。彼得之而不辞，穷万世而不变者，有其实也。今予甚清与美，为子所喜，而又功可以及圃畦，力可以载方舟，朝夕者济焉。子幸择而居予，而辱以无实之名以为愚，卒不见德而肆其诬，岂终不可革耶？"❶

文中借溪神对自己的质问与申辩表达诗人内心的愤懑不平，溪神质问诗人说愚溪是名不副实的，自己水质又清又美，还有灌溉园圃之功，航行方舟之便，实则有益于人们，为什么要被取这个名字呢？柳宗元回答说，之所以取名愚溪是为了避免"贪泉"那样被人"攫而怀之"的遭遇，"愚"实质是智的意思。这样的意思在《愚溪诗序》里说得更清楚：

> 宁武子，邦无道则愚，智而为愚者也。颜子终日不违如愚，睿而为愚者也，皆不得为真愚。今余遭有道，而违于理，悖于事，故凡为愚者莫我若也。❷

国家无道的时候，智则为愚，这实在是一种是非颠倒的无奈，这里抒发了诗

❶ 柳宗元. 柳河东集 [M]. 上海：上海人民出版社，1974：223-224.
❷ 柳宗元. 柳河东集 [M]. 上海：上海人民出版社，1974：08.

人无罪被贬的愤怒。愚溪是一条清莹秀澈的小溪，它"锵鸣金石，能使愚者喜笑眷慕，乐而不能去也"❶，实乃是个令人赏心悦目的地方，之所以命之为"愚"，实乃是"以愚辞歌愚溪，则茫然而不违，昏然而同归，超鸿蒙，混希夷，寂寥而莫我知也！"❷ 显然，在柳宗元的眼中，愚溪是一个与自己品德相同、声气相应、心心相印的知己，因而诗人喜爱它，赞美它，与它对话，向它倾吐自己的情怀，述说自己的不平，柳宗元把自己的美好品德寄托在这条溪上，以自己的审美感情观照溪流，溪流也成为他审美感情的显现。

柳宗元流贬永州后，发现这一地区的山水因其地处隐秘未被发掘，然后诗人便对这个地方进行了改造。

首先是取道，即打通道路使其能够与人类相交往。他砍去榛莽，焚烧茅草，取出道路，"遂命仆人过湘江，缘染溪，斫榛莽，焚茅茷，穷山之高而止。攀援而登，箕踞而遨，则凡数州之土壤，皆在衽席之下。"❸ "伐竹取道，下见小潭"❹，这样，有了道路便能够到达了。

然后更有对山水的整体修整，"取器用铲刈秽草，伐去恶木，烈火而焚之。嘉木立，美竹露。奇石显。由其中以望，则山之高，云之浮，溪之流，鸟兽之遨游，举熙熙然回巧献技，以效兹丘之下。"❺ "揽去翳朽，决疏土石，既崇而焚，既釃而盈。"❻ "揭跣而往，折竹扫陈叶，排腐木。"❼ 砍除不好的树木，割掉恶臭的秽草，这样嘉木美竹便显露出来，扫除枯腐的树叶和树枝，甚至决疏土石，引水灌溉，这样泉石相激，声音泠泠。

经过这一番改造，这方小丘的荒野性减除了，山水具有了人文化的美，西山可以"洋洋乎与造物者游而不知其所穷"，钴鉧潭"则清泠之状与目谋，潺潺之声与耳谋，悠然而虚者与神谋，渊然而静者与心谋"，小石潭中"鱼可百许头，

❶ 柳宗元. 柳河东集 [M]. 上海：上海人民出版社，1974：408-409.
❷ 柳宗元. 柳河东集 [M]. 上海：上海人民出版社，1974：409.
❸ 柳宗元. 柳河东集 [M]. 上海：上海人民出版社，1974：471.
❹ 柳宗元. 柳河东集 [M]. 上海：上海人民出版社，1974：473.
❺ 柳宗元. 柳河东集 [M]. 上海：上海人民出版社，1974：472.
❻ 柳宗元. 柳河东集 [M]. 上海：上海人民出版社，1974：475.
❼ 柳宗元. 柳河东集 [M]. 上海：上海人民出版社，1974：475.

皆若空游无所依。日光下澈，影布石上，佁然不动；俶尔远逝，往来翕忽，似与游者相乐"，而袁家渴"每风自四山而下，振动大木，掩苒众草，纷红骇绿，蓊葧香气，冲涛旋濑，退贮溪谷，摇飏葳蕤，与时推移"，石渠"侧皆诡石、怪木、奇卉、美箭，可列坐而庥焉，风摇其巅，韵动崖谷，视之既静，其听始远"，石涧"可罗胡床十八九居之，交络之流，触激之音，皆在床下；翠羽之木，龙鳞之石，均荫其上"，小石城山"无土壤而生嘉树美箭，益奇而坚，其疏数偃仰，类智者所施也"，这一番改造人与自然达到了同化，每一处景致既有视觉的美感，又合乎精神与自然同化的要求。这里的山水不再是荒野，而是清澈纯净幽美的景致，每一处景象都充满了灵性。诗人的心境也变得平和了，在对山水进行观照的过程中，诗人心胸虚廓空静，映照万象万境，以物观物的审美直觉达到与自然同化的愉悦之境，这也是一种艺术的审美意境，人与自然的对立与疏离在其中已经悄然发生了变化。

2. 和解：纳物于胸的观物方式

苏东坡曾盛赞柳宗元山水诗"外枯而中膏，似澹而实美"（《东坡题跋》卷上），所谓"外枯而中膏"，实际上是说柳诗中那些枯淡山水是隐藏着丰富复杂的内心感情的，事实上的确如此。

刚到永州的时候，柳宗元的情绪仍处于巨大的打击中，然而诗人积年的佛学修养使他能以佛教"空"去观照自然。诗人在物我同构的激愤中改造和同构了永州那些被遗弃的山水之地，并以佛教纳物于胸的观物方式观照它们，这实是以佛教内敛的观物方式纳入山水所形成的一种风格。我们以此观物的方式去审视《永州八记》就会发现，山水的"枯淡""枯寂"正是经过诗人对山水进行改造和同构之后，才能进入的"与物泯一"：

> 萦青缭白，外与天际，四望如一。（《始得西山宴游记》）

> 苍然暮色，自远而至，至无所见而犹不欲归。心凝形释，与万化冥合。（《始得西山宴游记》）

> 则崇其台，延其槛，行其泉于高者而坠之潭，有声潀然，尤与中秋观月为

宜，于以见天之高，气之迥。(《钴鉧潭记》)

枕席而卧，则清泠状与目谋，瀯瀯之声与耳谋，悠然而虚者与神谋，渊然而静者与心谋。(《钴鉧潭西小丘记》)

潭中鱼可百许头，皆若空游无所依。(《至小丘西小石潭记》)

其中重洲小溪，澄潭浅渚，间厕曲折，平者深墨，峻者沸白。舟行若穷，忽而无际。(《袁家渴记》)

风摇其巅，韵动崖谷。视之既静，其听始远。(《石渠记》)

《永州八记》是柳宗元被贬永州后写的一组山水散文，它采取了直觉体验的方式来对山水进行运思，这里的每一处山水都经过诗人或多或少的改造，因此，它们在观照中都被导入到一个更为宽广阔远的时空境界，真正达到了迁想妙得的佳境。在经过审美改造的山水弃地中，诗人获得了主体"与道合一"的精神自由，而这正是佛家所推崇的体用一源的悟道方式。体用一源既是悟道方式，也是一种艺术的审美体验模式，它既有形而下的"象"这一客体对象，又有超越"象"的形而上的精神境界，柳宗元在对永州的山水观照中，将有限的客体世界引入无限的精神空间，将有形的物质山水导入无形的精神山水，既实现了主体的体物观照，也体现了人与自然走向一体化。在这个世界里，永州有限的自然与诗人无限的禅悟精神空间融合在一起，物我冥一，人与山水达到了同化的状态。

柳宗元诗歌的物我泯一之境始终不同于王维的枯寂禅境，他在这组山水游记文的最后，诗人写下了一段耐人寻味的话：

吾疑造物者之有无久矣，及是愈以为诚有，又怪其不为之中州，而列是夷狄，更千百年不得一售其伎，是固劳而无用，神者倘不宜如是，则其果无乎？或曰："以慰夫贤而辱于此者。"或曰："其气之灵，不为伟人，而独为是物，故楚之南少人而多石。"是二者，余未信之。❶

曾经相信"天人相分"的诗人仍然陷入了巨大的困惑，他原本是不信所谓

---

❶ 柳宗元. 柳河东集 [M]. 上海：上海人民出版社，1974：475-476.

的"天"的，但此时他却怀疑了，如果没有造物主，为什么会有这样的美景呢？可是如果有造物主，为什么又将它抛弃在这荒野之中？这种怀疑正是诗人借"物我冥一"的化境来表达愤世嫉俗的社会诉求，是诗人隐藏在枯淡外表下丰富激昂的情感表达，这也是柳宗元山水诗不能达到如王维山水诗那般幽静的原因。

不可否认的是物我同化产生离不开诗人主体精神的参与，更是诗人主观情感的投影结果，被流放和被疏离的精神创痛时刻在山水中寻找突破口：

丘之小不能一亩，可以笼而有之。问其主，曰："唐氏之弃地，货而不售。"问其价，曰："止四百。"余怜而售之❶

今弃是州也，农夫渔父过而陋之，贾四百，连岁不能售。而我与深源克己独喜得之，是其果有遭乎！书于石，所以贺兹丘之遭也❷

把自己与山水被弃等同起来，这就为自然山水抹上凄怆的色调。柳宗元内心始终怀有不能释怀的受辱被弃的愤懑，否则他不会说永州山水"以慰夫贤而辱于此者"，这只能是贬谪诗人在山水中寻找知音的真实感受，用柳宗元自己的话说，"时到幽树好石，暂得一笑，已复不乐。何者？譬如囚拘圜土，一遇和景，负墙搔摩，伸展支体，当此之时，亦以为适，然顾地窥天，不过寻丈，终不得出，岂复能久为舒畅哉？"❸ 山水清音以慰寂寞的诗人心，也只能暂得一乐，身为逐弃之臣，又如何能做到真正的身心舒畅呢！

山水是人类在原始时期就形成的精神家园，失意的人们回归于自然，总能获得些许的愉悦，在这样的愉悦中，柳宗元留下了一些脍炙人口的山水诗，尽管这种发自内心的真正愉悦时刻并不多，但是在这些数量有限的山水诗里，人与自然之间还是走向了暂时的悦纳和解：

泉回浅石依高柳，径转垂藤闲绿筠。闻道偏为五禽戏，出门鸥鸟更相亲。（《从崔中丞过卢少尹郊居》）

---

❶ 柳宗元. 柳河东集［M］. 上海：上海人民出版社，1974：472.
❷ 柳宗元. 柳河东集［M］. 上海：上海人民出版社，1974：473.
❸ 柳宗元. 柳河东集［M］. 上海：上海人民出版社，1974：494-495.

南州溽暑醉如酒，隐几熟眠开北牖。日午独觉无馀声，山童隔竹敲茶臼。（《夏昼偶作》）

这些诗歌描绘的画面常常是这样的：泉回路转，垂藤绿竹，环境清雅幽静，院内是活动筋骨的诗人，院外是与人亲近的鸥鸟，这是多么和谐。在南方湿热的暑天里睡一个午觉，醒来一片幽静，只有童子捣茶臼的声音传来，又是多么的惬意。在和谐的自然中，紧张与疏离得到了暂时的缓解，对造物主的怀疑也放下了，诗人从与自然疏离的状态慢慢走向与自然同化的和解状态，荒野（对抗）消失了，山水景致（和谐）产生了。

柳宗元既出入于儒家思想，又信奉佛教，在仕途失意的严重打击下思想极为痛苦和忧伤，他归向佛教遍游山水，积极寻求解脱方法。宗教往往能让胸怀旷远的主体心灵不再漂泊，从而求得一份应有的安宁，远离尘世的纷扰。柳宗元在人与荒野的疏离中寻找着艰难的和解之道，他以文人的审美理想与儒佛交织的哲学体验改造荒野山水，他以同情共鸣的同构方式与自然进行对话，从而建构了人与自然的全新和谐。在对自然美景的欣赏中，诗人运道体物，物我同一，悲戚心境在山水精神中得到了有效缓解，他体会到了自由的愉悦，感受到了禅意禅趣的境界，但是这并不能真正解决他的人生困境，正如清人沈德潜所说："愚溪诸咏，处连塞困厄之境，发清夷淡泊之音，不怨而怨，怨而不怨，行间言外，时或遇之"❶，在片刻的愉悦后仍会触景生情，仍然会有悲从中来忧乐相交的心境。

总而言之，柳宗元受儒佛两家思想影响很深，他既以振兴儒道为己任，又以佛教思想为之援引，以佛济儒，他"天人不相预"的自然观使他重视人的主观能动性，然而其仕途遭贬谪带来的精神创伤使他自救式地走向佛教，因之，他的山水诗既有浓郁的主体感受，又有物我同化的静态美感。

❶ 沈德潜. 唐诗别裁（卷四）[M]. 上海：上海古籍出版社，1979：129.

第八章
佛道儒相济：
人、自然、郡斋的和谐

第八章
佛道儒相济：人、自然、郡斋的和谐

郡斋一般指郡守官舍，中晚唐一些诗歌常常从官舍视角描写郡斋日常闲居生活，如诉讼公务、宴集种药、观赏山水等，表现了诗人视郡官为隐居的思想。这种亦官亦隐思想显然受到了儒家和佛道的综合影响，一方面，儒家欲平治天下的理想仍然还在；另一方面，中晚唐以后，官场愈发黑暗，令人失望的社会现实使士人们本能地靠近佛道。很多诗人在出仕为官与归隐山林之间反复徘徊，他们常出入寺院道观短暂居留，在寺观与官场之间多次反复，形成了身在官场而心隐山林的独特现象，这种现象在中唐以后尤为普遍，这也是郡斋诗产生的背景。另外，中晚唐也有许多作于县衙官舍的诗歌，它们和郡斋诗所表现的内容和审美情趣完全相同，差别只在州和县而已，这些诗歌也属于郡斋诗的范畴。❶

郡斋由于同时具有处理公事与隐居的功能，郡斋的生态环境既不同于以游赏为主要功能的山水园林，也不同于以破闷为主的荒野谪游，具有独特的仕隐双重文化内涵。

第一节　唐代吏隐思想的形成

一、吏与隐的调和

郡斋诗与"隐"的观念有密不可分的关系，一些诗人把外郡做官视为隐居，

---

❶　葛晓音. 中晚唐的郡斋诗和"沧洲吏"［J］. 北京大学学报（哲学社会科学版），2013（1）：90.

他们这种亦官亦隐的生活状态也称为"吏隐"。吏隐的思想由来已久,早在汉代时东方朔就有避世金马门的先例,扬雄《法言·渊骞》中称柳下惠"朝隐","朝隐"也是吏隐的意思,《文选》中有一首晋代王康琚的《反招隐诗》❶中,诗曰:

> 小隐隐陵薮,大隐隐朝市。伯夷窜首阳,老聃伏柱史。昔在太平时,亦有巢居子。今虽盛明世,能无中林士。放神青云外,绝迹穷山里。鹍鸡先晨鸣,哀风迎夜起。凝霜凋朱颜,寒泉伤玉趾。周才信众人,偏智任诸己。推分得天和,矫性失至理。归来安所期,与物齐终始。

诗歌宣扬了一种随遇而安、任其自然的生活态度,在众多鼓吹隐逸遁世的"招隐"诗中,它独树一帜,提出"小隐隐陵薮,大隐隐朝市"的口号,主张"推分得天和",反对"矫性",宣传了一种任运自然的生活方式,这是最早以诗歌直接描写吏隐生活的作品。❷魏晋以后,吏隐更成为一种普遍的生活处世方式,并极大地影响了后世文人。韦应物就明确表示自己对这种处世方式的认可,"春风饮饯灞陵原,莫厌归来朝市喧。不见东方朔,避世从容金马门"(《送褚校书归旧山歌》),白居易《中隐》诗说:"大隐住朝市,小隐入丘樊。丘樊太冷落,朝市太嚣喧。不如作中隐,隐在留司官。似出复似处,非忙亦非闲。"苏东坡也说,"未成小隐聊中隐,可得长闲胜暂闲"(《六月二十七日望湖楼醉书》),他们所谓的"中隐"也就是"吏隐"。

在描写吏隐生活的诗歌中,郡斋是少不了的。然而"郡斋诗"的称谓直到大历时期才出现于诗人笔端,如"比闻朝端名,今贻郡斋作"(皎然《奉酬于中丞使君郡斋卧病见示一首》)的"讲易居山寺,论诗到郡斋"(李端《送元晟归江东旧居》),"郡斋论诗""郡斋作诗"是大历诗人郡斋诗中出现得频繁的意象。"郡斋诗"这一概念出现虽晚,但是郡斋诗最早可以溯源到谢灵运,谢灵运《登池上楼》中有"进德智所拙,退耕力不任。徇禄反穷海,卧疴对空林"的说

---

❶ 萧统. 文选 [M]. 李善,注. 北京:中华书局,1977:311.
❷ 蒋寅. 大历诗风 [M]. 上海:上海古籍出版社,1992:34-35.

法，表明了自己为了俸禄到偏僻海边做官的隐者态度，这就是最早以外郡为隐居的吏隐诗。谢灵运的郡斋诗还写了出守永嘉郡时清寂闲暇的日常生活，如"矧乃归山川，心迹双寂寞。虚馆绝诤讼，空庭来鸟雀。卧疾丰暇豫，翰墨时间作"（《斋中读书诗》），诗中说郡斋的诤诉官务都已处理完了，看着郡斋庭院上飞来的许多鸟雀，就不禁让卧病的诗人产生畅游山川之遐想，这里既有郡斋的为官生活，也有闲时心游山水的隐居生活，这就已经具备郡斋诗的基本内容了。

继谢灵运之后，诗人谢朓也在诗歌中描述了自己如何将官与隐和谐统一的做法，"既欢怀禄情，复协沧州趣。嚣尘自兹隔，赏心于此遇"（《之宣需郡出新林浦向板桥》），这是谢朓由中书郎出为宣城太守时所咏出的诗句，诗歌里描述了既享受了仕宦生活的富足，又得到避世的自在，既可远离污浊险恶的官场，又可亲近自然饱览山水之美的生活，这种生活正是诗人的理想。宋齐之际，朝廷、藩王、官僚之间的权力斗争十分尖锐，政治风云变幻莫测，作为一介文士的谢朓累任朝官、郡守、藩邸、幕僚之职，回旋于各种政治势力之间，这样的生活是令人不安的。所以一旦暂得摆脱，诗人便感到无限舒畅，谢朓作了许多描绘自己闲居郡守的诗篇，这些诗篇都流露出悠然自得的隐者情调。

谢朓"既欢怀禄情，复协沧洲趣"的思想进一步丰富了郡斋诗的内容和表现，他在郡斋诗《始之宣城郡》中既有表明自己勤于务政的思想，如"下帷阙章句，高谈媿名理。疏散谢公卿，萧条依掾吏。簪发逢嘉惠，教义承君子。心迹苦未并，忧欢将十祀"，也有"招招漾轻楫，行行趋岩趾。江海虽未从，山林于此始"这样畅游山水的句子。作为郡守，表明自己务政"止贪""共治"的思想，这是郡斋诗的题中之意，而且，作为郡守，还有巡视民田，关心农稼的公务，所以他也有如《种桑》《白石岩下径行田》《赋贫民田》田园诗作。不过，谢朓更多的郡斋诗是从斋中远眺的角度，描写苍莽平野的景色，山水观赏中多可见田园之趣，如《宣城郡内登望》《冬日晚郡事隙》《后斋迴望》《落日怅望》《高斋视事》《郡内高斋闲望答吕法曹》等，这正体现了谢朓山水诗的特色。

虽然谢朓以其成功的山水诗创作奠定了他在南朝的文学地位，但是在唐人眼里，谢朓独特的人格魅力却在于他吏隐身份的成功定位，当代学者蒋寅认为，就人生态度来说，谢灵运和陶渊明都比不上谢朓，"只有谢朓，对功名爵禄的留恋和对闲适生活的向往构成尖锐的心理冲突，并最终借吏隐而得以调和，从而实现'既欢怀禄情，复协沧洲趣'的生活理想。"❶ 这也正是谢朓给后代士人们树立的典范形象。

二、唐代诗人韦应物的吏隐

韦应物是中唐前期的著名诗人，由于特殊的人生经历，他的思想受儒释道影响都很深。

韦应物出生于唐玄宗开元二十五年❷，正是开元全盛时期，帝国强盛的时代气息造就了韦应物浪漫任侠的不凡品格，天宝八年（公元749年），韦应物十五岁，因门荫得补玄宗近侍三卫郎，安史之乱中，韦应物曾避难武功宝意寺等地，安史之乱后，韦应物复入太学读书，后入仕。代宗广德二年（公元764年），韦应物任洛阳丞。永泰元年（公元765年），韦应物因惩办不法军士被讼。次年春，告闲居洛阳，后至长安。大历四年秋（公元769年），南游扬州。五年秋北归，为河南府兵曹参军。八年夏，因病去官，寓居洛阳同德精舍，冬，西归长安。九年，经京兆尹黎干荐举任京兆府功曹参军，摄高陵令。十二年冬，妻子病逝。十三年，转鄠县令。次年，改栎阳令。四月，称疾辞官，寓居长安西郊沣上善福精舍。建中二年（公元781年）四月，除尚书比部员外郎。三年夏，出任滁州刺史。兴元元年（公元784年）罢任，闲居滁州西涧。贞元元年（公元785年），起任江州刺史。三年，入朝为尚书左司郎中。四年冬，复出为苏州刺史。七年罢任，寓居苏州永定寺，约贞元八年（公元792年）死于苏州，享年五十八岁。❸

---

❶ 蒋寅. 古典诗歌中的"吏隐"［J］. 苏州大学学报，2004（2）.

❷ 傅璇琮. 唐代诗人丛考·韦应物系年考证［M］. 北京：中华书局，1980：269.

❸ 关于韦应物生平事迹的探讨，始见于宋。韦故世后，至北宋的王钦臣在校订其诗集时写了一篇《宋嘉裕校定韦苏州集序》，始根据其诗歌对其生平作了一个简单的考订。此后南宋的葛繁、沈明远逐步补充完善，方为韦应物的生平勾勒出一个大致轮廓。后来的学者时有考辨，中华人民共和国成立后主要有孙望先生的《韦应物事迹考述》、傅璇琮先生的《韦应物系年考证》和廖仲安先生的《有关〈韦应物系年考证〉的几件事》，陶敏、王友胜《韦应物简谱》等成果，澄清了一些事实，虽然还有一些疑点，但大体有了一个清楚认识。

在这份履历中，我们可以归纳出一个这样的图式：

玄宗侍卫—武功宝意寺

洛阳丞—同德精舍

京兆府功曹—善福精舍

苏州刺史—永定寺❶

这组图式表明，诗人韦应物在他的一生中，从初仕到归休一直都在重复着仕隐的循环，而每一次循环又都归于佛寺，表现出某种遁世避俗的心理趋向。储仲君先生根据韦应物诗中反映的主导情绪，将其划分为三个时期："（1）洛阳前后自就读于太学至供职京兆府以前。这是一个积极向上的时期。（2）长安—滁州，自就任京兆府功曹至罢滁州刺史，这是一个消沉失望的时期。（3）江州—苏州，自出任江州刺史到寓居永定寺，这是一个满足安逸的时期。这三个时期都在十年左右。"❷ 储先生还指出，每一时期内诗人的情绪都有些起伏，他的生活道路"始终是按照出仕、闲居、出仕、闲居这样的公式安排的，他的情绪也随着这种变化螺旋式地运动着，但不是上升，而是下降"❸。当代学者蒋寅也认为，在仕与隐之间的不断循环正说明韦应物并不是真正的超脱，"那种不厌其烦地在诗中表达的超脱尘俗的体验，……它只能说是一种逃避，而绝不是超脱。真正超脱，超脱的过程和被超脱的尘境就不存在了，我们也就无从知道他的超脱和他要超脱的东西。很显然，韦应物并没有真正的超脱，他只是努力在超脱。"❹ 仕与隐的矛盾与挣扎中正是反映了韦应物内心儒道佛思想的矛盾与痛苦。

在韦应物生活的年代，国家刚刚经历过安史之乱，元气大伤，但是大唐盛世的余辉还在。这个时代的诗人大都经历过开元盛世，都曾有过开元诗人那样的功业理想与人生意气，如大历十才子中，李端有"谁道廉颇老，犹能报远雠"

❶　蒋寅. 大历诗人研究［M］. 北京：中华书局，1995：95. 赤井益久. 韦应物的屏居［J］//《汉文学会会报》第三十辑（1984：12）.

❷　储仲君. 韦应物诗分期的探讨［J］. 文学遗产，1984（12）.

❸　储仲君. 韦应物诗分期的探讨［J］. 文学遗产，1984（12）.

❹　蒋寅. 大历诗人研究［M］. 北京：中华书局，1995：95.

（《赠故将军》）的老当益壮为国效力的豪情壮语，韩翃有"万里长城家，一生唯报国"（《寄哥舒仆射》）的以身许国的理想，皇甫冉有"沧洲未可行，须售金门策"（《曾东游以诗寄之》）的以辅弼为己任的宏愿与雄心。不仅如此，他们大多都有应试出仕的经历，其中韩翃、卢纶、司空曙等人还曾亲历边塞从戎的沙场经历，他们的诗歌不仅有崇尚建立边功的明确表达，而且创造了壮伟的诗境与昂扬的情调。

　　唐朝安史之乱平息后，社会经济有了一定的复苏，唐王朝表现出某种"中兴"的气象，然而藩镇割据势力跋扈形成的政治积弊仍威胁着社会的安定存亡，"举何方而可以复其盛，用何道而可以济其艰？既往之失，何者宜惩？将来之虞，何者当戒？"❶ 这既是时代提出的迫切愿望和要求，也反映了士人意欲重整社会秩序重现盛唐气象的渴望。与大历十才子相比，韦应物有"尚侠，初以三卫郎事玄宗。及（玄宗）崩，（韦应物）始悔，折节读书"❷ 的经历，他对唐王朝有更深的眷恋之情。安史之乱彻底打乱他的生活，"臣零落今犹在，仙驾飘飘不可期"（《燕李录事》）、"可怜蹭蹬失风波，仰天大叫无奈何"（《温泉行》），与早年判若霄壤的乱后现实生活，令韦应物内心无比失落和痛苦，他常常无限怀念地忆及往昔的盛世景象和逍遥生活，"身骑厩马引天仗，直入华清列御前"（《温泉行》）、"朝廷无事共欢燕，美人丝管从九天"（《温泉行》）。一场战争把唐王朝从天堂拉入地狱。

　　今昔的巨大落差也使诗人更感到"往世如寄""顽钝如锤命如纸"（《温泉行》）、"见话先朝如梦中"（《与村老对饮》），一切恍如梦幻。

　　然而，战争毕竟平息了，尽管现实是"一个从恶梦中醒来却又陷落在空虚的现实里因而令人不能不忧伤的时代"❸，由盛极陡衰之下的唐王朝还没有进入衰微的末世，韦应物仍希望有所作为，他说"幸遭明盛日，万物蒙生植"（《谢栎阳令归西郊赠别诸友生》），所以，昂扬奋发努力救世以中兴大唐，也构成了韦

❶ 李昉. 文苑英华（卷四八七）[M]. 北京：中华书局，1966：2483.
❷ 辛文房. 唐才子传（卷四）[M]. 北京：中华书局，1991：54.
❸ 程千帆. 唐诗鉴赏辞典（序言）[M]. 上海：上海辞书出版社，1983：6.

应物诗作中的一个重要内容。韦应物在朋友冯著被录为广州署录事时赠诗送别，诗云："州伯荷天宠，还当翊丹墀。子为门下生，终始岂见遗。所愿酌贪泉，心不为磷缁。上将玩国士，下以报渴饥。"（《送冯著受李广州署为录事》）他鼓励冯著洁身自好，上报州府，下抚黎民，这更是他对自己提出的要求。又如李儋赴河东节度使马燧幕府时，韦应物写下《寄别李儋》："首戴惠文冠，心有决胜筹。翩翩四五骑，结束向并州。名在相公幕，丘山恩未酬。妻子不及顾，亲友安得留。"诗歌赞赏了李儋有决胜的智慧和前往并州的巨大勇气，更有不顾亲人朋友，一心报效国家的忠勇大义，而这又何尝不是他对自己的要求与期盼呢？

战争过后的大唐社会危机四伏，大历年间，唐代宗重用宦官李辅国、奸臣鱼朝恩等人，宦祸惨烈，朝政腐败。李辅国曾对代宗说："大家（皇帝）但内里坐，外事听老奴处置。"❶鱼朝恩竟然狂妄道："天下事有不由我乎？"❷国家朝政全由奸宦把持，宦官们擅自废立、肆无忌惮，结党营私、排斥贤正，这严重地威胁着国家的统一。在这样的政治环境下做官很难有所作为，而韦应物就在任洛阳丞时就因惩办不法军士被讼。因为性格耿直，"方凿不受圆，直木不为轮"（《任洛阳丞请告一首》），韦应物在黑暗复杂的官场中常遭遇排挤猜忌，这使他感到痛苦与疲倦，"公门极熬煎""公堂日为倦"。对于国家的衰乱，政局的动荡和经济的衰败，他时常有着无能为力的强烈愧疚和痛苦：

自惭居处崇，未睹斯民康。（《郡斋雨中与诸文士燕集》）

赋繁属军兴，政拙愧斯人。（《答王郎中》）

牧人本无术，命至苟复迁。（《答崔都水》）

终日愧无政，与君聊散襟。（《酬秦征君徐少府春日见寄》）

身多疾病思田里，邑有流亡愧俸钱。（《寄李儋元锡》）

方惭不耕者，禄食出闾里。（《观田家》）

屡往心独闲，恨无理人术。（《任鄠令渼陂游眺》）

---

❶ 刘昫. 旧唐书（卷184）[M] 北京：中华书局，1975：4761.
❷ 欧阳修，宋祁. 新唐书（卷207），北京：中华书局，1975：5865.

诗句中频繁出现"惭""愧""恨"的字表明了诗人内心深深的愧疚，南宋词人刘辰翁评价韦应物"居官自愧，闵闵有恤人之心"（《王孟诗评》），明胡震亨也认为韦应物有"仁者之言"（《唐音癸籤》），这正是儒家思想影响的结果。这种居官自愧的感受深深地困扰着他，使他感到无作为的烦恼，他把目光投向山林川泽，决定离职闲居了。

在大历时期那样一个物质匮乏的时代，辞官隐居是不太现实的。韦应物曾在《经少林精舍寄都邑亲友》一诗中表明自己的无奈："独往虽暂适，多累终见牵。方思结茅地，归息期暮年。"由于某些不愿明言的原因，他不能断然归去，即使因故罢官，一有机会他还是要回归官场。在《观早朝》一诗中，他甚至直言希望为官的想法："愧无鸳鹭姿，短翮空飞还。谁当假毛羽，云路相追攀？"在《洛都游寓》中他也说："轩冕诚可慕，所忧在絷维。"日本学者近藤元粹就指出，"先生亦有欣羡之心矣"❶。其实，这是很可以理解的，韦应物少年做过玄宗的三卫郎，是直接隶属于皇帝的禁卫军，享有特殊的权利。他晚年在诗歌里充满怀恋地回忆这段生活还说："与君十五侍皇闱，晓拂炉烟上赤墀。花开汉苑经过处，雪下骊山沐浴时。"（《燕李录事》），从这些诗句可以看出他对唐玄宗充满了感情。对于韦应物而言，唐王朝曾带给他无上荣耀与恩情，他不能轻易抛弃它，"不能林下去，只恋府廷恩"（《示从子河南尉班》），在晚年任江州刺史时，他还鼓励侄儿努力求取功名为朝廷效力："纻衣岂寒御，蔬食非饥疗。虽甘巷北箪，岂塞青紫耀。郡有优贤榻，朝编贡士诏。欲同朱轮载，勿惮移文诮。"（《题从侄成绪西林精舍书斋》）所以，尽管官场小人当道，韦应物也不可能真正离开。可是，理想与现实的巨大反差，中兴的理想在黑暗政治现实中的注定难以实现又使他想离开，他想解绶归隐而又不能完全割舍，内心却充满了矛盾：

　　腰悬竹使符，心与庐山缁。（《郡内闲居》）

　　华簪岂足恋，幽林徒自违。（《途中书情寄灌上两弟回送二甥却还》）

　　思怀在云阙，泊素守中林。（《沣上对月寄孔谏议》）

---

❶ 近藤元粹评订. 韦苏州诗集［M］. 明治三十三年排印本.

一望岚峰拜还使，腰间铜印与心违。（《紫阁东林居士叔缄赐松英丸捧对忻喜盖非尘侣之所当服辄献诗代启》）

犹将虎竹为身累，欲付归人绝世缘。（《寻简寂观瀑布》）

身在官场为官，心却向往林间山水。在这种身心的分裂中，向佛门遁世避俗便成了诗人逃避苦难现实的途径。韦应物几乎每次罢官或官闲时都去佛寺或禅院调养身心，而不久又会回到官任上。他曾居住在长安西郊善福寺、洛阳同德精舍和苏州永定寺等地方，❶ 在寺院里，韦应物结识了不少僧人，如深上人、皎然、操公和恒璨等，他们大都是精于禅理和诗学的高僧，他常与这些僧人禅客说佛论道，"尘襟一潇洒，清夜得禅公（《夜遇诗客操公作》）"朝与诗人赏，夜携禅客入（《花径》）"今日郡斋闲，思问楞伽字"（《寄恒璨》）等。经受了寺庙文化的熏陶，研究了佛学经典的理论之后，韦应物的佛学修养得到很大提高，我们来看看他的三首佛理诗：

丝桐本异质，音响合自然。吾观造化意，二物相因缘。（《赠李儋》）

万物自生听，太空恒寂寥。还从静中起，却向静中消。（《咏声》）

秋荷一滴露，清夜坠玄天。将来玉盘上，不定始知圆。（《咏露珠》）

佛教的缘起论认为一切事物都是因缘和合的结果，《赠李儋》中诗人看到了事物的因缘关系，但他认为"丝桐本异质"，他还没有认识到丝桐本并无自性，它们也是瞬间无常不真实的"空"。而《咏声》表明诗人对事物的认识已从"因缘"关系跳出来，上升到"空""寂"的高度，他把"声"看成是一种没有体性的妄相，它是由"空"依缘而成又随缘散入"空"的，这说明诗人已经领悟了"四大皆空"的妙义，体会到了无我之境的妙趣。《咏露珠》中，来自"玄天"的"一滴露"，实际上也就是整个宇宙，从大乘佛学圆融无碍的观点来看，圆融本是大和谐，大相通。周裕锴在《禅宗语言》中认为，"由于圆形具有无始无终不偏不倚的物理性质，故可以象征永恒的宇宙时空，也可以象征通达无碍的心

---

❶ 傅璇琮. 唐代诗人丛考·韦应物系年考证 [M]. 北京：中华书局，1980.

性，可以象征心佛众生之间的各种微妙关系，可以象征各种对立范畴如理事、色空、心境、体用的圆融统一。"❶ 韦应物以"露珠"来象征宇宙，这也表明诗人的佛学修养已经达到一定的高度了。

三、吏隐的本质特点：儒道佛生活方式上的调和

韦应物后期外放做官，由儒而出入佛道，他既是一个良吏，又是一个十足的隐士。一方面，他勤于吏务，亲到郡里查访百姓的收成，看到民间乡里一片凋零，他心里充满了恻怆之感，"为郡访凋瘵"（《郡楼春燕》）"凋散民里阔，摧翳众木衰。楼中一长啸，恻怆起凉飔"（《重九登滁城楼忆前岁九日归沣上赴崔都水及诸弟燕集凄然怀旧》），看到百姓收成稍好点，他就很高兴，"仰恩惭政拙，念劳喜岁收"（《襄武馆游眺》）。要征徭役了，他便亲自去乡里探访百姓疾苦，以此来决定徭役的情况，"均徭视属城，问疾躬里闾"（《登蒲塘驿沿路见泉谷村墅忽想京师旧居追怀昔年》）。荒年百姓歉收，他充满了愧疚感，"旱岁属荒歉，旧逋积如坻。到郡方逾月，终朝理乱丝。宾朋未及宴，简牍已云疲。昔贤播高风，得守愧无施"（《始至郡》），虽说这是连年战乱造成的，可他觉得是自己这个郡守失职所致，其忧心如焚勤政爱民之心在苦难现实里倍受煎熬，这使得他过早地出现了白发，"凋氓积逋税，华鬓集新秋"（《月晦忆去年与亲友曲水游宴》）。他所做的这一切决非为了自己的前程，而是为了一方百姓，"岂是贸荣宠，誓将救元元"（《送李十四山东游》），这种炽热的儒家情怀是他不能完全脱离官场走向隐居的根本原因，所以乔亿《剑溪说诗又编》说他"多恤人之意，极近元次山"❷，"多恤人之意"即关心世事及同情人民而言。

然而，另一方面，韦应物却把带有道家老庄逍遥无为的思想在官场生活中发挥到了极致。当他处理完公事回到郡斋内，他便"鲜食寡欲，所居必焚香扫地而坐，冥心象外"❸，有时候与僧人朋友谈玄论道："山僧一相访，吏案正盈前。出

---

❶ 周裕锴. 禅宗语言［M］. 杭州：浙江人民出版社，1999：88.
❷ 郭绍虞. 清诗话续编（二卷本）［M］. 富寿荪，校点. 上海：上海古籍出版社，1983：1122.
❸ 傅璇琮. 唐才子传校笺（第2册）［M］. 北京：中华书局，1989：169.

处似殊致,喧静两皆禅。暮春华池宴,清夜高斋眠。此道本无得,宁复有忘筌。"
(《赠琮公》),案牍盈前的吏政、暮春宴饮的世俗生活与山僧相访、清夜高眠的
超然生活被完美地统一起来,构成了韦应物生活中不可或缺的两个层面。他严守
为官之道,"从官俱守道,归来共闭门。驱车何处去,暮雪满平原"(《送端东
行》),他躬守古人之言,保有自己的高尚的节操,以出世的心态来处世,出处
自如,"道妙苟为得,出处理无偏"(《春月观省属城始憩东西林精舍》)"伫君
列丹陛,出处两为得"(《谢栎阳令归西郊赠别诸友生》)。在韦应物看来,出世
与入世是可以和谐地统一起来的,这便形成了他独特的处世之道——吏隐。

吏隐是中国封建社会的独特产物,它将济世与避世这么一对尖锐的矛盾圆融
地糅合在一起,使人的社会价值得以体现,个体人格也能保持相对独立。在这种
生活方式中,诗人韦应物也获得了社会价值和自我人格的双重完善。韦应物常在
诗歌里面以谢朓自比,与韦应物有交往的同时代诗人秦系也将韦应物比作谢朓:
"久卧云间已息机,青袍忽着狎鸥飞。诗兴到来无一事,郡中今有谢玄晖。"
(《即事奉呈郎中使君》)而韦应物在回秦系的诗中也毫不迟疑地接纳了这一比
称:"知掩山扉三十秋,鱼须翠碧弃床头。莫道谢公方在郡,五言今日为君休。"
(《答秦十四校书》)由此可见,韦应物的吏隐处世之道也是得到当世认可的。

佛道的任运随缘和无为而治使韦应物从繁忙的世俗中解脱了出来,于是韦应
物的郡斋诗给世人留下一个清闲自在的官吏形象,"满郭春风色已昏,鸦栖散吏
掩重门"(《县内闲居赠温公》)"吏散门阁掩,鸟鸣山郡中"(《寄杨协
律》)"山郡多暇日,社时放吏归"(《社日寄崔都水及诸弟群属》)"郡中永无
事,归思徒自盈"(《寄职方刘郎中》),虽仍在官任上,但诗人这种散淡舒缓、
优柔不迫的意趣和隐居于山水田园的隐逸诗人是非常相似的。

第二节 唐代郡斋诗与郡斋生活

郡斋诗于梁陈至初盛唐十分寥落,中唐以后,达官贵人多在京城建置园林别
业,一些无力购置园林的诗人便在任职之地的近郊建造别业,他们在任务之余悠

游于山水泉石间，招邀文侣饮酒作诗，唐代中晚期郡斋诗才渐多起来。这些郡斋诗人虽寄名吏籍，而实际已不甚过问事务，与隐居相去无几了，有古人所谓"大隐隐朝市"之风，一方面悠游林下，另一方面也能兼顾官场的事务，郡斋便成为这两种不同生活方式的承载。

一、郡斋宴集

唐代郡斋诗以韦应物的郡斋诗最为突出，韦应物在《酬刘侍郎使君（刘太真）中直言"继作郡斋什，远赠荆山珍"，而刘太真《与韦应物书》也回应说："顾著作来，以足下《郡斋燕集》相示，是何情致畅茂，遒逸如此！"❶ 说明韦刘二人都心照不宣默认韦应物所谓的"郡斋什"即"郡斋燕集"诗，可见，在郡斋诗中，"燕集"是非常重要的内容。

郡斋诗中有大量描写宴集的诗歌，这些宴集有的是与官场朋友的应酬来往，如韦应物《贾常侍林亭燕集》："高贤侍天陛，迹显心独幽。朱轩骛关右，池馆在东周。缭绕接都城，氤氲望嵩丘。群公尽词客，方驾永日游。"此诗中不乏对贾常侍的赞美与阿谀之词。这种官场应酬的宴集诗虽然多有存在，但是更多的宴集是发生在志趣相投的文士朋友之间，如韦应物《扈亭西陂燕赏》："况逢文翰侣，爱此孤舟漾。绿野际遥波，横云分叠嶂。公堂日为倦，幽襟自兹旷。有酒今满盈，愿君尽弘量。"这是倦于公堂的文士朋友在园林陂池上漾舟的聚会。顾况也曾描述过同样的宴集："好鸟依佳树，飞雨洒高城。况与二三子，列坐分两楹。文雅一何盛，林塘含馀清。"（《酬本部韦左司》）他把郡斋的宴集和景物都写得清新动人，当然是因为宴集的这"二三子"都是知己好友，是"文雅一何盛"的同道中人，人雅景新，山水也显得清新动人。

和朋友文侣宴集和饮酒赏园足以纾缓在官场的苦闷，马戴在《同州冬日陪吴常侍闲宴》也描述了一场文友的聚会："中天白云散，集客郡斋时。陶性聊飞爵，看山忽罢棋。雪花凝始散，木叶脱无遗。静理良多暇，招邀惬所思。"朋友

---

❶ 刘太真. 与韦应物书［M］//董浩. 全唐文（卷395）. 北京：中华书局，1983：4016.

们在一起，随意聊聊天，看到远方山色动人，可以停下正在对弈的棋局，不在乎形式，只在于内心的舒畅与自由，"招邀惬所思"表明了宴集的目的在于怡神，这样的聚会是非常欢洽和自由的，郡斋官务往往比较枯燥，宴集恰如给心灵输氧一般，让人乐此不疲。

客观上讲宴集也有消愁的功能，有时要消解送别朋友的离愁，如张登《冬至夜郡斋宴别前华阴卢主簿》："虎宿方冬至，鸡人积夜筹。相逢一尊酒，共结两乡愁。王俭花为府，卢谌幄内璆。明朝更临水，怅望岭南流。"这是一场离宴，诗中充满了离别的惆怅，消解愁情的自然是郡斋宴上的美酒。除此之外，官场的苦闷也是需要借酒来消解的。安史之乱后的唐代官场十分黑暗，残破凋敝的现实和仕途穷通的无常使诗人们既不忍舍弃官场，又对仕途充满绝望与厌倦，尽管社会责任感仍然驱使他们不断努力去做一名良吏，但是盛唐士人那种积极进取的功名事业心和社会责任感在他们身上已经黯淡了许多，他们一面努力完成官场事务，一面常常将官场的烦闷纾散在宴集与山水游赏中。

许多州县微职的中下层士人或迁谪外放的官吏，仕途偃蹇，他们在游目骋怀时屡屡兴归隐之思，但是在时代精神的鼓荡下，他们又不能完全抛开干世之志和功名之念。一方面是对官场与仕途的失望，另一方面是想归隐却又有负于自己经邦济世的宏大抱负，因此，求荣干仕的济世情怀和仕途失意的牢骚怨怼在诗歌里呈现出仕隐矛盾的忧怨情调。

二、郡斋出游

郡斋出游是闲暇时必须有的活动。韦应物无论是任洛阳尉、高陵令，还是任滁州、江州、苏州刺史时，都有大量诗歌记载了他出游登临山水的经历，如"昏旭穷陟降，幽显尽披阅"（《同元锡题琅邪寺》），"屡访尘外迹，未穷幽赏情"（《秋景诣琅邪精舍》），"始入松路永，独忻山寺幽"（《游灵岩寺》）等，他甚至还记录了自己驾着马车带着仆人声势浩大的一次游山：

受命恤人隐，兹游久未遑。鸣驺响幽涧，前旌耀崇冈。青冥台砌寒，绿缛草木香。填壑跻花界，叠石构云房。经制随岩转，缭绕岂定方。新泉泄阴壁，高萝荫绿塘。攀林一栖止，饮水得清凉。物累诚可遣，疲氓终未忘。还归坐郡阁，但见山苍苍。(《游琅琊山寺》)

这首诗描写了诗人的一次出游，他以车马前行导路，带着众多仆人，山林间旌旗招展。后人对这种颇为招摇的出行方式多有诟病，葛立方就曾批评道：

烟霞泉石，隐遁者得之，宦游而癖此者鲜矣。谢灵运为永嘉，谢元晖为宣城，境中佳处，双旌五马，游历殆遍，诗章吟咏甚多，然终不若隐遁者藜杖芒鞋之为适也。……韦应物、欧阳永叔皆作滁州太守，应物游琅琊山则曰：鸣驺响幽涧，前旌耀崇冈。永叔则不然。游石子涧诗云：麇麚鱼鸟莫惊怪，太守不将车骑来。又云：使君厌骑从，车马留山前。行歌招野叟，共步青林间。游山当如是也。❶

葛立方认为，出游山水当以藜杖芒鞋的隐遁者方式为最佳，旌旗仆丛的游山方式实在是对山林的一种亵渎，宋代欧阳修做滁州太守时也爱游山玩水，但他就从不带车马。把车马留在山下，与山野老叟共步于山林之间，这才是真正的游山。

除了游山外，郡斋出游还可以选择泛舟游水。诗僧皎然的一位朋友郑使君，在处理完郡斋事务后便和皎然二人放舟游湖，"郡斋得无事，放舟下南湖。湖中见仙邸，果与心赏俱"（皎然《奉陪郑使君谔游太湖至洞庭山登上真观却望湖水》），郡斋无事，放舟下湖，这是无比惬意的事了，但是，像这位郑使君那样有大量闲暇出游的毕竟有限，大多数时候郡斋尚有事务缠身，也不那么自由，白居易就曾感叹："池塘闲长草，丝竹废生尘。暑遣烧神酎，晴教煞舞茵。待还公事了，亦拟乐吾身。"（《自到郡斋仅经旬日方专公务未及宴游偷闲走笔题二十四韵兼寄常州贾舍人湖州崔郎中仍呈吴中诸客》）他抱怨公务太忙，以至于池塘长满荒草，丝竹上都覆满灰尘了，更不用说有时间出游了。白居易在怀念老朋友

---

❶ 葛立方. 韵语阳秋（卷十三）［M］. 上海：上海古籍出版社，1972：172-173.

元稹的时候说，"老去还能痛饮无，春来曾作闲游否"（《苏州李中丞以元日郡斋感怀诗寄微之及予辄依来篇七言八韵走笔奉答兼呈微之》），他非常怀念和老朋友郡斋暇日出游的愉悦，这种时候太少了。可见，有闲暇和有知己相伴出游是多么难得的事情，很多时候，郡守们也只能在郡斋内游眺一翻，聊以慰藉罢了。

郡斋内游赏在诗人徐铉看来也是颇为快意的事情，"郡斋胜境有后池，山亭菌阁互参差。有时虚左来相召，举白飞觞任所为"❶，在游眺中自饮自乐而进入虚静状态，不亦悠哉！韦应物很多时候也只能在郡斋内游眺，"高闲庶务理，游眺景物新"（《酬刘侍郎使君》），如果白天没有时间，韦应物甚至会晚上起来赏赏郡斋月色，"官舍耿深夜，佳月喜同游。横河俱半落，泛露忽惊秋"（《府舍月游》），对于韦应物而言，像这样没有朋友相陪独自游眺是常有的事，"秋斋正萧散，烟水易昏夕。忧来结几重，非君不可释"（《独游西斋寄崔主簿》），独自在郡斋内散闷出游的时候，他也会想念那些朋友，可以说，与朋友宴集的快意热闹与独自游眺的孤独寂寞正是郡斋私人生活的白昼与黑夜。

对于郡斋诗人而言，公务烦冗，只有游乐才能怡情与消忧，"公堂日为倦，幽襟自兹旷"（韦应物《扈亭西陂燕赏》），比起处理官务来说，山林出游或者郡府赏景才是真正让人精神愉悦的事情，公堂的事务永远不如游乐畅神，他们因此耽于山水之乐，"意欲脱人世之羁鞅，穷山林之遐奥"❷，从这个角度看，郡斋诗人在思想上与佛道之隐更为靠近。

三、郡斋作诗

作诗吟诗也是郡斋生活的一部分。郡斋诗在中晚唐诗中颇为多见，如白居易《重题别东楼》中的"太守三年嘲不尽，郡斋空作百篇诗"，也许是因为牢骚太多，郡斋诗人作诗也是非常多的，许多郡斋诗仅从题目就能看出是郡斋作诗的产物，如刘禹锡有《朗州窦员外见示与澧州元郎中郡斋赠答长句二篇因以寄和》

---

❶ 《亚元舍人不替深知猥贶佳作三篇清绝不敢轻酬因为长歌聊以为报未竟复得子乔校书示问故兼寄陈君庶资一笑耳》.《全唐诗》（卷753）.

❷ 梁肃. 游云门寺诗序［M］//董浩. 全唐文（卷518）. 北京：中华书局，1983：5264.

《郡斋书怀寄江南白尹兼简分司崔宾客》，元稹有《酬复言长庆四年元日郡斋感怀见寄》，等等。不仅如此，与郡斋作诗相左右的还有郡斋论诗、郡斋吟诗，如于鹄常常在郡斋卧吟，"郡斋常夜扫，不卧独吟诗"（《夜会李太守宅》），李端与僧友在郡斋论诗，"讲易居山寺，论诗到郡斋"（《送元晟归江东旧居》），孟郊与友人在郡斋里游赏缀诗，"郡斋敞西清，楚瑟惊南鸿。海畔帝城望，云阳天色中。酒酤正芳景，诗缀新碧丛"（《春日同韦郎中使君送邹儒立少府扶侍赴云》），类似例子不胜枚举。元稹《代郡斋神答乐天》甚至还设想郡斋有神，也会来相伴吟诗的情景："虚白堂神传好语，二年长伴独吟时。夜怜星月多离烛，日滉波涛一下帷。为报何人偿酒债，引看墙上使君诗。"足见吟诗都感动了郡斋的神灵，权德舆《送司门殷员外出守均州序》嘱咐对方到任后多多作诗，"郡斋佳句，亡与报政偕至"❶，足见大历以来，郡斋言诗的风气十分普遍，吟诗作诗已经成为州县官任上与政务并重的风雅韵事。

四、郡斋观想

郡守们以良吏居官，在没有处理完成郡斋官务的情况下，出游是不太合适的，因此，那些声势浩大出游无论在时间上还是空间上都属极少数。大多数情况下，郡守们只能身在郡斋心游山水，他们通过在郡斋内观想山水以获得心绪的宁和，如白居易《南宾郡斋即事寄杨万州》："衙鼓暮复朝，郡斋卧还起。回头望南浦，亦在烟波里。"诗人身卧郡斋而心游烟波，颇有道家神游之意趣。

郡斋观想诗中有一类是郡守们在卧疾或独居时破闷而作，郡斋无人时，尤其是下雨的时节，孤独的诗人，更容易想念远方的朋友，伴随相生的也有对山水的遐想。如韦应物的下面这几首诗：

守郡卧秋阁，四面尽荒山。此时听夜雨，孤灯照窗间。药园日芜没，书帷长自闲。惟当上客至，论诗一解颜。（《简郡中诸生》）

---

❶ 权德舆. 送司门殷员外出守均州序 [M] // 董浩. 全唐文（卷491）. 北京：中华书局，1983：5014.

无术谬称简，素餐空自嗟。秋斋雨成滞，山药寒始华。濩落人皆笑，幽独岁逾赊。唯君出尘意，赏爱似山家。(《郡斋赠王卿》)

心绝去来缘，迹顺人间事。独寻秋草径，夜宿寒山寺。今日郡斋闲，思问楞伽字。(《寄恒璨》)

今朝郡斋冷，忽念山中客。涧底束荆薪，归来煮白石。欲持一瓢酒，远慰风雨夕。落叶满空山，何处寻行迹。(《寄全椒山中道士》)

《简郡中诸生》是诗人在夜雨孤灯的郡府中想着邀请郡中诸生来论诗谈诗，《郡斋赠王卿》是诗人在夜晚秋雨绵绵的孤独境况中，想念有"出尘意"的朋友王卿而作，《寄恒璨》则因为"今日郡斋闲"而想起僧恒璨而作，《寄全椒山中道士》是在"今朝郡斋冷"的情况下诗人忽然想念起全椒山的道士朋友而写出的寄赠名作。

观想往往发生在独处的时候，孤独与怅惘成为诗歌的主要情绪，它是郡斋生活中一抹淡淡的灰色。

五、郡斋送别

由于唐代的官员守选制度以及迁谪等政治原因，离别是非常普遍的，郡斋诗中有不少送别官员赴外郡任职的作品。除了表达送别之意，许多郡斋送别诗还会预想朋友到任后的郡斋生活。如韦应物的下面几首作品都是如此：

明经有清秩，当在石渠中。独往宣城郡，高斋谒谢公。寒原正芜漫，夕鸟自西东。秋日不堪别，凄凄多朔风。(《送五经赵随登科授广德尉》)

江上宣城郡，孤舟远到时。云林谢家宅，山水敬亭祠。纲纪多闲日，观游得赋诗。都门且尽醉，此别数年期。(《送宣城路录事》)

吴中高宴罢，西上一游秦。已想函关道，游子冒风尘。笼禽羡归翼，远守怀交亲。况复岁云暮，凛凛冰霜辰。旭霁开郡阁，宠饯集文人。(《送刘评事》)

这几首诗都是韦应物在郡斋中送别朋友而作，有的想象朋友即将赴去的地方，"独往宣城郡，高斋谒谢公""江上宣城郡，孤舟远到时"，更多时候是想象旅途所见景物风光，有如"已想函关道，游子冒风尘""寒原正芜漫，夕鸟自西东"的艰辛险阻，也有如"云林谢家宅，山水敬亭祠"那样的闲适悠闲，这当然和所送之人即将面临的前途有一定关系。因此，郡斋送别与郡斋观想往往与此联系起来，形成一种观想类送别诗，中晚唐的郡斋送别诗中对山水景物的观想较多，这种观想带有理想化的性质，如：

莲华峰下郡斋前，绕砌穿池贮瀑泉。君到亦应闲不得，主人草圣复诗仙。（姚合《和王郎中题华州李中丞厅》）

诗寻片石依依晚，帆挂孤云杳杳轻。想到钓台逢竹马，只应歌咏伴猿声。（赵嘏《送滕迈郎中赴睦州》）

郡斋多岳客，乡户半渔翁。王事行春外，题诗寄远公。（周繇《送江州薛尚书》）

这几首诗歌都描写了想象中的山水景物，无论作者是否有过郡斋生活的体验，他们都认为郡斋是理所当然的吟赏烟霞招揽知己好友的作诗场所，这其实是诗人对郡斋的一种美好想象。可见，郡斋送别与郡斋燕集一样都是应酬，但会根据送别对象境遇的差异而表现出不同的内容和心态。

六、郡斋公务

中晚唐诗人自觉承继谢朓的创作传统，他们郡斋诗的题材范围也与谢朓大致相近，多描写郡斋公务生活和抒发隐居情怀。虽说处理不可或缺的官场事务是郡斋生活的应有之义，但是在诗人们的眼里，公务似乎只是郡斋生活的一个衬托与背景，郡斋生活的诗意往往来自出游、作诗、送别以及宴集等。因此，相比于表现隐居的幽情雅致而言，描写郡府公务的内容就少得多，例如韦应物《新理西斋》：

方将泯讼理，久翳西斋居。草木无行次，闲暇一芟除。春阳土脉起，膏泽发生初。养条刊朽枿，护药锄秽芜。稍稍觉林耸，历历忻竹疏。始见庭宇旷，顿令烦抱舒。兹焉即可爱，何必是吾庐。

诗歌描写诗人处理完公事后，便来到郡斋庭园打理草药，他觉得心情非常愉快。这首诗歌描写的主要是公务毕后的庭园悠闲生活，只有"方将珉讼理"一句提到郡斋事务，显然，郡斋事务活动只是个背景。类似的还有许浑《姑熟官舍寄汝洛友人》："务开唯印吏，公退只棋僧。药鼎初寒火，书龛欲夜灯。"这首诗也是写公务结束后下棋煮药读书的文人生活情调，涉及郡斋公务的也只"务开唯印吏"一句。崔峒《题桐庐李明府官舍》也是如此："讼堂寂寂对烟霞，五柳门前聚晓鸦。流水声中视公事，寒山影里见人家。观风竞美新为政，计日还知旧触邪。可惜陶潜无限酒，不逢篱菊正开花。"诗歌中写李明府治下的桐庐境内政事清简宁静和谐，着重描写桐庐官舍的宁静，显然也是以公务处理完毕为背景的。卢纶《送从叔牧永州》"郡斋无事好闲眠，粳稻油油绿满川"所写同样是郡斋事务清简，诗人所见的山居景象，不过他见到的不是发隐士幽情的山川烟霞，而是"粳稻油油绿满川"，这便更能表现郡府对政务的关心。

在这些诗歌里，郡斋公务不是描述的重点，它的意义就在于它是作为隐居生活的独特背景，从而给隐居生活抹上一些有别于普通隐士生活的颜色。郡斋诗里浮现较多的仍然是代表文人幽居情趣的一些活动和事物，这也是郡斋诗的一个独特的地方，不过，"珉讼""公务""印吏""讼堂"这些字眼在诗歌中的频频出现仍然证实了公务确实是郡斋生活中非常重要的一部分生活内容。

郡斋诗是诗人们在吏隐生活状态下写作的诗歌，然而，郡斋作为诗歌的创作地点和表现对象，是一个既有公务处理场所的建筑，又有私人园林构建的所在，因此，郡斋园林和普通的园林是不一样的，郡斋山水诗和普通山水诗也有很多不一样的地方。

第三节　郡斋园林的自然构建

在有限的空间范围内完成吏与隐双重功能的纽接，郡斋承载着士人太多的心理期待与文化投影，因此，郡斋的自然建构就显得格外重要了。透过郡斋诗，我们能够看到郡斋园林的基本格局与建筑风格。

一、郡斋外环境

由于唐代中晚期官僚政治的日趋腐朽黑暗，文士因贬谪而任职州县的情况也很常见，所以大多数中晚唐诗人们都有京外郡县任职的经历。中晚唐的外郡，除了大郡和富郡公务繁忙以外，大多数郡县地僻事简，如"郡僻人事少，云山常眼前"（岑参《郡斋南池招杨辚》），"可怜江县闲无事，手板支颐独咏贫"（司空曙《春送郭大之官》），"郡清官舍冷，枕席溅山泉"（李洞《送知己》），因为人事和文书都少，郡斋里清静寂寥，所以郡守们便得以高卧闲眠、宴饮出游，读书下棋来打发时日。因此，郡斋诗的视野便得以延伸到郡斋之外，郡斋外自然环境的构建也是非常重要。

1. 山水

外郡由于地处偏远，大多周边都有山有水。儒家有"仁者乐山，智都乐水"之说，因此，郡斋官舍一般建在山水之间，湖光山色，环境优美：

江声官舍里，山色郡城头。（岑参《送襄州任别驾》）

孰知天柱峰，今与郡斋对。（独孤及《酬皇甫侍御望天灞山见示之作》）

痴顽终日美人闲，却喜因官得近山。（王建《昭应官舍》）

行见雨遮院，卧看人上山。（王建《昭应官舍》）

韦应物的郡斋也不例外，处于崇山之间，云气缭绕，自然环境非常清幽，他是这样描写自己郡斋外的自然环境的：

岚岭对高斋，春流灌蔬壤。（《晦日处士叔园林燕集》）

缭绕接都城，氤氲望嵩丘。（《贾常侍林亭燕集》）

一旦居远郡，山川间音形。（《郡斋感秋寄诸弟》）

从这些诗句可以看出韦应物郡斋外山岚相对，水汽氤氲，清俊异常。郡斋官员多将郡斋修建在山清水秀之地，郡斋周边除了山之外，一般还有水，而且大多是天然水系，如韦应物所任职的滁州境内水系发达，有一条滁水"源出庐州梁县，东流经滁及六合县至瓜步入于大江"❶，横贯境内，故境内河流湖泊很丰富。除了滁水外，境内还有西涧、莲溪、菱溪、襄水等水系纵横❷。建中四年，韦应物在滁州所作《南塘泛舟会元六昆季》便是在滁州郡南池泛舟所作。

韦应物郡斋诗中提及"池""塘"的地方很多，这些池、塘一般是天然形成或取滁水之便因地制宜而成的半天然池塘，正因为有了池塘，才有泛舟高卧的好去处，才能"日暮游清池""舟泊南池雨""轻舟泛回塘"，如果没有水池陂塘，吏隐的生活自然会少了很多乐趣，可见，郡斋周边的山水环境是非常重要的。唐代士人贬谪的外郡多为南方蛮荒之地❸，南方山水多清秀奇丽，况且，贬谪士人大多有较高艺术修养，有鉴赏山水的能力，他们在营缮府斋时也会倾向选择山川优美之地。

2. 山禽动物

谢朓虽然视外郡为沧州，但其郡斋诗主要是在对斋外风景的远眺中展开，中晚唐郡斋诗人则更强调郡斋与周边环境的和谐甚至达到浑然一体的程度，似乎山山水水与讼庭吏事都成了幽居的一部分，这在大历后的郡斋诗中更为常见，如岑参的虢州郡斋内种的药圃就在讼庭下面"小吏趋竹径，讼庭侵药畦"（《虢州郡斋南池幽兴因与阎二侍御道别》），崔峒在《题桐庐李明府官舍》描述了李明府的郡斋门前有山川烟霞，树上还有乌鸦聚集，野趣横逸，"讼堂寂寂对烟霞，五柳门前聚晓鸦"，郡斋公务与吟赏山水的边界已经逐渐模糊，这是将公事可置于山水吟赏之中处理的佳境。

不仅如此，山中的禽鸟也时常常飞入郡斋，与郡守们做伴。张谓就羡慕从弟官舍中时常有山里的猿猴和鸟类来造访，"羡尔方为吏，衡门独晏如。野猿偷纸笔，山鸟污图书"（张谓《过从弟制疑官舍竹斋》），野猿和山鸟像恶作剧的孩

---

❶　王象之. 舆地纪胜（卷42）［M］. 北京：中华书局，1992：1726.
❷　王象之. 舆地纪胜（卷42）［M］. 北京：中华书局，1992：1726-1728.
❸　中晚唐文人贬谪地多为江南西道、岭南道、江南东道、山南东道、山南西道、淮南道等地。参见尚永亮. 唐五代逐臣与贬谪文学研究［M］. 武汉：武汉大学出版社，2007：73.

子一样，跑到郡斋偷书，还把书给弄脏了。这给寂寥的郡斋生活平添了不少趣味。张漳州的郡斋里时常会有猿猴跑进去，他常常听到里面的猿吟声，"猿吟郡斋中，龙静檀栾流"（顾况《酬漳州张九使君》），韦应物的郡斋里也有山中禽鸟飞入，"寒花独经雨，山禽时到州"（《郡中西斋》），这些野禽时不时到州郡中，就像拜访老朋友一样来去自由，李洞甚至说，"苔房毳客论三学，雪岭巢禽看两衙"（李洞《春日隐居官舍感怀》），这些野禽常来郡斋，它们都可以照看这里的房子了。

这些士大夫在偏远的外郡做官，远离政治中心，寂寞与失意是难免的，山野闯入的动物似乎通人性一般，也给生活增添了些生机与野趣，而郡守们任由这些动物自由出入，便如同置身于山野中一般自在而惬意，这也算得上"无为"了。

中国文化中自然界的动物从来都不是人类社会系统外的成员，恰恰相反，它们被视作是人类的朋友，与人类自由自在相处，没有侵害与压制，这与仕途官场对个性的束缚形成强烈的对比。所以，诗人们笔下的郡斋县府就是一个与大自然融合的隐居场所，"孤城向夕原，春入景初暄。绿树低官舍，青山在县门"（欧阳玭《巴陵》），不但县门郡门隐在青山白云里，而且郡斋里里外外也都设计得像真正隐者的居所一样，"官舍黄茅屋，人家苦竹篱"（白居易《代书诗一百韵寄微之》），这就更有利于诗人处理完公务后进入身心放松的隐居状态，所以李洞干脆称官舍为隐居，他在《春日隐居官舍感怀》描述自己的郡斋隐居："风吹烧烬杂汀沙，还似青溪旧寄家。入户竹生床下叶，隔窗莲谢镜中花。苔房毳客论三学，雪岭巢禽看两衙。销得人间无限事，江亭月白诵南华。"这首诗完全隐去了官舍的世俗环境，与自然真正融为一体，成为一个幽静的世外桃源了。

二、郡斋内的园林

一些郡斋诗人将审美视野则转向斋内池亭，将山川湖海缩小到庭园的小趣味之中，境界有趋同的倾向，这大多是由于郡斋内布局的一致性，如都有池塘，池塘里都有水鸟家禽，池岸都植有桂柳林木等植物，或者植有各种花草的花园，甚至还有菜圃等，这样的郡斋就已经是一个可休养、可怡情、可办公的综合性园林了。由于园林的趋同性，许多郡斋诗根据园景的布局，描写花草林木禽鸟鱼鸥的动静之态，抒发闲游其间享受静趣的愉悦，内容上也颇有雷同之感，这既是由于郡斋庭园本身的空间构造雷同所致，但更重要的是，郡斋是一个具有官场公务功能的场所，这种特定功能的限制也使郡斋园林在审美上走向以自适为目的趋同性。

1. 阁院与池塘

作为具有工作休闲双重功能的郡斋园林，郡斋内一般都有园林式庭院建筑，郡斋园林的池亭泉石也能制造出与自然和谐一体的休闲幽居环境。由于同时具备府衙的功能建制，唐代郡斋的格局一般不会太小。五代时南唐刘仁瞻记述了保大二年袁州郡斋重建的过程，从中可以窥见唐代郡斋的大体格局：

> 所建立郡斋使宅，堂宇轩廊，东序西厅。州司使院，备武厅球场，上供库，甲仗库，鼓角楼，宜春馆，衙堂职掌，三院诸司，总六百馀间。仍添筑罗城，开辟濠堑。❶

从这段描述可以看出，南唐时郡斋中除堂宇轩廊外，还有使院、备武厅、甲仗库、鼓角楼等，结构繁复，俨然是门墙森严的衙门。唐末中和五年任抚州刺史的危全讽重建被黄巢兵火焚毁的郡宅，也有"再（阙一字）基场，（阙二字）重堂，傍竖厨库，西廊东院，周回一百馀间"❷的规模，这还是战乱时草创公署，太平年代的郡斋构造更是可想而知。

除了主体建筑的郡衙外，郡斋内还有一些休闲建筑，如阁、楼、馆、轩等。韦应物郡斋中有修建阁子，他在《郡斋雨中与诸文士燕集》中说，"兵卫森画戟，宴寝凝清香。海上风雨至，逍遥池阁凉"，这个阁子应该是修在高敞之处的，否则不会有"海上风雨至，逍遥池阁凉"的感觉。韦应物郡斋的阁子修建在池塘泉水边上，他在《郡斋感秋寄诸弟》中说，"高阁收烟雾，池水晚澄清"，这表明阁子建在高处，池塘就在下面。既然楼阁下有池塘，反过来看，有池塘处就

---

❶ 刘仁瞻. 袁州厅壁记［M］//董浩. 全唐文（卷876）. 北京：中华书局，1983：9158.
❷ 危全讽. 州衙宅堂记［M］//董浩. 全唐文（卷868）. 北京：中华书局，1983：9093.

必定会建有亭阁轩馆。池塘上的建筑除了阁子外，当然还有轩和馆，如韦应物就有"朱轩骛关右，池馆在东周"（《贾常侍林亭燕集》），"飒至池馆凉，霭然和晓雾"（《对雨寄韩库部协》）的诗句，他时常在轩馆里休息，体会晓雾霭然的意境或者风雨到来时的旷然，这也是一种人生意境。而且，他还时常在池馆宴请宾客，如"暮春华池宴，清夜高斋眠"（《赠琮公》），"西园休习射，南池对芳樽"（《答偫奴、重阳二甥》），池阁宴饮结束后的清夜高卧实在是一种放旷与雅致兼有的情趣！池上修建馆阁是中国园林的传统，但是郡斋池阁则更注重其作为交际场合的功能。

池塘带来的心理愉悦还来自池塘中的植物及其带来的文化精神享受，荷花是最常见的池中植物。荷花与荷叶的出水、生长、凋落各个阶段都具有观赏性，而且，荷花既清幽雅致，又有出淤泥而不染的品质，这和文士身处官场而不同流合污以致谪居外郡的人生经历相似，因此深得士大夫的喜爱。韦应物十分喜欢在池塘种植荷花，他的诗歌里有如"萧条集新荷，氤氲散高树"（《对雨寄韩库部协》）、"池荷凉已至，窗梧落渐频"（《答王郎中》）、"圆荷既出水，广厦可淹留"（《贾常侍林亭宴集》）等描述荷花的句子。岑参的虢州郡斋也有种有荷叶的池塘，"快风从东南，荷叶翻向西"（《虢州郡斋南池幽兴因与阎二侍御道别》），姚合的杭州郡斋也有荷花，"田田池上叶，长是使君衣"（《杭州郡斋南亭》），可见，作为水中植物的首选，郡斋园池陂塘中是少不了荷花的。

除了荷花，为郡斋诗人所钟爱的植物还有竹子、桃花等，刘禹锡曾描述白居易郡斋池塘边的竹子与桃李："郡斋北轩卷罗幕，碧池逶迤绕画阁。池边绿竹桃李花，花下舞筵铺彩霞。"（刘禹锡《乐天寄忆旧游因作报白君以答》），在刘禹锡看来，绿竹和桃李花，红白绿三色相映成趣，清幽雅致之极，如果在此开筵，便有如在彩霞上举行筵会的感觉了，难怪诗人要"花下舞筵铺彩霞"，这也堪称是神仙般的享受了。

有些郡斋由于条件所限，不便开凿池塘，便凿些小小的池子，种上小型浮萍莲花，也能自得其乐，这便是中晚唐之后发展而来的盆池。盆池以小取大，成为池塘的一种替代品，制作起来也很容易，韩愈说，"莫道盆池作不成，藕梢初种已齐生""泥盆浅小讵成池，夜半青蛙圣得知"（《盆池五首》），因为规模小，制作容易，只需泥盆种上些莲藕，长出萍叶就可以了。杜牧也说，只要在长满苍苔的土地上开凿个小盆，注入清水，就成了盆池，"凿破苍苔地，偷他一片天。白云生镜里，明月落阶前"（《盆池》），有了这一方小小清池，便可以涤除玄览，赏明月白云于阶前窗下了。白居易在官舍内也凿了一个盈尺小池，他在池底铺上白沙，这方小池在诗人的玄览之下，也有"岂无大江水，波浪连天白"（《官舍内新凿小池》）中的山水胜景，不得不说也是十分奇妙的了。

郡斋小池有大江巨浪的壮伟景观不能相比的地方，因其近在窗下门前，朝夕相对，在床席之间就能体会幽人自适的情趣，故最能涤除公务的烦闷，使人获得"说且待夜深明月去，试看涵泳几多星"（韩愈《盆池五首》）的感受，这种胸怀比起佛家以池水静心观照自是更为广阔与积极。

2. 植物和鸟类

郡斋是官吏办公和生活的地方，这也决定了郡斋园林具有"吏隐"的双重属性，因此，郡斋植物的选择也一般既符合士人追求品性高洁的志趣又要满足文人寻找清幽之隐逸情怀的特性与喜好。

一般而言，郡斋的植物多为竹、桂、杉等具有美好品质象征意味的植物。竹具有正直、虚心、耐寒以及宁折不弯的特性，这都是符合传统士大夫喜好的品质，韦应物的郡斋内，竹子是最常见的：

始自疏林竹，还复长榛丛。（《复理西斋寄丘员外》）

梦远竹窗幽，行稀兰径合。（《答李博士》）

萧条竹林院，风雨丛兰折。（《燕居即事》）

遥知郡斋夜，冻雪封松竹。（《宿永阳寄璨律师》）

云水成阴澹，竹树更清幽。（《登西南冈卜居遇雨寻竹浪至沣墀萦带数里清流茂树云物可赏》）

这些诗句中描述得最多的是竹子清幽高洁和抗风雨冰霜的品质。从审美角度看，竹子苍翠清幽，能平息浮躁，有助于进入"玄想"的佛道之境，所以韦应物在《酬令狐司录善福精舍见赠》中说："野寺望山雪，空斋对竹林。我以养愚地，生君道者心。"正是空斋竹林的虚静能使人入定悟道，进入虚静之境。令狐楚在郡斋左侧栽种了几百棵竹子，形成了幽翠的围墙："斋居栽竹北窗边，素壁新开映碧鲜。青蔼近当行药处，绿阴深到卧帷前。"刘禹锡很喜欢这段竹墙，他亦和了一首诗，"数间素壁初开后，一段清光入坐中，欹枕闲看知自适，含毫朗咏与谁同。"❶他明确地说到竹影映入室内，可助清心入坐，也能让人自适而愉悦。杜牧《郡斋独酌》中也写到"交横碧流上，竹映琴书床"，竹影青翠映照于郡斋书房也有助于静心读书，可见，竹林以其"清光""绿荫""青蔼"的特点，能起到平和心绪的作用，这也是竹子得到郡斋诗人一致青睐的原因。当然，对于一个不那么得志的诗人群体来说，竹子孤傲耿直的审美特性可能更符合他们的吏隐心境。

　　除了竹子，桂松兰柳也是郡斋园林中最喜栽种的植物。韦应物的滁州郡斋移植了杉树和松树。"结根西山寺，来植郡斋前"（《郡斋移杉》），"行子郡城晓，披云看杉松"（《雪行寄褒子》），元结在道州的郡斋附近有一条右溪，他"乃疏凿芜秽俾为亭宇，植松与桂，兼之香草，以裨形胜"❷，可见他种植松桂也是取其品性高洁的意趣了。韦应物还很喜欢柳树，他的诗歌中多次提到园中柳树，"柳叶遍寒塘，晓霜凝高阁"（《寄卢陟》）、"春风偏送柳，夜景欲沉山"（《晚登郡阁》）、"柳意不胜春，岩光已知曙"（《晓坐西斋》），等等，中国文化中自古有"折柳送别""柳树寄意"的传统，这些美好的情感寓意，一直深为士人所喜，而且柳树颜色碧翠，柔中带有韧性，最宜栽种于湖边，与高大乔木错落相间，从植物美学布局上看形成刚柔相济之姿，最是美妙。

　　仅有植物，色彩上未免太单一，诗人们也喜欢种一些色彩明艳的花草，如韦应物就在郡斋中种了菊花，"高天池阁静，寒菊霜露频"（《答杨奉礼》），还种了榴花，"山药经雨碧，海榴凌霜翻"（韦应物《答僴奴重阳二甥》）。卢储在官

---

❶　语出令狐楚《郡斋左偏栽竹百余竿炎凉已周青翠不改而为墙垣所蔽有乖爱赏假日命去斋居之东墙由是俯府临轩阶低映帷户日夕相对颇有翛然之趣》，《全唐诗》卷334。刘禹锡《和宣武令狐相公郡斋对新竹》《全唐诗》（卷360）。

❷　元结. 右溪记［M］//董浩. 全唐文（卷382）. 北京：中华书局，1983：3876.

舍内种植芍药："芍药斩新栽，当庭数朵开。东风与拘束，留待细君来。"（《官舍迎内子有庭花开》），在绿植红花的相互掩映中，诗人们还修建了模仿仙境的石桥，"远学临海峤，横此莓苔石。郡斋三四峰，如有灵仙迹"（韦应物《题石桥》），品类繁多的花圃植物如瑶池仙品，又有石桥仙境，缥缈朦胧，这已经有了几分仙境的味道了。

除了植物外，动物也是必不可少的。郡斋园林中池塘中放养着各种禽类，有些鸟是为园林的幽雅环境吸引而至，如"决决水泉动，忻忻众鸟鸣"（韦应物《县斋》）、"幽鸟林上啼，青苔人迹绝"（韦应物《燕居即事》）、"柳色孤城里，莺声细雨中"（刘长卿《海盐官舍早春》）、"园林鸣好鸟，闲居犹独眠"（韦应物《园林晏起寄昭应韩明府卢主薄》），在幽静的林子里，在清脆的鸟啼中"闲居犹独眠"，这就颇有"春眠不觉晓，处处闻啼鸟"的田园隐居意境，完成府吏事后，关上衙府，就是真真切切的隐居了。寂静的吏斋，有时甚至还有乌鸦到来，"满郭春风岚已昏，鸦栖散吏掩重门"（韦应物《县内闲居赠温公》）、"讼堂寂寂对烟霞，五柳门前聚晓鸦"（崔峒《题桐庐李明府官舍》），看来这里的府堂真是荒寂之极，才会有乌鸦这种习惯于郊野的禽类飞来。

有些郡斋池塘中还有人工放养的禽鸟，从朱庆余《台州郑员外郡斋双鹤》和白居易《失鹤》诗以及李群玉《池州封员外郡斋双鹤丹顶霜翎，仙态浮旷，罢政之日因呈此章》等诗可看出，中晚唐诗人在郡斋庭园里养鹤是很普遍的，而且其中还不乏丹顶鹤这样的名品。鹤有仙姿，使郡守们寂静的生活多了许多乐趣与玄远之意，戴叔伦描述鹤的悠闲之态说，"戏鹤唳且闲，断云轻不卷"（《九日与敬处士左学士同赋采菊上东山便为首句》），姚合《杭州官舍即事》写鹤带给人的悠闲适意，"闲吟山际邀僧上，暮入林中看鹤归"，有僧人朋友和仙鹤的陪伴，那些官场世俗气也被涤荡了吧！所以诗人又说"无术理人人自理"，这大约是吏隐中处理官务的最高境界了。另外，在中国文化中，鹤是神仙与仙道的化身，鹤进入园林使郡府成为一个世外桃源一般清幽而不俗的佳境，这也使诗人能在办理公务的同时享受隐居的趣味。

郡斋里的园林环境既承载了官吏们作为官舍的需求，更彰显了唐代中后期文官们对山林湖浪的烟霞之想，它完成托着诗人的人格情感与审美趣味喜爱，在诗人们精心设计与护理下，郡斋成为一个集社会需求与精神审美于一体的拥有良好生态的人工园林。

3. 种药

韦应物继承了眺谢的创作传统，他的郡斋诗多写自己在郡斋附近游览的山水田园景色，他将仕历之内的县斋和郡斋都写成了田园❶。如果我们把其中关于郡斋理事的内容去掉，诗歌便是这样的：

仲春时景好，草木渐舒荣。公门且无事，微雨园林清。决决水泉动，忻忻众鸟鸣。闲斋始延瞩，东作兴庶氓。（《县斋》）

摘叶爱芳在，扪竹怜粉污。岸帻偃东斋，夏天清晓露。怀仙阅真诰，贻友题幽素。荣达颇知疏，恬然自成度。绿苔日已满，幽寂谁来顾。（《休暇东斋》）

春阳土脉起，膏泽发生初。养条刊朽枿，护药锄秽芜。稍稍觉林箊，历历忻竹疏。始见庭宇旷，顿令烦抱舒。兹焉即可爱，何必是吾庐。（《新理西斋》）

授衣还西郊，晓露田中行。采菊投酒中，昆弟自同倾。簪组聊挂壁，焉知有世荣。一旦居远郡，山川间音形。大道庶无累，及兹念已盈。（《郡斋感秋寄诸弟》）

在这几首郡斋诗里出现了许多意象：草木、露水、晨烟、众鸟，甚至还有采菊以及锄草的劳作，这是田园诗所常见的意象，这和陶渊明田园诗已经非常类似了。唯一的不同是，陶渊明是一位真正从事田间劳作的隐士，而韦应物是在忙完了府衙里的公务后进入田园的。从《新理西斋》中"护药锄秽芜"看，韦应物的田园劳作主要是除草护药，他的郡斋种有草药，诗人精心爱护，时常为之除草，这和陶渊明"种豆南山下，草盛豆苗稀"的随意散漫也是大不相同。

药在魏晋时期便成为士人生活中的重要内容，无论是养生治病还是仙家道隐，都需要服药。魏晋时期人们要服药，一般需要去名山大川中亲自采集，采草

❶ 葛晓音. 山水田园诗派研究［M］. 沈阳：辽宁大学出版社，1993：321-332.

药者除了寻求治病的平民，更多的是求仙修道的道士与士人。求仙者本也没有固定的药方，随机性较大，采药也是一种山川仙游活动，所以采药者多于名山大川去搜寻，如许迈去桐庐桓山采药，刘麟之、刘凝之则在衡山采药，陶弘景遍历名山寻访仙药，这都是名山风景优美之地。而贵族名士们的采药多具有目的性，"自晋世以来，有张苗、宫泰、刘德、史脱、靳邵、赵泉、李子豫等，一代良医。其贵胜阮德如、张茂先、裴逸民、皇甫士安，及江左葛稚川、蔡谟、殷渊源诸名人等，并亦研精药术。宋有羊欣、王微、胡洽、秦承祖，齐有尚书褚澄、徐文伯、嗣伯群从兄弟，疗病亦十愈其九。凡此诸人，各有所撰用方"❶，由于多精医学，有明确的药方，采药是有目标性的。名山大泽多出好药、上药，且山泽"清寂""高洁"，也是养性之佳所，也便于制药合药，所以他们必入山泽，因此魏晋南北朝时名士的采药活动往往伴随着游山玩水，"欲采三芝秀，先从千仞游"❷，采药便也和山水有了或多或少的联系。

　　唐代以后诗人虽也有求仙采药，但是他们更多在园林中种药，种药具有明确的养生治病的目的，从某种程度上讲，如果能够以养生之法绵延益寿，长生不老，这当然和求仙访道是一样的。韦应物家庭本有尚道的传统，据《新唐书·宰相世系表》，韦应物为北周韦夐之后，韦夐是一个著名的隐士，颇受北周君臣礼敬，号逍遥公，"晚年虚静，唯以体道会真为务"❸此外，韦应物的叔父与侄儿也都好道，韦应物有两首诗分别写到这两位亲人：

　　碧涧苍松五粒稀，侵云采去露沾衣。夜启群仙合灵药，朝思俗侣寄将归。道场斋戒今初服，人事荤膻已觉非。一望岚峰拜还使，腰间铜印与心违。（《紫阁东林居士叔缄赐松英丸，捧对忻喜，盖非尘俗之所当服，辄献诗代启》）

　　去年涧水今亦流，去年杏花今又拆。山人归来问是谁，还是去年行春客。（《因省风俗访道士侄不见题壁》）

---

❶ 陶弘景. 本草经集注（辑校本）[M]. 北京：人民卫生出版社，1994：24.
❷ 释慧净《英才言聚赋得升天行诗》.《全唐诗》卷808。
❸ 李延寿. 北史（卷六十四）[M]. 北京：中华书局，2013：2270.

前一首诗歌是写韦应物叔叔送了他一丸仙药，诗人写诗答谢，他写到这位叔叔采药的辛苦，"侵云采去露沾衣"，他自己也很向往这种神仙生活，无奈"腰间铜印与心违"，自己还有未了的官务俗愿。后一首写诗人去拜访一位做道士的侄儿不遇，"山人归来问是谁，还是去年行春客"，显然这位侄儿道士外出云游去了。在这样的家族背景下，韦应物自己也喜欢读道家经典，"独饮涧中水，吟咏老氏书"（《春日郊居》）"即事玩文墨，抱冲披道经"（《县斋》），他还喜欢与道士交往，著名的《寄全椒山中道士》便是写诗人与一位道士朋友的神交：

今朝郡斋冷，忽念山中客。涧底束荆薪，归来煮白石。欲持一瓢酒，远慰风雨夕。落叶满空山，何处寻行迹。

此诗描写自己在郡斋中突然想起这位全椒山道士朋友，这位朋友时常在山中采药炼丹，十分辛苦，于是想带点酒去造访他，可是空山落叶，无处寻找行迹，空留满腔遗憾，足见其深挚之情。

道家有服药的传统，有道教家族渊源的韦应物当然也少不了有服药的爱好，因此，郡斋种药就别有深意了，他在诗歌里描写自己种药：

灵药出西山，服食采其根。九蒸换凡骨，经著上世言。候火起中夜，馨香满南轩。斋居感众灵，药术启妙门。自怀物外心，岂与俗士论。终期脱印绶，永与天壤存。（《饵黄精》）

他不仅写了自己制作草药服食的过程，而且他表明服食草药就是为了"启妙门"，达到"永与天壤存"的长生境界。在服食方法上，除了用"九蒸"之法制作药丸，韦应物还将草药制成菜肴，如他在《晓坐西斋》中有"寝斋有单褥，灵药为朝茹"的句子，这明确表示他的早餐是要服药的。此外，他还描述了晒药制药的过程，"衣服藏内箧，药草曝前阶。谁复知次第，漻落且安排"（《答裴丞说归京所献》），他说自己因为要晒药，把衣服都收到箱子里去了。由此可见，他对药圃的护理是非常用心的，他时常为药圃锄杂草，"养条刊朽枿，护药锄秽芜"（《新理西斋》）。即使不需要除草劳作，他也会时常去看一下药圃，尤其下雨的时候，"永日一酣寝，起坐兀无思。长廊独看雨，众药发幽姿"（《郡内闲居》）、"山药经雨碧，海榴凌霜翻"（《答僴奴重阳二甥》）、"无术谬称简，素餐空自嗟。秋斋雨成滞，山药寒始华"（《郡斋赠王卿》），这些诗都写到他雨中察看药圃的情景，足见他护药的用心。

唐代郡斋种药的诗人除了韦应物，还有岑参、白居易、姚合、李洞等人：

及兹佐山郡，不异寻幽栖。小吏趋竹径，讼庭侵药畦。（岑参《虢州郡斋南池幽兴，因与阎二侍御道别》）

瓢挂留庭树，经收在屋梁。春抛红药圃，夏忆白莲塘。（白居易《郡斋暇日忆庐山草堂兼寄二林僧社三十韵多叙贬官已来出处之意》）

渐除身外事，暗作道家名。更喜仙山近，庭前药自生。（姚合《杭州官舍即事》）

郡清官舍冷，枕席溅山泉。药气来人外，灯光到鹤边。（李洞《送知己》）

郡斋种药使郡斋诗人们和田园诗人一般体会了劳作的辛苦，但是郡斋种药和郡斋养鹤给他们的吏隐生活增添了更多道家色彩，他们的郡斋诗因而形成了与传统田园诗既相似又不同的特点。

郡斋以其独特的存在，使苦闷矛盾的诗人在官场和隐居之间找到了平衡点，郡斋诗人们也因此找到人生自处之道，他们在郡斋内建构的自然符合中国传统"天人合一"的基本原则和中国园林的审美规范，保持着郡斋内外环境和郡斋内不同事物的彼此和谐，不论是以方寸盈水寄托千里江河的盆池，还是将空间有限的郡斋扩展到郡城周边的无限山水，郡守县官们以自己才思慧心在"地僻人远，空乐鱼鸟"的远荒之自然中，开辟出"别见天宇"的山水胜境，消解了他们身处僻远的落寞。无论是郡斋内悠闲的鸟儿们还是在池阁上宴集的人们，他们彼此都以最自由的状态生活着，无论是进入郡府的山禽走兽还是在郡斋内高卧的诗人，他们都是以一种清静无为的状态尊重彼此，互不打扰，这当然与郡斋诗人的佛道修养有很大的关系。如果把韦应物诗歌中有关"吏事"的内容除去，他的诗歌就完全是隐士之诗了，好鸟相鸣，游禽同归，州民寡讼，一切的生命在自由自在的状态下互不相扰。在这边郡之地，动物、植物、社会在其内在的系统下各行其是，哪里需要人们使用社会规则或者官场之道去约束他们呢？这种无为的状态正是道家生态理想的最高境界，而长风飘阁，叠云吐岭，自然的一切都无心却又必然如此，这又是任运自然随缘而起的佛家生态境界的最好表现了。

第九章
中国传统哲学对和谐社会的构想

第九章
中国传统哲学对和谐社会的构想

　　在中国传统文人身上，儒释道三种思想的影响大多时候兼而有之，"达则兼济天下，穷则独善其身"，这里的"达"指向儒家思想，而"穷"则指向了佛道思想。一方面，他们积极参与社会，另一方面，当他们退回自我的个人天地时，又能够在自然山水中获得精神的愉悦，儒释道三种思想形成了中国文化中相融相济互为补充的思想体系。

　　纵观唐代诗人的思想发展轨迹可以发现，在儒释道三种思想的影响中，儒家思想始终占据着重要的地位。唐代许多山水诗人曾普遍受到儒家思想的影响，如李白虽深受道家思想的影响，但他充满了积极用世的思想，强烈渴望出入仕为官；以"诗佛"称名的王维早期也有"忘身辞凤阙，报国取龙庭"（《送赵都督赴代州得青字》）的忘身报国的儒家情怀；孟浩然虽一生未入仕，也曾有"欲济无舟楫，端居耻圣明"（《望洞庭湖赠张丞相》）的出仕愿望；韦应物、白居易等吏隐诗人，不论有着多么悠闲散淡的隐士风范，他们的社会身份却实实在在是一位官场循吏；那些在政治风浪中被迫远离的贬谪诗人如柳宗元等，他们内心的痛苦更折射了诗人们在参与政治的强烈热情中被黜罢的深深弃逐感，他们走向佛道正是儒家社会理想受到打击转而寻求心灵慰藉的结果。只是当诗人们在现实政治社会中遇到挫折后，他们便退守佛道，到自然中寻找休养身心的处所。

　　儒家思想在唐朝社会政治中始终占据着十分重要地位，而佛道思想在唐代士人的精神塑造中起着十分重要的作用，对于中国传统文人而言，儒释道三种思想如同精神的阴阳两仪，在积极进取与消极退守中不断进行调适，使他们在理想与现实的冲击和失落中不断达到新的平衡。在这个调整中，自然始终是诗人的精神家园，他们在自然中慰藉失意的灵魂，在自然中寻找人类社会的理想境界。他们在尊重人类主体性精神的基础上追求人与自然的整体和谐，展现了中国古代文化的生态哲学的完整性与独特性。

第一节　中国传统生态哲学中的人类主体性

作为一种具有反思能力的生命，人不仅能够站在自身立场上观照自然，而且可以站在自然立场上反观人类社会，这既是一种独特的审美视角，也是一种富有生命关怀的哲学境界。在人类对宇宙世界的全面体察中，在对宇宙自然的整体性把握上，中国传统哲学也充分发扬了人类与自然社会三者关系中的人类主体性意识。

一、儒家的积极有为

在人与自然关系上，儒家哲学以"天之所与我"的"仁"来看待万物，同时，儒家也承认"仁"的差异性，"仁"始于家庭关系，最终扩展到人类社会和自然界，在"亲亲、仁民、爱物"的仁爱体系中，"爱物"处于顶端，它所要达到的是"天地万物一体之仁"的最高境界，这也是人与自然的关系的理想境界。儒家对自然持有一种感激与敬畏，孔子说："天何言哉？四时行焉，百物生焉，天何言哉？"[1] 天不言不语，却使四时运行万物生长，其中的"生"字即明确肯定了自然界的生命意义，这里的"天"已经从原始社会的神化概念转变成具有生命伦理价值的自然界了。

儒家哲学的"仁"是从"天地生生之德"或"天地生物之心"而来的最高德性，是实实在在的生命哲学或生存发展哲学。儒家认为自然界万物是同属宇宙

---

❶ 杨伯峻. 论语译注 [M]. 北京：中华书局，2006：211.

生命的整体，天地万物本为人身体的一部分，正如王阳明所说"夫人者，天地之心，天地万物，本吾一体者也"❶，自然界无论生命体还是非生命体都是与人类一气相通一理相贯的，山水、土石等是生命体得以生存发展的条件和基础，动植物又是人类生存与发展的条件与基础，"爱自亲始"虽然是一种推及社会和自然的差等之爱，其对于一切生命的关怀与爱的本质却是不变的，孟子的"仁民而爱物"，张载的"民吾同胞物吾与"，都是在这一基础上提出来的。

尽管儒家将整个自然宇宙都纳入"仁"的范围，但是并没有忽略"人"的主体性。

孟子曾明确指出了"人兽之辨"，提出人与禽兽的最大区别在于人有仁义礼智"四端"，"人之所以异于禽兽者几希，庶民去之，君子存之"。❷ 这也是人高于动物的地方，人与动物的区别就在于此，如果不能保存四端就跟禽兽无二了，所以它也是君子与小人的分别。荀子认为"人为贵"，"水火有气而无生，草木有生而无知，禽兽有知而无义，人有气有生有知，亦且有义，故最为天下贵也"。❸ 人具有其他物种所没有的后天的"义"，这也正是人类高于动物的地方。

人与动植物同处于一个连续的生物链上，而人处于这个关系链的顶端，这表明人是万物之"灵"，天下之"贵"。天地只是生万物，而人则有"仁"，这个"仁"以"孝"为发端而延伸到自然万物，这就使"仁"这一得自于自然的品质扩展到社会又回到自然，在"仁"的完整实现过程中，一切自然生命得到尊重，人的主体性得到充分体现。因此，从天地自然的层面而言，儒家所谓的"己所不欲，勿施于人"应该扩充到一切生命，包括动物身上，孟子所说的"君子之于禽兽也，见其生，不忍见其死；闻其声，不忍食其肉"❹ 正是将自然万物视为人类手足和生命共同体打通物我界限的证明。由此，儒家的"仁"建构的是一个包括了人类与自然在内的完整体系，在这个完整体系中，人为天下"贵"，此所谓的"贵"，是指人具有动物所不及的"推己及物"之"思"，即人能够自觉地

❶ 王阳明. 王阳明集 [M]. 上海：上海古籍出版社，1992：79.
❷ 杨伯峻. 孟子译注 [M]. 北京：中华书局，1962：191.
❸ 王先谦. 荀子集解 [M]. 北京：中华书局，1988：164.
❹ 杨伯峻. 孟子译注 [M]. 北京：中华书局，1962：15.

进行理性的反思，因此他能够打通物的内外，破除物我之界限，将人的"仁爱"推及至万物，从而实现天地一体之仁，"为天地立心""参赞化育"。人的这种德性虽是由自然界生生之德赋予的，但却体现了人作为自然界生命价值的承担者和实现者来"参"赞天地化育万物的主体能动性。

现代西方所强调的人类主体性主要是从"人类利益"出发的"利""智"，而儒家哲学所强调的人类主体性，是在并不否认人类利益的基础上的人类生命价值问题。自然万物是人类生命价值体系的一部分，当然应该纳入整个考虑范围。在人与自然关系上，孔子和荀子一直都强调自然是人类"生之本""生之始"，这就说明人类的社会性是以自然为最初本源的。自然界既是人类的起源，也是终极目标，儒家诗人们展现的人对山水与动物的爱，正是一种建立在宇宙生命关怀基础上的"仁"，他们在自然为人类一体之仁的观念下建立的人与自然的和谐关系，正展现了儒家参赞天地化育万物的主体性精神。

二、道家"无为"之为

道家的"道生一，一生二，二生三，三生万物"既有生命之源的意思，又有在不断循环中产生万物的意思。道家以"无为"为最高处世标准，在人与自然的关系上，人要遵循自然法则而善待万物，使万物各得其所，各遂其生。因此，道家主张以"慈"待物。不同于儒家的以"仁"待物，道家以慈爱之心对待和养育万物。儒家的"仁"是天地"生生之道"的体现，道家的"慈"则是"自然之道"的体现。老子说：

> 载营魄抱一，能无离乎？专气致柔，能婴儿乎？涤除玄鉴，能无疵乎？爱民治国，能无知乎？天门开阖，能为雌乎？明白四达，能无为乎？生之畜之，生而不有，为而不恃，长而不宰，是谓玄德。❶

"慈"是柔和谦逊的代名词，"天门"即自然之门，自然之门生养万物，故

---

❶ 王弼，注. 楼烈宇，校释. 老子道德经注校释 [M]. 北京：中华书局，2008：23-24.

称"雌"，"雌"也就是慈，它具有"生之畜之"的柔软与包容。老子又说：

> 我有三宝，持而保之，一曰慈，二曰俭，三曰不敢为天下先。慈，故能勇，俭，故能广，不敢为天下先，故能成器长。❶

"慈，故能勇"，这里所说的"勇"，是德性之勇，是以柔弱胜刚强之勇，它是有利于万物的，不是伤害万物的。老子常常用水比喻这种品德，"江海所以能为百谷王者，以其善下之，故能为百谷王"❷，水是世界上最柔弱的，但它能穿透最坚硬的东西，战胜最刚强的东西，更重要的是，水滋润生养万物而不与万物争胜，最具柔慈之性，人也应当像水一样具有慈善的品德，并像水一样生养万物。可见"慈"既是一种情感态度，又是一种价值立场，以慈待物，就是在人与自然界的万物之间建立了一种柔软不争且具有广博包容性的价值关系，实现人与万物之间的和谐统一。

老子还提到"俭"与"朴素"，他说，"俭，故能广""见素抱朴，少私寡欲"❸，他所说的"俭"不仅是生活形态上的俭朴，更是精神上的素朴无欲，是一种宽广且能容纳万物的境界。大自然是素朴无欲的，真正"见素抱朴"之人，已经破除了人与自然的界限，融入宇宙自然界的大道之中了，甚至已经超越了有限而达到了无限，超越了生死而实现了永恒了，这也就是老子所说的"死而不亡者寿"，因此，从这一角度上说，回到自然就是回到人的本真状态，老子称之为"归根"："夫物芸芸，各复归其根。归根曰静，是谓复命。复命曰常，知常曰明。"❹ 自然对人类而言，它既是人类生命的来源，又是人类生命活动的最终归宿，它是实现人类生命的全部意义和价值，所以自然同时又具有目的性，所谓"归根即是复命"，就是说归根即是回到人的本性，这才是"常"，才是永恒，也才是明智，也是人与自然的完全合一。

由此可见，道家的"人法自然"并不是什么都不为，它否定的是一切人为

---

❶ 王弼，注. 楼烈宇，校释. 老子道德经注校释 [M]. 北京：中华书局，2008：170.
❷ 王弼，注. 楼烈宇，校释. 老子道德经注校释 [M]. 北京：中华书局，2008：169.
❸ 王弼，注. 楼烈宇，校释. 老子道德经注校释 [M]. 北京：中华书局，2008：45.
❹ 王弼，注. 楼烈宇，校释. 老子道德经注校释 [M]. 北京：中华书局，2008：35-36.

的打算、计较、筹划、功利等一切工具性的"知"，而对于"为道""知天道"之"知"，老子是相当重视的，因为它能使人"充德""厚德"。在老子看来，人类知识增加和智力发展是同不断膨胀的欲望联系在一起的，而自然是按照生命本身的法则发展的，它不需要人类为它增加或减少什么，所以老子才提出自然德性修养的基本要求是"俭"和"素朴"。"素朴"是使生命得到充分发展而不是回到原始蒙昧的充满自然德性的状态，它需要以自身的修养开发人类的内在潜力，"修之于身，其德乃真"❶，这就需要"有为"。"自然"作为人的本然存在状态，它是有自身法则的，如果什么都不为，一切等待"自然"安排与恩赐，那也就失去了人类的存在意义。只是人绝不能与"自然"相分离、相对立，更不能以人为的活动改造破坏"自然"法则，人的一切活动应以自然法则为最高法则，以自然德性为最高德性，这也就是老子所说的"玄德"。

老子所说的"无为"并非是完全否认人的主体性，他否认的是人类的机巧和工具性。老子认为"道"之所以尊贵，正是因为它效法自然的是生命的目的性意义而非是机械盲目的因果性和必然性规律，如果"道"仅仅被理解为作为人类认识对象存在的自然界的机械因果规律和必然性规律，那么一个被自然界因果规律所决定了的自然生命世界又有何"尊贵"呢？老子说："道生之，德畜之，物形之，势成之。是以万物莫不尊道而贵德。道之尊，德之贵，夫莫之命而常自然也。"❷ 老子赋予"自然"以尊贵，正是因为其具有与人类生命直接内在联系的能"生之""畜之"的生命道德价值。我们知道，儒家尊崇的"仁义"是指"天之所与"的善良本性，而道家所谓"尊贵"，是与个人德性相关的更本真更原始更接近自然的"道"与"德"。老子多次强调"归根复命"，"根"就是"道之自然"或"自然之道"，之所以称为"根"，正说明它是生命的根源，而不是通常意义上的"自然规律"。

西方机械决定论所谓的自然规律实质是一种由机械论、决定论、因果论、还原论所支配的物质世界，它们认为自然界只是供人类认识和改造的对象，人类只

❶ 王弼，注. 楼烈宇，校释. 老子道德经注校释［M］. 北京：中华书局，2008：143.
❷ 王弼，注. 楼烈宇，校释. 老子道德经注校释［M］. 北京：中华书局，2008：136-137.

是具有能够认识这些"规律"的理性能力。然而，道家认为自然界是富有生命的有机体，它具有人类目的和意志无法改变的内在目的性。人只有按照自然目的性行事才是符合本性的，这是自然目的论学说。"道"最大特点就在于它是"周行"而不可逆的，而规律却是可以无限重复的。老子反对基于智巧和礼法的主观目的性，在老子看来，如果将人的智巧与礼法参与进来，人和自然之间的有机统一性就会遭到破坏，人类的自然目的性也会被破坏。在人类完成"归根"的自然目的性追求上，人类的主观能动性是一点也不能缺少的。

三、佛教禅宗"自性自度"对人类主体性的高调宣示

缘起论是佛教对整个世界万物生灭兴衰规律的总体阐释，它强调宇宙万物都是因缘和合而成，都是互相依待互相作用而存在，一切事物和现象都是不断变化的因果关系存在，都只能在整体中确定，所以人与自然万物之间也是息息相关的。所谓"诸法因缘生，诸法因缘灭"，"诸法"都是由因缘决定的，一切事物产生和依赖的条件为"因"，相互间的关系为"缘"，除了这些因缘的和合，世上没有真实不变的存在，所以世间万物性本"空"，即"缘起性空"。这个因缘聚合的世间万相就是佛教所谓的"色"，它不过是"假相""假有"，所谓"色不异空，空不异色；色即是空，空即是色"正是说明一切事物现象都是虚假不实的"假相"，这万千色相的世界从本质上讲是"空"的。"空"从本体上否定了一切事物的存在，但"色"又承认一切事物现象。人们总是容易把眼中的"有"与真实的存在混淆在一起，苦苦执着，滋生"贪、嗔、痴"等"无明"之念，导致"我执"，人生的烦恼正来源于此。另外，当人们把对于人生现实的"执着"转向对"空"的执着，一味苦苦修行，这又会陷入另一种"我执"，这也不是"空"，仍然是"有"。

大乘佛教中观学派以中道来破除一切对"空"的错误体认，认为生命本性是空，那么生命的当下状态也是空，"空"不假任何行为而得，也不产生任何对"空"的执着。所谓"即空即有，非有非无"，是一种既不能执着于"色"，也不能执着于"空"的人生态度。只有将生命看成缘起而生的聚合，放下身心对内

外诸缘的执着，"缘起则性空"，虽然能见色相世界，却并无粘缚执着，了了长明，这就是性空缘起不二。

大乘空宗的中道观是终极意义上的生命境界，这需要修行者面对当下现实的心境"扫相破执"，这个"破"的过程，当然也需要人的主体性参与。我们通常说主体性，偏指对某种事物的执着，而大乘空宗所强调的涤除"我执"的主体性，却是要从个体生命感受的细微处寻求生命的净化。禅宗对破除"我执"有着更为明确有的阐述，惠能认为人人皆有佛性，"我心自有佛，自佛是真佛。自若无佛心，何处求真佛"❶，这"自性"或"心性"便是众生成佛的内在根据，众生与佛的区别只在于自性的迷悟，"佛向性中作，莫向身外求。自性迷即是众生，自性觉即是佛"❷，"随其心净，则佛土净"。在惠能看来，人人都有佛性，只是在现实中被污染而迷失，只要去除污染，悟得本心就能成佛，如果"自心"不觉悟，则拜佛、坐禅、念经、行善都是无用功。这样，佛性便不再是高高在上神秘莫测的客体对象，而是存在于自性中的人人都能靠近的精神主体。

惠能所讲的"自性""佛性"和儒家的"仁"以及道家的"自然"有着某种相通之处，惠能弟子神会直接说，"僧家自然者，众生本性也"❸，他甚至进一步明确指出佛性即出于自然："佛性与无明俱自然。何以故？一切万法皆依佛性力故，所以一切法皆属自然。"❹ 因此，许多佛教禅宗的高僧大德在修行中都并不执着于苦修，而是推崇在自然而然的生活状态中通过自性参悟获得智慧，例如，怀让禅师点化苦修的马祖道一："师乃取一砖，于彼庵前石上磨。一曰：'磨作什么？'师曰：'磨作镜。'一曰：'磨砖岂得成镜邪？'师曰：'磨砖既不成镜，坐禅岂得作佛？'"❺ 禅师们反对坐禅这种刻意的修行方式，他们认为自然才是获得参悟的最好途径。自然是无法寻觅而又无处不在的，如有人问云门文偃

---

❶ 六祖大师法宝坛经 [M] //高楠顺次郎，等编. 大正新修大藏经（第48卷）. 台北：佛陀教育基金会，1990：362.

❷ 六祖大师法宝坛经 [M] //高楠顺次郎，等编. 大正新修大藏经（第48卷）. 台北：佛陀教育基金会，1990：352.

❸ 杨曾文. 神会和尚禅话录 [M]. 北京：中华书局，1996：91.

❹ 杨曾文. 神会和尚禅话录 [M]. 北京：中华书局，1996：118.

❺ 普寂. 五灯会元（卷3）[M]. 北京：中华书局，1984：127.

禅师："如何是佛法大意？"云门答曰："春来草自青。"❶《鹤林玉露》中记载某尼悟道诗云："尽日寻春不见春，芒鞋踏遍陇头云。归来笑拈梅花嗅，春在枝头已十分。"尽日寻春费尽心力却又找不着春，在很偶然的机会，把梅花嗅时才发现，春天已经在枝头了，这表明佛性就是自然，不需刻意去寻找。习禅者在幽静的大自然中静观默察，感受大自然的生命律动，大自然的一草一木、一山一石，无不闪烁着佛性的光辉，"一切色是佛色，一切声是佛声"，正如当代学者张节末所说，"静寂的树林原来是觉悟者的地方"❷，自然是他心灵出发的地方，也是他心灵回归的地方，这就是佛性。

"自然"既是参悟佛道的一种行为方式，也是一种物质实体。佛教所谓的"众生平等观"中的"众生"也包含了自然界的一切物质，"众生皆有佛性"表明自然界的一切众生与其追求的佛性是合一的，所以这个自性既有人类的自性，也有其他物的自性，它们在佛性上都是平等的。

惠能禅学把众生成佛的根据内化为现实的人心，把抽象的佛性与具体的人心联系起来，把对彼岸世界的执迷和对神的崇拜置换为对主体心灵的自我皈依，将人性与佛性统一起来，极大增加了人们对"本性"的自信，它使人们开始关注自我的生命，重视自己的生命体验，使他们更为勇敢去追求自己生命的价值。

"即心即佛"的佛性论宣示着佛心即自心，那么解脱的道路就不在"向外求玄"，而是"自心归依，是归依自性，是归依真佛"，惠能多次强调自性需要"自度"：

此事须从事中起，于一切时，念念自净其心，自修自行自见法身，见自心佛，自度自戒始得，不假到此。❸

何名自性自度？即自心中邪见、烦恼、愚痴、众生，将正见度。既有正见，使般若智打破愚痴、迷妄、众生，各各自度。邪来正度，迷来悟度，愚来智度，

---

❶ 普寂. 五灯会元（卷15）[M]. 北京：中华书局，1984：928.

❷ 张节末. 禅宗美学 [M]. 北京：北京大学出版社，2006：163.

❸ 六祖大师法宝坛经 [M] //高楠顺次郎，等编. 大正新修大藏经（第48卷）. 台北：佛陀教育基金会，1990：353.

恶来善度。如是度者，名为真度"❶

　　既然自性要靠自己来度，也就意味着从此岸到彼岸的舟楫实际上是握在自己手中，这也将追求心灵的自我解脱和超越的权利握在了自己手中。惠能强调事物独立的本质属性，把"自性"看作天地之间最具有尊严的东西，这是对人类主体性的最大程度的宣示。

　　中国禅宗自然观的形成，引起佛教修行理论与修行实践的重大变化，"顿悟成佛"的修行理论从"自性本来具足"出发，对坐禅、诵经、持律等传统的修行方式进行了否定，禅宗主张在日常生活之中"不修而修"，从而使禅在日常生活的运作之中表现得活泼而自然，它把众生本性归结为"自然"，否定了人的外在性、从属性，肯定了人的内在性、主体性，从而高扬人的个性，启发人对自然、自由的向往与追求。

　　佛教"不二"的圆融思想是将整个生态乃至宇宙视为内部相互联系的整体论思想，在存在论层面主张众生平等，而在价值论层面尊重生命个体差异。对于人类而言，则需要以自我的智慧去把握世界的整体状态，追求有情众生与无情众生彼此圆融和谐的关系。与道家"道法自然"和儒家"天人合一"相比较，佛教以"不二"的圆融思想避免了人我的二元分离，它强调以不落两边的"不二"观念对待事物，这样就超越了以某物为中心的二元划分，由此建立了对世界万物慈悲平等的自然观，并重塑了人类与自然的关系，这种关系不是一味地控制，更不是一味地妥协和畏惧，而是一种良好的互动模式，这种互动中，人类的主体性当然也会得到张扬。

　　儒释道三家从来没有忽视人的主体性，只是中国哲学把对人类主体价值的肯定建立在对人与自然的整体性生命价值观照上，这是一种以"天人合一"为哲学基础的人类主体意识，完全不同于西方理论体系中的"人类中心"论。

---

　　❶ 六祖大师法宝坛经 [M] //高楠顺次郎，等编. 大正新修大藏经（第48卷）. 台北：佛陀教育基金会，1990：354.

第二节　当代生态马克思主义关于人的尺度与物的尺度

从生态主义的角度来分析儒释道思想，中国传统哲学对于人与自然的关系完全不是西方所谓的"人类中心主义"。中国传统哲学的生态思想建立在以自然为人类生命之源的基础上，是对于人与自然有机整体性的思想认识理论。但是，中国传统哲学中的生态理论又不是以自然为中心而忽略人类主观能动性的"自然中心主义"，它在强调人与自然关系整体性的基础上，更强调人类作为具有思维能力的自然物种所表现的主体性，是一种建立在整体性和人类主体性基础上的生态哲学，它强调"人的尺度"与"物的尺度"处于同样重要的地位，这就和当代生态马克思主义的认识获得了一致性。

当代生态马克思主义是在对人类中心主义和自然中心主义的批判基础上提出的科学生态观。

"人类中心论"脱胎于现代西方人文主义，是西方封建神权制度下人类从神的束缚下挣脱出来的产物。人类中心主义将人类从中世纪神权压制下解放出来，提倡人文主义，强调人的个性价值，具有历史进步性。但是另一方面，人类在获得统治自然的权力后却走上了另一个极端，即认为人类因其富有思想与理性而高于自然界其他一切存在物，人类不仅是人类社会的立法者，也是自然界的立法者。在这种观点的支配下，在人与自然界的关系中，自然是作为提供人类生活资料的对象而存在的，自然界只是用来为人类服务的对象。人是一切价值的主体和裁判者，自然界是没有价值的，自然的价值以人的需要为前提的，人类以控制征服自然而显示其优越性，彰显其价值，这种人类中心主义的价值观与中国传统哲学的自然观完全是背道而驰的。

在现代工业革命推动人类历史发展的过程中，人类中心主义带来严重的社会问题，一些西方生态哲学家也开始在古老的东方哲学中寻找解决之道，他们提出了"自然中心论"，认为人类是自然中的有限存在，不可能与自然对立。他们还提出"生物中心论"，认为自然界是一个包括人类在内的所有生物体共同享有各种资源的有机多元系统，每个生物都有自己独特的评价角度，他们甚至提出了基于具有同样感受痛苦和快乐能力的动物也应该获得道德权利的"动物解放论"（辛格）和"动物权利论"（雷根）。然而，自然中心主义把环境的破坏归咎于人类中心主义，且试图去消解人类的主观能动性，未免过于激进。我们知道，造成当今社会的环境能源等社会问题的根源不是人类主体性，而是人类贪婪的欲望和狭隘的利己主义。而且，人类的主观能动性是保护生态环境的动力与执行力，任何不分原因一味消解人类主体性的做法都是极其不妥的，我们需要充分认识到人与自然的整体性与人类的主观能动性的是同样重要的。对此，生态马克思主义作出了很好的阐释。

生态马克思主义摒弃人类中心主义与自然中心主义这两种理论，提出了在处理人与自然关系上坚持"人的尺度"（人）与"物的尺度"（自然）的理论，把人类利益与自然利益统一起来解决现实的生态问题，主张把人放在物之上，立足于集体主义和人类自由全面发展的基础上提倡人类积极主动性。

生态学马克思主义将马克思关于人与自然关系的理论作为当代研究和解决生态问题的基本准则，主张以马克思主义的方法重新检讨人类与自然界的关系。他们认为科学技术本身没有价值属性，其价值属性取决于使用它的社会制度和生产方式的性质，因此他们坚持在认识人与自然关系上决不能放弃"人类尺度"的立场和方法。

马克思在《1844 年经济学哲学手稿》中指出："自然界，就它自身不是人的身体而言，是人的无机的身体。人靠自然界生活。这就是说，自然界是人为了不致死亡而必须与之处于持续不断的交互作用过程的人的身体。所谓人的肉体生活和精神生活同自然界相联系，不外是说自然界同自身相联系，因为人是自然界的一部分"❶，是"有生命的自然存在物"，这是人的自然本质。

马克思认为自然界不仅是天然的自然，还包括人的社会，所以自然界具有双重意蕴：一个是作为自然界的一个子系统存在的人类社会，即人的自然；另一个

---

❶ 马克思. 1844 年经济学哲学手稿［M］. 北京：人民出版社，2000：56-57.

是作为人类社会生存发展所需要的生态客体而存在的自然，即外部自然。人同自然的关系表面上是指人的自然与外部自然的关系，而本质上是指自然与自身的联系。人类社会通过生产实践改造外部自然，当然也改造着人类本身，马克思说，"人创造环境，同时环境也创造人"，在人的本质力量对象化的过程中，人也会受到对象规则的约束，也就是说自然人化的同时人也会被自然化，从这个层面上讲，人与自然的关系就是人类与自身的关系。

马克思认为，在人类社会生产实践中，生产关系才是对自然起决定作用的因素。20世纪西方环境问题凸显，人与环境的冲突实质是由资本主义生产关系下资本追逐利润的无限性与自然资源的有限性的矛盾造成的，人控制自然并对自然资源进行掠夺，其实质是通过利益分配而进行的人对人的控制和掠夺，殖民主义就是这样产生的，资本主义社会生态危机其实是资本在对自然进行掠夺时利益争夺和分配不平衡的反映。而社会主义国家虽然生产关系获得了极大解放，但是由于其建立的经济基础薄弱，在发展经济时常常忽略了人对自然的剥削与攫取问题，从而导致了人与自然关系的紧张。面对这些生态难题，我们要寻找解决方法，就需要厘清人类生产与自然环境的关系，并树立正确的生态观。

首先，人类要树立人与自然的生态整体观。

马克思最早提出人类实践应该遵循社会与自然两种尺度统一的观点。当今社会的生态问题主要在于，过去我们过于重视社会尺度，轻视了自然尺度。按照马克思的观点，由于人类在实践上按照人的尺度与自然发生关系，自然也按照人类的"有用性"方式与人类发生关系，那么，如果人类不以利己主义的尺度来对待自然，自然也不会以有用的尺度进入人类社会。人与自然是在互相渗透、互相作用的同时，各自通过对方来规定自己和展现自己的，可见，人类并不是高高立于自然之上，而是与自然共处于一个彼此关联彼此影响的生态系统中。因此，我们只有消除人类利己主义，建立新型的生态社会主义，才能彻底解决当前社会的生态问题。

面对当今生态危机、资源危机、人与自然关系异化等全球问题及普遍的人类困境，人类必须打破狭隘的地域观和唯人类中心论，以人与自然的整体意识来处理当今社会的生态关系。我们应该把自然看成人的无机身体,像保护眼睛一样保护生态环境,像对待生命一样对待生态环境,形成一种立足于整体论和系统论基础上的生态全局观。当今国际社会生态危机严重,面对生态环境的挑战,人类是一荣俱荣、一损俱损的命运共同体,没有哪个国家能独善其身。生态问题不是哪一个国家的问题,它一定是关系全人类的整体性大事件。地球村概念已经深入人心,树立人类和自然之间彼此关联、共同发展的生态整体观是必然的选择。

其次,人类要重视人类尺度在人与自然的生态关系中的重要性。

人类中心主义是人类摆脱生产力低下而受到大自然困扰的历史阶段之后所逐渐形成的以自我为中心的观点,这一观点完全符合所有物种都是以自我为中心的自然法则,它为农业文明和工业文明奠定了意识论基础,也标志着人类的一次伟大解放。但是,科学技术的发展使人类以征服者的姿态对自然进行疯狂的竞争性掠夺,进而造成了全球的生态危机。马克思主义生态观虽然批判这种建立在技术基础上的人类中心主义,但从不否认人的价值,它所反对的是人类技术系统对自然环境的过度开发而造成的人与自然关系的失衡,而不是人类物质生产力在社会历史发展中的重要推动作用。相反,它认为人类在解决生态危机、重新审视人与自然关系问题时,在强调把人类自身利益与自然利益统一起来时,不应轻易放弃"人类尺度"。

面对环境问题,一些生态主义者提出质疑,主张用自然中心主义代替人类中心主义,用物的尺度来消解人的尺度,这也是不符合马克思主义生态观的。

中国传统生态哲学十分重视对自然规律的尊重和对人类主体性的强调,儒家"仁民爱物""民胞物与"的思想正是以"民"为主体和先导的,孟子说:"不违农时,谷不可胜食也;数罟不入洿池,鱼鳖不可胜食也;斧斤以时入山林,材木不可胜用,是使民养生丧死无憾也。养生丧死无憾,王道之始也。"❶ 虽然说明了人类活动一定要尊重自然规律,但孟子同时也指出这样做正是为了"行王道"这一人类发展目的的实现。道家以自然为最高道德目标的"无为而治"对"治"

———————————————————

❶ 杨伯峻. 孟子译注 [M]. 北京:中华书局,1962:5.

的重视也是对人类的主体性的强调，而佛教禅宗建立在"佛性平等"论基础上的自性自度说更是彰显人的个性，同样也是对人类主体性的重视。中国哲学在强调天人合一的整体论基础上从不忽视人的主体性，这和马克思主义生态观是一致的。

最后，我们要重视自然的精神价值。

随着当今生态问题的出现，如环境污染、资源耗竭等异化现象已经扩展到了消费领域，甚至导致以追求物质享受和占有更多物质资源为目的的消费异化的产生。这种新的异化形式，不仅加剧了生态危机，而且造成了人格扭曲（人的异化）。一旦物质的自然被异化，那么精神的自然也离异化不远了，如果持续下去，其结果是人类将失去自然这一精神家园，这是一场巨大的精神灾难。

人是有生命的自然存在物，是自然界的一部分，这也是人的自然本质。人的肉体生活和精神生活与自然界都密切相连，我们在关注生态发展物质层面的同时不应该忽略生态在精神建设方面的重要作用。

自然不仅为人类提供物质生活资料，更为人类生活提供精神的栖息地。马克思主义认为人类精神的满足有赖于人类与其他自然物的非物质性交往，人如果消除了对自然的功利心，那么从自然获得的就是非功利的审美价值，这一点在中国传统文化中也得到了相当的重视。如果说在先秦时代，人们还只是以有用性来衡量自然，人与自然还只是道德同构关系，那么到魏晋时期，雅好山水便已成为士人们谈玄论道之外的审美精神追求了，人们认为自然中体现了天地运行生生不息的"道"，他们在山水中神游，去领悟自然规律，自然再不是无生命的客体，而成为质有而灵趣的精神同伴，这种山水精神正是中国古代山水诗所构建的人类精神家园，它已经成为整个人类的精神财富。

现代人在紧张压力之下喜欢到大自然中去放松心情游山玩水，也正是看重自然的精神价值，这也是马克思主义生态观所谓的自然的物质和精神双层统一。当今社会，我们要建立人与自然的和谐共生，"和谐共生"绝不仅是物质的丰裕，更应该是一种建立在生存与安全的基础之上的精神满足感和愉悦幸福感。

马克思主义生态观是一种现代的人类中心主义生态观，它能把人类的利益和自然的利益统一起来，避免主体（人类）与客体（自然）分裂的二元论。生态学马克思主义思想家们认为，当代社会要解决生态问题，只能是在人类中心主义的基础上，利用人类主体的生存发展智慧和不断发展的科技成果，解决全球性生态危机，重建人与自然的和谐关系。

第三节　中国传统文化对和谐生态关系的建构

在西方文艺复兴和启蒙运动发生以前，建立在生存与依赖关系上的人类与自然之间是一种原始和谐关系。自西方工业革命以来，人们不断赋予科学以认识世界和征服自然的崇高地位，人与自然之间的和谐就逐渐被打破。然而，由于中国并没有经历西方工业革命那种科技与思想上的剧变，因此，中国传统文化始终坚守"天人合一"的精神原点，始终将人类的主体性意识与对自然与人的同一性体认结合在一起，尊重自然界的物性自由，追求人类社会与自然的整体和谐，这也为我们当代建立和谐生态社会提供了参照。

中国传统哲学对于人类社会与自然的和谐关系都有各自不同的理论构想与实践。儒家学说是一种关于人的德性学说，人类得之于天而具于心的德性正是通过人的社会角色而形成社会伦理的，因此，人类具有自然之子与社会角色的双重身份，而人类生为自然之子所具备的天然德性则是他成为社会角色的根源，所以人、自然、社会之间是存在内在联系的，它们之间彼此的整体和谐才是儒学的基本特征。因此，人类社会与自然的和谐是建立在自然"善"的目的性基础之上的。自然界的生命之物都是有情感价值的，"天地之间，非独人为至灵，自家心便是草木禽兽之心也"❶，科学发现也证明，动物有情感知觉，甚至还有语言和思维，有些动物还有社会与文化。现代自然中心主义认为人类甚至可以通过"移情"的方式感同身受地对待自然生命，"移情"就是同情，就是爱护，是仁心的体现。看到动物植物无故受到伤害，就如同自己受到伤害一样，动物植物的痛

---

❶ 程颢，程颐. 二程集（卷1）［M］. 北京：中华书局，1981：4.

苦，就是自己的痛苦，这一感情生发的前提便是人与自然万物在生命层次上的有机整体性。儒学中的"感应""感通"之说也包含着情感的交流与沟通。万物之间有感应，人有爱物之心，被爱之物就会感而应之，人也能从中得到情感的满足和感受到生活的乐趣，这也是为什么现代人喜爱饲养宠物的原因。人与动物植物在生命层面上交流的感应中获得心理满足，不仅意味着自然界的生命是有价值的，是值得尊重和同情的，还能提升人类自身的价值，真正体现人的主体性作用。

如果自然界生命之物与人类之间能够以"善"的目的性建立关系，那么人与人也能以"善"的目的性建立社会关系，这样，自然的德性问题很自然地引申为自然的物性问题。《中庸》说："唯天下至诚为能尽其性；能尽其性，则能尽人之性；能尽人之性，则能尽物之性；能尽物之性，则可以赞天地之化育；可以赞天地之化育，则可以与天地参矣。"❶ 所谓"尽人之性"就是尽人类仁爱万物的天性，所谓"物尽其性"则表明物各有性。人作为天地化育万物的伟大之功，不仅能尽人性，还能参赞天地化育，这样，人不仅能够尽人之性，也能够尽物之性。在物尽其性的状态下，人类与自然达到一种和谐的相处状态，这也是儒家的社会理想。孔子认为的理想社会正是这样："莫春者，春服既成，冠者五六人，童子六七人，浴乎沂，风乎舞雩，咏而归！"在这个境界里，人是愉悦的，风是自由的，人的天性得到尊重，物的物性也得到舒展。虽然儒家在政治上追求积极入世，但是实际上他们是以人类与自然在生命形态上的最高和谐作为终极理想的。

道家把人与自然的关系看作最基本的关系，也看作解决与处理人间事务的一切前提。道家提出的"慈"是处理人与自然关系的总原则，老子说："含德之厚，比于赤子，蜂虿虺蛇不蛰，猛兽不据，攫鸟不博……终日号而不嗄，和之至也。知和曰常，知常曰明。"❷ 含德之人像婴儿一样无所争求，对万物没有任何恶意，因此，像蛇、猛兽、攫鸟等动物也绝不会伤害于他。有德之人能够以慈爱

---

❶ 阮元. 十三经注疏（卷52）［M］. 北京：中华书局，1980：1632.
❷ 王弼，注. 楼宇烈，校释. 老子道德经校释［M］. 中华书局，2008：145.

之心对待万物，因此就能够与自然界和谐相处，只有自然界万物各得其所，人类也才能达到"知和曰常，知常曰明"的智慧。

对人类而言，自然既具有根源性又具有目的性，如果把人与自然界决然对立起来，那就不可避免地出现人类精神家园与生存意义的全部丧失，从这个意义上说，自然问题不仅是人类生存的外部环境问题，更是人类存在本身的内在价值问题。因此，道家也提出了人类与自然相处的理想模式。庄子最赞赏的是自然之乐，他认为只有回到自然界才有生命的和谐，他以充满感情的语调描写了大风吹起时山林中树木齐鸣的自然音乐：

前者唱于而随者唱喁，泠风则小和，飘风则大和，厉风济则众窍为虚，而独不见之调调之刁刁乎！❶

这是自然界的一部交响曲，形异而声异，众窍不同，却不失为和谐匀调。自然能奏出这么美妙的音乐，实在是天地之"道"（真君）在控制整个节奏啊！人类用心所奏的箫管之乐，也是可以合乎自然之道，与天地为一的，只要人们"堕肢体，黜聪明，离形去知"，回到大自然的怀抱，游于"无穷之野""无何有之乡"，使心灵与自然合而为一，就能体会到"天地之大美"，也同样能奏出自然之乐！从这个意义上说，中国山水诗所承载的精神自由，其实质追求的正是与自然天地合一的和谐，这也是中国古代山水诗所追求的至境。

佛家的众生平等观不仅将人和动物等有情生物看作平等的生命存在，还将这种平等观扩展到宇宙万物等无情之物上，佛教"无情有性"说认为，无情众生也有佛性，所谓"青青翠竹，尽是法身，郁郁黄花，无非般若"（《五灯会元》卷三），佛教往往以自然的生机展现自然万物的佛性，百草树木大地等自然界的一切都是诸佛的体现，如"青郁郁，碧湛湛，百草头上漏天机"（《佛果禅师语录》卷二），花草树木等无情之物展现佛性的同时，也是在利用自身弘扬佛法，如禅师杨岐方会说，"雾锁长空，风生大野。百草树木，作大狮子吼"（《杨岐方

---

❶ 郭象，注. 成玄英，疏. 庄子注疏 [M]. 北京：中华书局，2011：25.

会禅师语录》卷十九），所以禅宗常用棒喝等行为艺术打破僧徒紧张的"执念"，而以自然活泼的山水来启迪弟子，自然界的物各适其性正是佛法最活泼的体现，在一些大德所作的禅诗中，佛法也多表达为圆融活泼的生命境界，如志仁禅师谓"千峰梅雨歇，绕舍流泉音"（《次韵竺元和尚山讴四首其二》），兜率从悦禅师谓"常居物外度清时，牛上横将竹笛吹"（《五灯会元》卷十七），清珙禅师谓"柴门虽设未尝关，闲看幽禽自往还"（《山居》）等。禅师们从观念深层消解了主客、内外、物我的分别，在与自然万物沟通、交流、对话中体验到万物圆融浑然的生态境界，诗中展现的自然无一不是自由生命各适其性的体现，也无一不是佛心佛智的流露。因此，佛教始终以敬畏谦和的心态来对待整个宇宙自然，这也极大地扩展了我们对生命理解的领域。

儒家以"仁"为核心将自然纳入人类伦理体系，它强调人与万物是共生同处的"与天地参"的积极人生观与世界观，这是一种建立于整体论基础上的以人伦为出发点的生态观，因此，儒家也提出了许多积极的生态措施保护自然。道家以道为世界的本源，主张以柔慈为原则对待世间万物，反对以人为的束缚来伤害自然本性，这是中国哲学关于尊重自然建立人与自然和谐关系的最强音。而佛教则从本源上将世间万物视为平等，认为所有生命都潜藏着能够达到生命最高境界的"佛"性，而且，佛教以性空论消解了以人类为中心的执着，体现了尊重万物生命的准则，他们把对于生命的尊重转化到自然物性的活泼生机的展现上，这既是佛性的体现，也是人与自然最和谐的生命状态。三种哲学观都是从生命的角度来关注人与自然关系的，无论是儒家的"民胞物与"还是道家的"无为"而治或者佛教的佛性论，都是将人与自然置于同一个有机体系内考量的，不同的是儒家强调仁义，认为行仁义便是事天道，所谓"尽其心者知其性也，知其性则知天矣，存其心养其性，所以事天也养性便是事天"（《孟子·尽心上》），仁义就是人最大的天性。而道家强调道德，认为遵天道便有德，有德便有仁义，违反天道便无仁义，"大道废，安有仁义?"（《道德经（郭店楚简）》十八章）只不过儒家是以仁义精神去爱自然，而道家则是从自然层面去寻找道德，二者并无本质的区别。佛教则是将自然万物看成有平等"佛性"的对象，在这样的一种生命平等的意识下，人与自然是互为因缘聚合的关系，这种既重视自性又"看空"整个物质世界的哲学观极大地开阔了人类认识宇宙世界的视野。儒释道生态伦理思想表现出一种尊重生命的共同准则，在本源上都强调世间万物的平等，强调人与自然的整体联系和普遍关系，都立足于宇宙自然一体来观照人与自然的关系，这是我们得到的真正启示。

从生态学意义上讲，宇宙万物在生态系统中都有其存在的"生态位"，在维护生态系统平衡的作用上，无论是生物形式还是非生物形式，都是平等的。人类作为生态共同体中的一员，虽然具有自主调控生态系统的意识，但并不足以成为我们优越于其他生物的依凭，只有在维护万物平等权利的基础上，人类才具有自身的可持续性发展的可能。中国传统哲学将自然纳入整个生命体系，将整个宇宙生态系统的所有因子都视为平等的观念，这是将传统的伦理关怀和伦理责任延伸到了宇宙万物之中。

当今社会经济、政治、文化正在飞速发展，这一切的文明活动都与自然发生着密切的联系。作为建立在儒释道哲学基础上的文学形式，中国古代山水诗以一种富有生命力的优美语言或明或暗地展露着自然的生态信息，将传统文化与生态文化结合起来研究中国古代山水诗，不仅可以使传统文学研究焕发新生命，也可以为现代生态文明建设提供了新的依据，同时这也顺应了"建设优秀传统文化体系，弘扬中华优秀传统文化"的时代需求。

参考文献

参考文献

A

[1] 安乐哲. 佛教与生态 [M]. 南京：凤凰出版社，2008.

[2] 安乐哲. 道教与生态 [M]. 南京：凤凰出版社，2008.

[3] 安乐哲. 儒学与生态 [M]. 南京：凤凰出版社，2008.

C

[4] 陈伯海. 中国文化之路 [M]. 上海：上海文艺出版社，1992.

[5] 陈鼓应. 老子注译及评介 [M]. 北京：中华书局，1984.

[6] 陈鼓应. 庄子今注今译 [M]. 北京：中华书局，1983.

[7] 刘安，等. 淮南子译注（卷五）[M]. 陈广忠，译注. 长春：吉林文史出版社，1990.

[8] 陈奇猷. 吕氏春秋校释 [M]. 上海：学林出版社，1984.

[9] 陈铁民. 王维集校注 [M]. 北京：中华书局，1997.

[10] 陈铁民. 辋川别业之遗址与王维辋川诗 [J]. 中国典籍与文化，1997（11）.

[11] 陈炎. 多维视野中的儒家文化 [M]. 济南：山东教育出版社，2006.

[12] 陈炎. 儒释道的生态智慧与艺术诉求 [M]. 北京：人民文学出版社，2012.

[13] 陈幼石. 韩柳欧苏古文论 [M]. 上海：上海文艺出版社，1983.

[14] 陈寅恪. 唐代政治史述论稿 [M]. 上海：上海古籍出版社，1997.

[15] 陈寅恪. 陈寅恪先生全集 [M]. 台北：里仁书局，1980.

[16] 程颢，程颐. 二程集 [M]. 北京：中华书局，1981.

[17] 程树德. 论语集释 [M]. 北京：中华书局，1990.

[18] 储仲君. 韦应物诗分期的探讨 [J]. 文学遗产，1984（12）.

D

[19] 丁福保. 清诗话 [M]. 上海：上海古籍出版社，1963.

[20] 丁福保. 历代诗话续编 [M]. 北京：中华书局，1983.

[21] 邓乐群. 杜甫飘泊诗作中的陇蜀荆湘沿途生态环境 [J]. 湖南社会科学，2009（6）.

[22] 董诰，等辑. 全唐文 [M]. 北京：中华书局，1983.

[23] 董斯张. 广博物志 [M]. 上海：上海古籍出版社，1992.

[24] 杜佑. 通典 [M]. 文渊阁四库全书版.

F

[25] 范文澜. 文心雕龙注 [M]. 北京：人民文学出版社，1962.

[26] 范晔. 后汉书 [M]. 北京：中华书局，1965.

[27] 方立天. 佛教哲学 [M]. 北京：中国人民大学出版社，1986.

[28] 方立天. 中国佛教哲学要义 [M]. 北京：中国人民大学出版，2005.

[29] 房玄龄. 晋书·卷三十四 [M]. 北京：中华书局，2000.

[30] 傅璇琮. 唐代诗人丛考 [M]. 北京：中华书局，1980.

[31] 傅璇琮. 唐代科举与文学 [M]. 西安：陕西人民出版社，1986.

[32] 傅璇琮. 唐才子传校笺 [M]. 北京：中华书局，1989.

[33] 冯建国. 杜甫诗歌对儒家思想核心"仁"的经典诠释 [J]. 山东大学学报，2007（4）.

G

[34] 高享. 周易大传今注 [M]. 济南：齐鲁书社，1998.

[35] 高明. 帛书老子校注 [M]. 北京：中华书局，1996.

[36] 高振农. 大乘起信论校释 [M]. 北京：中华书局，1992.

[37] 干宝. 搜神记 [M]. 北京：中华书局，1979.

［38］葛立方. 韵语阳秋 ［M］. 上海：上海古籍出版社，1984.

［39］葛晓音. 山水田园诗派研究 ［M］. 沈阳：辽宁大学出版社，1993.

［40］葛晓音. 中晚唐的郡斋诗和 "沧洲吏" ［J］. 北京大学学报（哲学社会科学版），
2013（1）.

［41］葛兆光. 禅宗与中国文化 ［M］. 上海：上海人民出版社，1986.

［42］龚自珍. 龚自珍全集 ［M］. 上海：上海人民出版社，1975.

［43］郭绍虞. 中国历代文论选 ［M］. 上海：上海古籍出版社，2001.

［44］郭绍虞，王文生. 中国历代文论选 ［M］. 上海：上海古籍出版社，2001.

［45］郭绍虞. 清诗话续编 ［M］. 富寿荪，校点. 上海：上海古籍出版社，1983.

［46］郭象注，成玄英疏. 南华真经注疏 ［M］. 北京：中华书局，1998.

［47］郭象注，成玄英疏. 庄子注疏 ［M］. 北京：中华书局，2011.

［48］郭庆藩. 庄子集释 ［M］. 北京：中华书局，1961.

H

［49］何海燕. 唐代道教地理分布特征研究 ［D］. 北京：北京大学，1996.

［50］何海燕. 唐代道教地理研究 ［D］. 北京：北京大学，2000.

［51］何宁. 淮南子集释 ［M］. 北京：中华书局，1998.

［52］何文焕. 历代诗话 ［M］. 北京：中华书局，1981.

［53］洪修平. 禅宗思想的形成与发展 ［M］. 南京：江苏古籍出版社，2000.

［54］胡适. 神会和尚遗集 ［M］. 上海：亚东图书馆，民国十九年版.

［55］黄彻. 䂬溪诗话 ［M］. 北京：人民文学出版社，1986.

［56］黄震. 黄氏日钞 ［M］. 四库全书本.

［57］黄光辉. 浅论柳宗元诗文的禅境 ［J］. 湖北民族学院学报（哲学社会科学版），
2011（3）.

［58］胡应麟. 诗薮 ［M］. 上海：上海古籍出版社，1979.

［59］霍松林，傅绍良. 盛唐文学的文化透视 ［M］. 西安：陕西师范大学出版社，2000.

［60］洪谦. 西方现代资产阶级哲学论著选集 ［M］. 北京：商务印书馆，1964.

J

[61] 计有功. 唐诗纪事［M］. 上海：上海古籍出版社，1987.

[62] 蒋寅. 大历诗人研究［M］. 北京：中华书局，1995.

[63] 蒋寅. 大历诗风［M］. 上海：上海古籍出版社，1992.

[64] 蒋寅. 古典诗歌中的"吏隐"［J］. 苏州大学学报. 2004（2）.

[65] 焦循. 孟子正义［M］. 上海：上海书店，1986.

L

[66] 兰冬宇. 物色山水——中古山水思潮之诞生［M］. 北京：中国美术学院出版社，2014.

[67] 冷成金. 化时间为空间的诗词之美［J］. 中国人民大学学报，2011（4）.

[68] 黎靖德. 朱子语类［M］. 北京：中华书局，1986.

[69] 李昉. 太平御览［M］. 北京：中华书局，1966.

[70] 李昉. 文苑英华［M］. 北京：中华书局，1966.

[71] 李芳民. 论柳宗元山水诗的个性特征［J］. 西北大学学报（哲学社会科学版），1998（4）.

[72] 李浩. 唐代园林别业考论［M］. 西安：西北大学出版社，1996.

[73] 李浩. 微型自然、私人天地与唐代文学诠释的空间［J］. 文学评论，2007（6）：118-122.

[74] 李景白. 孟浩然诗集校注［M］. 北京：中华书局，2018.

[75] 李延寿. 北史［M］. 北京：中华书局，2013.

[76] 李延寿. 南史［M］. 北京：中华书局，1975.

[77] 李世书. 生态学马克思主义自然观［M］. 北京：中央编译出版社，2010.

[78] 李文初. 中国山水诗史［M］. 广州：广东高等教育出版社，1991.

[79] 李泽厚，刘纲纪. 中国美学史［M］. 北京：中国社会科学出版社，1984.

[80] 郦道元. 水经注［M］. 长沙：岳麓书院，1995.

[81] 历代史料笔记丛刊［M］. 北京：中华书局，2002.

[82] 刘宝楠. 论语正义［M］. 北京：中华书局，1990.

[83] 刘义庆. 世说新语译注 [M]. 张万起, 刘尚慈, 译注. 北京: 中华书局, 1998.

[84] 刘纲纪. 艺术哲学 [M]. 武汉: 湖北人民出版社, 1986.

[85] 刘熙载. 艺概注稿 [M]. 袁津琥, 校注. 北京: 中华书局, 1978.

[86] 刘禹锡. 刘禹锡集笺证 [M]. 瞿蜕园, 笺证. 上海: 上海古籍出版社, 1989.

[87] 刘昫. 旧唐书 [M]. 北京: 中华书局, 1975.

[88] 刘新万. 道观与唐代文学 [D]. 南开大学博士论文, 2011: 35.

[89] 柳宗元. 柳河东集 [M]. 上海: 上海人民出版社, 1974.

[90] 楼宇烈. 王弼集校释 [M]. 北京: 中华书局, 1980.

[91] 逯钦立. 先秦汉魏南北朝诗 [M]. 北京: 中华书局, 1983.

[92] 鲁枢元. 生态文艺学 [M]. 西安: 陕西人民教育出版社, 2000.

[93] 罗宗强. 自然范型——李白的人格特征 [J]. 唐代文学研究, 1996 (9).

[94] 吕澂. 吕澂佛学论著选集 [M]. 济南: 齐鲁书社, 1991.

M

[95] 麻天祥. 20世纪中国佛学问题 [M]. 武汉: 武汉大学出版社, 2007.

[96] 马其昶. 韩昌黎文集校注 [M]. 上海: 上海古籍出版社, 1986.

[97] 马叙伦. 老子校注 [M]. 北京: 北京古籍出版社, 1956.

[98] 马世骏. 现代生态学透视 [M]. 北京: 科学出版社, 1990.

[99] 蒙培元. 人与自然——中国哲学生态观 [M]. 北京: 人民出版社, 2004.

O

[100] 欧阳修, 宋祁. 新唐书 [M]. 北京: 中华书局, 1975.

P

[101] 彭定求, 等辑. 全唐诗 [M]. 北京: 中华书局, 1960.

[102] 浦起龙: 读杜心解 [M]. 北京: 中华书局, 1977.

Q

[103] 丘振声. 柳宗元山水诗文的审美特征 [J]. 学术论坛, 1986 (6).

[104] 仇兆鳌. 杜诗详注 [M]. 北京：中华书局，1979.

[105] 钦定四库全书荟要 [M]. 长春：吉林出版集团有限责任公司，2005.

R

[106] 任峻华. 儒道佛生态伦理思想研究 [D]. 长沙：湖南师范大学，2004.

[107] 阮元. 十三经注疏 [M]. 北京：中华书局，1980.

S

[108] 尚永亮. 唐五代逐臣与贬谪文学研究 [M]. 武汉：武汉大学出版社，2007.

[109] 沈德潜. 唐诗别裁 [M]. 上海：上海古籍出版社，1979.

[110] 沈约. 宋书 [M]. 北京：中华书局，1974.

[111] 孙昌武. 佛教与中国文学 [M]. 上海：上海人民出版社，1988.

[112] 孙昌武. 中国文学中的维摩与观音 [M]. 天津：天津教育出版社，2005.

[113] 司马光. 资治通鉴 [M]. 北京：中华书局，1956.

[114] 释僧佑. 出三藏记集 [M]. 北京：中华书局，1995.

[115] 释慧皎. 高僧传 [M]. 北京：中华书局，1992.

[116] 释普寂. 五灯会元 [M]. 北京：中华书局，1984.

[117] 释道原. 景德传灯录译注 [M]. 顾宏义，译注. 上海：上海书店出版社，2010.

T

[118] 陶弘景. 本草经集注（辑校本）[M]. 北京：人民卫生出版社，1994

[119] 陶文鹏，等. 灵境诗心——中国古代山水诗史 [M]. 南京：凤凰出版社，2004.

[120] 汤一介. 佛数与中国文化 [M]. 北京：宗教文化出版社，1999.

[121] 汤一介. 郭象与魏晋玄学 [M]. 北京：北京大学出版社，2000.

[122] 汤用彤. 汉魏两晋南北朝佛教史 [M]. 上海：上海书店，1991.

[123] 汤用彤. 隋唐佛教史稿 [M]. 北京：中华书局，1982.

[124] 佟培基. 孟浩然诗集笺注 [M]. 上海：上海古籍出版社，2013.

W

[125] 王安石. 王文公文集 [M]. 上海：上海人民出版社，1974.

[126] 王定保. 唐摭言 [M]. 北京：中华书局，1980.

[127] 王弼注，楼宇烈校释. 老子道德经注校释 [M]. 北京：中华书局，2008.

[128] 王利器. 文心雕龙校证 [M]. 上海古籍出版社，1980.

[129] 李白. 李太白全集 [M]. 王琦，注. 北京：中华书局，1977.

[130] 王飞. 诗心与画意——杜甫陇右入蜀山水纪行诗对诗境与画境的开拓 [J]. 杜甫研究学刊，2014（4）.

[131] 王夫之. 庄子解 [M]. 北京：中华书局，1964.

[132] 王夫之. 船山全书 [M]. 长沙：岳麓书社，1996.

[133] 王夫之，等. 清诗话 [M]. 上海：上海古籍出版社，1963.

[134] 王夫之. 古诗评选 [M]. 保定：河北大学出版社，2008.

[135] 王溥. 唐会要 [M]. 北京：中华书局，1955.

[136] 王如松，周鸿. 人与生态学 [M]. 昆明：云南人民出版社，2004.

[137] 王辉斌. 孟浩然研究 [M]. 兰州：甘肃人民出版社，2006.

[138] 王辉斌. 孟浩然与佛教及其佛教诗 [J]. 江汉大学学报，2009（4）43-48.

[139] 王月清. 中国佛教伦理研究 [M]. 南京：南京大学出版社，1999.

[140] 王玉姝. 柳宗元诗文与佛禅的现实关照研究 [D]. 长春：吉林大学，2016.

[141] 王嗣奭. 杜臆 [M]. 上海：上海古籍出版社，1983.

[142] 王叔岷. 庄子校诠 [M]. 北京：中华书局，2007.

[143] 王先谦. 庄子集解 [M]. 北京：中华书局，1987.

[144] 王先谦. 荀子集解 [M]. 北京：中华书局，1988.

[145] 王象之. 舆地纪胜 [M]. 北京：中华书局，1992.

[146] 王阳明. 王阳明集 [M]. 上海：上海古籍出版社，1992.

[147] 王阳明. 传习录 [M]. 济南：山东友谊出版社，2001.

[148] 王正平. 环境哲学 [M]. 上海：上海人民出版社，2004.

[149] 韦政通. 中国的智慧 [M]. 长春：吉林文史出版社，1988.

[150] 魏庆之. 诗人玉屑 [M]. 上海：上海古籍出版社，1978.

[151] 闻一多. 唐诗杂论 [M]. 上海：三联书店，2012.

[152] 吴兢. 贞观政要 [M]. 上海：上海古籍出版社，1978.

[153] 伍蠡甫. 西方文论选 [M]. 上海：上海译文出版社，1979.

X

[154] 萧统. 文选 [M]. 李善，注. 北京：中华书局，1977.

[155] 萧子显. 南齐书 [M]. 北京：中华书局，1972.

[156] 萧驰. 佛法与诗境 [M]. 北京：中华书局，2005.

[157] 辛文房. 唐才子传 [M]. 北京：中华书局，1991.

[158] 习凿齿. 襄阳耆旧记校注 [M]. 舒樊，张林川，校注. 武汉：荆楚书社出版社，1986.

[159] 谢思炜. 唐代的文学精神 [M]. 石家庄：河北教育出版社，2014.

[160] 徐复观. 中国艺术精神 [M]. 沈阳：春风文艺出版社，1987.

[161] 徐震堮. 世说新语校笺 [M]. 北京：中华书局，1984.

[162] 徐鹏. 孟浩然集校注 [M]. 北京：人民文学出版社，1989.

[163] 许慎. 说文解字 [M]. 北京：中华书局，1963.

[164] 许抗生. 帛书老子注译及研究 [M]. 杭州：浙江人民出版社，1982.

[165] 许慎. 说文解字 [M]. 段玉裁，注. 上海：上海古籍出版社，1998.

Y

[166] 姚思廉. 梁书 [M]. 北京：中华书局，1973.

[167] 严可均. 全上古三代秦汉三国六朝文 [M]. 北京：中华书局，1958.

[168] 杨伯峻. 春秋左传注 [M]. 北京：中华书局，1981.

[169] 杨伯峻. 孟子译注 [M]. 北京：中华书局，1960.

[170] 杨伯峻. 论语译注 [M]. 北京：中华书局，1980.

[171] 刘勰. 文心雕龙校注 [M]. 北京：中华书局，2000.

[172] 杨伦. 杜诗镜铨 [M]. 北京：中华书局，1964.

[173] 杨文榜. 柳宗元及其诗歌研究 [D]. 南京大学博士论文, 2007.

[174] 杨文榜. 柳宗元好佛论析 [J]. 牡丹江师范学院学报, 2007 (2).

[175] 惠能. 六祖坛经 (敦煌新本) [M]. 杨曾文, 校. 北京: 宗教文化出版社, 2001.

[176] 杨曾文. 神会和尚禅话录 [M]. 北京: 中华书局, 1996.

[177] 叶朗. 中国美学史大纲 [M]. 上海: 上海人民出版社, 1985.

[178] 叶燮, 等. 原诗、一瓢诗话、说诗晬语 [M]. 北京: 人民文学出版社, 1977.

[179] 叶维廉. 中国诗学 [M]. 上海: 三联书店, 1992.

[180] 印顺. 佛法概论 [M]. 台北: 正闻出版社, 1992.

[181] 印顺. 中国禅宗史 [M]. 上海: 上海书店, 1992.

[182] 袁珂, 周明. 中国神话资料萃编 [M]. 成都: 四川社科出版社, 1985.

[183] 余嘉锡. 世说新语笺疏 [M]. 北京: 中华书局, 1983.

[184] 余谋昌. 生态伦理学 [M]. 北京: 首都师范大学出版社, 1999.

[185] 余谋昌. 生态哲学 [M]. 西安: 陕西人民教育出版社, 2000.

[186] 余恕诚. 唐诗风貌 [M]. 合肥: 安徽大学出版社, 1997.

Z

[187] 赞宁. 宋高僧传 [M]. 北京: 中华书局, 1987.

[188] 詹福瑞. 李白诗中的自然意识 [J]. 文艺研究, 1999 (1).

[189] 章士钊. 柳文指要 [M]. 上海: 文汇出版社, 2000.

[190] 张节末. 禅宗美学 [M]. 杭州: 浙江人民出版社, 1999.

[191] 张立文. 空境——佛学与中国文化 [M]. 北京: 人民出版社, 2005.

[192] 张载. 张载集 [M]. 北京: 中华书局, 1978.

[193] 张华. 博物志校正 [M]. 范宁, 校证. 北京: 中华书局, 1980.

[194] 张双棣, 等. 吕氏春秋译注 [M]. 长春: 吉林文史出版社, 1987.

[195] 张衍燊, 马国霞, 於万, 等. 2013 年 1 月灰霾污染事件期间京津冀地区 PM2.5 污染的人体健康损害评估 [J]. 中华医学杂志, 2013 (34): 2707-2710.

[196] 章尚正. 中国古代山水文学研究 [M]. 上海: 学林出版社, 1997.

[197] 张福清, 曾苗. 论孟浩然襄阳、吴越诗之地理与人文意象 [J]. 中国韵文学刊,

2017（3）.

[198] 张继禹. 中华道藏（第46册）［M］. 北京：华夏出版社，2004.

[199] 赵殿成. 王右丞集笺注［M］. 上海：上海古籍出版社，1984.

[200] 宗白华. 美学与意境［M］. 北京：人民出版社，1987.

[201] 曾繁仁. 生态存在论美学论稿［M］. 长春：吉林人民出版社，2003.

[202] 祝穆. 方舆胜览［M］. 北京：中华书局，2003.

[203] 朱熹. 朱子全书［M］. 上海：上海古籍出版社，2002.

[204] 朱熹. 四书章句集注［M］. 北京：中华书局，1983.

[205] 朱谦之. 老子校释［M］. 北京：中华书局，1984.

[206] 朱立元. 现代西方美学史［M］. 上海：上海文艺出版社，1993.

[207] 朱佩弦. 孟浩然道教信仰探微——从孟浩然坚持举荐出仕说起［J］. 浙江师范大
学学报，2018（3）.

[208] 周建军. 孟浩然诗歌隐逸情怀之文化背景追索［J］. 中国韵文学刊，2003（2）.

[209] 周振甫. 诗经译注［M］. 北京：中华书局，2002.

[210] 周裕锴. 禅宗语言［M］. 杭州：浙江人民出版社，1999.

[211] 周裕锴. 杜甫诗中的儒家情怀及思想渊源［J］. 杜甫研究学刊，2017（2）：9-14.

【中文译著】

[212] 冈特·绍伊博尔德. 海德格尔分析新时代的技术［M］. 宋祖良，译. 北京：中国
社会科学出版社，1993.

[213] 马克思. 1844年经济学哲学手稿［M］. 北京：人民出版社，1985.

[214] 海德格尔. 存在与时间［M］. 陈嘉映，王庆节，译. 上海：三联书店，2006.

[215] 黑格尔. 美学［M］. 朱光潜，译. 北京：商务印书馆，1979.

[216] 叔本华. 作为意志和表象的世界［M］. 石冲白，译. 北京：商务印书馆，1982.

[217] 施韦兹. 敬畏生命［M］. 陈泽环，译. 上海：上海社会科学院出版社，2003

[218] H. A. 丹纳. 艺术哲学［M］. 傅雷，译. 北京：人民文学出版社，1981.

[219] 萨特. 存在与虚无［M］. 陈宣良，等译. 上海：三联书店，1987.

[220] 卢梭·爱弥尔.［M］. 李平沤，译. 北京：商务印书馆，1978:

[221] 阿尔·戈尔. 濒临失衡的地球 [M]. 陈嘉映，等译. 北京：中央编译出版社，1992.

[222] 丹尼斯·米都斯. 增长的极限——罗马俱乐部关于人类困境的研究报告 [M]. 李宝恒，译. 成都：四川人民出版社，1983.

[223] 霍尔姆斯·罗尔斯顿. 哲学走向荒野 [M]. 刘耳，叶平，译. 长春：吉林人民出版社，2000.

[224] 霍尔姆斯·罗尔斯顿. 环境伦理学的类型 [J]. 世界哲学，1999 (4)：18.

[225] 洛琳，麦茜特. 自然之死–妇女生态和科学革命 [M]. 吴国盛，等译. 长春：吉林人民出版社，1999.

[226] 罗·麦金托什. 生态学概念和理论的发展 [M]. 徐嵩龄，译. 北京：中国科学技术出版社，1992.

[227] 约翰·贝拉米·福斯特. 生态危机与资本主义 [M]. 耿建新，等译. 上海：上海译文出版社，2006.

[228] 卡普拉、查. 斯普雷那克. 绿色政治——全球的希望 [J]. 石音，译. 北京：东方出版社，1988.

[229] 蕾切尔·卡森. 寂静的春天 [M]. 吕瑞兰，李长生，译. 上海：上海译文出版社，2011.

[230] R.F. 纳什. 大自然的权利：环境伦理学史 [M]. 杨通进，译. 青岛：青岛出版社，1999.

[231] 宇文所安. 盛唐诗 [M]. 上海：三联书店，2004.

[232] 约翰·缪尔. 我们的国家公园 [M]. 郭名惊，译. 长春：吉林人民出版社，1999.

[233] 铃木大拙. 禅宗与精神分析 [M]. 王雷泉，译. 贵州：贵州人民出版社，1987.

[234] 阿部正雄. 禅与西方思想 [M]. 王雷泉，张汝伦，译. 上海：上海译文出版社，1989.

[235] 高楠顺次郎，等编. 大正新修大藏经 [M]. 日本大正一切经刊行会，1934.

[236] 铃木大拙. 禅学入门 [M]. 谢思炜，译. 上海：三联书店，1988.

[237] 铃木大拙. 通向禅学之路 [M]. 葛兆光，译. 上海：上海古籍出版社，1989.

[238] 铃木大拙. 禅风禅骨 [M]. 耿仁秋，译. 北京：中国青年出版社，1989.

[239] 近藤元粹评订. 韦苏州诗集 [M]. 明治三十三年排印本.

[240] 下定雅弘. 杜甫与白居易 [J]. 复旦学报, 2019 (4).

[241] 叶莫·梅列金斯基. 神话的诗学 [M]. 魏庆征, 译. 北京: 商务印书馆, 1990.

[242] 怀特海. 科学与近代世界 [M]. 何钦, 译. 北京: 商务印书馆, 2012.

[243] 奥尔利欧·佩奇. 世界的未来——关于未来问题一百页 [M]. 王肖萍, 蔡荣生, 译. 北京: 中国对外翻译出版公司, 1985.

[244] 尼采. 偶像的黄昏 [M]. 周国平, 译. 北京: 光明日报出版社, 1996.